Garota A

ABIGAIL DEAN

Garota A

Tradução
Ryta Vinagre

1ª edição
Rio de Janeiro-RJ / Campinas-SP, 2021

VERUS
EDITORA

Editora
Raïssa Castro

Coordenadora editorial
Ana Paula Gomes

Copidesque
Lígia Alves

Revisão
Cleide Salme

Diagramação
Ricardo Pinto

Título original
Girl A

ISBN: 978-85-7686-802-6

Copyright © Abigail Dean, 2021
Todos os direitos reservados

Tradução © Verus Editora, 2021
Direitos reservados em língua portuguesa, no Brasil, por Verus Editora. Nenhuma parte desta obra pode ser reproduzida ou transmitida por qualquer forma e/ou quaisquer meios (eletrônico ou mecânico, incluindo fotocópia e gravação) ou arquivada em qualquer sistema ou banco de dados sem permissão escrita da editora.

Verus Editora Ltda.
Rua Benedicto Aristides Ribeiro, 41, Jd. Santa Genebra II, Campinas/SP, 13084-753
Fone/Fax: (19) 3249-0001 | www.veruseditora.com.br

CIP-BRASIL. CATALOGAÇÃO NA FONTE
SINDICATO NACIONAL DOS EDITORES DE LIVROS, RJ

D324g

Dean, Abigail
    Garota A / Abigail Dean ; tradução Ryta Vinagre. - 1. ed. - Campinas [SP] : Verus, 2021.

    Tradução de: Girl A
    ISBN 978-85-7686-802-6

    1. Ficção inglesa. I. Vinagre, Ryta. II. Título.

21-70150
                              CDD: 823
                              CDU: 82-3(410)

Camila Donis Hartmann - Bibliotecária - CRB-7/6472

Revisado conforme o novo acordo ortográfico.

Seja um leitor preferencial Record.
Cadastre-se no site www.record.com.br e receba informações sobre nossos lançamentos e nossas promoções.

Atendimento e venda direta ao leitor:
sac@record.com.br

Para minha mãe, meu pai e Rich

1
Lex (Garota A)

Você não me conhece, mas já deve ter visto meu rosto. Nas primeiras fotos, desfocaram nossa imagem com pixels até a cintura, e mesmo o cabelo era marcante demais para ser revelado. A história e seus guardiães, porém, se cansaram, e nos cantos mais obscuros da internet passou a ficar fácil de nos encontrar. A fotografia preferida foi tirada na frente da casa da Moor Woods Road, no fim de uma tarde de setembro. Saímos em fila, seis de nós por ordem de altura, e Noah nos braços de Ethan, enquanto o pai arrumava a composição. Pequenos espectros sem cor contorcendo-se ao choque do sol. Atrás de nós, a casa descansava no que restava da luz do dia, as sombras espalhando-se pelas janelas e porta. Ficamos parados e olhamos para a câmera. Devia ficar perfeito. Mas, pouco antes de o pai apertar o botão, Evie segurou minha mão e virou o rosto para mim; na fotografia, ela está prestes a falar e meu sorriso começa a aparecer. Não me lembro do que ela disse, mas tenho certeza de que pagamos por isso depois.

Cheguei à prisão no meio da tarde. No caminho até lá, fiquei ouvindo uma playlist antiga feita pelo JP, Tenha um Ótimo Dia, e, sem a música e o motor, o carro ficou abruptamente silencioso. Abri a porta. O trânsito aumentava na estrada com um barulho que parecia do mar.

A penitenciária tinha soltado uma declaração curta confirmando a morte da mãe. Li as notícias na internet na noite anterior, que eram todas superficiais e terminavam com uma variação do mesmo final feliz. Acreditava-se que as crianças Gracie, algumas das quais renunciaram ao anonimato, tinham ficado bem. Eu estava sentada em cima de uma toalha na cama do hotel, cercada pelo serviço de quarto, rindo. No café da manhã tinha uma pilha dos jornais locais ao lado do café, e a mãe estava na primeira página, abaixo de uma matéria sobre um esfaqueamento no Wimpy Burger. Um dia tranquilo.

Minha diária incluía um bufê quente e eu aproveitei até o fim, quando a garçonete me disse que a cozinha precisava se preparar para o almoço.

— As pessoas param para almoçar? — perguntei.

— Você ficaria surpresa — disse ela. Olhou para mim como quem se desculpa. — Mas não está incluído na diária.

— Tudo bem — falei. — Obrigada. Estava muito bom.

Quando comecei a trabalhar, minha mentora, Julia Devlin, disse que chegaria a hora em que eu ficaria cansada de comida e bebida gratuitas; quando meu fascínio por travessas de canapés imaculados ia desbotar; quando eu não ajustaria mais o despertador para pegar o café da manhã do hotel. Devlin tinha razão em muitas coisas, mas não nisso.

Eu nunca tinha estado em uma prisão, mas não era tão diferente do que imaginava. Depois do estacionamento havia muros brancos, coroados de arame farpado, como um desafio em um conto de fadas. Atrás deles, quatro torres presidiam um fosso de concreto, com um forte cinza no meio. A vidinha da mãe. Eu tinha estacionado longe e precisei atravessar a pé um mar de vagas desocupadas, seguindo as linhas brancas e grossas. Só havia outro veículo no estacionamento, e dentro dele estava uma velha, agarrada ao volante. Quando me viu, levantou a mão, como se nos conhecêssemos, e eu retribuí o aceno.

Sob meus pés, o asfalto começava a ficar pegajoso. Quando cheguei à entrada, sentia o suor no sutiã e na nuca. Minhas roupas de verão estavam em um guarda-roupa em Nova York. Na minha lembrança, os verões ingleses eram tímidos, e sempre que eu saía era surpreendida por um céu azul arrojado. Passei algum tempo naquela manhã pensando no que vestir, seminua e imóvel na frente do espelho do armário; no fim das contas, não havia um traje para cada ocasião. Conformei-me com uma blusa branca, um jeans largo, tênis novos, óculos escuros antipáticos. *Está jovial demais?*, perguntei a Olivia, mandando uma foto por mensagem de celular, mas ela estava na Itália, em um casamento nas muralhas de Volterra, e não respondeu.

Havia uma recepcionista, como em qualquer outro escritório.

— Tem hora marcada? — perguntou ela.

— Sim — respondi. — Com a carcereira.

— Com a diretora?

— Claro. Com a diretora.

— Você é Alexandra?

— Eu mesma.

A diretora concordara em se encontrar comigo no hall de entrada.

— Temos uma equipe reduzida nas tardes de sábado — dissera ela. — E nenhuma visita depois das três da tarde. Acho que vai ser tranquilo para você.

— Que bom — falei. — Obrigada.

— Eu não devia dizer isso — ela falou —, mas essa é a deixa para você dar meia-volta e ir embora.

Agora ela vinha pelo corredor, preenchendo-o. Eu tinha lido sobre ela na internet. Era a primeira mulher na diretoria de um complexo de segurança máxima no país e dera algumas entrevistas depois de nomeada. Era desejo dela ser policial em uma época em que ainda estavam em vigor restrições de altura, e a diretora era cinco centímetros mais baixa. Ela descobrira que ainda tinha altura para ser agente carcerária, o que não tinha lógica, mas por ela tudo bem. Vestia um terninho azul elétrico — reconheci das fotos que acompanhavam as entrevistas — e sapatos elegantes e estranhos, como se alguém lhe tivesse dito que podiam suavizar a impressão que ela causava. Ela acreditava — inteiramente — no poder da reabilitação. Parecia mais cansada que nas fotografias.

— Alexandra — disse ela e apertou minha mão. — Lamento por sua perda.

— Eu não — falei. — Então não se preocupe com isso.

Ela apontou para o lugar de onde viera.

— Estou bem no centro de visitantes — explicou. — Por favor.

O corredor era de um amarelo tépido, gasto no rodapé e decorado com cartazes enrugados sobre gravidez e meditação. No final havia um escâner e uma esteira rolante para os pertences. Trancas de aço até o teto.

— Formalidades — disse ela. — Pelo menos não está movimentado.

— Como um aeroporto. — Pensei no serviço em Nova York, dois dias antes: meu laptop e fones em uma bandeja cinza e a bolsa transparente e bonita de maquiagem que coloquei ao lado deles. Havia prioridade para viajantes frequentes, e eu não tive de entrar em uma fila.

— É igualzinho — concordou ela. — Sim.

Ela pôs o conteúdo dos bolsos na esteira rolante e os passou pelo escâner. Portava um cartão de acesso, um leque cor-de-rosa e um filtro solar infantil.

— Uma família inteira de ruivos — disse ela. — Não fomos feitos para dias assim. — Na foto do cartão, ela parecia uma adolescente, ávida para começar no primeiro dia de trabalho. Meus bolsos estavam vazios, então passei imediatamente depois dela.

Lá dentro também não havia ninguém por perto. Atravessamos o centro de visitantes, onde as mesas e cadeiras de plástico fixas esperavam pela sessão seguinte. Na extremidade da sala havia uma porta de metal, sem janelas, e em algum lugar atrás dela, supus, estavam a mãe e os limites de cada um de seus dias curtos. Toquei uma cadeira ao passar e pensei em meus irmãos, esperando na sala rançosa que a mãe fosse entregue a eles. Delilah tinha se sentado aqui, em muitas ocasiões, e Ethan fez uma só visita, mas apenas pela nobreza do ato. Ele escrevera um artigo para o *Sunday Times* depois disso, com o título "Os problemas com o perdão", que eram muitos e previsíveis.

A diretora passava por uma porta diferente. Encostou o cartão na parede e se apalpou procurando uma última chave. Estava no bolso do peito, presa a um chaveiro para fotos, repleto de crianças ruivas.

— Bom — disse ela. — Chegamos.

Era uma sala simples, de paredes esburacadas e vista para a rodovia. Ela parecia ter reconhecido isso e decidira que não servia; tinha trazido para dentro uma imponente mesa de madeira e uma cadeira de escritório e conseguira comprar dois sofás de couro, de que precisaria para conversas delicadas. Nas paredes havia seus diplomas e um mapa do Reino Unido.

— Sei que não nos conhecíamos — disse a diretora —, mas há algo que quero lhe dizer antes que o advogado se junte a nós.

Ela gesticulou indicando para que me sentasse. Eu desprezava reuniões formais em sofás confortáveis; era impossível saber como sentar neles. Na mesa à nossa frente estavam uma caixa de papelão e um envelope pardo e fino trazendo o nome da mãe.

— Espero que não considere o que vou falar antiprofissional — prosseguiu a diretora —, mas eu me lembro de você e sua família nos noticiários da época. Meus filhos eram bebês. Eu pensava muito naquelas manchetes, mesmo antes de aparecer este emprego. A gente vê muita coisa nesse tipo de trabalho. Coisas que saem nos jornais e coisas que não vêm a público. E, depois de todo esse tempo, algumas dessas ocorrências... um número bem pequeno... ainda me surpreendem. As pessoas dizem: Como você ainda fica surpresa, mesmo agora? Bom, me recuso a não me surpreender.

Ela pegou o leque no bolso do terninho. Fechado, parecia algo feito por uma criança ou por uma detenta.

— Seus pais me surpreenderam — acrescentou.

Olhei para além dela. O sol vacilava na beira da janela, prestes a entrar na sala.

— O que aconteceu com vocês foi terrível — continuou. — Todos nós aqui... Nós torcemos para que vocês possam encontrar alguma paz.

— Precisamos falar sobre o motivo de a senhora ter me chamado?

O advogado estava do lado de fora da sala, como um ator esperando pela deixa. Vestia um terno cinza e gravata alegre, e transpirava. O couro rangeu quando ele se sentou.

— Bill — ele se apresentou e se levantou de novo para apertar minha mão. O alto do colarinho começara a manchar e agora estava cinza também. — Pelo que sei — disse prontamente —, você também é advogada. — Ele era mais novo do que eu esperava, talvez mais novo que eu. Provavelmente estudamos na mesma época.

— Só coisas corporativas — respondi, e para que ele se sentisse melhor: — Não entendo nada de testamentos.

— É para isso — disse Bill — que eu estou aqui.

Abri um sorriso encorajador.

— Muito bem! — Ele bateu na caixa de papelão. — Estes são os pertences pessoais. E este é o documento.

Ele deslizou o envelope pela mesa e eu o abri. O testamento dizia, na letra tremida da mãe, que Deborah Gracie nomeava a filha Alexandra Gracie a inventariante do seu testamento; que as posses restantes de Deborah Gracie consistiam, primeiro, naquelas mantidas na Penitenciária Feminina de Northwood; em segundo lugar, aproximadamente vinte mil libras herdadas do marido, Charles Gracie, por ocasião de sua morte; e, em terceiro, a propriedade localizada no número 11 da Moor Woods Road, em Hollowfield. O pecúlio seria dividido igualmente entre os filhos sobreviventes de Deborah Gracie.

— Inventariante — falei.

— Ela parecia ter certeza de que você era a pessoa certa para a tarefa — disse Bill. Eu ri.

Vejo a mãe na cela, brincando com seu cabelo loiro muito comprido, até os joelhos, tão comprido que ela podia se sentar nele, como num truque divertido. Ela pensa no testamento, presidido por Bill, que lamenta por ela, que tem prazer em ajudar e que naquele momento está transpirando também. Há tanta coisa que ele quer perguntar. A mãe segura a caneta e treme em uma desolação estudada. Inventariante, explica Bill, é uma espécie de honra. Mas também é um fardo burocrático e exigirá comunicações com os outros beneficiários. A mãe, com o câncer fervilhando no estômago e só alguns meses para foder com nossa vida, sabe exatamente a quem nomear.

— Você não é obrigada a aceitar — acrescentou Bill. — Se não quiser.

— Estou ciente — falei, e Bill mexeu os ombros.

— Posso orientar você no básico — ele ofereceu. — É um espólio pequeno. Não deve tomar muito do seu tempo. O fundamental, a questão que eu tinha em mente, é manter os beneficiários do nosso lado. Não importa como você decida lidar com esses ativos, primeiro precisa informar a seus irmãos.

Eu havia reservado uma passagem aérea para Nova York na tarde seguinte. Pensei no ar frio do avião e nos cardápios elegantes que eram entregues logo depois da decolagem. Podia me ver instalada na aeronave, os três dias anteriores amortecidos pelas bebidas no saguão do aeroporto, depois acordando no cálido fim de tarde e um carro preto esperando para me levar para casa.

— Preciso pensar nisso — falei. — Não é o melhor momento.

Bill me entregou uma folha de papel com seu nome e número escritos a mão em linhas cinza-claras. Os cartões de visita não estavam no orçamento da penitenciária.

— Vou esperar notícias suas — disse ele. — Se não de você, então seria útil ter sugestões. Um dos outros beneficiários, talvez.

Pensei em fazer essa proposta a Ethan, ou a Gabriel, ou a Delilah.

— Talvez — respondi.

— Para começar — Bill segurava a caixa na palma da mão —, estes são todos os pertences dela em Northwood. Posso liberar para você hoje.

A caixa era leve.

— Infelizmente são de valor desprezível — disse ele. — Ela possuía vários créditos, por comportamento exemplar, coisas assim, mas eles não têm muito valor lá fora.

— Que pena — falei.

— A única outra coisa — acrescentou a diretora — é o corpo.

Ela foi até a mesa e pegou uma pasta de envelopes de plástico, cada um deles contendo um folheto ou um catálogo. Como uma garçonete com um cardápio, abriu a pasta na minha frente e eu vi de relance letras sóbrias e alguns rostos lamentosos.

— Opções — disse ela e virou a página. — Se gostar delas. Funerárias. Algumas são um pouco mais completas: serviços fúnebres, caixões, coisas do gênero. E todas são aqui da região... todas em um raio de oitenta quilômetros.

— Desculpe, mas houve um mal-entendido — falei. A diretora fechou a pasta em um folheto que mostrava um caixão com estampa de oncinha. — Não vamos reclamar o corpo.

— Ah — disse Bill. Se a diretora ficou perturbada, escondeu bem.

— Nesse caso — ela respondeu —, enterraremos sua mãe em uma sepultura sem lápide, de acordo com a política padrão da penitenciária. Você tem alguma objeção?

— Não — respondi. — Nenhuma.

Minha outra reunião foi com a capelã, que solicitara me ver. Ela me pediu para ir à capela dos visitantes, que ficava no estacionamento. Uma das assistentes da diretora me acompanhou até um anexo apertado. Alguém tinha erguido uma cruz de madeira no alto da porta e pendurado papel de seda colorido nas janelas. O vitral de uma criança. Seis fileiras de bancos ficavam de frente para um palco improvisado com um ventilador, um púlpito e um modelo de Jesus crucificado.

A capelã esperava no segundo banco do fundo. Levantou-se para me receber. Tudo nela era redondo e úmido: seu rosto no escuro, a bata branca, as mãozinhas que se entrelaçaram nas minhas.

— Alexandra — disse ela.

— Olá.

— Você deve estar se perguntando por que eu quis vê-la.

A capelã tinha aquela gentileza que se adquire com a prática. Eu podia vê-la na sala de reuniões de um hotel barato, com o mesmo crachá, assistindo a uma apresentação sobre a importância das pausas — de dar às pessoas espaço para falar.

Esperei.

— Passei muito tempo com sua mãe em seus últimos anos — continuou. — Trabalhei com ela por mais tempo que isso, é claro, e pude ver as mudanças nela. Minha esperança era que você, hoje, tivesse algum consolo com essas mudanças.

— As mudanças? — perguntei. Sentia que eu começava a sorrir.

— Ela escreveu para você muitas vezes nesses anos — contou a capelã. — Para você, para Ethan e para Delilah. Ouvi sobre todos vocês. Gabriel e Noah. Às vezes ela escrevia para Daniel e Evie. Uma mãe que perdeu os filhos, quaisquer que fossem seus pecados... perdera muito. Ela me trazia todas as cartas, para que eu revisasse a ortografia e os endereços. Insistia em pensar que os endereços estavam errados, porque vocês não respondiam.

O papel de seda lançou uma luz cor de carne na nave central. Eu tinha suposto que as janelas eram uma atividade das prisioneiras, mas agora imaginava a capelã, equilibrada em uma cadeira depois do expediente, arrumando seu reino.

— Eu quis vê-la — disse ela — por causa do perdão. Porque, se você perdoa os outros quando pecam contra você, seu pai celestial também a perdoará.

Ela colocou a palma da mão em meu joelho. O calor dela se infiltrou pelo meus jeans, como algo que era derramado.

— Mas, se você não perdoar os pecados dos outros — disse ela —, seu pai não perdoará os seus.

— O perdão — falei. A forma da palavra se alojou em minha garganta. Eu ainda sorria.

— Você as recebeu? — perguntou a capelã. — As cartas?

Eu as recebi. Pedi a meu pai — meu pai de verdade, entenda bem, e não a podridão em meus ossos — para destruir cada uma delas quando chegassem. Era fácil identificá-las: vinham com sinais de terem sido abertas antes, com um carimbo de alerta de correspondência de uma detenta da Penitenciária de Northwood. Logo depois de meu vigésimo primeiro aniversário, quando fui da universidade para casa, papai me fez uma confissão e me deu uma caixa, e todas as merdas das cartas dentro dela. "Só pensei", disse ele, "que no futuro...

você podia ficar curiosa..." Deve ter sido nas férias de inverno, porque a churrasqueira saiu do galpão e foi para o jardim. Ele me ajudou a empurrá-la para lá e ficamos com nossos casacos, ele com o cachimbo e eu com uma xícara de chá, e as colocamos no fogo.

— Eu acho que você está na história errada — falei à capelã. — Existe uma narrativa muito comum que é construída com base em uma visita à prisão. A pessoa que está cumprindo pena espera pela visita de alguém. Ela espera ser perdoada. Quem visita esteve remoendo sobre o perdão por anos e não consegue se decidir sobre o que fazer. Bom. No fim, as pessoas perdoam. Em geral é um pai ou uma mãe e um filho, ou talvez um agressor e uma vítima... Depende. Mas eles perdoam. E eles têm uma conversa. E, mesmo que o visitante não *perdoe* exatamente a pessoa, pelo menos leva alguma coisa de toda a história. Mas, veja bem... a mãe morreu. E eu nunca a visitei.

Eu tinha a sensação embaraçosa de que ia chorar e coloquei os óculos escuros para esconder. A capelã passou a ser um espectro branco e irregular no escuro.

— Lamento não poder ajudá-la — falei, decidida, e saí aos tropeços pelo corredor da capela. O sol finalmente começara a abrandar, e agora estava na hora de uma bebida. Pensei em um bar de hotel e no peso do primeiro copo, afundando em meus membros. A assistente da diretora esperava por mim.

— Terminamos tudo? — perguntou ela. Nossas sombras eram longas e escuras no asfalto e, quando a alcancei, tornaram-se uma única fera estranha. O turno da mulher devia ter terminado.

— Sim — falei. — Preciso ir.

No carro, olhei o telefone. *Existe isso de jovial demais?*, Olivia tinha respondido por mensagem.

Coloquei a caixa de papelão da mãe no colo e abri a tampa. Um rebotalho de pertences. Havia uma Bíblia, o que era previsível. Havia uma escova de cabelo. Havia dois recortes pegajosos da cola da fita adesiva, retirados de revistas: um anúncio de férias em uma praia no México, o outro de fraldas, com uma pequena fileira de crianças limpas e felizes deitadas em um lençol branco. Havia um recorte de jornal sobre o trabalho filantrópico de Ethan em Oxford. Havia três barras de chocolate e um batom que estava quase no fim. Como sempre, ela não abria mão de nada.

*

A última vez que vi a mãe foi no dia em que fugimos. Naquela manhã, acordei suja na cama e entendi que meus dias tinham se esgotado e, se não agisse naquele momento, era ali que eu ia morrer.

Às vezes, mentalmente, visito nosso quartinho. Havia duas camas de solteiro, espremidas em cantos opostos, o mais distante que poderiam ficar uma da outra. A minha cama e a cama de Evie. A lâmpada exposta ficava entre elas e tremia com os passos no corredor. Na maioria do tempo estava apagada, mas às vezes, se o pai decidisse, a lâmpada ficava acesa durante dias. Ele tinha colado uma caixa de papelão aberta na janela, pretendendo controlar o tempo, mas uma luz fraca e leve penetrava e nos dava nossos dias e noites. Além do papelão, antigamente havia um jardim e, além dele, o pântano. Era cada vez mais difícil acreditar que aqueles lugares, com seu caráter selvagem e seu clima, ainda pudessem existir. No brilho turfoso, é possível ver o Território de dois metros entre as camas, que Evie e eu conhecíamos melhor que qualquer pessoa. Passamos muitos meses discutindo a navegação da minha cama até a dela: sabíamos como atravessar as colinas ondulantes de sacos plásticos, abarrotados de objetos de que não conseguíamos nos lembrar; sabíamos que se usava um garfo descartável para atravessar as Bacias Pantanosas, que eram escurecidas e cristalizadas, perto de secar; debatemos a melhor maneira de passar pelos Picos de Poliéster para evitar o pior da sujeira: pegar os desfiladeiros e nos arriscar nos elementos, ou atravessar os túneis de resíduos apodrecidos embaixo deles e enfrentar o que estivesse à espera ali.

Naquela noite, eu tinha urinado na cama. Flexionei os dedos dos pés, torci os tornozelos e esperneei como se estivesse nadando, como eu fazia toda manhã nos últimos meses. Dois. Talvez três. Eu disse ao quarto o que diria à primeira pessoa que encontrasse quando me libertasse: Meu nome é Alexandra Gracie e tenho quinze anos. Preciso que você ligue para a polícia. Depois, como fazia toda manhã, eu me virei para ver Evie.

Antes tínhamos sido acorrentadas para o mesmo lado, assim eu podia vê-la o tempo todo. Agora ela estava amarrada longe de mim e nós duas tínhamos de torcer o corpo para nos olhar nos olhos. Em vez disso, eu podia ver seus pés e os ossos das pernas. A pele escavava cada sulco, como se procurasse calor ali.

Evie falava cada vez menos. Eu a bajulava e gritava com ela; a tranquilizava e cantava as músicas que tínhamos ouvido quando ainda íamos à escola. "Sua vez", eu dizia. "Está pronta para sua vez?" Nada disso dava certo. Agora,

em vez de lhe ensinar os números, recitei-os para mim mesma. Eu lhe contei histórias no escuro e não ouvi risos, nem perguntas, nem surpresa; só havia o espaço silencioso do Território e sua respiração rasa, atravessando-o às pressas.
— Evie — eu disse. — Eve. É hoje.

Dirigi de volta à cidade no início do crepúsculo. Uma luz dourada e densa caía entre as árvores e pelos campos abertos, mas nas sombras dos vilarejos e das fazendas estava quase escuro. Pensei em dirigir a noite toda e chegar a Londres antes do nascer do sol. O jet lag tornava a paisagem estranha e brilhante. Provavelmente eu acabaria dormindo em uma estrada nas Midlands; não me parecia uma ideia tão boa. Parei no acostamento e reservei um hotel em Manchester que tinha vagas e ar-condicionado.

No primeiro ano ruim, só falávamos de fugir. Isso foi nos Dias Amarrados, quando só éramos atados à noite e gentilmente, com tecidos macios e brancos. Evie e eu dormíamos na mesma cama, cada uma com um pulso amarrado à coluna da cabeceira, de mãos dadas com a outra. Todo dia, a mãe e o pai ficavam com a gente, mas passávamos a hora da lição (muitos estudos bíblicos, com alguma história questionável do mundo) e a dos exercícios físicos (saltos no quintal, de camiseta e calcinha; em certa ocasião, algumas crianças de Hollowfield subiram nas urtigas nos fundos de nossa casa só para nos ver e rir) e a hora das refeições (pão e água, em um dia bom) sem nada nos amarrando. Nossa famosa fotografia em família foi tirada no fim desse período, antes que começasse o Acorrentamento e que deixássemos de ser material para retratos, até pelos padrões de meus pais.

Falamos em rasgar nossas amarras com os dentes, ou em contrabandear uma faca da mesa da cozinha no bolso da blusa. Podíamos ganhar velocidade durante o salto no jardim, depois continuar correndo, passar pelo portão e pela Moor Woods Road. O pai tinha um celular no bolso, e seria fácil arrebatá-lo. Quando penso nessa época, sinto uma confusão terrível, que a dra. K — com toda a sua lógica — nunca conseguiu resolver. Estava no rosto dos policiais, dos jornalistas e dos enfermeiros, embora ninguém criasse coragem para perguntar. Por que vocês simplesmente não foram embora quando tiveram essa chance?

A verdade é que não era tão ruim assim. Desfrutávamos da companhia uns dos outros. Ficávamos cansados e às vezes sentíamos fome, e de vez em quando o pai batia em nós com tanta força que um olho ficava injetado por uma semana (Gabriel), ou havia um estalo gutural pouco abaixo do coração (Daniel). Mas sabíamos pouco do que viria. Passei muitas noites examinando minuciosamente as lembranças, como uma estudante em uma biblioteca, limpando a poeira de antigos volumes e vendo cada prateleira, procurando pelo momento em que eu devia saber: Ah — ali — estava na hora de agir. Esse livro me escapa. Foi retirado muitos anos atrás e jamais devolvido. O pai nos dava aulas na mesa da cozinha, confundindo submissão com devoção, e a mãe nos visitava no fim da noite para se assegurar de que as amarras estivessem no lugar. De manhã cedo eu acordava ao lado de Evie, e o calor de seu corpo brilhava em mim. Ainda falávamos de nosso futuro.

Não era tão ruim.

Falei primeiro com Devlin e pedi para trabalhar em Londres por uma semana. Talvez mais.

— O drama do inventário — disse ela. — Muito empolgante. — Era início da tarde em Nova York, mas ela atendeu prontamente, já embriagada. Em volta dela, eu ouvia o zumbido de um almoço civilizado, ou o balcão de um bar.

— Não sei se eu usaria essa palavra — falei.

— Bom, fique à vontade. Vamos encontrar uma mesa para você em Londres. E algum trabalho, sem dúvida.

Mamãe e papai estariam comendo e podiam esperar. A noiva de Ethan atendeu o telefone; ele tinha ido à inauguração de uma galeria e só voltaria muito tarde naquela noite. Ela soube que eu estava no país... eu devia ir visitá-los... eles adorariam me receber. Deixei um recado na secretária eletrônica de Delilah, embora duvidasse de que ela retornaria minha ligação. Por fim, falei com Evie. Dava para ouvir que ela estava na rua e alguém perto dela ria.

— Então — falei. — Parece que a bruxa morreu.

— Você viu o corpo?

— Meu Deus, não. Nem pedi.

— E então... podemos ter certeza?

— Estou plenamente confiante.

Contei a ela sobre a casa na Moor Woods Road. Sobre nossa grande herança.

— Eles tinham vinte mil? Essa é novidade.

— Sério? Depois da nossa infância esplendorosa?

— Dá para ver o pai, não dá? Guardando tudo feito um esquilo. "Pois meu Deus atenderá a todas as suas necessidades"... sei lá o quê.

— Mas a casa — eu disse. — Nem acredito que ainda esteja de pé.

— Não existe gente que gosta dessas coisas? Tem umas excursões... acho que em Los Angeles... locais de assassinato, mortes de celebridades, coisas assim. É muito mórbido.

— Hollowfield fica meio isolado para uma excursão, né? Além disso, não se trata da Dália Negra.

— Acho que tínhamos menos prestígio.

— Iam distribuir os ingressos de graça.

— Bom — disse Evie. — Se houver uma excursão, precisamos ir. Podemos doar algumas joias. Existe uma carreira aí, se a advocacia não der certo.

— Acho que Ethan já pegou esse nicho — falei. — Mas é sério. Que diabos vamos fazer com a casa?

Mais uma vez, alguém riu. Agora mais perto.

— Onde você está? — perguntei.

— Na praia. Tem um show esta tarde.

— Você devia desligar.

— Tudo bem. Estou com saudade. E a casa...

O vento aumentou onde ela estava, açoitando o sol sobre o mar.

— Alguma coisa feliz — refletiu Evie. — Devia ser algo feliz. Nada irritaria mais o pai.

— Gostei dessa ideia.

— Tudo bem. Preciso ir.

— Bom show.

— Bom trabalho hoje.

O plano era o seguinte:

Como agentes disfarçados, íamos rastrear os passos do pai. Nos Dias Amarrados, tínhamos um registro, anotado em nossa Bíblia com um coto de lápis da escola (Gênesis, 19,17; na época, ainda tínhamos gosto por melodramas). Quando não conseguimos mais pegar o livro, eu decorava o dia do pai, como a srta. Glade me ensinou quando eu ainda ia à escola. "Pense em uma casa", disse ela. "E em cada cômodo da casa está a próxima coisa que você quer lembrar. Francisco Ferdinando está caído no corredor... acaba de ser baleado. Você entra na sala de estar e passa pela Sérvia no caminho, correndo. Eles estão apavorados: a guerra está chegando. Você encontra o Império Austro-Húngaro na cozinha, sentado à mesa com seus aliados. Quem está com eles?"

E o pai movimentava a casa, o que facilitou ainda mais a decodificação dos dias dele. Depois de tantos meses em um quarto, eu conhecia o som de cada tábua do assoalho e o estalo de cada interruptor de luz. Podia ver o volume dele andando pelos cômodos.

Fizemos várias vigilâncias noturnas de nossas camas, assim sabíamos que ele acordava tarde. Mesmo no inverno, já havia luz quando o ouvíamos pela primeira vez, passos lentos pela casa. Nosso quarto ficava bem no fim do corredor, e ele dormia duas portas adiante, assim uma tentativa noturna não seria boa ideia; ele tinha o sono leve e podia cair em cima de nós em segundos. Às vezes eu acordava e o descobria na porta do nosso quarto, ou agachado a meu lado, meditando. O que quer que fosse objeto de suas reflexões, ele sempre resolvia e no devido tempo se afastava, no escuro.

Ele passava a manhã toda com a mãe e Noah, no térreo. O cheiro das refeições deles permeava a casa e nós os ouvíamos rezar, ou rir de algo que não podíamos partilhar. Quando Noah chorava, o pai o levava ao jardim. A porta da cozinha batia. Ele se exercitava: os grunhidos eram transportados até nossa janela. Às vezes, pouco antes do almoço, ele nos visitava, radiante, a pele encharcada e vermelha, um bárbaro que acabara de sair da batalha, brandindo a toalha como a cabeça de um inimigo. Não, a manhã não servia: a porta da frente ficava trancada o tempo todo e, se descêssemos pela cozinha ou saíssemos pela janela, o pai estaria esperando.

Esse era um ponto de discórdia entre mim e Evie.

— Tem de ser pela casa — disse ela. — A janela é alta demais. Você se esqueceu da altura dela.

— Precisamos arrombar nossa porta. Temos de passar pela casa toda. Passar pelo quarto de Ethan. Passar pela mãe e pelo pai. Passar por Gabe e D. Descer a escada. Noah dorme ali embaixo... às vezes a mãe também. Não tem jeito.

— Por que não deixamos Gabriel e Delilah? — perguntou Evie. E sussurrou: — Seria mais fácil sem eles.

— Não sei — falei. Houve uma noite, muitos meses antes, em que ouvi algo baixo e terrível na outra ponta do corredor. Uma tentativa frustrada. Evie estava dormindo e nunca falei no assunto. Agora, com a esperança precariamente pendurada entre nós, eu achava que não podia falar.

Depois do almoço, o pai ficava na sala de estar, em silêncio. Esse momento, eu imaginava, seria a nossa chance. Com o pai parado, toda a casa suspirava e relaxava. Os sussurros de Delilah chegavam sorrateiros pelo corredor. Em alguns dias, Ethan batia na parede, como fazia quando éramos muito novos e aprendemos o código Morse. Em outros dias, a mãe nos visitava. Houve uma época em que eu pediria a ela para fazer alguma coisa, mas agora respondia mentalmente a suas confissões e virava a cara.

— É a única opção — eu disse a Evie. — Depois que ele acordar, está fora de cogitação.

— Tudo bem — respondeu ela, mas eu sabia que ela via que isso era faz de conta, como as outras histórias que eu lhe contava para passar o dia.

Já havíamos discutido a respeito da janela. Coberta pelo papelão, estava fora de nossa possibilidade de vigilância.

— Ela abre — falei. — Não abre? — Eu não conseguia imaginar o trinco, ou se o chão abaixo dela era de concreto ou grama. — Talvez eu esteja esquecendo.

— Acho que não serve — disse Evie. — E agora não é aberta há séculos.

Nós nos esforçamos para nos olhar através do Território.

— Então, se a gente precisar arrombar a janela — calculou Evie —, quanto tempo vamos ter?

— Ele vai levar uns bons segundos para saber o que está acontecendo — falei. — E mais alguns para chegar à escada. Dez para chegar à nossa porta, digamos. E depois ele vai ter de abrir a tranca.

Meu pescoço doía. Eu me deitei.

— Vinte, no total — concluí. O mísero número pairou no espaço entre nós. Evie disse alguma coisa, baixo demais para eu ouvir.

— O quê?

— Tudo bem, então — disse ela.

— Tudo bem.

Nosso outro obstáculo eram as correntes, que antes representavam minha maior preocupação. Mas o pai era desajeitado. Depois da descoberta dos Mitos e do que aconteceu depois disso, ele não acendia a luz quando entrava no quarto. Eu gostava de pensar que ele não suportava olhar para mim, mas provavelmente estava bêbado demais para encontrar o interruptor; fosse como fosse, agora não importava. Eu abria os dedos o máximo que podia, assim ele fechava as algemas em volta dos meus polegares e dedos mínimos, e não nos pulsos.

— Ele fez besteira — sussurrei a Evie, quando tive certeza de que todos na casa estavam dormindo. A respiração dela foi soprada pelo quarto, mas ela não respondeu. Eu tinha deixado para muito tarde. Ela também adormecera.

Contemplei o início da noite. Estava escuro, mas ainda havia calor do lado de fora. Pedi o serviço de quarto, dois gins-tônicas, e bebi os drinques nua na cama. Tinha pensado em sair para correr, mas o hotel era cercado por estradas e eu não me animei. Em vez disso, eu ia beber e encontrar companhia. Escolhi um vestido preto de alcinha, calcei botas de couro e pedi à recepção um táxi e outra bebida.

No carro, pensei que esta era uma boa evolução: três drinques, sozinha, a mãe morta e a cidade estranha acima de mim e a minha volta. Baixei ao máximo o vidro do carro. As pessoas formavam filas nas entradas escuras e se sentavam nas calçadas para beber.

— A previsão é de tempestade — disse o taxista. Ele falou mais alguma coisa, mas estávamos em um cruzamento e ficou perdido em um vendaval de tagarelice.

— Como?

— Guarda-chuva — recitou ele. — Você tem guarda-chuva?

— Sabe de uma coisa? Já morei aqui perto.

Ele encontrou meus olhos pelo retrovisor e riu.

— Isso é um sim?

— Isso é um sim.

Eu tinha pedido a ele para me deixar em algum lugar movimentado do bairro. Ele parou na frente de outro hotel, mais barato, e assentiu. A boate ficava na parte inferior descendo uma escada estreita, com uma pista de dança nos fundos e um palco vazio acima dela. Estava bem cheia. Sentei-me ao balcão, pedi uma vodca com tônica e procurei por alguém que se habilitasse a conversar comigo.

Havia ocasiões em que Devlin e eu viajávamos tanto que eu me esquecia do continente em que estávamos. Acordava em um quarto de hotel e pegava o caminho errado para o banheiro, pensando na rota de meu apartamento em Nova York. Entrava em um saguão de aeroporto e precisava ler meu cartão de embarque — ler de verdade — para lembrar aonde íamos. Sempre havia o consolo de ficar sentada em um bar. Eram iguais no mundo todo. Havia homens solitários com histórias semelhantes e pessoas que pareciam mais cansadas que eu.

Mandei gim para o homem a seis banquetas da minha, um sujeito que vestia uma camisa com um pin dourado de asas e procurava a carteira. Pareceu ter ficado feliz por ganhar a bebida, feliz e surpreso. Instantes depois, tocou meu ombro, sorrindo. Era mais velho do que eu pensava. Isso era bom.

— Oi. Obrigado pela bebida.
— Não há de quê. Você está na estrada?
— Vim de avião de Los Angeles hoje.
— Isso é excepcional.
— Na verdade, não. É uma rota regular. Você também não é daqui?
— Não. Não sou mais. Você é piloto?
— Sou.
— O piloto principal ou o segundo piloto?

Ele riu.

— Sou o piloto principal — disse ele.

Ele me contou do trabalho. Ouvir a maioria das pessoas falando de sua profissão é tedioso, mas ele era diferente. Falava com sinceridade. Falou de seu treinamento na Europa e da primeira vez inevitável em que voou sozinho. Suas mãos iam para controles no espaço entre nós, e quando as luzes da discoteca o atingiam eu via pequenos músculos se mexendo, pouco abaixo da pele. Fazia da gente um nômade, disse ele, mas um nômade rico. Naqueles primeiros anos, ele tinha vivido em ansiedade constante, pensando sempre no próximo pouso, a adrenalina pulsando pelo corpo nas camas de hotel. Agora tinha a arrogância de dormir bem.

Dançamos por algum tempo, mas éramos mais velhos que os corpos ao redor e nenhum de nós estava embriagado o bastante. Fiquei fascinada com um grupo de meninas a meu lado, os braços e pernas inclinando-se juntos. Usavam uma variação do mesmo vestido justo e riam como uma criatura de muitas cabeças. Olhando para elas, toquei a pele cansada do meu pescoço e o canto dos olhos. O piloto estava atrás de mim, com os dedos encaixados entre minhas costelas.

— Você pode vir para o meu hotel — falei.
— Vou voar de volta amanhã. Não posso ficar.
— Está tudo bem.

— Não quero que você fique decepcionada. Às vezes...

— Eu não vou ficar.

Choveu, conforme prometera o taxista. As ruas estavam brilhantes e mais silenciosas, e o néon flutuava nas poças. Só restavam alguns táxis nas ruas, mas nenhum deles parava; era preciso encontrar um cruzamento mais movimentado. Vi as luzes da cidade deslizarem pelo rosto dele e segurei sua mão.

— Existem coisas de que eu preciso — falei. — Para fazer tudo valer a pena.

— É verdade. — Ele tinha virado, procurando um carro, mas vi seu maxilar se erguer e entendi que ele sorria.

Em meu quarto, abri o frigobar procurando bebidas, mas ele me deteve e se sentou na cama. Tirei o vestido e larguei a calcinha no chão, depois me ajoelhei diante dele. Ele me olhava, indiferente, como eu esperava que fizesse.

— Quero que você me humilhe — falei.

Ele engoliu em seco.

— Presta atenção — eu disse —, precisa machucar.

Seus dedos se torciam. Senti a pontada familiar em minha boceta, como uma nova pulsação. Coloquei-me na cama ao lado dele, de bruços, com a cabeça pousada nos braços. Ele ficou de pé e veio até mim, com planos no rosto. A camareira tinha passado, eu notei, e havia chocolates nos travesseiros.

Quando ele foi embora, pedi serviço de quarto e pensei em JP. Era como se ele esperasse por minha atenção o dia todo, paciente e fora da vista. Mais uma bebida e eu podia ter ligado para ele. Tinha o número de seu trabalho, onde ele sempre atendia. Eu podia estar angustiada com a morte da mãe, sozinha em Manchester, sem ter a quem procurar. "E vou estar em Londres na semana que vem", eu diria, como quem pensa melhor. "Talvez até fique mais tempo."

Soube que ele agora morava no subúrbio, tinha uma namorada nova e um cachorrinho. "Ou uma namoradinha e um cachorro novo", dissera Olivia. "Não lembro." Pensei no dia em que ele saiu do nosso apartamento. Eu esperava que ele alugasse uma van ou pedisse a ajuda de um amigo, mas encaixou seus pertences em duas malas e em uma série de caixas de papelão e esperou pelo táxi na rua. Chovia, mas ele se recusou a voltar para dentro, como se a proximidade pudesse fazê-lo mudar de ideia. Não mudou. Não havia nada que qualquer um de nós pudesse fazer para mudar as coisas. Puxei as pernas para o peito e apalpei as cicatrizes no joelho, a pele mais macia ali. Depois toquei a cicatrizes de outras cirurgias. Meus dedos acompanharam sua conhecida rota. As cicatrizes eram imaculadas e, na luz fraca não era possível enxergá-las. Quando mostrei cada uma para JP, ele não se interessou: "Nunca notei", disse ele, e gostei mais dele por isso. Não, não havia nada que qualquer um de nós pudesse ter feito. Para pensar em outra coisa, me perguntei se a festa de Evie tinha acabado. Era tarde, e mais tarde ainda onde ela estava. Apaguei a luz e ajustei o despertador para o café da manhã.

— Evie — falei. — É hoje.

A grande vastidão da manhã se estendia à nossa frente, plana e árida. Na época eu vivia com uma estranha dor dentro de mim, mas hoje parecia pior; o sangue tinha um cheiro diferente. Pensando bem, era difícil distinguir essa dor da expectativa que se contorcia em minhas entranhas como monstros saindo dos ovos.

Testei as algemas, como fazia diariamente desde o erro do pai. A mão esquerda passou deslizando, mas a direita ficou presa pouco abaixo dos nós dos dedos.

— Está mais quente hoje? — perguntei.

Tentei de novo, mas ficou ainda mais difícil. Meus dedos estavam inchados do esforço. Tive outra ideia: o que Ethan, que antigamente adorava ler sobre o Velho Oeste, teria chamado de o saloon da última chance. Mas a ideia era irreversível, e se o pai nos visitasse antes do almoço eu precisava estar acorrentada. Eu teria de esperar.

Ouvi o pai acordar. Seus passos se arrastaram lentamente escada abaixo e eu me perguntei se tínhamos cometido um erro. Talvez não fosse a hora certa. Depois ele estava na cozinha e ouvi os murmúrios da conversa do início do dia, palavras intercaladas com o café da manhã e a contemplação, e provavelmente alguma oração silenciosa. Eu tinha abandonado o Deus do pai, mas ainda assim fechei os olhos e rezei às deidades mais antigas e mais loucas. Fiquei um tempo rezando.

Acordei de novo no meio da manhã. Tinha estado em um lugar escuro e denso, pouco abaixo da superfície da consciência. Barulho de talheres na cozinha. O cheiro da comida da mãe subiu a escada e se enroscou no chão de nosso quarto. Eu tinha uns poucos fios de saliva na boca.

— Sua primeira refeição fora — eu disse a Evie. Era uma discussão que em geral se intensificava rapidamente.

— Chá no Ritz? — perguntei. — Ou a taberna grega?

Ela puxou as pernas para mais perto do peito e tossiu, sem dizer nada, e notei a estranha aparência dos pés, enormes no fim de cada tornozelo esquelético, como os sapatos de um palhaço.

Eu tinha aprendido a não imaginar os pais comendo, mas este seria o último dia, então me permiti imaginar. Estavam sentados de mãos dadas à mesa da cozinha. Noah os encarava inexpressivamente de sua cadeira. A mãe tinha preparado torta de maçã e se levantou para fatiá-la. A cobertura era dourada e salpicada com açúcar, e havia covinhas macias na crosta, onde a fruta tentara passar borbulhando. A faca agarrou na cobertura da massa e a mãe pressionou com mais força. Quando rompeu a massa, o vapor e o cheiro de fruta quente se elevaram pela mesa. Ela cortou a fatia do pai e a serviu em um prato aquecido e, antes de se servir, observou-o comer. A massa crocante e seu recheio viscoso moviam-se por sua boca. Ela se banqueteava com o prazer dele.

Naquele dia, eles tiveram um almoço longo e Noah não sossegava. Era o meio do inverno, imaginei, e na hora em que a porta da sala de estar se fechou com um estalo a luz que atravessava as frestas do papelão diminuiu. A casa tinha ficado em silêncio.

— Tudo bem — falei. — Tudo bem.

Antes que conseguisse pensar mais nisso, estiquei as correntes.

Minha mão esquerda se contorceu pelo metal e se soltou. A mão direita ainda estava inchada demais para passar, por mais que eu pressionasse o polegar na palma.

O saloon da última chance.

— Olhe para lá — eu disse a Evie. Mesmo depois de todo esse tempo, havia algumas degradações que eu não queria compartilhar.

Quando Delilah tinha nove ou dez anos, forçou a aliança da mãe no polegar e ela emperrou ali. Delilah raras vezes se metia em problemas, e eu fiquei deliciada. Fiquei sentada no corredor, no alto da escada, e assisti aos acontecimentos que se desenrolavam no banheiro. Delilah estava sentada na beira da banheira, aos prantos, e a mãe ajoelhada diante dela, passando sabonete entre seus dedos. Com uma eficiência decepcionante, a aliança deslizou pelo nó do dedo de Delilah e caiu com um tilintar mínimo no chão do banheiro.

Puxei a mão pelo metal, até o ponto de aderência e passei a torcer de um lado a outro. Já havia uma marca dos esforços da manhã; a pele ali tinha um hematoma e estava a ponto de romper. Mordi o lençol e mexi mais rápido. Ao contrário de Delilah, eu não pretendia chorar. Quando a pele se partiu, minha mão, vermelho-escura e molhada, passou, moída.

Eu ri e aninhei o braço no peito. Os olhos de Evie estavam assustados, mas ela sorriu e me fez um sinal de positivo. Agachei-me na cama e estendi a mão boa para o Território, tateando à procura de algo duro o bastante para quebrar o vidro. Meus dedos passaram por trechos úmidos e quentes, e coisas que pareciam se mexer neles. Eu recuei, engoli em seco e continuei procurando. Comida velha e pequenos sapatos apodrecidos, e mofo nas páginas de nossa Bíblia da infância. Tudo macio e inútil.

Evie apontou e eu fiquei petrificada, esperando o pai na porta. Ela balançou a cabeça em sinal negativo e apontou de novo, e acompanhei seus olhos para baixo de minha cama. Embaixo dela — com o braço tremendo —, meus dedos se fecharam em algo duro. Era uma estaca da madeira, pegajosa de sangue antigo e do tempo que passou no Território. Olhei-a por um momento, lembrando-me do motivo de ela estar ali.

— Isso — falei. — Sim. Perfeito.

Eu me levantei, desequilibrada, e me arrastei até a janela. O pai tinha feito pouco esforço para prender o papelão, e a fita adesiva que o grudava começara a se decompor. Soltei os últimos pedaços, aos pouquinhos, até que tinha o papelão nas mãos.

— Pronta — eu disse e o coloquei no chão. A luz uivou no quarto. Evie enterrou a cara nos braços. Eu não podia me virar e ver o quarto iluminado pelo dia. Estava na hora de ir. Tinha atravessado o Território e, depois de nossa precisão em seguir o planejado, eram só três passos curtos para chegar à cama de Evie. Segurei sua mão, como fazia quando dormíamos na mesma cama nos anos anteriores, quando as coisas não eram tão ruins. Ela ainda estava imóvel: agora eu podia ver sua coluna e as partes expostas do couro cabeludo, e a dificuldade que ela tinha para respirar. Eu sabia que, depois que quebrasse a janela, os segundos — nossos míseros segundos, que tínhamos passado tantos meses planejando — começariam a escoar.

— Vou voltar para te buscar — falei. — Evie?

A mão de Evie palpitou na minha.

— Vejo você em breve — eu disse.

Levantei a estaca acima do ombro.

— Cubra o rosto — sussurrei. Depois o tempo do silêncio terminou e eu bati a madeira no canto inferior da janela. Ela rachou, mas não quebrou, então bati de novo, com mais força, e o vidro se espatifou. No térreo, Noah gritou. Por sob os gritos, eu ouvia passos abaixo de nosso quarto e a voz da mãe. Logo alguém estava na escada. Tentei espalhar o vidro no peitoril da janela, mas em vez disso um caco se alojou na palma da minha mão. Os cacos eram muitos e não havia tempo suficiente. Passei uma perna pelo parapeito, puxei a outra e me sentei na janela, voltada para fora. Alguém estava à porta, mexendo na tranca. Eu tinha dito a mim mesma que não ia olhar para baixo. Eu me virei e por um momento fiquei suspensa, metade dentro do quarto e as pernas no ar de inverno. "Vamos precisar nos agarrar ao parapeito", eu dissera a Evie, "até ficarmos penduradas, para reduzir ao máximo a queda". A porta se abriu e eu vi um lampejo do pai. O formato dele na porta. Deixei o corpo tombar, mas eu estava fraca demais para ficar pendurada, como planejara, e, assim que meus braços travaram, caí.

A grama estava molhada, mas a terra congelara embaixo dela. Enquanto pousava, algo em minha perna direita desmoronou, como uma construção que desaba sobre si quando explodem as fundações. O barulho ricocheteou pelo jardim. Caí para a frente e o impacto enterrou ainda mais o caco de vidro na mão. O ar era frio demais para ser respirado e eu chorava, eu sabia. "Meu Deus, levante-se", sussurrei. Devagar, endireitei o corpo e puxei a camiseta para os joelhos, e ali, na porta da cozinha, estava a mãe.

Esperei que ela corresse até mim, mas ela não fez isso. Sua boca se mexia, mas eu só conseguia escutar o sangue pulsando nos ouvidos. Nós nos olhamos fixamente por um longo e derradeiro segundo, depois me virei e corri.

O portão do jardim estava destrancado. Contornei a casa, mancando, segurando-me nas paredes, depois peguei a rua, seguindo as linhas brancas no meio. O fim de tarde era de um azul escuro e frio. Aqui estava o bairro de que eu me lembrava: a Moor Woods Road e suas casas tranquilas, cada uma bem distante da outra. Janelas brilhando como santuários no crepúsculo. Talvez o pai estivesse atrás de mim. Eu não podia gastar energia me aproximando de uma porta: ele me apanharia ali, antes que os moradores pudessem atender. Eu conseguia prever o peso exato das mãos dele em meus ombros. Gritei, tentando invocá-los de suas salas de estar, dos sofás, dos noticiários noturnos. Havia luzes festivas penduradas em árvores e portas de entrada, dando as boas-vindas aos moradores, e eu pensei, estupidamente: Natal.

A rua serpenteava ladeira abaixo, minha perna vergou e eu cambaleei para o muro ao lado, agarrando as pedras úmidas. Consegui me equilibrar e continuei, agora nas sombras, os pés batendo em folhas caídas e poças invernais. A dor estava a segundos de distância, como que saindo do sono. Eu não suportaria muito tempo e, quando me atingisse, não conseguiria ignorá-la de novo.

Eu podia ver o fim da Moor Woods Road. Depois dela, prestes a atravessar, apareceu um par de faróis. Corri diretamente para eles, de mãos erguidas e apaziguadoras, e a motorista pisou no freio antes de me atingir. O capô do carro era quente em minhas mãos, e eu deixei impressões ferruginosas onde o toquei. A motorista saíra do banco e eu só enxergava uma silhueta; vinha hesitante para mim e para a luz. Vestia um terninho e segurava um celular, e parecia tão luminosa, de algum modo, e limpa, como uma visitante de um admirável mundo novo.

— Meu Deus — disse ela.

— Meu nome — falei — é Alexandra Gracie...

Não consegui dizer o restante. Olhei para trás, para a Moor Woods Road: estava silenciosa e impassível. Sentei-me na rua e estendi o braço, e ela, enquanto ligava para a polícia, deixou que eu segurasse sua mão.

Acordei uma vez à noite, com o frio do ar-condicionado, e puxei as cobertas sobre o corpo. Já havia luz do lado de fora, mas eu não ouvia trânsito nenhum. Era bom acordar desse jeito, muitas horas antes de amanhecer. Eu me sentiria melhor pela manhã.

Justo quando adormecia, meu corpo teve um sobressalto. Estive pensando na queda da janela, quinze anos antes. O impacto, meio sonhado, meio lembrado. Um espectro de dor roçou meu joelho. A mãe na porta da cozinha. Rolei. Eu de pé no jardim no crepúsculo escuro do inverno, com minha camiseta suja e nada mais. A perna torcida atrás de mim, como um grilhão. Teria sido fácil me impedir. Desta vez, no sonho, eu ouvi. Eu podia ouvi-la mais alto que meu coração. "Vá", disse ela. No Norte, preparavam sua sepultura, empunhando pás no amanhecer cálido e rosa para a enterrarem antes de o sol nascer. Ela disse "Vá".

2
Ethan (Garoto A)

Ethan retornou a ligação antes de meu despertador tocar. Parecia um anúncio publicitário da manhã: correu ao longo do rio; deu comida para o cachorro; quebrou ovos para o café da manhã.

— Me conte tudo — disse ele.

Eu contei. Ele gostou de minha descoberta do artigo sobre o trabalho dele na caixa de pertences da mãe e pediu que eu lesse para ele, assim saberia exatamente a qual dos projetos se referia.

— Ah, esse. É meio antigo.

— Ainda bem que ela não teve acesso ao *Times* — falei. — E a "Os problemas com o perdão".

Ele me ignorou.

— Vai ficar algum tempo por aqui? — perguntou. — Sendo *inventariante* e essas coisas.

— Posso trabalhar em Londres esta semana. Vamos ver como as coisas andam. Talvez a gente precise ir até a casa, acho.

Eu o ouvia refletindo, lembrando-se das janelas, do jardim, da porta de entrada e das portas depois dela. Cada um dos cômodos. Eu tinha estragado sua manhã.

— Vamos encontrar um tempo para ir lá. Escute. Pegue um trem na sexta à noite para Oxford, fique comigo e com a Ana. Já faz séculos que você não vem ao país. E seria bom te ver antes do casamento.
— Depende do trabalho. Não sei quanto tempo posso ficar.
— Bom, diga a eles que sua mãe morreu. Vai conseguir uma folga por isso.
O cachorro latiu.
— Merda — disse ele.
— Eu posso ir.
— Sexta-feira. Me ligue quando estiver no trem.

No início — e no fim também — éramos só Ethan e eu.
O primeiro a nascer; a última a ser adotada.

Alguns meses se passaram depois de termos escapado até que os arranjos fossem feitos. Lembro muito pouco dessa época, e cada uma das lembranças parece exagerada, como se eu tivesse apanhado a história de outra pessoa e me imaginado na narrativa. Quando me despertaram na primeira vez, dias depois da fuga e já tendo passado por algumas cirurgias, me pegaram e me deram um banho. Minha pele aos poucos começou a ficar visível, mais branca do que eu me lembrava. Levou horas, e sempre que paravam eu pedia para continuarem: tinha sujeira nas orelhas, nas dobras do cotovelo, entre os dedos dos pés. Quando terminaram, me agarrei à banheira e me recusei a sair. "Podem continuar", eu disse, sem jamais querer sair da água e de seu calor. Eu imaginava que o mar da Grécia seria assim, onde Evie e eu planejamos morar.

O pelo fino e macio tinha crescido em meu rosto e nos ombros. "Seu corpo está mantendo você aquecida", disse uma das enfermeiras, quando perguntei, e ela ficava virando a cara, sem me olhar, até poder sair do quarto. Meus hematomas desbotaram para um amarelo ictérico espalhado e opaco e alguns ossos começaram a recuar, para dentro de gordura e carne.

Eu não conseguia acreditar que as pessoas não gostassem de estar em um hospital. Que as pessoas realmente quisessem ir embora. Eu tinha meu próprio quarto. Tinha três refeições por dia. Tinha médicos pacientes, que falavam comigo sobre meu corpo e explicavam por que precisavam abri-lo. Todas as enfermeiras eram carinhosas, e, às vezes, quando elas saíam, eu chorava no quarto limpo e silencioso, como a gente chora quando alguém é gentil no meio de um dia horrível.

À noite, dormindo, eu chamava por Evie. Acordei com gente acima de mim, me consolando, e o nome dela ainda em minha boca. Ela estava em outro hospital, disseram, e eu ainda não poderia vê-la.

Uma semana depois de eu ter acordado pela primeira vez, abri os olhos e encontrei uma desconhecida no quarto. Estava sentada na cadeira ao lado de minha cama, lendo um fichário. Nos momentos antes de ela saber que eu tinha acordado, eu a examinei. Ela não vestia o uniforme do hospital. Em vez disso, usava um vestido claro e elegante e um casaco azul, e os sapatos mais altos que eu tinha visto na vida. O cabelo era curto. Seus olhos corriam pelas palavras diante dela, e, enquanto lia, uma ruga entre os olhos se formava e se suavizava, de acordo com a frase.

— Olá — disse ela, sem levantar a cabeça. — Eu sou a dra. K.

Muitos meses depois, entendi que a letra é pronunciada como uma palavra — Kay —, mas naquela época já nos conhecíamos muito bem e a dra. K gostou de minha interpretação: "É muito mais concisa", disse ela.

Ela baixou o fichário e estendeu a mão para mim, e eu a apertei.

— Eu sou Alexandra — falei. — Você já deve saber.

— Eu sei, sim. Mas é melhor ouvir de você. Alexandra, sou uma das psicólogas que trabalham com o hospital e com a polícia. Sabe o que isso significa?

— A mente.

— Sim. É isso mesmo. Então, enquanto todos os médicos e enfermeiros cuidam do seu corpo, podemos conversar sobre a sua mente. Como você está se sentindo e no que está pensando. O que aconteceu e o que gostaria que acontecesse agora. Às vezes a polícia vai poder se juntar a nós, e às vezes vamos ser só você e eu. E quando for assim... quando só estivermos nós duas... tudo que você me disser vai ser confidencial. Vai ser um segredo.

Ela se levantou da cadeira e se ajoelhou ao lado de minha cama.

— O caso é o seguinte. Precisamos fazer uma promessa. Posso entender a mente e trabalhar com ela. Prefiro acreditar que posso deixá-la melhor. Mas não sei ler pensamentos. Então vamos precisar ser sinceras. Mesmo sobre as coisas difíceis. Tudo bem?

Sua voz começava a se distorcer.

— Tudo bem — respondi.

Ela disse mais alguma coisa, mas estava em movimento, afastando-se de mim, e quando acordei de novo era noite e a mulher tinha ido embora.

Depois disso, ela me visitava todo dia. Às vezes estava acompanhada de dois detetives; eles estavam presentes quando ela explicou que o pai tinha se matado logo depois que saí da casa. A primeira equipe de policiais o encontrou na cozinha. Apesar das várias tentativas, não foi possível reanimá-lo.

Eles tentaram?, perguntei a mim mesma. Depois: E tentaram quanto?

Em vez disso, perguntei como ele tinha se matado. Os detetives olharam para a dra. K, que olhou para mim.

— Ele consumiu uma substância tóxica — disse a dra. K. — Um veneno. Havia muitas, muitas indicações de que isso fora planejado, e planejado já fazia algum tempo.

— Tinha uma grande quantidade na casa — observou um dos detetives.

— Especulamos que esse devia ser o objetivo final.

Eles se olharam de novo. Havia alívio neles, como se tivessem se livrado de algo de um jeito melhor que o esperado.

— Como se sente com isso? — perguntou a dra. K.

— Não sei — respondi. Uma hora depois, quando estava sozinha, pensei em minha resposta, que era: Não me surpreende.

A mãe, eles disseram, foi presa. Ela também estava de posse de uma substância tóxica, mas não quis tomar; encontraram-na sentada no chão da cozinha com a cabeça do pai no colo. Ela guardou o corpo como aqueles cachorros sobre os quais a gente lê, que se recusam a deixar o cadáver do dono.

— E os outros? — perguntei.

— Agora descanse — disse a dra. K. — Vamos conversar mais amanhã.

Entendo agora que existiam coisas que eles tentavam resolver. Tínhamos toda uma equipe, uma nova e vasta família: a polícia, nossos psicólogos, os médicos. Eles ficavam olhando velhas fotografias de nosso rosto em um quadro branco, encabeçadas com os nomes pelos quais o mundo agora nos conhecia: Garotos A a D; Garotas A a C. Havia linhas traçadas entre nós e palavras escritas nelas: "Estreitamente próximos", "Violência potencial", "Relacionamento a ser determinado". Novos detalhes eram anotados, propostos ou apurados nos leitos de hospital. O mapa de nossa vida começava a aparecer, como constelações no crepúsculo.

Em geral, a dra. K e eu ficávamos sentadas em silêncio.

— Quer conversar hoje? — perguntava ela, e eu estava cansada demais, ou sentindo dor em uma das cirurgias, ou odiando tudo: odiando as roupas bonitas e a serenidade dela; e envergonhada, quando fazia comparação, do jeito como meu corpo ficava na cama, seus ângulos passeriformes e estranhos, nada dele funcionando como deveria. Em outras ocasiões, quando os detetives a acompanhavam, a dra. K me perguntava sobre tudo de que eu conseguisse me lembrar: não só dos Dias Amarrados ou do Acorrentamento, mas antes disso, quando éramos crianças pequenas. Minha plateia gravava tudo que eu dizia, até as coisas que pareciam irrelevantes, e assim eu falava mais: sobre os livros de que Evie e eu gostávamos, por exemplo, ou as férias em Blackpool.

— Há quanto tempo você não vai à escola? — perguntou a dra. K. Fiquei sem graça, não conseguia me lembrar.

— Você começou o ensino fundamental II? — perguntou ela.

— Sim. Foi meu último ano. Não lembro da época exata em que parei, mas sei que ia bem em todas as matérias... em quase tudo.

— Como se sentiria com uma volta aos estudos? — perguntou ela, sorrindo.

Depois disso, um preceptor do hospital vinha me visitar toda tarde. A dra. K nunca falava nisso, mas reconheci sua artimanha silenciosa. Ela providenciara uma Bíblia para eu ler, porque eu gostava das passagens familiares antes de dormir. Ela sentia quando eu me cansava das perguntas dos detetives e fechava o caderno, encerrando a conversa. Para agradecer, eu tentava falar mais com ela, mesmo quando a odiava.

Às vezes também conversávamos sobre o futuro.

— Já pensou — disse ela — no que gostaria de fazer?

— Tipo um emprego?

— Talvez um emprego, talvez outras coisas também. Onde gostaria de morar, ou lugares que queira conhecer, ou atividades que gostaria de experimentar.

— Eu gostava de história — falei — na escola. E matemática. Gostava da maioria das matérias.

— Bom. — Ela me olhou por cima dos óculos. — Isso já ajuda.

— Eu tinha um livro sobre os mitos gregos — eu disse. — Então eu gostaria de ir à Grécia, talvez. Evie e eu combinamos que vamos juntas. Nós contávamos histórias uma para a outra.

— Qual era a sua preferida?

— A do minotauro, é lógico. Mas Evie tinha medo. Gostava mais de Orfeu e Eurídice.

A dra. K baixou o caderno e colocou a mão ao lado da minha na cama, o mais perto que podia sem tocar nela.

— Você vai conhecer a Grécia, Lex — disse ela. — Vai estudar história e matemática, e muitas outras matérias. Tenho certeza.

A equipe concluiu que a melhor forma de termos uma vida normal seria a adoção. Depois de uma análise criteriosa, cada um de nós seria adotado por uma família diferente. Tínhamos necessidades diversas e específicas e uma dinâmica entre irmãos problemática. Além disso, éramos muitos. Eu não tinha base para isso, mas vi a dra. K defendendo essa abordagem, de pé diante do quadro-branco, lutando por ela. Acreditava sobretudo que — com trabalho e com o tempo — era possível descartar partes do passado, como um casaco da estação antiga que você nunca deveria ter comprado.

A atividade frenética dessa época continuou pelos meses e anos que se seguiram, empacotadas em belas conclusões. As crianças mais novas foram primeiro: eram mais maleáveis e era mais fácil salvá-las. Noah foi entregue a um casal que quis continuar anônimo, até para o restante de nós; era uma abordagem aprovada pela dra. K e por psicólogos que serviam de apoio. Noah não se lembraria de nada da época na Moor Woods Road. Os dez primeiros meses de sua vida podiam ser perfeitamente apagados, como se nunca tivessem acontecido. Gabriel foi para uma família da cidade, que acompanhou o caso de perto e deu uma série de declarações emotivas pedindo às pessoas que respeitassem sua privacidade. Delilah, que era a mais fotogênica de todos nós, foi adotada por um casal de Londres que não conseguira ter filhos. E Evie teve mais sorte: foi para uma família da costa Sul. Ninguém me contou muita coisa nessa época, além de que ela teria outros dois irmãos, um menino e uma menina, e que a família morava perto da praia.

Eu me lembro de que a dra. K foi nomeada para me dizer isso e me lembro de perguntar a ela, absolutamente certa de que não deveria exigir tanto esforço, se eles tinham espaço para mais uma criança.

— Acho que não, Lex — respondeu ela.

— Mas você perguntou a eles?

— É uma coisa que eu sei — disse ela, e depois, inesperadamente: — Sinto muito.

Assim, restavam Ethan e eu. Depois de muitas semanas de indecisão, a irmã de minha mãe, Peggy Granger, concordou que cuidaria de Ethan durante o ensino fundamental II. Ela tinha dois filhos mais velhos e poda lidar com outro garoto. A expectativa era de que ele saísse da casa dela depois de três anos, quando tivesse concluído os exames escolares que tinha perdido, embora Ethan — sendo Ethan — tenha saído em dois anos. Peggy nos visitou pouco antes de as coisas ficarem ruins e eu atendi à porta, então tinha certeza de que ela ainda pensava em mim. Quando foi indagada, ela negou um dia ter estado na Moor Woods Road. Além disso, disse ela, e Deus a perdoasse, ela não estava acostumada com meninas adolescentes.

No escritório de Londres, as pessoas quiseram saber de duas coisas: primeira, como era Devlin? E depois que contei a elas: por que eu tinha voltado?

Deixe-me contar sobre Devlin.

Devlin sempre tinha um projeto empolgante — um projeto novo —, que estragaria a sua vida. Suportou semanas insones e clientes como Lucifer ("Igualmente difíceis", disse ela, "e igualmente carismáticos"), além de várias insurreições de homens velhos e de terno, mas esmagou todos eles. Haveria momentos no meio de um acordo em que ela se voltaria para mim e perguntaria, bem indiferente, como eu estava. Só havia uma resposta que Devlin queria ouvir: Estou ótima. Estou me adaptando a meu terceiro fuso horário em quarenta e oito horas; um tufão cortou a internet; estou quase vomitando de cansaço. Estou ótima. Devlin conhecia homens que podiam (ou não) fornecer substâncias a barões venezuelanos da droga; conhecia os sultões dos pequenos países do Oriente Médio; sempre sabia exatamente o que dizer. Seus olhos e as cavidades em volta deles eram do mesmo tom de cinza-escuro. Aos quarenta e dois anos, seu coração — cansado de dois países por semana e cinco horas de sono por noite — se rebelou contra ela a trinta e cinco mil pés acima do Pacífico e duas horas do aeroporto de Changi. "Eu sabia que tinha alguma coisa errada", disse ela, "quando não quis a champanhe antes da decolagem." Um médico veio correndo da classe econômica e o coração de Devlin sossegou. Acordou em Cingapura e pediu bebidas para todo o avião — para compensar pela inconveniência.

Depois disso, fizeram uma cirurgia em seu coração, alguma cirurgia profundamente invasiva, e nas reuniões eu notava que ela havia criado um tique nervoso: tocava o peito quando estava zangada ou frustrada, como se tranquilizasse uma criança. Eu costumava imaginar a cicatriz por baixo da blusa, o estranho contraste da carne amarrotada e o algodão limpo e bem passado.

Devlin tinha sugerido a invenção de um acordo que exigisse minha presença em Londres, mas por acaso apareceu um acordo verdadeiro. Um dos amigos de Devlin tinha lugar no conselho diretor de uma empresa de tecnologia que queria comprar uma startup de genômica exclusiva, sediada em Cambridge. "Pelo que entendi", disse Devlin, "você manda algum DNA e eles preveem seu futuro."

Uma série de informações tinha chegado no início da noite de terça-feira. Era meia-noite em Londres, abri os arquivos enquanto ela falava.

— Como um vidente? — perguntei.

— Um vidente particularmente sofisticado, assim espero. Eles se chamam ChromoClick.

Pelo restante da semana, dormi sob um cobertor grosso de exaustão, brigando com ele toda manhã graças ao despertador do hotel. Eu chegava ao trabalho a tempo de começar o dia em Londres e à noite me juntava a Devlin nos telefonemas de Nova York. Quando saía do escritório, na hora vazia antes da manhã, a City estava cálida e escura e eu abria as janelas do táxi para conseguir ficar acordada.

Ignorei telefonemas de mamãe e papai. Ignorei as duzentas mensagens de Olivia e Christopher em nosso chat de grupo. Durante todo o dia a dra. K ligou em intervalos que pretendiam me surpreender, e eu a ignorei também. A única pessoa com quem tinha contato era Evie. Nosso plano para a Moor Woods Road tomava forma: um centro comunitário, povoado de coisas que a mãe e o pai teriam reprovado. Tramamos uma biblioteca infantil, grupos de leitura para idosos, palestras sobre contracepção. Nossas sugestões ficavam mais ambiciosas.

— Um rinque de patinação — disse Evie.

— Um bufê coma-o-que-puder.

— O local do primeiro casamento gay do país.

Bill me ligou na quarta-feira. Eu tinha tomado uma decisão relacionada com meu papel de inventariante? Havia um cliente na outra linha e um assistente esperando do lado de fora da minha porta. Bill era uma anomalia: impossível acreditar que a prisão ocupasse o mesmo mundo do escritório. "Me dê até o fim de semana", pedi.

Noite de sexta-feira, ainda trinta graus. Eu estava de pé no trem das 18h31 vindo de Paddington, mandando a Devlin por e-mail o que pensava das várias infrações da empresa de genômica, que tinham acabado de ser reveladas. Um diretor certa vez deixou um hardware sem criptografia em um trem, atulhado de informações sobre orientação sexual, problemas de saúde e etnia dos funcionários. "Em resumo", concluí, "existem problemas." Olivia tinha printado fotografias do casamento e as mandou para mim e Christopher com legendas evisceradoras. "Canapés extremamente fortes", escreveu ela. "Vestido abaixo da média. Menu estereotipado. Que porra é essa?" Analisei minha mensagem para Devlin. "Se vale de alguma coisa", acrescentei, "estou em um trem. Vou ficar de olho."

Eu tinha solicitado o endereço de Ethan e pedi que ele e Ana não me recebessem na estação. A casa deles ficava em Summertown e eu gostava de caminhar: JP tinha estudado aqui e às vezes passávamos o fim de semana na cidade. Rolei minha mala pela Jericho e pela Woodstock Road: ali estávamos, aos vinte e cinco anos, saindo do Museu Ashmolean, imitando máscaras mortuárias. Aos vinte e sete, indo para Port Meadow com traje de banho e champanhe. Será que ela, perguntei-me — a namoradinha —, tirava a roupa quando ele pedia e enchia a boca com ele, cuidadosamente, antes de sentir seu gosto, mal escondidos no matagal? Mas não era culpa dela; ela apareceu depois disso.

As faculdades lânguidas atrás de seus portões, dormindo por todo o verão.

Ana me viu andando pela rua e acenou da janela do segundo andar. Vi sua agitação pelo vidro embaçado da porta de entrada, pouco antes de ela abrir.

Se Ethan pudesse encomendar uma esposa, seria Ana Islip. O pai dela ensinou história da arte na universidade por muitos anos e a mãe era integrante secundária de uma dinastia naval grega; distante o bastante para ficar longe do lado empresarial das coisas, mas suficientemente relacionada para receber uma mesada. Ethan travou relações com o pai de Ana no Ataque Artístico, uma iniciativa da Prefeitura de Oxford para reabilitar vítimas de crime violento por meio da arte, e — tendo se convidado a um jantar na casa dos Islip, que ficava na margem do rio e era feita inteiramente de madeira e vidro — conheceu Ana dez dias depois.

— Ataque Artístico? — eu disse quando eles narraram juntos a história para mim. Cada um deles tinha um papel designado e o conhecia bem. — É assim mesmo que se chama?

— Sim — respondeu Ana. Ethan, sorrindo, olhava para outro lado.

No dia do almoço, Ana tinha nadado no Isis. Ela ainda estava se secando de maiô, na margem, quando Ethan chegou. Foi um dia terrível para ele chegar adiantado.

— Um dia de sorte — disse ele e levantou a taça.

Ana era artista. Tinha um leve cheiro de tinta e diferentes cores riscavam seus braços e pernas. Em cada cômodo da casa em Summertown, suas telas estavam penduradas nas paredes, ou encostadas nelas. Ela pintou a água e como a luz caía nela: pintou a superfície cinza-esverdeada do Isis, quase imperturbável, e o mar no derradeiro raio de sol antes de uma tempestade. Pintou o tremor de alguém baixando uma caneca de chá. Havia uma tela de Ana Islip em meu loft em Nova York, do mar cintilando sob o sol da tarde. "A Grécia", escrevera ela no cartão que o acompanhava. "Meu segundo lar. Ethan disse que você ia gostar."

Ela abriu a porta e me abraçou.

— Sua mãe — falou. — Meu Deus, eu sinto muito.

— Sério? Não precisa.

— Deve ser complicado — disse ela e se iluminou, feliz por ter encerrado essa parte. — Ethan está no jardim. Entre, entre. Ele abriu o vinho, mesmo depois de eu dizer para esperar. Ah, Lex. Parece que você não dorme há uma semana.

Atravessei o hall revestido de madeira, passei pelo ateliê de Ana e a sala de estar e fui para a cozinha. Aqui, a casa se abria para o jardim. O fim de tarde de verão se inclinava pelas claraboias e vagava pelas grandiosas portas duplas. A reforma foi um presente de noivado dos pais de Ana. O cachorro de Ethan, Horace, veio de dentro, saltitando, para me receber. Ethan estava sentado do lado de fora, de costas para a casa.

— Oi, Lex — disse ele.

O sol estava quase paralelo com a terra e por um momento só o que consegui ver foi a massa branca de seu cabelo. Ele podia ser qualquer um de nós.

Eu o vira pela última vez em Londres, seis meses antes, quando ele me convidou para um debate na Royal Academy. O debate tinha como título "Educação e inspiração: ensinando o jovem artista", e Ethan presidiria a mesa. Cheguei atrasada, depois de beber com Devlin — teoricamente atrasada demais para entrar no auditório —, e esperei por ele no bar. Cada mesa tinha uma pilha de folhetos de papel-cartão anunciando o evento, com uma pintura de duas crianças pequenas entrando no mar na frente e descrições dos oradores no verso.

> Ethan Charles Gracie é diretor da Escola Wesley, em Oxford. A escola tem uma história de destaque e uma trajetória nas artes e em várias iniciativas artísticas aclamadas, com diferentes faixas etárias. Quando de sua nomeação, Ethan era um dos mais jovens diretores de escola do país. Ethan é conselheiro de várias instituições filantrópicas de Oxford, foi consultor do governo sobre reformas educacionais e dá palestras e seminários internacionalmente, voltadas para como a educação o ajudou a superar os traumas pessoais.

Pedi outra bebida. As portas se abriram e a multidão tagarelou no auditório. Ethan foi um dos últimos a sair, falando com dois homens de terno e uma mulher que usava um crachá pendurado em um cordão. Ele me olhou nos olhos e um sorriso atravessou seu rosto, fugaz; nenhum dos outros chegou a olhar para o meu lado. Ethan segurava um casaco pesado no braço e chegava ao final da história. As palmas das mãos se viraram para cima, para esconder o riso. Ele contava uma história como o pai fazia, com a mesma convicção, sua narração viajando por tendões e músculos, por todo o corpo, mas deixando a boca e os olhos impassíveis, como se houvesse um defeito de conexão logo abaixo da face. As pessoas esperavam para falar com ele, orbitando na periferia de sua presença. Voltei a me sentar. Eu teria de esperar também.

Ele me encontrou trinta minutos e três drinques depois.

— Oi — disse ele, dando-me dois beijos no rosto. — Bom. O que achou?

— Foi muito interessante.

— Gostou da sugestão das casas nas árvores?

— Ah, sim. Foi uma das minhas partes preferidas.

— Você nem chegou a entrar, né?

Olhei para ele e ri. Ele riu também.

— Eu estava no trabalho. Mas tenho certeza de que foi maravilhoso. Como você está? E a Ana?

— Ela não pôde vir. Desculpe... era minha esperança que ela estivesse aqui para conversar com você. Ela não está bem. Acho que é... aquele distúrbio do século XIX... aquele artístico. Muito classe alta. Como se chama mesmo?

— Histeria?

— Menos grave.
— Os ares?
— Sim. Isso mesmo. Ela vai ficar bem. — Seus olhos lutavam para permanecer nos meus; ele podia ouvir conversas mais importantes em toda a nossa volta. — Quer que eu te apresente a alguém? Vou ter que circular.
— Ainda tenho algum trabalho a fazer — falei, embora não tivesse. — Circule. Parece importante.
— Vão acontecer outras maiores. Vou te acompanhar até a saída.
Piccadilly ainda estava abarrotada de gente. Havia luzes azuis e brancas no alto da rua e consumidores encolhidos com sacolas de papel. Fazia frio suficiente para nevar. Casais usando fraques e vestidos, protegidos em saguões de hotel. Cada vitrine apresentava um conto de fadas novo e caloroso. Dezembro em Londres. Eu pretendia comprar alguma coisa cara e caminhar de volta para meu hotel passando por Mayfair. Queria ver as roupas dos porteiros e o brilho dos apartamentos acima da rua. Ethan me ajudou a vestir o casaco. Eu ainda segurava o folheto.
— Isto — disse ele.
— Você escolheu a imagem também?
— Sim. Conhece? *Crianças no mar*?
— Não.
— Joaquín Sorolla y Bastida?
— Ainda não conheço, Ethan.
— Me lembra você — disse ele. — Você e Eve, talvez.
— É uma biografia impressionante — falei. — Mesmo que tenha sido escrita por você. Eu tenho orgulho do que você se tornou.
Ele já se voltava para seu público. Preparando um sorriso específico para a reentrada.
— É só uma narrativa — disse ele. — Não é?

A história do nascimento de Ethan fazia parte do folclore de nossa família muito antes da minha, que — terminando com uma garota nascida monotonamente em um leito hospitalar — foi uma sequência decepcionante que o pai quase nunca contava.
A mãe estava no oitavo mês de gestação e trabalhava na recepção de uma empresa insignificante a uma hora nos arredores de Manchester, onde o pai cuidava da eletrônica. A essa altura, ela lutava para alcançar a máquina de escrever, as secretárias ridicularizavam como a mãe andava, o pai tinha de su-

bir de sua sala no porão três vezes por dia, levando potes e massagens. Havia pouca indicação de que o bebê estava chegando, só um estranho desconforto, a expectativa da dor. E então a água estava em sua calcinha e na cadeira barata de escritório.

Pela quarta vez naquele dia, o pai subiu a escada. Um dos diretores da empresa, o sr. Bedford — o vilão da história, caso haja alguma ambiguidade —, já estava ao lado da mãe, segurando o telefone. A mãe o segurava também e pedia ao sr. Bedford que por favor *soltasse* o fone; ela e o marido tinham combinado que o bebê nasceria em casa, e eles iam para lá naquele momento. O sr. Bedford, segundo se soube, já telefonara chamando um táxi para o hospital duas vezes, mas a mãe baixara a mão no gancho antes que ele completasse o pedido.

O sr. Bedford foi insistente. O bebê era prematuro e a mãe deveria estar em um hospital. Se ele não conseguisse pedir um táxi do telefone da recepção — que o pai agora tinha desconectado da tomada, e cujo fio segurava no alto, fora do alcance do sr. Bedford —, então pediria uma ambulância de sua própria sala. Meus pais, arrastando o telefone da mesa e fluido amniótico, foram para a rua. Saíram cambaleando do escritório pelas lentas portas de correr e atravessaram o estacionamento, e a mãe desmaiou no banco traseiro do Ford Escort que eles usavam para ir e voltar do trabalho todo dia. O pai girou a chave na ignição. Justo quando arrancavam para a rua A, ouviram a sirene e uma ambulância passou por eles com as luzes faiscando.

— O sr. Bedford — disse o pai — deve ter tido muito o que explicar.

Em casa, vinte minutos depois, eles estenderam os cobertores macios e limpos que o pai tinha comprado com a bonificação de Natal. Passaram as almofadas do sofá para o chão e fecharam as cortinas. A mãe se agachou na cama improvisada. Na penumbra familiar, seu rosto brilhava de lágrimas e saliva.

Ethan nasceu quarenta horas depois. No fim, disse o pai, a mãe pegava no sono a todo instante, e ele tinha de dar um tapinha em sua cabeça para acordá-la. (E ela pensava, de vez em quando, nas luzes azuis e brancas e em um quarto de hospital?) Eles pesaram o bebê na balança do banheiro. Ele tinha 3,170 quilos e era saudável. Um menino. Tinha rasgado o caminho para o mundo, lutara para chegar cedo nele. Eles se abraçaram no chão, ensanguentados e nus, como os sobreviventes de uma terrível atrocidade. Como as últimas pessoas no mundo, ou as primeiras.

*

A parte do nascimento de Ethan que o pai tendia a omitir era a vingança do sr. Bedford, algumas semanas depois. Os Gracie tinham roubado propriedade da empresa e desobedeceram a instruções gerenciais diretas. Além disso, os outros integrantes da equipe de infraestrutura não gostavam de meu pai. Apareceram queixas sobre sua predileção pelo escárnio e sobre as horas que ele passava na mesa da mãe, massageando seu corpo. O sr. Bedford deu a meus pais os parabéns pelo nascimento do filho e pediu que eles se abstivessem de voltar ao trabalho. Seus últimos cheques de pagamento seriam enviados pelo correio.

A mãe não voltou a trabalhar. Nos dezessete anos seguintes, se encheu de filhos e dava conta do papel como uma mártir. Fazia o trabalho de Deus, e o faria bem. Nunca fomos mais preciosos do que quando estávamos dentro dela, quando ela nos teve nos confins estreitos de seu corpo e ficávamos em silêncio. Em todas as minhas primeiras lembranças, a mãe está grávida. Na rua, usava vestidos finos, com o umbigo se projetando como o começo de um tumor, e em casa, no sofá, se reclinava usando calcinha e uma camiseta manchada, nos dando comida. Clamávamos por ela, às vezes dois de nós ao mesmo tempo, brigando pelo seio mais cheio. Na idade que tenho agora, ela teve Ethan, eu e Delilah, e Evie a caminho. Seu cheiro era medonho, de entranhas. Ela vazava. O conteúdo de seu corpo estava decidido a chegar à superfície.

Quando criança, ela queria ser jornalista. Morava com os pais e a irmã mais nova em um vilarejo cercado por morros. A residência deles era a última em uma série de casas geminadas; era meio torta, como a Torre de Pisa. Ela se empenhou em entrevistar todo o vilarejo e o pai dela lhe comprou um bloco de anotações na banca de jornais para o registro de suas descobertas. Na primeira página, com a melhor letra, ela escreveu: *Despachos de Deborah*. Todo fim de semana, e às vezes depois da escola, marchava de casa em casa com seu bloco, investigando. Achava que as pessoas ficavam felizes por lhe falarem de suas esperanças *veladas* — ganhar na loteria, quem sabe, ou se mudar para mais perto do mar; ir à França ou à América do Norte — e felizes também por especularem sobre as relações da nova família na rua ao lado, que podia ser um casal, mas também podia, bem possivelmente, ser formada de pai e filha. Vi fotografias da mãe nessa época e não questiono seus primeiros êxitos. Tinha o cabelo loiro-claro e olhos adultos e empáticos. Você lhe contaria seus segredos.

Ela não contava com o que chamou de O Desfile. O primeiro incidente aconteceu quando a mãe tinha dez anos e estava prestes a fazer o exame para a escola na cidade vizinha. Era o Festival da Colheita no vilarejo e havia de fato um desfile: cada pequena instituição decorou um carro alegórico; mães tricotaram espantalhos e os deixaram caídos pelas ruas; as crianças se fantasiaram de uma miscelânea de vegetais e andaram como um canteiro preguiçoso. Naquele ano, por um processo democrático questionável, a mãe tinha sido eleita a Princesa da Colheita. Ela andou na frente da procissão, com um vestido dourado (uma imensa evolução, concluiu ela, comparado ao traje de batata do ano anterior), e, quando o desfile passou por sua casa, os soldados que dirigiam o carro dos veteranos dispararam uma rodada de tiros comemorativos.

De sua posição à frente da multidão, a mãe não viu acontecer o acidente. A corda que prendia o carro alegórico da Igreja Cristã de Countryside ao veículo Morris Marina deles se partiu, bem na crista da Hilly Fields Road. Ela ouviu os gritos quando o carro alegórico atingiu o pai dela, mas supôs que a multidão simplesmente tinha ficado empolgada demais e acenava com mais entusiasmo. Quando um organizador tentou fazê-la parar, ela sorriu educadamente e o contornou.

Durante alguns dias, a imprensa nacional ficou no vilarejo. Meu avô perdeu uma perna no acidente e uma criança — uma abóbora costurada à mão — tinha morrido. A mãe ficou emocionada. Gostava dos repórteres inteligentes e elegantes que tinham blocos iguais ao dela. Ela era a realeza na tragédia, ao mesmo tempo uma vítima e uma participante relutante. Deu uma série de relatos em primeira mão, sentada solenemente em sua sala de estar ao lado de sua mãe, segurando um lenço com firmeza. Concluía cada entrevista declarando que — à luz dos terríveis acontecimentos — gostaria muito de ser jornalista. Queria permitir que as pessoas contassem suas histórias. No final do bloco, colecionou uma série de nomes e números de telefone, com o título da publicação de cada jornalista anotado entre parênteses. Ela atribuía estrelas às publicações de circulação nacional, com base no profissionalismo e no tempo que estiveram dispostos a deixá-la falar; sabia com quem entrar em contato quando chegasse sua hora.

Seus outros visitantes foram representantes da Igreja Cristã de Countryside. Três mulheres bateram na porta em um fim de tarde, tão baixinho que a mãe não deu atenção, e elas bateram de novo. Esperaram na chuva, a uma distância hesitante da porta, com lenços amarrados no cabelo e o rosto envolto na sombra. A mais velha trazia um cesto de pão quente coberto por um pano de prato, e, quando o estendeu, a mãe se assustou. Pensou, por um momento inexplicável, que o cesto escondia um bebê.

— Rezamos por você todo dia — disse uma das mulheres, e outra acrescentou:

— E por seu pai.

— Sim... por seu pai também. Podemos vê-lo?

— Ele ainda está no hospital — respondeu a mãe. — Mamãe está lá agora. E minha irmã.

— Se você um dia se sentir sozinha — disse a mulher mais velha —, não hesite em se juntar a nós.

— É importante — disse a seguinte — receber as crianças de braços abertos.

O pai dela voltou do hospital um mês depois. A imprensa tinha retornado a suas cidades e o enterro da criança já acontecera, seguindo a mesma rota do Festival da Colheita. O pai dela ficava calado e estático, instalado na frente da televisão. A perna esquerda da calça se pendurava ao lado, como o fantasma de um membro. Ele não podia mais limpar janelas. Pela primeira vez, a mãe desejou que o acidente nunca tivesse acontecido.

— E assim começou O Desfile — disse a mãe. O desfile dos infortúnios da mãe. — Bom — ela dizia, quando o pai perdia um emprego, ou um professor telefonava, preocupado porque um de nós não estava na escola, ou na primeira vez que o pai bateu em Ethan —, o que se pode fazer com O Desfile?

Como não era mais conhecida como a Princesa da Colheita, a mãe começou a cuidar do pai, enquanto sua própria mãe fazia turnos de trabalho extras na loja do vilarejo. Precisava garantir que ele tomasse o café da manhã — a mãe dela desconfiava de que ele tentava se matar de fome — e procurar sinais de infecção no coto. O pai dela ficava sentado em sua cadeira, e a mãe se ajoelhava no chão ao lado. Tinha orgulho de sua disposição. Tocava a pele macia e selada e o veio roxo onde o ferimento fora costurado. Ela pensava: *Talvez eu deva ser médica.* Eles ficavam em silêncio durante as inspeções. O pai dela não lhe perguntava mais sobre suas últimas entrevistas e ela não tinha nada a contar.

Sua outra responsabilidade era a irmã, Peggy. Peggy tinha oito anos e era uma grande inconveniência. "Ela não é tão inteligente como você", dizia a mãe das duas. "Ela precisa de você, Deb." Quando a mãe terminava o dever de casa, sentava-se para ajudar Peggy com o dela e suspirava pela natureza juvenil das tarefas. Decidia entender mal várias perguntas para evitar suspeitas, mas às vezes eram as perguntas mais simples do mundo e ela torcia para que Peggy fosse chamada na frente da turma e solicitada a se explicar.

A mãe foi reprovada nos exames de admissão da escola da cidade vizinha. A família não fez comentários, como se nunca houvesse uma perspectiva real de sucesso. O Desfile continuou. Ela foi para o colégio público da cidade, ocupado por imbecis agrários e suas futuras esposas, todos fedendo a esterco de vaca. Tinha uma única amiga, Karen, cuja família recentemente se mudara para a região; Karen era dolorosamente magra e perpetuamente entediada, e quando acendia um cigarro dava para ver os tocos ensanguentados de suas unhas. Os professores diziam que a mãe era distraída e não se esforçava; mas como poderia, quando tão claramente fora feita para estar em outro lugar? Ela desenvolveu psoríase nos cotovelos e embaixo dos olhos e assim ficou sensível, a explicação que a mãe dela deu aos moradores que iam à loja e perguntavam o que tinha acontecido com ela: Deborah é uma menina muito sensível. Para piorar as coisas, Peggy passou raspando para a escola da cidade vizinha e começou a falar com todos da família com um sotaque conciso e afetado, que penetrava cada cômodo da casa torta — Peggy, a quem ela sacrificara tudo.

Às vezes a mãe podia ser vista andando pelo vilarejo para a missa da tarde na Igreja Cristã de Countryside, ainda com o uniforme da escola. Caminhava a passos rápidos, com os braços metidos abaixo das costelas e as meias emboladas nos tornozelos, e estava sempre sozinha. Gostava de chegar pouco antes do início da celebração e sair antes que o restante da congregação se levantasse. Tinha ouvido falar que o vilarejo acreditava que ela era o exemplo do perdão, embora na maior parte do tempo gostasse de uma noite longe da família e dos sorrisos aliviados da congregação, que acreditava que ela os havia perdoado.

A mãe saiu da escola aos dezesseis anos, com algumas qualificações superficiais e uma vaga no curso de secretariado da cidade. Como não podia pagar por isso, saiu da casa no vilarejo e atravessou o pântano até os subúrbios; isso a poupava de ter de testemunhar mais a ascensão de Peggy, ou de cuidar do pai dela, que estava ficando confuso. Com o tempo, ele tinha encolhido no tecido da poltrona e se retraía quando ela lhe dava um beijo de despedida, como se ela tivesse batido nele.

Quando Ethan e eu éramos muito novos e havia menos competição, nossos pais deixavam que a gente pedisse histórias para dormir. (Para o pai, os livros eram inferiores às histórias dele; "Não precisavam de papel nos tempos de Homero", dizia ele, sem explicar melhor a história da indústria de fabricação do papel.) A história preferida de Ethan era de sua dramática chegada ao mundo, que sempre culminava na mãe afastando o tapete da sala de estar para mostrar a marca de nascença marrom no carpete. Mas minha história preferida era a da noite em que o pai e a mãe se conheceram.

Karen havia convencido a mãe a acompanhá-la ao centro da cidade em uma noite de sábado. "Você está ficando entediante", disse Karen. "Ainda mais entediante que o de costume." (Na época da história, a mãe acreditava que Karen ainda morava na casa dos pais, era solteira e tinha problemas mentais; "Agora me diga quem é a entediante", acrescentou a mãe.) Elas se vestiram no apartamento da mãe, esta sempre de preto, com o manto branco de cabelo até a cintura e uma música triste de Elvis no sistema de som, qualquer que fosse a ocasião. Pegaram o ônibus do bairro com uma garrafa de riesling para dividir pelo caminho.

A noite foi um desastre. As duas acabaram em um pub depois do centro da cidade — mesas bambas, caça-níqueis, um carpete pegajoso — em que um dos antigos amantes de Karen trabalhava. Eles fingiram surpresa ao se verem, embora fosse evidente para a mãe que a noite toda tinha sido combinada. Ela segurava vela, estava ali para entreter Karen enquanto o barman trabalhava. Elas beberam vodca com suco de laranja de graça e o barman piscou para a mãe quando Karen foi ao banheiro. Pouco depois das onze, alguém pôs um vinil — algo pesado, que a mãe nunca tinha ouvido — e o barman e Karen foram dançar. Uma mulher desdentada usando paetês se juntou a eles, depois veio outro sujeito local, que mal conseguia ficar de pé, mas rebolava na direção da mãe. Depois de um curto tempo passando o peso do corpo de um pé para outro, ela pegou o casaco na banqueta do bar e saiu.

Ela não sabia onde estava. Andou para o ponto de ônibus com os olhos lacrimosos. Em outra vida, já estaria dormindo, aquecida e alheia embaixo dos cobertores. Nessa parte da cidade, os prédios eram bem separados e entre suas luzes havia desertos de sombras, tão escuras que ela não conseguia enxergar os sapatos. Ela correu pelas zonas mortas, pisando nas poças e nos buracos. Tinha certeza de que fora longe demais.

Depois de meia hora, chegou à igreja.

Ficava afastada da rua, no fim de uma calçada sinuosa de cascalho entre túmulos. Seus tijolos aparentes eram de um vermelho terracota acolhedor, mal iluminados pela noite. Passava da meia-noite, mas os vitrais bruxuleavam: alguém tinha acendido velas em seu interior.

Sem raciocinar muito, ela abriu a porta. Podia passar a noite ali dentro e sair pouco antes do primeiro serviço religioso do domingo. Na soleira, tirou os sapatos e ajeitou o vestido para que cobrisse os joelhos. Deixou pegadas molhadas na pedra.

Cinco velas ardiam no fim do corredor, na nave central. Devagar, ela seguiu o caminho até as pequenas chamas, olhando cada banco pelo qual passava. Quando chegou ao púlpito, virou-se, como se se dirigisse à congregação.

— Olá? — ela chamou.

— Olá — disse o pai.

Seu coração palpitou. Ele estava de pé em uma sacada acima dela, com as palmas na balaustrada.

— Oi — disse a mãe.

— Olá — repetiu o homem. — Não estava esperando ninguém aqui.

— Eu me sinto muito idiota — falou ela. — Mas me perdi.

— Isso não é idiotice.

— O que está fazendo aqui?

— É um projeto paralelo. Estou testando uma iluminação nova. Pode vir comigo se quiser.

Ele acenou. A mãe ainda tremia. Ela não se mexeu e o pai riu.

— Não tenha medo.

— Não estou com medo. Como subo aí?

— Volte para a entrada. Vou iluminar o caminho.

Ele desapareceu e a luz forte inundou o corredor central. O alívio disparou por ela: que tolice ter medo do escuro. Ela subiu a escada com a maior rapidez que pôde, dificultada pelo vestido e se apoiando nas paredes, passando por fios, faixas e pilhas de cadeiras. No patamar, procurou por ele, desconfiada de que era um trote e de que ele estaria escondido. Mas não, ele estava de costas para ela, esperando.

— Parece que você teve uma noite e tanto — disse ele. Tinha uma caixa de fusíveis na mão. Havia sulcos de músculos pelos braços e deltas brilhantes de veias. O país estranho e novo dele.

— Sim. Eu não devia ter concordado em ir. Tenho uma amiga... uma amiga mais velha, acho. Foi ideia dela.

Ele ainda não se dignou a olhar.

— E onde ela está agora?

— Com um cara, eu acho.

— Ela não me parece uma amiga muito boa.

— Acho que não.

Ele procurou pela luz de uma uma lanterna, que percorreu a sacada e parou no rosto dela.

— Seu cabelo — disse ele. — Todas as luzes caem nele.

(*Todas as luzes caem nele*, uma frase excelente. Embora eu tente negar, havia ocasiões — quando eu era mais nova — em que isso me impressionava também.)

— É assim que você costuma passar suas noites de sábado? — perguntou a mãe.

— Não. Às vezes. Gosto de tecnologia, sabe? E gosto de ajudar.

A mãe se recostou na balaustrada ao lado dele. Deixou que o cabelo caísse no braço.

— Nunca tive companhia — contou o pai e sorriu. — Isso deixa as coisas muito mais interessantes.

— Não sou nada interessante — disse a mãe. — Quer dizer, sou muito entediante. Sinceramente.

— Não acredito em você. Qual foi a melhor coisa que já aconteceu na sua vida?

— O quê?

— Me conte qual foi a melhor coisa que já te aconteceu. Ninguém é tedioso quando conta a melhor coisa que aconteceu na vida. Conte.

A mãe pensou em seu vestido de princesa e no rosto dos moradores do vilarejo que assistiam ao Festival da Colheita. Em sua mente, eles se multiplicaram, e assim ela liderou o desfile por uma multidão de centenas — milhares — de admiradores.

— Tudo bem — respondeu ela. Sabia exatamente como contaria isso.

— Está vendo? — disse o pai, no fim. — Isso não foi entediante. Mas também não foi a melhor coisa que aconteceu na sua vida.

— Não foi?

— Claro que não — disse o pai. Ele se concentrou na caixa de fusíveis, passando-a de uma palma da mão grande para outra. Sorria, quase ria. — Foi esta noite.

— Esta é uma história chata — dizia Ethan sempre que era contada. — Não sei por que você gosta dela.

— Acha que isso um dia aconteceu? — Evie me perguntou quando a ouviu pela primeira vez. — Ou eles só se conheceram em uma missa de domingo? — Fiquei surpresa com seu ceticismo, depois me surpreendi por nunca ter questionado eu mesma a história. O fato era que eu queria que fosse verdade. Lançava o pai e a mãe em uma luz sombria, fulgurante: os amantes postados em uma sacada bem no comecinho da história. Essa era a versão deles de que eu mais gostava.

Ethan tinha os próprios planos para a casa da Moor Woods Road. Mas guardou para si durante o jantar da noite de sexta-feira e durante a excursão artística de Ana por Oxford na manhã de sábado, mas na hora do almoço suas oportunidades se esgotavam. Ana tinha preparado uma salada grega e encontrado um guarda-sol, e comemos do lado de fora, conversando sobre o trabalho de Ethan.

— Quer dar uma caminhada depois do almoço? — perguntou ele sugestivamente. Imaginei-o entrando na sala dos professores da Wesley para propor a mesma coisa a um colega, e como as conotações dessa sugestão perdurariam quando eles saíssem: uma caminhada com o sr. Gracie.

— Claro — falei.

Fomos para o University Parks, depois dos campos de críquete e dos canteiros de flores, e encontramos um caminho sombreado para a Cherwell. O gramado era de um amarelo opaco e ermo, mas era verde embaixo das árvores e perto do rio. O sol arranhava parte da dignidade de Ethan. A pele era de um tom mais ralo que o branco, e as linhas mais cáusticas — na testa e entre os olhos — não se retiravam mais quando ele sorria, mas ficavam posicionadas em seu rosto.

— Seu cabelo está ainda mais escuro — disse Ethan. — Não sei por que você faz isso.

— Não sabe? — perguntei. — Sério?

— Você fica melhor loira.

Eu conhecia Ethan o bastante para entender que esse era um grito de guerra: alguns golpes na muralha do inimigo antes de lançar a ofensiva principal.

— Não é meu desejo ver a mãe no espelho — eu disse. — Além disso, essas lembranças não são do meu interesse financeiro.

— Ao contrário de mim, quer dizer?

— Não deve te fazer mal — falei — ministrar palestras sobre seus traumas pessoais.

— A superação dos traumas pessoais. E não estou te criticando, Lex, sinceramente não, mas você devia aparecer. O feedback tem sido incrível. Todo mundo tira alguma coisa disso, eu te garanto. Vou a Nova York no outono. Pode te ajudar de verdade.

Meu rosto ficou quente. Parei e engoli em seco, mas Ethan não percebeu. Agora um passo à minha frente.

— É uma ótima plataforma para falar sobre educação — disse ele.

— E sobre você mesmo.

— Educação no contexto de nós mesmos. Lembra como ficamos felizes na volta à escola? Quero que todas as crianças tenham o mesmo entusiasmo. Que sejam capazes de se colocar acima das circunstâncias. Você devia ver as crianças que foram alunas minhas nos meus vinte anos, Lex. Elas já eram traumatizadas. É o nosso entusiasmo que estou promovendo. Não sei por que você tem problemas com isso.

— Por favor, Ethan. Todo mundo sabe que você começa com slides das fotos da polícia.

— Claro. É preciso atrair a atenção das pessoas.

Chegamos ao rio. Barcos passavam por entre as árvores. Sentei-me na grama.

— Com isso em mente — disse ele —, quero falar com você sobre a casa. Na Moor Woods Road, 11.

Fechei os olhos.

— É mesmo?

— Acho que esta é uma boa oportunidade para nós. Para todos nós. Uma oportunidade única.

— Bom, sem dúvida é única.

— Escute. Não é tão diferente do que você está sugerindo. Com algumas mudanças. Um lugar comunitário, sim. Mas precisamos dar um nome a ele. O Centro Comunitário Gracie, em Hollowfield. Se você fizer isso, vai conseguir matérias em jornais, a cerimônia de inauguração. Vai ter acesso a mais financiamento público. Mais gente vai ser ajudada. Pense nisso. Parte desse lugar não devia ser dedicado à nossa família? Seja uma série de palestras, ou algum memorial. Nós podíamos... podíamos ter uma sala da casa para isso,

assim as pessoas podiam entender o que passamos. Não sei. Ainda não pensei direito no assunto.
— Um museu.
— Não foi o que eu disse.
— Ninguém naquela comunidade vai querer um santuário das notícias do passado.
— Talvez queiram... se isso trouxer outras coisas. Atenção. Investimento.
— Não estaríamos exatamente glorificando Hollowfield, para começar — falei. — Não, Ethan. Não precisa ter nosso nome. Só um local comunitário, com um propósito digno. O que há de errado?
— É um desperdício. Eu podia fazer muita coisa com isso, Lex. Pelo menos pense no assunto.
— De jeito nenhum.
— Lembre-se de que você precisa do meu consentimento para o seu plano. É uma via de mão dupla. Com quem mais você falou? Delilah? Gabriel?
— Não. Só com Evie.
Ethan riu. Agitou o braço para mim, como se dispensasse uma aluna particularmente frustrante, empenhada em fracassar, independentemente do que ele fizesse.
— É claro — disse ele. — É claro.

Avisei a Ethan que voltaria sozinha e, quando ele se foi, encontrei um canto sossegado ao sol e liguei para Bill. Ele não atendeu. Eu esperava que estivesse em um zoológico ou em um churrasco, com crianças agarradas a seus braços e pernas. Ainda suando. Ethan tinha me deixado feroz e eu liguei de novo.
Ele atendeu na terceira tentativa.
— Andei pensando — falei —, e eu aceito.
— Alexandra? É você?
A voz dele estava cercada por música e ele andava, como se procurasse um canto mais silencioso. Senti um verme de constrangimento nas entranhas. A garota Gracie, ele murmuraria para sua família extensa. *Desculpem.*
— É bom ouvir você — disse ele, recuperando seu pequeno triunfo. — E sua mãe... ela teria ficado feliz também.
A felicidade da mãe: puída, como uma corda gasta.
— Eu não teria tanta certeza — falei. — Mas então. Minha irmã e eu... temos uma ideia...

Apresentei a ele o centro comunitário, sala por sala. No jardim haveria narcisos, em sua maior parte, e uma horta cuidada pelas crianças. Ele riu e quase deixou o telefone cair.

— É perfeito. Perfeito, Lex. Os outros beneficiários... eles concordam?

— É um processo — eu disse. E como ele não respondeu: — Está em andamento.

"Em andamento" era uma expressão do Dicionário Civil Devlin para Clientes, seguida de "em breve" e "assim que for possível".

— Também vamos precisar pedir financiamento — falei. — Para a reforma. É muito mais do que você imagina, Bill. Não precisa ajudar em nada disso.

— Eu sei. Sei disso, Lex. Mas gostaria de ajudar.

Eu precisava garantir a concordância dos beneficiários. Ele investigaria a documentação. Falou em planejar requerimentos, subvenções testamentárias, atos de inventariante. Toda uma nova linguagem de morte e casas. Teríamos de pensar na melhor maneira de apresentar o requerimento à prefeitura, disse ele, tendo em mente de onde viria o dinheiro. Talvez — se eu quisesse uma aventura — poderíamos ir a Hollowfield para entregar pessoalmente.

— A filha pródiga retorna — disse Bill, que, apesar de todo o tempo que passou com a mãe, claramente nunca leu as Escrituras.

Depois do jantar, Ethan saiu. Tinha um compromisso tarde da noite com diretores da Wesley em um hotel no centro da cidade e não devíamos esperar por ele.

— No início, eles me odiavam — disse ele. — Novo demais, famoso demais. Era por demais... o que mesmo, Ana?... revolucionário. Agora me querem jantando com eles na merda do fim de semana. — Por todo o jantar ele ficou rabugento, criticando a culinária de Ana e servindo vinho com um fervor deliberado, de modo que escorreu pelas hastes das taças e manchou a mesa de madeira.

— Graças a Deus ele saiu — falou Ana. — Desculpe, Lex.

Em silêncio, tiramos a mesa. Ana tinha pintado os pratos, e assim oliveiras e ciprestes apareciam à medida que comíamos.

— Deixe as taças — pediu Ana. — Vou abrir outra garrafa. Peguei um pano na pia e passei nos anéis vermelhos na mesa.

Nós nos sentamos do lado de fora, de pernas cruzadas, uma de frente para a outra, como crianças prestes a brincar de adoleta.

— E então — falei. — Me conta do casamento.

Só faltavam três meses. Eles se casariam em Paios, na Grécia, que tinha seu próprio aeroporto, não muito mais que um barracão e uma pista de concreto. Ana passava férias ali quando era criança e tinha dito ao pai, de forma a não deixar nenhuma dúvida, que era onde se casaria. Gostava da igrejinha branca na rua principal, imponente no alto da colina, que ela acreditava, na época, ser o topo do mundo. Ao cair da noite, dava para ver cada luz na ilha, fosse de um carro ou uma casa; ela veria um casal saindo de carro para jantar, no meio de uma discussão, ou uma viúva, na cama, estendendo a mão para o abajur na mesa de cabeceira.

— Sempre com fantasias tristes — disse ela. — Eu era uma criança bem melancólica.

Ela baixou os olhos do céu, como se recordasse que eu estava ali.

— É claro — completou — que eu não tinha motivos para isso.

— Reservei minha passagem — falei. — Estou louca para ir.

— Você ainda pode levar alguém... se quiser.

Eu ri.

— Vou ver se alguma coisa evolui. Estou sem tempo.

— Mas você vai ficar bem. Delilah vai estar lá.

— Bom. Vai ser um encontro interessante.

Mesmo no jardim às escuras, eu sentia o rubor do desconforto de Ana. Ela teria gostado de todos nós lá, com o mesmo chiffon e a mesma alegria, ao lado de Ethan na igreja. Em vez disso, Evie e Gabriel não foram convidados e Delilah e eu não nos falávamos. Evie e eu passamos algum tempo especulando sobre a lista de convidados e até que ponto Ethan a usaria em proveito próprio. Concluímos que o lugar dela provavelmente tinha ido para um parlamentar, ou o diretor de uma instituição filantrópica internacional. "Alguém útil", disse ela, "do lado de quem você nunca se sentaria." Ela parou para dar de ombros. "Nem fomos próximos mesmo."

— Lex...

Ana penteava o cabelo com os dedos, como se pudesse encontrar as palavras ali.

— Às vezes — começou ela — eu me pergunto...

Ela olhou fixamente para a cozinha do outro lado do jardim, vazia sob as luzes elegantes. Pelo menos fazia frio. Os galhos de carvalho no alto balançavam e se chocavam no vento, mais embriagados que nós. Ana baixou a taça e enxugou as lágrimas nos cantos dos olhos.

— Desculpe — disse ela.

— Está tudo bem.

— Ethan tem sido difícil. Tudo deve ser um sucesso. A escola, as apresentações, as organizações beneficentes. O casamento. Sabe... não, você não sabe... ele dorme mal. Desde o começo, eu me levantava à noite e o via lendo, ou trabalhando. Mas agora... eu o escuto andando pela casa. Durante o dia, existe uma barreira quando ele fica assim. Entre nós. Não consigo passar por ela. Não consigo entendê-lo. Se estivermos felizes, eu fico feliz. Mas ele não vê as coisas dessa forma.

— O sucesso a todo custo — falei.

— Sim. É bem por aí. E, atrás dessa barreira, tenho medo de não o conhecer em nada. Às vezes ele me olha... por exemplo, quando faço uma pergunta estúpida, ou sugiro que a preparação para uma reunião pode esperar até a manhã seguinte... e parece que estou falando com uma pessoa nova, uma pessoa diferente, com a cara dele. E — ela riu — não é alguém de quem eu goste muito.

— Ele já conversou com você sobre a nossa infância?

— Ele me contou algumas coisas — disse ela. — Mas não outras. E, sabe, eu respeito isso. Compareci às apresentações dele. Eu sei como ele sofreu. É só que... se existe alguma coisa que me faça entender. Que eu possa tentar, para fazê-lo falar. Alguma sugestão...

Deixe-o, pensei. Eu sentia o gosto das palavras; ouvia exatamente como soariam quando saíssem da minha boca. Procure entender, eu explicaria, qual dessas duas pessoas — aquela que você conheceu e a pessoa que você percebe ser nova — é meu irmão. Pensei também na repercussão: Ethan entrando nos destroços de tudo que tinha construído.

— Espere por ele — sugeri. — Quando ele fica assim... acho que ele vai a um lugar onde não quer que você o acompanhe. Ele sempre vai voltar para você.

— Você acha mesmo?

— Claro.

Ela se inclinou, apoiou os joelhos na grama e segurou minhas mãos.

— Obrigada — disse ela. Uma lágrima se demorava em seu rosto, mas ela sorria. — Uma nova irmã.

*

Quando tive idade para entender aonde ia Ethan todo dia, esperava por ele e a mãe na porta, agarrada a um travesseiro, na expectativa. Ele ia apenas a oito minutos de caminhada pela rua, à Escola de Ensino Fundamental I Jasper Street, mas para mim parecia que atravessava o mundo e voltava todo fim de tarde, triunfante e disposto — embora, às vezes, de má vontade —, contando tudo que tinha aprendido.

No terceiro ano de Ethan na escola, quando ele tinha sete anos, o professor era o sr. Greggs, que implementou o Fato do Dia, a Palavra do Dia e a Notícia do Dia. Cada aluno de sua turma se revezava para apresentar os três itens. Essas eram as primeiras coisas que Ethan me ensinava quando voltava da escola, enquanto a mãe dava comida a Delilah. As apresentações, disse Ethan, eram de qualidade variada: Michelle, por exemplo, informara à turma de que tinha chegado em segundo lugar na competição de ginástica, com se isso fosse *notícia*. Sempre que era a vez dele, Ethan ia para a escola saltitante, efervescente de empolgação, e eu gritava os itens atrás dele. Tinha certeza absoluta de que ele era a pessoa mais inteligente do mundo.

Ainda me lembro dos fatos do próprio Ethan. Uma vez, em um concurso de pub e sentada ao lado de JP, peguei lápis e papel e escrevi o nome da capital de Tuvalu.

— Funafuti — disse JP. — Bom, você não pode ter inventado isso. — Ganhamos uma tequila de graça só pela resposta correta, e, enquanto eu baixava o copo, JP meneava a cabeça. — Funafuti — repetiu. — Nem acredito nisso.

Antes de ingressar na Jasper Street, o sr. Greggs passara um ano viajando pelo mundo, e Ethan descreveu o conteúdo de sua aula para mim na hora do chá, com olhos feito globos. Ele tinha um conjunto de bonecas russas, que moravam uma dentro da outra, e um pequeno modelo em bronze da ponte Golden Gate, em San Francisco. Tinha um quimono do Japão, que você podia experimentar — meninos e meninas, porque no Japão todo mundo os usava — e um chapéu de caubói do verdadeiro Velho Oeste.

O pai voltara do trabalho e se juntara a nós na cozinha. Era um anoitecer sombrio de sexta-feira, em fevereiro, e ele ainda estava de casaco, que tinha o cheiro do frio. Ele pegou quatro fatias de pão no freezer e as colocou na torradeira.

— Isso não é um lugar — disse ele.

— O quê?

— O "Velho Oeste". Esse sr. Greggs está zombando da sua cara, Ethan. Ele não pode ter estado lá, porque não é um lugar de verdade.

Olhei para Ethan do outro lado da mesa, mas ele estava olhando para as próprias mãos, bem unidas, como quem reza. O pai passou manteiga na torrada e meneou a cabeça.

— Não achava que você fosse tão lerdo — disse ele — para cair numa dessas.

O pai raras vezes nos ensinava fatos, mas ensinava filosofias. Uma delas era que ninguém era melhor do que ninguém, por mais instruído ou rico que pudesse parecer; especificamente, nenhuma pessoa no mundo era melhor que um Gracie.

— Quem é essa pessoa? — exclamava meu pai. — Deborah?

A mãe veio laboriosamente da sala de estar, trazendo Delilah nos braços e Evie na barriga.

— Que foi?

— O sr. Greggs — disse o pai. — O professor de Ethan.

— O que tem ele?

— Ele é peculiar? — perguntou o pai. Dobrou a última fatia de torrada ao meio e a meteu por seu sorriso.

— Ele foi meio delicado — contou a mãe — na noite dos pais.

O pai bufou. Satisfeito com isso. Vestia um macacão azul, que não conteve seu riso; o corpo se avolumou no tecido, como magma na crosta terrestre. Depois de ser demitido pelo sr. Bedford, o pai trabalhava como eletricista em um hotel vitoriano em Blackpool, de frente para o mar, e usava o mesmo uniforme exigido dos zeladores do lugar.

— É temporário — disse ele. — É claro.

Quando conheceu a mãe, o pai se descrevia como um homem de negócios, o que não estava muito longe da verdade. Nas noites e nos fins de semana, ele ainda ocupava um escritório no centro da cidade, com persianas brancas e sujas e uma placa que ele havia encomendado a uma gráfica: "CG Consultoria: Ideias com Faíscas". Dava conselhos sobre compras de computadores, consertos de walkmans e aulas de programação pouco populares nas tardes de sábado. Crianças de todas as idades eram bem-vindas, e, nos dias melhores, dois ou três garotos mal-humorados estariam na sala, acompanhados das mães, que gostavam de bater nas teclas e falar com o pai. O pai queria falar de computadores; as mães queriam que ele falasse de si mesmo.

O pai só falava quando tinha certeza de que a plateia estaria ouvindo, e assim cada frase era pesada, preparada e cuidadosamente proclamada. As mães do curso de informática se inclinavam ansiosas para os silêncios entre as palavras dele: gostavam de seu temperamento tranquilo e da barba e do cabelo pretos — e das mãos pesadas que roçavam o teclado do computador, e que imaginavam facilmente em sua pele.

— Voltando ao trabalho — disse o pai e se levantou da mesa. Uma das mães do clube de informática tinha marcado uma hora para discutir se devia comprar um Macintosh ou um IBM. Uma noite movimentada na CG Consultoria. Ethan esperou que a porta da frente se fechasse e, assim que ouviu a batida, disparou por mim e pela mãe e subiu ao segundo andar. Também ia trabalhar.

Jantar de domingo: a perseverança quinzenal do bife e da torta de rim. A explosão de cada deslize do órgão me dava vontade de vomitar.

Ethan tinha ido à biblioteca da cidade na manhã de sábado e trouxe furtivamente para casa uma mochila de livros que se recusou a partilhar; virou a muamba em sua cama e me expulsou do quarto. Agora esperávamos por ele à mesa da cozinha. Delilah estava ansiosa, contorcendo-se nos braços da mãe. A mãe tirou um seio do vestido de gestante e ofereceu à criança.

— Já chega — anunciou o pai e se levantou. — Vou buscá-lo.

Não havia necessidade. Ouvimos os passos leves na escada e Ethan apareceu na porta da cozinha.

— Desculpe.

Ele ficou em silêncio enquanto comia o bife e a torta de rim, e em silêncio enquanto levávamos os pratos para a pia. Ficou em silêncio quando o pai lhe pediu uma bebida alcoólica, que ele pegou cuidadosamente no Armário Proibido e serviu na taça de casamento do pai, como fora ensinado.

Ele, como o pai, entendia a importância de saber exatamente quando falar.

Quando estávamos de volta à mesa e olhávamos o pai beber, Ethan deu um pigarro. Estava nervoso demais para introduções e foi direto ao assunto.

— Existe um lugar — disse Ethan — como o Velho Oeste.

Levantei a cabeça. Os lábios do pai estavam molhados e ele passou a língua ali. Rodou o fundo da taça na mesa e olhou a superfície âmbar mudar sob as luzes da cozinha.

— O que é isso? — perguntou a mãe.

— Onde o sr. Greggs foi — respondeu Ethan. — Eu li sobre isso. É só um jeito de falar da Fronteira Americana, quando as pessoas foram para essa parte do país pela primeira vez. Não havia lei nenhuma, só caubóis e pioneiros, e saloons. É diferente hoje, mas ainda dá para ir. Você pode ir ao Texas ou ao Arizona, ou a Nevada, ou ao Novo México, onde o sr. Greggs foi.

O pai baixou a taça e se recostou na cadeira.

— Então — disse o pai. — O que está dizendo é que você e o sr. Greggs são muito mais inteligentes que eu. Não é isso?

Engoli em seco. Achei que um pedaço dos rins tinha se alojado entre minha garganta e o estômago.

— Não — disse Ethan. — O que estou dizendo é que o senhor estava errado sobre o Velho Oeste. É um lugar real e o sr. Greggs não estava me fazendo de bobo.

— Do que você está falando, Ethan? — perguntou a mãe.

— Não está ouvindo? — falou o pai. — Ele está dizendo que é muito melhor do que todos nós. — Para Ethan: — E o que mais quer ensinar à família? Por favor... conte mais para nós.

— Posso falar com vocês sobre os caubóis — disse Ethan. — E uma coisa que li sobre a vida de pioneiro. Eles recebiam umas cartas, de outras pessoas na fronteira... de amigos e da família... dizendo a eles que fossem para o Oeste...

O pai ria.

— Sabe qual é o problema de se achar tão inteligente? — perguntou ele. — Você fica muito chato, Ethan.

As lágrimas abalaram os olhos de Ethan.

— Você só não gosta — disse ele — porque eu estava certo e você estava errado.

O jeito como o pai se mexia me lembrava dos crocodilos nos documentários sobre a natureza de que eu gostava na época, os corpos plácidos até que a presa chegava à água. O pai levantou, se atirou pela mesa e bateu em Ethan com as costas da mão, com força suficiente para derrubá-lo da cadeira e respingar sangue na mesa. Delilah, acordada pelo barulho, começou a chorar.

— Vou vomitar — sussurrei à mãe, e só consegui me afastar alguns passos da cadeira. O pai passou por mim — agachada no carpete e de cara, de novo, para a torta de rim — e abriu a porta que dava para o quintal. Não a fechou depois de passar, e o ar úmido da noite invadiu a casa e se acomodou ali.

A mãe limpou o rosto de Ethan e o meu vômito, e Delilah. As pequenas decepções já puxavam a linha do maxilar e seus seios. Ela ficava amuada; os olhos afiados das fotografias de infância agora eram duros e resignados. Ela terminou o que restava da bebida na taça do pai, depois esperou pela volta dele. Sentiu a criança nova batendo no útero. O Desfile continuava sua marcha.

Em alguma hora na calada da noite, Ethan voltou. Eu o ouvi no térreo, falando com Horace, e dormi. Quando acordei de novo, ele estava na soleira, a luz do corredor a suas costas. Lembrei-me de outra soleira, na Moor Woods Road, de como ele a preenchia desse jeito também. Na silhueta, Ethan não tinha mudado.

— Podemos conversar? — disse ele.

A exposição de alguém acordado enquanto você está dormindo. Eu estava com um pijama fino e barato, comprado na estação. Tinha se amontoado na barriga e entre minhas pernas. Puxei os lençóis até o pescoço e estreitei os olhos para a luz.

— Agora? — falei.

— Você é minha hóspede. Não deveria me entreter?

— Na verdade acho que é o contrário.

Ele fechou a porta. No quarto, entrou o cheiro de vinho desgastado. Por um momento, antes de ele encontrar o interruptor de luz, ficamos no escuro juntos.

— Como foi? — perguntei.

Ele estava encostado na parede, sorrindo como se soubesse de algo que eu não sabia.

— A melhor parte — disse ele — é vê-los tentando decidir se querem o meu sucesso ou o meu fracasso.

Ele se interrompeu, de volta ao bar do hotel. Eu via, pelo seu rosto, que ele estava satisfeito. Que soubera exatamente o que dizer. Ele tinha lançado seus insultos e eles ainda não haviam caído; iriam atingir os diretores na cama, no meio da noite.

— Mas então. Como foi a sua noite? Você e Ana.

— Foi legal.

— Legal. Legal *como*?

— O que você quer, Ethan?

— Gostaria de saber sobre o que vocês conversaram — disse ele. — Para começar.

— De nada. Do casamento. Do vestido dela. Da ilha. Nada muito emocionante.

— Da Moor Woods Road?

— Essa não é bem uma conversa para uma noite de sábado. É?

— Gostaria que você soubesse — continuou ele — que as coisas estão boas para mim agora. Mas não posso lidar com interferências, Lex. Não posso lidar com as suas histórias num momento como este.

— Minhas histórias? — eu começava a rir.

— Tive de ser seletivo — disse ele — com o que contei a Ana. Você entende isso. Não quero aborrecê-la. Existem coisas... certas coisas... que ela não precisa saber.

— Existem? — Agora eu ria mais. — Certas coisas?

— Pare de rir, Lex — pediu ele. — Lex...

Ele atravessou o quarto e me segurou pelo pescoço. A palma da mão apertada na traqueia e nos ossos. Só por um segundo, tempo suficiente para me mostrar que ele podia. Assim que Ethan soltou, saí da cama, tossindo pelo aperto.

— Pare com isso — pediu. — Lex. Lex, por favor.

Ele estendeu os braços para mim, seu corpo tentando me acalmar. Como sempre, o sentimento não chegava ao rosto. Eu me inclinei contra a parede, o mais distante que pude dele. O suor brotava em meu cabelo, escorria pelas costas. A sensação de pernas de inseto no caminho do suor.

— Não acorde a Ana — disse ele. — Por favor.

— Certas coisas... — falei. Eu esperava que meu corpo parasse as convulsões o bastante para os esclarecimentos. — O que, por exemplo? Que você era o próximo na linha de sucessão? Verdadeiramente... o filho do papai?

— Isso não é justo.

— Sabe, antigamente eu pensava que seria você que ia nos salvar — falei. — Eu esperei. Eu pensava... ele nem está amarrado. A qualquer momento. Quando ele tiver dezoito anos. Quando ele sair por vontade própria.

— Eu tentei, Lex. Quando éramos pequenos. Lembra? Quando eu ainda podia. Mas na época... não tive coragem.

Nós nos olhamos, um de cada lado da cama. Ele estava menor agora. Ethan, com seu déficit de coragem e a cara boa para a solidariedade.

— Não é assim que me lembro — eu disse. — Não é assim que me lembro mesmo.

Ele se sentou na cama e passou a mão nos vincos do lençol. Procuramos ouvir barulhos de Ana, mas só havia os pisos silenciosos da casa: os tapetes, as estantes e as janelas salientes, inalterados.

— Se quer saber — falei —, esta noite... conversamos sobre outras coisas.

Ele concordou com a cabeça.

— Vá dormir, Ethan.

— O que eu disse antes, sobre os diretores...

— O que tem isso?

— Não vou fracassar — disse ele. — Vou?

— Duvido.

Bêbado, ele sorriu para mim. Sorriu com tudo, até os olhos. Era como se já estivesse se esquecendo.

— Obrigado. — Ele se levantou, trôpego, e foi da cama para a porta. Eu o ouvi seguir pelo corredor até o quarto, tropeçando em uma tela no meio do caminho, depois os sussurros de um colchão, dele e de Ana. Sentei-me com as costas na parede e as pernas esticadas, a mão no pescoço, onde ele havia segurado firme, depois afrouxei, confiante no controle de meus próprios dedos, os músculos obedecendo ao córtex motor. Esperei um tempo, até que comecei a desfrutar disso e voltei a dormir.

Quando estávamos cansadas do quarto do hospital, a dra. K me ajudava a me sentar na cadeira de rodas e nós passeávamos pelos corredores. Eu gostava do pátio do hospital, que na realidade não passava de um jardim careca entre as alas, povoado por fumantes e pessoas fazendo telefonemas sérios. Os médicos exigiam que eu usasse óculos escuros sempre que ia para fora, mas a dra. K não gostou dos óculos dados pelo hospital e me prometeu trazer outro par. Rodei de pijama, cobertores, óculos Wayfarers.

Nesse dia, os detetives não estavam conosco.

— Eles me pediram para fazer um inquérito particular — disse a dra. K. — Acho que é uma questão delicada.

Nós nos sentamos lado a lado, ela em um banco, eu na cadeira. Podia ser mais fácil falar das coisas complicadas, explicou ela, quando a gente não precisava se olhar.

— Tem a ver com o seu irmão — disse ela. — Ethan.

Eu desconfiava de que isso acabaria por chegar. Nas perguntas dos detetives, Ethan estava envolvido por omissão. Já fazia mais de um mês, pensei, que não ouvia o nome dele.

— Veja bem — disse a dra. K —, ele não estava nas mesmas condições que vocês. Ele era mais forte. Não tinha nada quebrado. Nem mesmo estava acorrentado.

Por baixo dos cobertores, entrelacei os dedos e olhei a superfície. Para ter certeza de que ela não podia vê-los.

— Há testemunhas... relatos... sugerindo que ele tinha permissão para sair de casa.

Vi os detetives recurvados em volta de uma televisão, vendo um ano se passar na mesma rua maçante. Procurando pelo andar de Ethan.

— A polícia está questionando — continuou ela — se ele de fato sofreu alguma coisa. Ou se o papel dele era inteiramente diferente.

Um mês de trabalho policial até agora. Eles estariam esperando por um telefonema da dra. K depois de nosso encontro, de maxilar rígido e com a necessária documentação.

— Alguma vez ele machucou você? — perguntou ela.

Tentei imitar a cara dela: como uma casa vista de fora.

— Não — respondi.

— Eu não deveria te contar — disse ela — que o tempo de proteger as pessoas já passou.

— Não havia nada que ele pudesse ter feito — falei. — Assim como o restante de nós.

— Tem certeza? — ela insistiu. Eu me permiti olhar para ela, então, por cima de meus óculos, para que ela pudesse ver que eu era sincera.

— Tenho.

A casa em Oxford era bonita de manhã. Um longo retângulo ensolarado atravessava meu quarto e descansava no edredom. A tela Islip no quarto de hóspedes era de um rio em movimento, e Ana a havia colocado atrás da cama, de frente para a janela, para que fosse difícil saber qual era o efeito da pintura e qual era a luz de verdade no quarto. Livrei-me das cobertas com os pés e me espreguicei no dia cálido. Por um momento, imaginei que a casa era minha e estava vazia. Eu pegaria um livro no estúdio e passaria a manhã no jardim. Não haveria necessidade de falar com ninguém o dia todo.

No térreo, Ethan e Ana estavam na cozinha, juntos, perto do balcão, seus corpos se tocando. Reconciliação.

— Como foi a reunião? — perguntei. Ethan se virou para mim, sem se deixar perturbar.

— Excelente — respondeu. Vestia uma camisa polo e o cabelo estava molhado. — Eles queriam uma atualização geral, antes do dia dos resultados. É impossível prever, naturalmente. Mas estou otimista.

Ele me serviu um café. O branco de seus olhos estava amarelado e entremeado de fios vermelhos e pequenos.

— Você deve ter voltado tarde — falei. — Não o ouvi entrar.

— Ah, não muito tarde. Tem esporte na escola hoje, então preciso estar em boa forma. A Ana e eu vamos. Você está convidada a vir com a gente.

— Não se preocupe. Vou pegar o trem de volta para Londres. Preciso pensar em como falar com os outros, como você disse.

— Bom, estamos preparando ovos. Fique pelo menos para isso.

Comemos em silêncio, olhando o jardim. Quando terminou, Ethan empurrou o prato e segurou a mão de Ana.

— Antes que eu me esqueça — falou, embora não pudesse haver a possibilidade de ele esquecer —, Ana e eu conversamos sobre a sua proposta. Sobre como lidar com a casa.

Eu estava com a boca cheia. Assenti.

— É uma ótima ideia — ele observou. — Um centro comunitário, em uma cidade como aquela. Nenhuma associação com as crianças Gracie. Parece bom, Lex. Me informe o que devo assinar.

— Acho que podemos doar algum material — disse Ana. — Tintas, papel. Anonimamente, é claro.

— Tudo bem — respondi. — Tá legal. — Pensei por um momento em Devlin em uma negociação e em como podia exibir uma suavidade estudada quando o adversário menos esperava; era como se ela confiasse seu mais precioso segredo e você não conseguisse deixar de gostar dela por isso. — Podemos fazer alguma publicidade limitada — eu disse —, se vocês acham que pode atrair mais financiamento.

— É tudo muito emocionante — celebrou Ana. Ela bateu palmas, levantou-se da mesa e deu um beijo na cabeça de Ethan. — Vestido de verão? — perguntou ela. — Ou mais informal?

— Use um vestido — orientou ele, e Ana assentiu, correndo para o segundo andar.

Eu me virei para Ethan.

— Que foi? — ele perguntou. — Pensei um pouco mais no assunto. Não preciso disso. Sinceramente não. O que fizer você feliz. Além do mais, Ana adorou a ideia.

— Tem certeza?

— Quase. Tem uma condição.

— Você deve estar brincando, Ethan.

— Vou autorizar tudo isso. Mas, se fizermos do seu jeito, você cuida de tudo. Demolição, financiamento, o que for. Não quero ouvir falar nesse assunto. Quer dizer... olhe a sua volta. É onde nós moramos agora.

Olhei para as abelhas sonolentas no gramado, os pratos pintados a mão com ovos e Horace cochilando embaixo dos girassóis que Ana tinha plantado no final do jardim. ("Tem uma competição local", ela havia explicado, séria, "entre as velhas de Summertown. Mas este ano eu vou vencer.")

— Até mesmo ver você — disse Ethan. — Às vezes é demais.

Havia muitas respostas para isso, mas cada uma delas trazia minha derrota. Fiz que sim com a cabeça.

— Tudo bem — falei. Trocamos um aperto de mãos, como se fôssemos crianças fazendo uma aposta sombria sobre a capital da Tanzânia. A lembrança me fez sorrir e a capital não me ocorreu, então perguntei a Ethan. Isso, mais do que tudo, era uma oferta de paz.

— Não é Dar es Salaam — respondeu ele.

— Bom — falei. — Lógico que não.

— Dodoma — disse ele. Olhou para mim, triunfante, depois tristonho. — O sr. Greggs e as capitais dele.

— Eu me lembro delas.

— Mas não é Dodoma.

— Não. Não é Dodoma.

— Sabe de uma coisa? — disse Ethan — Ano passado eu fiz uma apresentação, em uma conferência para diretores de escola. Um evento grande. Diretores do mundo todo. E, no final da minha palestra, quando os aplausos começaram e eu realmente pude relaxar, levantei a cabeça e tive certeza de que o vi na plateia... o sr. Greggs. Ele estava no fundo do salão, mas aplaudia, e eu pensei que o havia olhado nos olhos. Tentei encontrá-lo depois na recepção com os drinques, mas estava movimentado e era a última noite do evento, e não o achei. Eu decidi que procuraria por ele. Pedi a lista de quem compareceu à conferência e ele não estava nela. Procurei por diretores de escola de todo o país, pensando que a lista talvez o tivesse deixado de fora, de algum jeito. Ele não apareceu ali também. Então eu ampliei a busca. E por acaso ele não podia ter ido à conferência, porque tinha morrido. Cinco anos antes. Ainda era professor na época, em alguma escola pública de Manchester... morreu trabalhando.

Pensei em Ethan saindo para a escola nos dias de suas apresentações, transbordando de conhecimento.

— Eu sinto muito — falei.

— Bom, e o que eu tenho a ver com isso? Mas ele era um bom professor.

Ouvimos Ana na escada. Nós dois nos levantamos ao mesmo tempo e a vimos atravessar a cozinha. Estava com um vestido amarelo e, quando entrou na luz do sol, abriu os braços, como se nos abraçasse ao chegar.

— O estranho — disse Ethan, pouco antes de ela nos alcançar — é que, sempre que estou falando, penso nele. Ainda gosto de pensar nele na plateia.

3
Delilah (Garota B)

O DETETIVE SUPERINTENDENTE GREG JAMESON AOS cinquenta e cinco: gordo e aposentado, como um cachorro de exposição a caminho da ruína. Toda manhã a esposa, Alice, prepara o chá, passa manteiga na torrada, ajeita-o com o jornal e uma antiga bandeja de hospital que ela pegou no trabalho. "Para compensar as noites longas, muito longas", diz ela. São dez horas e as cortinas do quarto esvoaçam no sol do meio da manhã, e nesses momentos os turnos da noite estão há muito esquecidos.

Os dias dele são cheios. Ele desfruta do jardim, com o críquete no rádio. Gosta de nadar semanalmente na Piscina Pell, mas só no verão. Despido na grama, é surpreendido pela grande massa branca da barriga, pela teia de pelos cinza no peito. Ele fica surpreso por não afundar. Nos invernos, hiberna, com biscoitos e biografias esportivas. Fala em escolas locais e nos centros comunitários de Londres sobre seus tempos de ronda, sobre seus dias como detetive, sobre como eles poderiam fazer o mesmo. Alguns dias eles farão perguntas interessantes e ele saberá que realmente ouviram, que o dia foi bem aproveitado, em outras ocasiões perguntarão: "Você estava de chapéu?"

Às vezes. Ele pensará nisso, então. Às vezes ele voltava para casa de manhã cedo, com a mente abarrotada de ódio pela raça humana, e pensava em fazer as malas e dirigir até o lugar mais solitário em que conseguisse pensar — Ben Armine, talvez, ou Snowdonia — e passar o restante de seus dias como eremita. (Ou, raciocinava ele, como o excêntrico do lugar; assim poderia manter o acesso a refeições quentes e um pub.) Havia dias em que não conseguia falar com Alice porque ela estava incompatível demais com seu turno de trabalho: ela acreditava que as pessoas eram fundamentalmente boas. Cantava na cozinha e ficava aborrecida quando recebia folhetos de caridade sobre crueldade com animais. O que ele poderia dizer?

Sim. Houve uma época em que ele usava chapéu.

Muitos casos foram resolvidos, e ele não pensava muito neles. Outros permaneceram abertos, como uma porta no inverno, e ele sentia sua corrente de ar.

Por exemplo: um homem de vinte anos, Freddie Kluziak, foi à festa de um amigo próximo no salão de eventos de um pub. Segundo andar. A câmera de vigilância do pub estava instalada na escada que dava na festa e pegou Freddie subindo com dois conhecidos, levando um presente de aniversário. No final da noite, as luzes se acenderam e os amigos de Freddie procuraram por ele, em vão. Estava tudo bem: ele teria ido embora cedo, bêbado ou cansado. Dois dias depois, a namorada disparou o alarme. Ninguém o vira desde a festa. A gravação da câmera chegou à mesa de Jameson como um convite havia muito esperado. Toda a equipe se reuniu em volta, esticando o pescoço para pegar os detalhes. Jameson passou setenta e duas horas contando cada pessoa que subiu a escada naquele dia, e cada uma delas desceu, menos Freddie Kluziak.

O que mais perturbava Jameson era o presente de aniversário. Este também sumira da cena. Ele se sentiu ridículo contando ao pai de Freddie que o filho deve ter saído por uma janela com um pacote nos braços, mas a essa altura tinham escavado cada parede do salão de eventos e o proprietário estava morto de cansaço deles.

Ou: uma criança de cinco anos subiu no peitoril de uma janela do terceiro andar e pulou. George Casper era analfabeto e quase mudo. Como explicou o professor, não sabia virar as páginas de um livro: olhava-as como se fossem coisas mortas e vazias. "Ele gostava de aves", havia dito a mãe em explicação. George tinha empurrado uma cadeira para a janela, continuou ela, para ficar mais perto das aves. Ele rolou do parapeito, um Ícaro sujo, seminu e sem vocabulário para gritar. "Que cadeira?", perguntou Jameson, e a mãe não conseguiu se lembrar; tinha mudado de lugar para ver o corpo lá embaixo.

Jameson levantou todas as três cadeiras do apartamento e não acreditou que uma criança desnutrida pudesse deslocar qualquer uma delas. Os cômodos eram uma cacofonia de DNA: o menino tinha ficado em cada assento; havia o lixo de cada morador em todas as camas; testaram um cocô de cachorro por engano. Jameson não sabia como a criança tinha ido parar no concreto, mas olhou para os pais e suspeitou de que eles não eram só estúpidos, mas cruéis.

Na época, ele não era muito profissional. Os únicos meses sórdidos de sua carreira. Passava pela porta do apartamento de jeans e camisa, depois do trabalho, para escutar a família do menino. Seguiu com o padrasto até um pub e bebeu seis uísques — seis —, na esperança de ouvir alguma coisa antes dos últimos pedidos. "Aonde você vai?", resmungava Alice quando ele chegava cheirando a fumaça, as dobras da roupa informal parecendo diferentes do uniforme enquanto ele se despia no escuro.

Certa noite, ele passou pela mãe de George Casper na quadra esportiva do quarteirão. Ela carregava sacolas de compras e a barriga tinha inchado. Era tarde demais para mudar de rumo, então ele lhe sorriu e ela virou a cara, depois voltou a olhar.

— Você não é o policial? — disse ela, os olhos procurando o uniforme, ou um distintivo.

— Sim. Sim. Só estou patrulhando à paisana. Como vai?

Ele carregou as sacolas dela escada acima. Ela estava animada para ser mamãe de novo, disse. Eles pareciam fofos como filhotinhos.

— Você tem filhos? — perguntou ela, e ele respondeu que não. Tinha esperanças, um dia. Ele lhe desejou sorte.

Naquela noite ele ficou deitado na cama, totalmente vestido, e Alice acordou com o marido chorando. O tremor do corpo dele pelo colchão. Na época, eles já queriam um filho havia cinco anos. Ele a tomou nos braços — talvez ela o tivesse tomado, e sua cara se enxugou no cabelo de Alice. Não era bom pensar na injustiça da vida, e eles tinham decidido não fazer isso, mas às vezes...

Havia outras coisas que eles podiam fazer. Tinham crianças na família. O irmão mais novo de Alice tinha três filhas e eles cuidavam delas com frequência. Jameson e a menina mais velha faziam aniversário no mesmo dia, e, quando ela completou dez anos, ele passou o dia todo montando uma cama elástica no jardim para a festa da família, com balões amarrados nas pernas. Foi inesperadamente exaustivo, e, ao terminar, Jameson desabou no brinquedo. Alice estava na porta da cozinha, segurando seu chá e rindo.

— Mais difícil ou mais fácil — disse ela — que móveis modulados?
Ela colocou a caneca na soleira e passou por ele, subindo na cama elástica. Balançou-se, ameaçadora, de um pé a outro.
— Não seja boba — respondeu ele.
— Ah, sem essa!
Eles se seguraram um no outro, gritando, e ficaram exaustos em segundos. As crianças ficaram deliciadas com a cama elástica, e por um breve tempo ela era o ponto alto de qualquer visita à casa dos Jameson. Então as meninas ficaram adolescentes e perderam o interesse pela companhia dos adultos, e a cama elástica enferrujou e se enterrou nas novas folhas de cada outono.

O caso Gracie lhe chegou quando Jameson tinha cinquenta anos. Não usava chapéu havia muito tempo. Ele e Alice tinham acabado de voltar do trabalho e desmontavam os enfeites de Natal. Algo no ato o constrangia, embora gostasse da decoração em dezembro. O despir de uma árvore, a volta cuidadosa dos enfeites para as caixas. Para quem foi feito tudo aquilo? Eles se sentaram para jantar na cozinha — Alice falava da política do hospital e do namorado novo da sobrinha, e do pior caso de traumatismo do dia — e o telefone começou a tocar.

Ele foi convocado de volta ao trabalho para a reunião inicial. A equipe da perícia tinha enviado fotografias da casa e o superintendente chefe os guiou por cada cômodo: este é o corpo do pai; o Garoto D foi encontrado aqui, em um berço; a Garota B e o Garoto B estavam no primeiro quarto do segundo andar, amarrados. Os arqueólogos forenses começaram a cavar o jardim e as fundações da casa, mas seria um longo exercício. As crianças estavam em hospitais diferentes, segundo suas necessidades específicas; todas estavam desnutridas e, com exceção de dois meninos, cada uma delas em estado crítico.

Sete crianças. Jameson olhou as fotos na tela, mudando, e ainda assim eram as mesmas. Os mesmos carpetes manchados, os mesmos colchões úmidos, os mesmos sacos de podridão. Ele pensou em Alice, que estaria enroscada no sofá, de óculos para ver televisão.

— Parece ruim — dissera ela, quando ele saía. — Vou esperar acordada.
— Não, Alice.
— Eu quero.

Havia duas prioridades, explicou o superintendente chefe. A primeira era a preservação das provas; a segunda era o início dos interrogatórios. Como isso aconteceu? Quando as crianças foram vistas pela última vez; quem eram seus amigos; onde estavam os outros parentes? Haveria relatórios médicos no dia seguinte. Eles tinham a mãe em prisão preventiva. Encontraram uma tia, que parecia ansiosa para falar.

— Ainda não podemos falar com as crianças — disse ele, e Jameson entendeu que isso tinha sido motivo de desavenças e que o superintendente chefe perdera.

Jameson foi solicitado a interrogar Peggy Granger.

— Depois disso — continuou o chefe —, você pode trabalhar com a Garota A. Uma psicóloga infantil já está analisando o caso dela. A dra. Kay. Você a conhece? Jovem. Muito impressionante... já trabalhei com ela. Inovadora, segundo algumas pessoas.

— A Garota A — repetiu Jameson. — Foi aquela que fugiu?

Ele voltou para casa no meio da noite. Alice estava deitada no sofá à luz do abajur, com duas xícaras de chá no carpete a seu lado.

— Sempre me diziam para não casar com um policial. E tinham razão.

Jameson sabia que ela ficaria pensando nisso a noite toda, calculando exatamente o que dizer para fazê-lo sorrir. Ele levantou suas pernas e se sentou, colocando-as no colo.

— Sinto que tenho cem anos — disse ele.

— Você parece ter pelo menos duzentos e sete. Como foi?

— Horrível — respondeu ele. Ela estendeu a mão e lhe passou uma caneca.

— E o vilão já morreu.

— Sinto muito.

— Você se lembra — disse ele — das noites, bem no comecinho, quando eu às vezes chorava? Sempre pensei que fosse por causa de todas as coisas horríveis que via. Todas as piores partes da raça humana.

— *Shh*. Você não...

— Mas não era — prosseguiu ele. — Acho que era gratidão. Acho que eu só ficava aliviado. Entende? Por nós e por esta vida.

Ele veio a conhecer bem a dra. Kay nos meses que se seguiram. Passavam muitas horas no hospital, ouvindo as histórias da criança magra e ferida. Havia dias em que ele achava difícil olhar para ela e se concentrava nas anotações, ou na estranha linguagem digital das máquinas do hospital, que ele não entendia. O tempo todo, a menina ficava mais forte, e, se ocasionalmente ele questionava os métodos da dra. Kay ou o que ela escolhia dizer e esconder, apontava para isso.

— Todo dia — disse ela — a Garota A faz progressos. Está se afastando cada vez mais da casa... mais rápido do que os outros. Você vê isso, não vê?

— É claro.

— Então. Me deixe fazer o meu trabalho.

Quando as entrevistas acabaram e as provas foram coletadas, ele foi designado a outros casos, embora perguntasse sobre as crianças com frequência e ainda supervisionasse o caso Gracie. Em uma noite, a dra. Kay o visitou tarde, enquanto ele encerrava o trabalho. A última luz fraca da primavera entrava pelas persianas. Ele arrumava sua pasta e pensava na cama, no cheiro dela e dos lençóis gastos, do jeito que ele gostava. Pensava também nas camas da Moor Woods Road.

A dra. Kay esperava em uma cadeira de plástico barata, cada parte dela deslocada: a suavidade do suéter, os óculos de gatinho, as mãos no colo, com as unhas pintadas por outra pessoa.

— Olá, Greg. — Ela disse e se levantou para lhe dar um abraço.

— Café? — perguntou ele, e ela assentiu, embora cada um deles soubesse que ela não ia beber. Ele a levou para os fundos, a uma das salas de interrogatório. As cadeiras tinham sido abandonadas em ângulos tortos em relação à mesa, como se as pessoas tivessem saído com pressa. — Fique à vontade — disse ele. Na máquina de café, ele descobriu que sentia medo. Não esperava ver Kay antes do julgamento de Deborah Gracie. Retirou o café antes que a máquina tivesse terminado, e acabou derramando água quente em sua mão.

— Eles estão todos bem? — perguntou ele quando voltou. Colocou os cafés na mesa e a dra. Kay pegou um, mais para se aquecer pelo calor dele.

— Estão — respondeu ela. — Você deve ter visto os comunicados à imprensa, naturalmente. "O paradeiro atual das crianças é desconhecido."

— Sim... com famílias que vão cuidar delas — disse ele. — Pessoas que não precisam saber mais do que isso. — Ele levantou o copo de plástico e brindou. — Que tenham uma vida longa e feliz.

— Tem uma exceção. — Ela soltou o ar, cobrindo os olhos com as mãos. Ele estendeu a mão para ela.

— Só vim procurá-lo — continuou ela — pelo que você havia me falado. Sobre o que determinadas pessoas subestimam. Sobre o que você e sua esposa talvez queiram.

Ela havia coberto os olhos, assim não precisava olhar para ele. Por baixo das palmas, seu rosto era cansado e duro. Ela sabia exatamente o que fazia.

Agora, aos sessenta e cinco, o telefone tocou novamente.

Jameson está no jardim, lendo o jornal de domingo. Alice está deitada na grama, lendo a seção de turismo.

— Você está mais perto — diz ela. Ele solta um palavrão e se levanta da espreguiçadeira, recolhendo o corpo. Conta os toques do telefone, ciente de que está ficando mais lento; a cada ano, parece haver mais toques antes que ele consiga atender.

— Alô?

— Alô, pai — digo.

— Lex. Ficamos preocupados.

A semana toda, Delilah ignorou meus recados, até que a saudação na secretária eletrônica ficou reservada, depois rancorosa. Isso deixou uma longa tarde de domingo em Londres com pouca coisa a fazer. As ruas ainda estavam silenciosas, embora alguns que saíram para beber cedo se reunissem às mesas ao sol. Atrás de janelas escurecidas, as pessoas limpavam mesas e pisos, relutantes em sair. Aqui, a cerveja meio consumida e a comida delivery abandonada começavam a apodrecer. Cheiros quentes e úmidos transpiravam dos bueiros; no calor, a cidade não conseguia esconder tão bem as entranhas. Comprei um café e me sentei na Soho Square para ligar para casa.

Papai queria que eu fosse para ficar, pelo menos algumas noites.

— Todo esse contato com a família. Não sei se faz bem a você. — Esse era um debate cansativo, levantado em ocasiões especiais: papai passara o último ano argumentando contra meu comparecimento ao casamento de Ethan. Quando me adotaram, meus pais se mudaram para o mais longe possível de Hollowfield, e eu desconfiava de que também queriam me retirar da região, embora mamãe tenha dito que sempre quis morar perto do mar. Para eles, o passado era uma doença que meus irmãos ainda portavam; dava para contrair só numa conversa.

— Eu vou — falei. Em Sussex, eles tinham tempo ilimitado e acesso intermitente à internet e iam querer saber tudo de Nova York, e de meu fim de semana com Ethan, e o que exatamente fazia uma empresa de genômica.

— Mas ainda não.

Contei a papai sobre a penitenciária e o monólogo da capelã.

— Eu devia tê-la mandado falar com você — eu disse. — Meu cúmplice. Lembra de queimar as cartas?

— Claro que lembro. E também lembro que foi tudo ideia sua. Sabe, eu podia ter ido com você ao presídio.

— Foi tudo bem.

— Não gosto da ideia de você lá sozinha.

— Como eu disse. Foi tudo bem. E tenho os outros também.

— E eles vão servir de alguma coisa?

— Não me parece particularmente promissor.

— Você voltou a falar com Evie, Lex?

Aqui estava: a velha determinação de me preservar de todos eles.

— E se eu falei? — perguntei, sabendo que ele não ia responder. Chegávamos ao final da conversa e ele sempre tinha de desligar amigavelmente.

— Escute. Se ainda não vem para casa, pelo menos procure a dra. K.

— Não acho que seja necessário.

— Talvez não seja. Mas pode ser uma boa ideia.

Pensei no que Devlin dizia quando enfrentava uma sugestão que ela não tinha a intenção de considerar: obrigada por sua contribuição. A desconsideração educada dela era mais cruel do que a discordância ou o debate, que pelo menos exigia algum esforço. Vi a marca da mão úmida de papai no telefone e os pequenos minutos de terror que ele se permitiu na semana passada, perguntando-se por que eu não tinha telefonado.

— Vou pensar nisso — falei. — Prometo.

Em meu quarto no Romilly Townhouse, liguei para Olivia.

— Estou no trabalho — disse ela. — E de péssimo humor.

— Ah.

— Eles desligaram o ar-condicionado o fim de semana todo. Quem achou que essa era uma boa ideia?

— Pode vir para o meu hotel — eu disse. — Tenho uma conta.

— E ar-condicionado?

— Isso também.

Conheci Olivia no dia em que cheguei à universidade. Nós dividimos um banheiro. Ela era do tipo que a gente nota de cara, mesmo que esteja do outro lado do bar, falando com outra pessoa. Cheguei aos corredores antes dela e papai me ajudou a carregar meus pertences para o quarto. Ele parecia mais velho do que qualquer um dos outros pais. "Eu trago as coisas do carro", sugeri, "e você as leva pelo corredor." Tinha passado metade do dia procurando o edredom exato, desprezando sugestões de mamãe por julgar juvenis demais; meia-idade demais; floridos demais; femininos demais; simplesmente horrendos. Conformei-me com um cobertor azul-escuro bordado com constelações, e a lua no travesseiro, que, agora que olhava para ele, me parecia profunda e irreparavelmente constrangedor. Papai e eu fizemos a cama e eu alisei a coberta. Minhas mãos tremiam. A cama ficava no canto do quarto e eu ia acordar com a cabeça embaixo da janela.

— Podemos mudar a cama para a outra parede? — perguntei. — Você se importa?

Reorganizamos o quarto. Ele se sentou a minha escrivaninha, com as mãos nas costas, e pegou uma lista no bolso.

— Sua mãe — disse ele e meneou a cabeça. — Vejamos. Joelheira?
— Sim.
— Você pegou toda a sua comida.
— Sim.
— Você pegou suas roupas elegantes.

Fomos informados de vários eventos nas primeiras semanas do período e dos trajes exigidos.

— Guardei na mala — falei.
— E você vai?
— Vou ver como as coisas andam, papai. Pode ir embora agora.
— Tudo bem — ele respondeu. Ele me envolveu nos braços e me deu um beijo na testa. — O coquetel de boas-vindas — disse ele. — Prometa que vai a esse, Lex.
— Tudo bem.

O coquetel de boas-vindas era de chá e refrigerante, o que não parecia especialmente acolhedor. Um aluno de um ano mais avançado, escolhido para nos colocar à vontade, me fez uma série de perguntas educadas. De onde eu era, que matéria ia estudar, como passei o verão. Por cima do ombro dele, uma garota de jaqueta de brim tinha acabado de dizer alguma coisa que fez rir o grupo que a cercava.

Pedi licença. Ia tomar um banho e me preparar para a primeira semana de aulas. Isso estava a terríveis cinco dias. Na quietude do quarto novo e estranho, com os sons da recepção se estendendo aos jardins, parecia um tempo muito longo.

Eu estava a minha mesa, lendo sobre leis antigas, quando alguém bateu na porta. Fui na ponta dos pés até o olho mágico e vi a menina de jaqueta de brim encostada na parede, de braços cruzados. Ela esperou por um segundo — dois — e, confusa, virou.

Abri a porta.

— Oi — disse ela. — Esta não é a melhor das apresentações, mas acho que nós dividimos um banheiro. — Ela estendeu a mão magricela. Tinha caninos de vampiro e covinhas tortas, então, sempre que a gente percebia que ela era bonita, isso surpreendia.

— Todo o negócio das boas-vindas — comentou ela. — É meio constrangedor.

Olivia estudava economia. Tinha passado o ano anterior como babá dos filhos de um executivo do petróleo na Austrália, o que a fizera perceber que o dinheiro realmente, verdadeira e genuinamente não compra a felicidade. Uma das filhas a enfrentou em seu primeiro dia e falou que ela iria embora em uma semana. "Um ano depois", disse Olivia, "ela chorou quando parti. Então foi um verdadeiro triunfo." Ela já conhecia o cara que morava abaixo de nós, que se chamava Christopher e estudava arquitetura. A mãe dele o enviou com brownies por toda a escada e ele os guardou embaixo da cama, mortificado. Ela olhou de mim para a pequena pilha de pertences no meio de meu quarto, amontoados como se garantissem alguma segurança numérica.

— Ei — disse ela. — Adorei o edredom.

Olivia se encontrou comigo no champagne bar do Romilly Townhouse e me abraçou com cuidado. Usava óculos de aviador, um terninho e uma refinada echarpe de seda, bordada com formigas.

Conversamos sobre a Itália e o casamento, e a torta al testo que o casal serviu à meia-noite.

— Sinceramente — comentou Olivia —, a merda mais chique que já pus na boca.

Conversamos sobre genealogia e genômica, em um sentido amplo; o acordo de Devlin era confidencial, e Olivia trabalhava em uma empresa de investimentos radical. "Meu pai viveu", disse Olivia, "uma espécie de crise de início de aposentadoria. Acho que descobriu que éramos do País de Gales... onde meus avós moram." Discutimos o clima. Debatemos fazer compras em Nova York se comparada com Londres. "Mas", continuou Olivia, "você não começa a achar a bajulação *irritante*?"

— Sua mãe — disse Olivia, enquanto a quarta rodada de bebidas era servida. — Ah, Lex. Não vou fingir que sei o que dizer. Mas ela trouxe você a este mundo. — Olivia levantou o copo. — Então. Tim-tim a isso.

No início, eu tentava contar a Olivia e Christopher o tempo todo. Estaríamos a caminho do bar da faculdade, ou bebendo nos jardins nas tardes cor de ferrugem de outubro, e as palavras se precipitavam para minha garganta, com gosto de bile.

Eles sabiam que eu era adotiva e que era mais velha do que deveria. Eu me pergunto agora de todas as outras aberrações estranhas que deixaram sem questionar: a fotografia de Evie comigo na minha mesa de cabeceira, minha insistência em tomar banho em momentos inoportunos e minhas idas quinzenais a Londres, onde eu andava por Fitzrovia, passava pelas casas austeras e cavalariças coloridas, para ver a dra. K. Será que eles pensavam se deviam me pedir uma explicação? Eles debatiam exatamente qual seria a primeira pergunta a fazer, para garantir o maior lucro?

Se um dia discutiram minhas esquisitices, concluíram que elas não elevariam minha estima por eles. O período letivo passava e ficava impossível perguntar sobre minha história. Só falei em minha mãe e meu pai no fim do ano, e mesmo assim porque precisei falar.

Era o fim de outubro e a semana das festas de Halloween e dos jantares. Toda noite, a neblina se infiltrava dos Fens, como o grande truque de festa do outono. Olivia e eu reciclamos as fantasias do ano anterior, o que foi muito aclamado: éramos as gêmeas mortas de *O iluminado*, com vestidos azul-claros e as meias na altura certa nos joelhos, que tínhamos encontrado em uma liquidação de volta às aulas. Entramos no bar da faculdade de mãos dadas, com uma expressão séria, e Christopher se virou e nos viu. Uma faca de plástico saía do crânio dele.

Todas as nossas pessoas preferidas estavam lá, e "Thriller" tocava na jukebox. O namorado novo de Olivia tinha pedalado com um amigo de faculdade que eu conhecia do clube de corrida da universidade e de quem gostava bastante. A escuridão precoce ainda nos surpreendia, como se a noite quisesse ser rápida demais. Logo estaríamos no período de primavera e perto das provas, e não haveria mais noites como aquela. Saímos do bar mais tarde e mais bêbados do que pretendíamos, ainda segurando os copos de plástico, e partimos para uma caminhada pelo pátio, na direção dos portões da faculdade. O nevoeiro persistia sobre o gramado, e através dele eu via as luzes distorcidas dos prédios depois do pátio, mas não se havia alguém olhando das janelas.

Na metade do caminho até o portão, ouvi passos pouco a nossa frente — prestes a nos encontrar — e da neblina veio um grupo de grotescos. Lá estavam o serial killer Ian Brady, com seu terno e o cabelo idêntico, e uma drag Myra a seu lado. Lá estavam O. J. Simpson, a cara uma máscara no corpo de um jovem magro e branco, e a luva preta pendurada — frouxa — na mão. Lá estava o assassino Shipman, com uma barba falsa e um jaleco médico de verdade. E então, mais para o fundo, estavam a mãe e o pai.

Eles tinham capturado o cabelo muito branco da mãe, a peruca torta na cabeça do garoto, e o vestido invulgar e cinza que ela usava quando foi presa. Na foto policial, ele caía do ombro e era possível ver o talho de sombra lançado pela clavícula; eles não pegaram isso. O pai era ainda menos preciso. O garoto mais alto do grupo tinha assumido seu papel, mas não era tão alto assim. O corte de cabelo era muito bom, e os olhos eram mansos demais. Isso, pensei, não era culpa do impostor.

— Que bom gosto, meninos — disse Olivia enquanto eles passavam.

O copo de plástico caiu de minha mão. A neblina se adensava; agora eu não conseguia enxergar Olivia nem Christopher, nem minhas mãos.

— Liv — chamei, com a ideia de que eu podia fazer isso baixinho, antes que mais alguém percebesse, embora já estivesse de joelhos e a grama fosse macia e molhada entre meus dedos.

Ted Bundy, que reconheci da sociedade de direito, ajudou Olivia a me levar para o quarto. Ela dispensara o namorado. Encheu dois copos com água e colocou a meu lado, em cima do céu noturno.

— Foi uma espécie de jantar com as estrelas — contou ela. — "Fodidos e criminosos." Mas bem arrepiante.

Ela rolou para ficar de frente para mim, mas continuei de costas, acompanhando as rachaduras do teto, tentando percorrê-las de uma parede do quarto a outra.

— E aí — disse ela. — O que aconteceu?
— Não sei — falei. — Talvez a bebida.
Ela bufou.
— Sem essa, Lex. Você? A noite só estava começando.
— Então... não sei.
— Lex. Eu nunca perguntei... tem um monte de coisas que eu não queria perguntar. Acho que pensei que você contaria quando estivesse pronta. Talvez nunca aconteça... sei lá. E eu não ligo, de verdade. Mas você precisa me contar, se não tiver problema para você.

Eu sentia as palavras balbuciando garganta acima, como fizeram quando nos conhecemos.

— Se eu te contar — eu disse —, você me promete... que qualquer pergunta que tiver... e qualquer coisa que você pensar... nunca mais vamos voltar a falar nisso?

— Ah, Lex — Olivia falou. — É claro que prometo.

— Você se lembra — falei — da Casa dos Horrores... você devia ter uns treze anos...

Quando saímos do Romilly Townhouse, a noite evoluiu rapidamente. Olivia era integrante de uma sociedade de uísque com um bar perto dali, e Christopher podia nos encontrar lá. O namorado novo dele experimentava a comédia stand-up, e Christopher não suportava assisti-lo; era uma boa desculpa para perder a apresentação de uma noite.

— Não é que ele seja ruim — disse Christopher. — É que me deixa nervoso. Fico esperando a vaia de alguém. E, se vaiar, vou ter que jogá-lo na merda do chão.

— Não pensou em réplicas? — perguntei. — Pode ser uma aposta mais segura.

— Estamos trabalhando nisso. — Ele suspirou. — Eu preferia quando ele era o contador mais engraçado que conheci.

— Ele não era assim tão engraçado — observou Olivia.

— Olivia está de péssimo humor — falei. — Pergunte a ela sobre o ar-
-condicionado.

— Meu humor está melhorando. Só não consigo vê-lo no palco.

— Vocês duas estão uns quarenta copos à minha frente — disse Christopher e pediu outra rodada. — Não sabia que você gostava de uísque, Liv.

— Não sou louca por ele. Mas gosto de ter um lugar para levar as pessoas. A gente sempre precisa de um lugar aonde levar as pessoas.

— E um lugar com um clima e tanto — falei. Só havia mais uma pessoa no bar, um velho de paletó xadrez: "Ele está morto?", perguntara Olivia quando chegamos.

— Bom, a gente sempre deve ter um lugar onde sabe que vai conseguir se sentar.

— Fale de Nova York pra gente, Lex.

— Eu me mudei — eu disse — para um loft. É imenso. Perto da água, no Brooklyn. Mas é compartilhado.

— Eu não conseguiria compartilhar.

— Somos eu e uma velha. A velha que é dona do loft. Tem uma divisória entre nossos espaços, mas às vezes a divisória cai e lá está ela, na cama, ou vendo um documentário. O nome dela é Edna.

— Edna está te roubando — observou Christopher.

— Está. Gaste mais algum dinheiro, Lex.

— Não me importo — falei. — Já me acostumei. Ela é muito sossegada. E eu nunca fico lá.

— Deixe Edna e volte para Londres.

— Bom, estou aqui agora.

— E precisa ficar para meu aniversário — disse Olivia. — Vai ser dos grandes. Vinte e oito anos. Vou dar uma festa com dois anos de antecedência, antes de ficar cansada demais.

— Estou exausta — falei.

— Nova York era uma boa desculpa, mas isso não.

O barman pegou nossos copos.

— De qual deles vocês gostaram? — perguntou ele. Tinha notas sobre o sabor, mas não lemos.

— Gostei de todos — disse Olivia —, e este é o melhor.

— E o JP? — perguntou Christopher.

— O que tem ele?

Christopher olhou para Olivia, um copo além da sutileza.

— Você vai vê-lo?

— Acho que não haverá tempo — respondi. — Trabalho para uma psicopata.

— Ele pergunta sobre você sempre que o encontro — comentou Olivia.
— Que gentileza a dele.
— Eu digo que você está ótima. Digo que está linda e rica.
— Obrigada, Liv. Para ser franca, não penso muito nele. Só de vez em quando. Estou bem.
— Se houver alguma coisa que você gostaria de saber, posso descobrir.
— Bom, gostaria de não falar nisso.

Tentamos entrar no Ronnie Cott's para o último show, mas não acontecia nenhum aos domingos e o clube estava perto de fechar.
— Vão para casa — sugeriu o porteiro. Christopher precisava encontrar o namorado; a stand-up não tinha ido muito bem. Implorei a Olivia para me fazer companhia em uma última bebida.
— Meia-noite e quinze — disse ela e se retraiu diante do relógio. — Tô fora, Lex. Tô fora.

Quando o táxi chegou, ela entrou, se deitou no banco traseiro e me olhou de cabeça para baixo, pela janela aberta.
— Está quente demais para essas coisas — disse ela, depois, rindo: — É domingo mesmo?
— É a nova quinta-feira.
— Tchau. Tchau, minha amiga.

O taxista, entediado conosco, começou a arrancar. Olivia se sentou e acenou.
— Londres! — gritou ela. — Não é maravilhoso? — Assenti: sim, sim, era bom estar na cidade. O táxi se arrastou pelo trânsito noturno. Fiquei parada alguns minutos no meio-fio, pensando em um homem que eu costumava ver em Marylebone, depois de JP. Só a uma curta caminhada dali. Eu o conheci na internet, de acordo com a descrição, e pensava nele com frequência, quando estava apática em Nova York. Era uma péssima ideia. Até onde eu sabia, a essa altura ele poderia estar casado.

Passei por restaurantes às escuras e por portarias e voltei ao hotel. Tinha uma banheira no meio do meu quarto, que não me dei ao trabalho de usar durante a semana. Agora me sentei no piso xadrez e fiquei olhando enquanto ela enchia. Quando estava envolta pela água, peguei o telefone. Ethan tinha mandado uma mensagem. O Wesley venceu o jogo de críquete. Foi bom ver você, como sempre. Uma transmissão de uma época inteiramente diferente. Estreitei os olhos para a tela. Excelente notícia, respondi. Depois, porque eu estava mole e bêbada: Honduras?

Uma última tarefa do dia. Encontrei o número que procurava e de novo lá estava a secretária eletrônica sem fôlego, como se tivesse sido interrompida aos prantos, ou na cama.

— Delilah — falei. — Por que não retorna minhas ligações, porra.

A mãe finalmente foi examinada mais de uma semana depois do parto de Ethan. Nos primeiros dias, em júbilo com o bebê, a dor parecia uma realização. No sétimo dia, ela ficou intimidada por uma febre e rezou com os olhos no pai, implorando. Ele cedeu quando Ethan tinha dez dias e a mãe tremia demais para segurá-lo. Ela não rezou com intensidade suficiente.

Depois que as infecções foram tratadas e os cortes costurados, o médico informou a meus pais que, se a mãe decidisse ter mais filhos, havia um risco considerável de complicações e ela só o deveria fazer em um leito hospitalar. O médico devia ser o tipo de homem que o pai tolerava: poderoso, seguro de si, difícil de questionar. Eu era nova demais para me lembrar do nascimento de Delilah, mas me recordo de nossa ida ao hospital para conhecer Evie, que nasceu no fim da véspera de Ano-Novo.

O pai tinha nos deixado na casa da irmã da mãe, Peggy, que se casara com um dos rapazes do colégio. Ela estava grávida no casamento, embora tenha amarrado um laço de chiffon na cintura e ninguém pudesse falar nisso antes que o casal voltasse da lua de mel. Quando Evie nasceu, Peggy tinha dois meninos barulhentos e burros, um da idade de Ethan, o outro um pouco mais velho, e passava os dias limpando a casa nova que o marido havia comprado. Tony Granger era corretor de imóveis em Manchester e quase nunca era visto. Ethan o chamava de O Homem Sem Rosto: parecia que só tínhamos um vislumbre de seu terno azul-marinho ou dos sapatos engraxados, desaparecendo em um dos cômodos da vasta casa branca.

Ethan gostava de torturar nossos primos, como algumas crianças gostam de torturar o bicho de estimação da casa. Contavas histórias extravagantes para eles: se eles prendessem a respiração embaixo da água por um minuto, podiam ser recrutados pela mesma sociedade secreta a que ele pertencia; havia um assassino serial na cidade que tinha como alvo meninos pequenos enquanto eles dormiam, e o único jeito comprovado de evitá-lo era ficar acordado por três noites seguidas. Ele colocava um pertence valorizado de Benjamin embaixo da cama de Michael e esperava o acesso de birra consequente, ou derrubava os copos de um dos meninos da mesa, despreocupadamente, quando os adultos estavam em outro cômodo. "Você é tão desajeitado, Benjamin", dizia ele, continuando a comer, e era em Ethan — sendo mais magro, e mais novo, e com meu apoio inabalável — que costumavam acreditar.

Quando o pai veio do hospital para nos buscar, era a hora de dormir. Ethan e eu brigamos para saber quem ia ler a história da hora de dormir, e Peggy determinara que nos revezaríamos, por ordem de idade: primeiro Michael, depois Benjamin, depois Ethan, depois eu. Delilah, com três anos e entediada, corria de um quarto a outro, deliciada por estar acordada. O livro falava de piratas e era significativamente mais dramático que qualquer uma das histórias para dormir do pai, mesmo que Michael lesse em uma monotonia pomposa e Ethan revirasse os olhos ("*Alexandra* pode ler melhor do que isso") até ser a vez dele.

Fiquei nervosa e empolgada com a oportunidade de ler na frente de uma plateia, e meu coração acelerou quando Ethan se aproximou do fim de suas páginas. Eu de fato lia melhor do que Benjamin — e talvez melhor até do que Michel, e aqui estava a chance de provar. Dei um pigarro e tinha apanhado o livro das mãos de Ethan quando o pai bateu na porta.

— Outra menina — disse o pai a Peggy, depois nos chamou aos gritos.

— É tarde — observou Peggy. — São oito horas, Charles. Eles estão de pijama. Podem ficar aqui.

Ethan e Delilah se juntaram ao pai na porta, mas eu fiquei no sofá, segurando o livro.

— É a minha vez — falei. — É a minha vez de ler.

— Venha cá, Alexandra.

— De todo modo, já passou da hora da visita — disse Peggy. — Eles podem conhecer a irmã amanhã.

— Eu decido quando eles podem conhecer a irmã. Vamos, Alexandra.

— Só faltam algumas páginas.

Ethan olhou para o pai.

— Vem, Alexandra — chamou ele.

— Mas é a *minha vez*.

O pai estendeu o braço e empurrou Peggy de lado. Entrou na sala sem tirar os sapatos e me pegou no colo. Eu ainda segurava o livro; ele o tirou de minha mão com facilidade e o jogou na parede. Por cima do ombro, vi as leves pegadas de terra no carpete creme e Peggy e seus filhos, de pé no corredor muito iluminado, diminuindo na noite.

*

A mãe foi aberta, disse o pai depois que estávamos no carro. O bebê não conseguia se colocar na posição certa. Tiveram de cortá-la. Olhei para Ethan procurando uma explicação, mas ele também estava confuso. Delilah começou a chorar.

No hospital, eu não quis sair do carro. Pensei na mãe em uma mesa prateada e fria, o tronco esparramado pela sala. Era possível ver cada um de seus órgãos operando, como na face de um relógio caro. O bebê novo rastejava das vísceras, escorregadio de sangue. No estacionamento, procurei a mão de Ethan, esperando que ele me ridicularizasse; agora ele tinha oito anos e era superior a gestos assim. Mas ele segurou minha mão e a apertou.

É claro que não era nada disso. Andamos pelos corredores vastos e iluminados, tentando pronunciar o nome das alas. Na maternidade, uma enfermeira falou conosco cautelosamente, como podemos falar com um animal ferido e feroz, e nos levou à mãe. Ela estava deitada na cama, dormindo, com a pele e o corpo intactos. A seu lado, em um pequeno berço de plástico, estava o bebê.

O pai não olhou para a criança. Tocou o cabelo e o rosto da mãe, acordando-a; ela sorriu quando o viu. Ethan, Delilah e eu nos amontoamos em volta do berço.

— Eu não quero ela — disse Delilah.

— Você é pequena demais até para vê-la — falei. A neném ainda dormia. Segurei uma das mãozinhas imaculadas com o dedo.

— Ela é parecida com Alexandra quando nasceu — refletiu a mãe, e um orgulho estranho e indesejado se espalhou pelo meu peito. Compensou não ter tido minha vez de ler. Aqui estava uma nova irmã, que era igual a mim, e um dia eu ia ler para ela.

— Vamos chamar esta de Eve — disse o pai.

Delilah não mudou de ideia sobre Evie. Por quase quatro anos, tinha sido a filha mais nova e via o bebê como sua usurpadora: uma cortesã mal-intencionada em seu reino, que entrara clandestinamente, disfarçada de criança. O plano era que Evie dormisse no quarto de Delilah, mas não deu certo. Delilah pegava o cobertor do bebê para si, ou deixava pequenas emboscadas para a criança. No berço, ela colocou um garfo, meus lápis da escola, a pinça da penteadeira da mãe. "Um presente", insistiu ela, "para a neném."

A casa foi reorganizada. Eu dormia no quarto do bebê com Evie e Delilah se mudou para o quarto de Ethan.

Delilah não se safava porque era astuta, como Ethan; ela se safava porque era bonita, como fora a mãe. Era um fato incontestável, como aqueles exigidos pelo sr. Greggs, e um fato a que eu passara a me resignar. Todo ano, na escola, éramos convocados para fotografias, inclusive fotos em família. Quando Delilah se juntou a nós pela primeira vez, o fotógrafo fingiu deixar a câmera cair. "Que garotinha linda", disse ele. "Tome, tome" — ele entregou a ela um ursinho de pelúcia gordo, que estivera usando para atrair os alunos relutantes —, "primeiro algumas de você sozinha."

Quando tinha tirado uma série de fotos de Delilah de diferentes ângulos, de perto e de longe, o fotógrafo acenou para que eu e Ethan nos juntássemos a ela em seu enquadramento. Delilah tinha descartado o ursinho; eu o peguei no chão empeirado do auditório, mas o fotógrafo fez que não com a cabeça. "Não", disse ele. "Isso é para as meninas mais bonitas. E você também é velha demais para isso."

Nossos pais encomendaram a fotografia em grupo. Ethan estava indiferente, Delilah se gabava e eu olhava para o teto, com a cara vermelha, esforçando-me ao máximo para não chorar.

A mãe colocou a foto em uma moldura barata de supermercado e pendurou na sala de estar, onde era impossível não ver. Delilah, inspirada, pediu para ver fotos da mãe quando criança.

— Somos iguais! — exclamou ela, e, olhando para mim por cima do álbum de fotos: — E tão diferentes de Lex.

— Temos o mesmo cabelo — falei.

— É, mas um rosto diferente, e olhos diferentes, e braços e pernas diferentes.

Quando éramos crianças, eu achava Delilah uma boba. Seus boletins escolares eram condenáveis: "Delilah precisa se dedicar", escrevia a professora, ou "Delilah não tem muita capacidade natural nesta matéria e precisará se esforçar mais". Eu tinha ouvido dois dos professores conversando sobre ela na hora do almoço: "Ela sem dúvida não é Ethan", disse um, e o outro assentiu: "Nem Alexandra." Quando Delilah tinha dever de casa para fazer, descansava a cabeça nos braços e estendia a mão pela mesa, para o pai.

— Não entendo — reclamava ela — por que não posso ouvir só uma das suas histórias.

Agora penso na rigorosa atenção no rosto de Delilah quando o pai falava e em sua adoração pela mãe quando criança, muito antes de começar O Desfile, e me pergunto se Delilah, de fato, era mais inteligente que Ethan ou que eu — se Delilah era a mais inteligente de todos nós.

Por algum tempo, reclamei de dormir no mesmo quarto de Evie. Eu estava ressentida com Delilah e decepcionada por não ter mais a oportunidade de conversar com Ethan no fim da noite, e era quando — desde que ele partilhara seu conhecimento sobre o Velho Oeste — discutíamos nosso dia na escola. O quarto do bebê estava apinhado de antigos projetos do pai: um computador arriado na mesa de cabeceira, expondo entranhas brilhantes, e fios enrolados embaixo da cama. Evie era uma neném firme e sossegada, e comecei a gostar dela. Como tinha dito a mãe, era parecida comigo. Era fácil repartir as afiliações de um bebê, e eu precisava desesperadamente de alguém no meu time.

Em vez de contar a Ethan sobre meu dia, eu sussurrava para ela no quarto. Em uma das caixas do pai, encontrei uma lanterna, e, quando o professor deixou que levássemos livros da escola, eu esperava que a casa sossegasse à noite, depois lia em voz alta. "Ela nem te entende", disse Delilah. Ignorei-a. A leitura não era só para Evie, era para mim também. Às vezes, se eu a apanhava quando ela choramingava e a tirava do berço — pouco antes de ela realmente começar a chorar —, descobria que podia consolar a mim mesma. E em geral eu era a primeira a alcançá-la; cada vez mais, a mãe e o pai estavam ocupados com outras coisas.

Em algum momento entre o domingo e a segunda-feira, meu telefone começou a tocar. Quando acordava desse jeito, desorientada, de um sono profundo, por um momento pensava que estava na Moor Woods Road. Muitos anos antes, a dra. K tinha formulado um plano de três pontos para abordar esse despertar: espreguiçar até o teto; esperar que o quarto entrasse no campo de visão; lembrar cada detalhe do dia anterior, com a maior especificidade possível. O Soho lançava um brilho laranja elétrico pelas cortinas, e a banheira e a mesa se solidificaram do escuro. O vestido da véspera estava por cima de meus sapatos no chão, como se sua ocupante tivesse desaparecido. Pensei em Olivia no táxi, acenando a echarpe da janela ao partir, e então, quando atendi o telefone, eu estava sorrindo. Depois do quarto toque. Esperei que o interlocutor falasse.

— Lex. Já faz muito tempo.

— Delilah — eu disse. É claro.
— Estou em Londres — anunciou ela. — Posso ir aí para te ver. Onde você está hospedada?
— Na Romilly Street — falei. — É o Romilly Townhouse. Quando quer se encontrar?
— Não tenho muito tempo. Chego aí em uma hora. Talvez menos.
— O quê?
— Para te ver. Estou indo para te ver.
— Mas estamos no meio da noite.
— Te vejo daqui a pouco.

Tentei acender uma luz suave, mas bati no interruptor do teto por engano. Joguei as cobertas para fora com os pés e fiquei deitada em um estupor no colchão. Xinguei Delilah; as luzes do hotel; a banda de percussão novata que ensaiava em meu crânio; a sociedade do uísque; a inclinação da terra; Londres no calor; a distância entre a cama e o chuveiro. Embaixo da água fria e limpa, forcei o vômito e encostei a testa nos ladrilhos. Delilah.

Quando parei de tremer, abri a janela, me sentei à mesa e escrevi uma carta breve e ampla de consentimento relacionada com a casa da Moor Woods Road e o dinheiro que a acompanhava, permitindo a criação do centro comunitário como Evie e eu imaginamos. Deixei a parte da beneficiária em branco. Nem mesmo sabia qual era o nome de Delilah agora. Os primeiros grânulos de luz do dia se espalhavam pelo quarto. Pedi cafés da recepção e bebi os dois. Ela me fazia esperar.

Delilah chegou duas horas depois de ter telefonado. Ligou de novo para verificar o número do quarto e um instante depois seus passos pararam na frente de minha porta. Esperou alguns segundos para bater, e eu estava parada do outro lado da madeira, pensando nela no corredor vazio, montando seu rosto.

O pai mantinha a Bíblia na mesa de cabeceira, e, sempre que não conseguia profetizar uma história à noite, pedia a um de nós para buscá-la. Como nas histórias da vida de nossos pais, brigávamos para ouvir nosso livro favorito. Eu gostava do Livro de Jonas por causa da baleia. Ethan gostava do Livro de Samuel, mas detestava o Livro dos Reis; retratava o título, mas só para esclarecer que Salomão era muito, mas muito mais sábio. Delilah ficava feliz ao ouvir o que o pai escolhesse, e em geral era algo didático. Era, eu pensava, o jeito dela de esconder que não conseguia se lembrar de que livro saía.

Aos domingos, vestíamos o que eu considerava nossas roupas desconfortáveis — golas altas e brancas e cinturas apertadas — e andávamos pela cidade atrás do pai. Passávamos por outras igrejas mais velhas, com congregações que não paravam de entrar — ali, perto do centro, ficava a igreja austera de pedra em que fomos batizados —, e chegávamos a uma construção em caixote bege, quadrada, pouco antes do bairro industrial. Havia um dossel branco acima da porta, onde alguém tinha pintado a mão: Bem-vindos.

A frequência à Gatehouse era pequena. Havia um grupo de homens indistinguíveis de ternos compridos demais, todos tocando violão. Havia algumas mães desgarradas, pegando os biscoitos e o refrigerante, que acenavam para o pai quando chegávamos. Bebês caíam na nave central. Havia algumas viúvas silenciosas que se sentavam perto do fundo e gostavam da música. Uma delas, a sra. Hirst, era cega. Seus olhos sempre caíam em algum passado distante que, com um metro e meio, ficava pouco acima de meu ombro direito. Discutíamos para saber quem de nós teria de levá-la ao lanche depois do serviço religioso. Tínhamos medo dela, dizíamos, como as crianças dizem que têm medo como desculpa para ser más.

Na Gatehouse, nossos pais adquiriram o status de celebridade menor. Nossa família enchia um banco inteiro, e as mulheres mais velhas afagavam nosso cabelo quando passavam. Uma das mães mais novas perguntou a Ethan se éramos albinos e ele não se dignou a dar uma resposta. O pai dava sermões como convidado em determinados domingos, e eram tão populares quanto os do pastor David. Quando o pastor David contraiu gripe, o pai liderou o grupo de orações dele da noite de terça — e continuou liderando.

A CG Consultoria tinha fechado pouco depois do nascimento de Evie. O fato era que ninguém na cidade — e muito pouca gente do país — tinha um computador. "São os pioneiros", o pai nos dizia, "que são massacrados, enquanto todos os comodistas chegam em primeiro lugar." O pai sempre foi um homem religioso, mas também era um homem de negócios, e professor, e um homem que as mulheres gostavam de olhar. Estávamos aprendendo sobre gráficos de pizza na escola, e eu vi a vida do pai repartida em um círculo. Enquanto suas outras identidades diminuíam, a fatia da religião ofuscava o restante.

Havia teatro. Na primeira vez que alguém caiu de joelhos no chão na nave central — dominada, eu supus, pelo Espírito Santo —, Ethan me olhou nos olhos e virou a cara, com a maior rapidez que pôde. Senti os ombros dele se sacudindo no banco. Foi menos engraçado da vez seguinte, e da seguinte; e menos engraçado ainda quando o pai se ajoelhou na frente do salão, com os braços pesados estendidos para a cruz, como se esperasse um abraço. Delilah sabia exatamente o que fazer. Dançava em roda, com a cara virada para o pobre teto de madeira e os punhos fechados. Às vezes, lágrimas sagradas rolavam por seu rosto e caíam no cabelo.

Foi na Gatehouse que conhecemos Thomas Jolly. Em um domingo, a mãe segurava o braço do pai ao entrarmos e assentiu para um careca desconhecido no fundo da igreja. Durante o culto, eu o observei. Ele não cantava com o mesmo fervor do pai ou dos homens com os violões, mas conhecia cada letra, e, quando o pastor David falava, ele se inclinava para a frente, de olhos fechados, e sorria com dentes pequenos e escarpados. No fim do sermão, ele piscava e me olhava nos olhos, e eu, embora virasse a cara, sentia o sorriso dele se alargar.

Depois da celebração, o pai nos tirou às pressas do banco.

— Jolly! — Ele cumprimentou o estranho como a um velho e querido amigo. Cochichou algo no ouvido de Jolly e este riu. A mãe nos arrumou atrás dela, em uma fila única e solene.

— Veja só esta família — disse Jolly ao pai. — Veja essas crianças! Ouvi muito falarem a respeito delas. — Ele apertou minha mão e colocou a palma em minha cabeça. Era um homem magro, mas cordões de músculo cercavam seus braços e todo o seu corpo tremia com uma força ansiosa e contida.

— E mais uma? — Jolly colocou as mãos em concha na barriga da mãe. Ela olhou para o pai, para garantir seu orgulho, e também sorriu.

No caminho para casa, o pai estava revigorado.

— Jolly está fazendo coisas maravilhosas — disse ele — em todo o Noroeste. E foi a nós que ele veio ver. — Ele riu e levantou Delilah no alto. Uma chuva fina caía e não tínhamos guarda-chuva; o frio entrou pela minha roupa. O outono se arrastando pelos pântanos. Andei mais rápido e Ethan correu para se juntar a mim. O pai ainda segurava Delilah, e tirou a mão da mãe do carrinho de bebê e a passou embaixo do braço. — Meus lindos filhos — disse ele. — Minha família.

Jolly era pastor em Blackpool, vizinha de Central Drive e perto do hotel onde o pai trabalhava. O pai tinha ajudado Jolly na instalação de uma nova tecnologia por toda a igreja: havia uma tela de projeção avançada, para vídeos e fotografias, e alto-falantes de última geração, que o pai tinha herdado do hotel.

— A atmosfera ali — disse o pai — não se parece com nada. É elétrica. Se quiser ver o futuro da igreja, é lá que você deve ir.

As férias estavam marcadas para o fim de fevereiro, pouco antes da chegada do novo bebê. Jolly promovia um fim de semana prolongado de sermões e eventos, e o pai dava apoio técnico e espiritual. Ethan, Delilah e eu faltaríamos à escola na segunda-feira.

— Isto — disse o pai —, *isto* é aprendizado.

Teríamos dois quartos no hotel, ele informou. Os melhores quartos, que davam para o mar.

Nunca tínhamos saído de férias, mas, assim que tudo foi arranjado, o pai rejuvenesceu, como se só precisasse da promessa das férias. Pedia sua bebida toda noite e descreveu a cidade em detalhes. Havia um parque temático, disse ele, e uma roda-gigante imensa. Nós poderíamos ver tudo a caminho de casa. A mãe, vendo-o falar, sorriu e fechou os olhos para se juntar a ele na terra prometida.

A gestação dela foi complicada. Houve complicações com a cicatriz da cesariana, que não teve tempo para se curar antes de a pele se esticar de novo. (Quanto tempo eles esperaram, eu me perguntei — depois de Evie —, antes de ele a querer, e será que ela protestou nos poucos momentos antes de ele estar dentro dela, em silêncio, com seus braços e pernas, para não nos acordar?) Ela nos mostrara a linha fina e aprofundada pela qual Evie tinha saído, bem baixa no ventre, como a marca de um cós. Agora, o tecido cicatricial se deformava sob o novo peso e a mãe passava muito tempo no quarto, de porta fechada.

— Ela precisa de descanso — disse o pai. — O ar marinho. Ela vai ficar bem.

Alguns dias antes de nossa partida, o pai chegou em casa com um embrulho em papel pardo.

— Um presente para a família — anunciou ele.

Delilah abriu o pacote e levantou uma camiseta vermelha e fina, em que estava estampado um versículo de Pedro: *Graça e paz vos sejam multiplicadas.* Um conjunto de roupas idênticas caiu no chão. Havia seis camisetas no total, para cada um de nós e para os pais. Nas costas, as camisetas traziam nosso nome.

— Puxa vida — disse Delilah. Ela distribuiu o restante com muito cuidado, segurando cada roupa estendida na palma das mãos, como uma oferenda.

Partimos para Blackpool em uma noite de sexta-feira, quando já estava escuro. A mãe segurava no colo Evie, que resmungava; em geral estaria dormindo, ou em meus braços. "Por que não saímos mais cedo?", perguntei, mas o carro ficou em silêncio e o pai me ignorou. Tinha chovido a tarde toda e a luz laranja brilhava na estrada. Delilah passava a mão no tecido de sua camiseta nova, os dedos brincando distraidamente com o poliéster. Ethan segurava um livro didático nas luzes dos postes e estreitava os olhos para o escuro. Queria ter me lembrado de levar um também.

— Todos precisamos fazer silêncio — exigiu o pai — quando chegarmos.

Eu me sentei mais reta.

— Já chegamos? — perguntei.

Entramos em um calçadão. O vazio frio do mar se estendia do céu. Do outro lado do carro, havia um cataclismo de luzes: fliperamas piscando, e homens e mulheres formando fila na frente de salões de dança, e cavalos de néon fugidos de um carrossel e suspensos bem no alto da noite. Ethan abriu a janela. O caça-níqueis piou. Um gordo de terno de mestre de cerimônias gesticulou para uma porta coberta de veludo vermelho. Não tinha fila ali.

— Está vendo a montanha-russa? — disse Ethan, puxando-me pelo banco para olhar. — Vou andar nela. — Antes de chegarmos ao hotel, o pai se afastou da orla e estacionou em uma transversal, atrás de um caminhão de sorvete com as janelas quebradas.

— Silêncio — disse ele. — Lembram?

Pegamos as malas e o carrinho de bebê, cambaleando sob seu peso, e seguimos o pai no escuro. O vento deslizava do mar e corria pela rua. As lâmpadas dos postes aqui estavam quebradas e eu não enxergava meus pés. Pisei em alguma coisa mole, que cedeu sob meu sapato, e apertei o passo. O pai nos levou a um portãozinho de madeira e encontrou a chave certa. Depois passamos pelo portão e entramos no jardim do hotel.

O pai trabalhava no Dorchester, em Blackpool, que ainda hoje fica de frente para o mar. Quando os pais de Olivia nos levaram para um chá no Dorchester na Park Lane, treze anos antes, olhei meu reflexo no grande espelho majestoso — champanhe, vestido de veludo, os bolinhos recém-completados — e pensei no outro Dorchester, que no passado eu considerava o lugar mais emocionante do mundo. Houve uma época em que eu pensava que voltaria com Evie. Aqui, eu dizia, o lugar de suas primeiríssimas férias. Eu imaginava correr pela Pleasure Beach de um brinquedo ao seguinte, ganhar um bicho de pelúcia imenso, peixe com fritas na praia à noite, quando estivéssemos maltratadas pelo sal e bêbadas. Encontrei o Dorchester nos mesmos sites em que procurava hotéis em viagens a negócios e fins de semana com JP. Mas as críticas eram terríveis ("Evite este lugar nojento", "Horrível" e, na melhor das hipóteses, "OK, mas precisa de uma reforma séria"), e eu sabia, rolando as fotografias, que o lugar das minhas lembranças não existia mais. Se eu voltasse, talvez descobrisse que nunca existiu.

Do jardim, víamos o interior do salão de baile vazio do hotel. Mesas cobertas e arrumadas em volta de uma pista de dança de madeira. Refletido na madeira estava um domo de vidro com o céu noturno. Em uma noite mais clara, era possível dançar em cima da lua. Acima do salão de baile, eu divisava as pequenas luzes quadradas dos hóspedes ainda acordados em seus quartos. O pai olhava para elas também.

— É importante fazer silêncio — lembrou ele. — Entenderam?

Ele abriu uma saída de incêndio e nos deixou entrar em uma escada estreita. Os quartos ficavam no último andar do hotel e fediam a tinta. Os radiadores tinham sido ligados no máximo.

— Estão vendo? — disse o pai. — Novo em folha, e reformado. — Ethan, Delilah e eu apertamos o nariz no vidro. O pai cumpriu sua palavra. Dava para ver o píer e a roda-gigante, girando lentamente pela noite.

— Preciso dormir — anunciou a mãe. Ela tirou Evie do carrinho e passou pela porta de comunicação. Tinha desenvolvido uma espécie de inclinação quando andava; dava vontade de estender a mão para ela a cada passo, embora nenhum de nós fizesse isso. O pai a acompanhou. Fomos para debaixo das cobertas com a camiseta nova, ainda cochichando entre as camas. Delilah, mais calma à noite, me pediu para pentear seu cabelo. Deixe as cortinas abertas, eu disse a Ethan, por fim. Queria adormecer com as luzes do calçadão, que se elevavam a nossa janela.

Se você viu a fotografia da Moor Woods Road, terá visto a foto tirada no píer em Blackpool. Era sábado de manhã e era cedo. Ficamos animados demais para dormir mais tempo. A mãe e o pai nos levaram à praia antes que começasse o primeiro serviço, de má vontade, mas de bom humor, e corremos à frente deles, a areia fria e molhada batendo em nossos pés e gaivotas se espalhando pelo mar. O céu era de um azul ralo, retalhado por rastros de avião e nuvens. Provocamos as ondas, chegando perto delas o bastante para que nos pegassem e gritando quando elas vinham. Evie se afastou alguns passos hesitantes de mim e de Ethan e voltou.

Quando chegamos ao píer, Delilah abordou um estranho para pegar a câmera.

— As camisetas — ordenou o pai. — Temos de mostrar as camisetas!

Estávamos quase congelando e, quando tiramos os casacos e os moletons, nos encolhemos no vento que batia na pele. Ríamos também; mesmo com a retícula da foto, dá para ver isso. Foi assim que nos abraçamos uns aos outros e no rosto de nossos pais. Um artefato do que restava dos dias bons, e muito mais difícil de ver por isso.

O pai tinha razão: a igreja de Jolly carregava uma energia que a Gatehouse não tinha. Não era a tecnologia, nem os bancos lotados, nem o carpete vermelho e grosso onde os fiéis se contorciam. Era Jolly, tomado de um carisma fervoroso; que parecia estar no púlpito e na nave central e segurando sua mão, tudo ao mesmo tempo; que embalava crianças pálidas e barrigudas como se fossem suas filhas. Ele sibilava, transpirava e cuspia. Todos eram bem-vindos e todos apareciam: os benfeitores acolhedores de Jolly, que atacavam as carteiras de pais relutantes; mulheres de faces encovadas, tremendo nos calcanhares; famílias sujas, com inúmeras crianças a reboque. Aqui estavam os mansos, prontos para herdar a Terra.

Entre os serviços religiosos, Jolly tinha organizado sessões de despertar. A mãe e o pai compareceram a grupos de oração, reuniões estratégicas e análises da Bíblia, e Ethan, Delilah e eu fomos mandados às oficinas para crianças, que aconteciam em um jardim de inverno úmido metido dentro da igreja e que se ocupava com crianças de colo, de nariz escorrendo e batendo palmas para nada. Depois do primeiro dia, Ethan protestou.

— As outras crianças são pequenininhas — disse ele. — Elas nem sabem falar.

Estávamos voltando a pé para o Dorchester. O pai deu dois passos rápidos e passou uma rasteira em Ethan por trás. Reconheci a técnica dos meninos mais velhos da Jasper Street, que eu procurava evitar.

— É este o problema com você e Alexandra — falou o pai. — Vocês sempre acham que são melhores que os outros.

Ethan se levantou e não disse nada. Da calçada, víamos os trilhos esqueléticos da Pleasure Beach se projetando no ventre do céu. Eu tinha visto o programa para domingo e começara a questionar se haveria tempo para ir na montanha-russa, ou na roda-gigante de que o pai falara tanto. Quando estávamos de volta a nosso quarto, perguntei a Ethan se tinha algum jeito. Na manhã de segunda-feira, talvez — se nos comportássemos bem amanhã? Ele me olhou com o desdém em geral reservado aos colegas de turma, ou a Delilah, e entendi que toda esperança estava perdida.

— Deixa de ser burra — disse ele. — Eles nunca vão nos levar a nada disso. Só viemos aqui para ver Jolly e a igreja chata dele.

Senti que estava a ponto de chorar e virei a cara.

— E vou te dizer outra coisa — continuou ele. — Eu nem acredito nisso. Jolly, papai, Deus. Nada disso. Nada que eles dizem faz sentido, se você prestar atenção.

— Não diga isso.

— Bom, é a verdade.

— Mas não na frente do papai, Ethan. Por favor.

Na noite de domingo, depois do segundo serviço e depois que Jolly tinha abraçado seus seguidores, o pai o convidou para jantar com a gente.

— Podemos experimentar uma mesa no Dustin's — sugeriu o pai.

— Que jeito — observou Jolly — de passar a noite. — Ele deu um tapa nas costas do pai e sua mão esquerda deixou uma marca molhada na camisa. Ele entrelaçou os dedos com Delilah e, como um cavalheiro, estendeu o braço para ela ir na frente. Ela ficou vermelha e cobriu o rosto.

— Lá vamos nós — disse o pai.

O Dustin's era o Dustin's Bar & Grill, depois do Dorchester e anexado a outro hotel maior. O salão de jantar era grande e iluminado por dois lustres fracos. Guardanapos cor-de-rosa estavam enfiados em taças de vinho e havia pãezinhos postos em cada mesa, embora poucas estivessem ocupadas. Só outra família estava no restaurante, e quando nos viram, com nossa roupa idêntica, os dois adolescentes trocaram cochichos e sorriram com malícia. Evie se sentou no carpete e traçou desenhos incompreensíveis com os dedos, e o restante de nós se acomodou à mesa. A mãe olhou o cardápio, perturbada, mas o pai a ignorou. Estava pedindo duas garrafas de vinho e recomendando o bife. Ele era cliente regular dali.

— Podemos pedir qualquer coisa? — perguntei, e o pai deu um risinho debochado.

— Por que não? Esta é uma noite especial.

Só tínhamos comido em um restaurante uma vez, no aniversário da mãe, e eu ainda ficava em pânico com o leque de opções. Olhei fixamente o cardápio, na esperança de que revelasse seus segredos. Salsichas com fritas ou Dustin's Burger? O cartão laminado refletia meu rosto aflito.

— Às vezes — disse Jolly — eu olho para a congregação. A gente pega as pessoas assentindo, pega as pessoas com lágrimas nos olhos, pega as pessoas possuídas. Mas a gente sabe... no fundo do coração... que a maioria delas é covarde. Elas talvez apareçam pela música. Pela comunidade. Mas decidirão ser exatamente o que o mundo diz que elas devem ser.

Jolly baixou a cabeça. Levantou a taça.

— Mas não você, Charlie. Sei disso. Eu vejo. Você decidiu se distinguir deste mundo. Com uma família assim... você pode construir seu próprio reino.

A garçonete, limpando a outra mesa, olhou enviesado para nós e virou a cara.

O pai e Jolly conversaram de olhos fixos um no outro e as mãos em movimento. Os dentes deles estavam manchados de vinho. A mãe estava ansiosa para conversar, a cabeça virada de lado para pegar os restos. Apanhei Evie embaixo de outra mesa e a coloquei no colo, e brincamos de esconde-esconde com um guardanapo até a comida chegar. Vi o hambúrguer de Delilah viajar da cozinha para seu jogo americano e encarei, amuada, as duas salsichas macilentas em meu prato.

O pai e Jolly beberam a noite toda, mesmo quando a comida tinha acabado e nenhum de nós ouvia mais. Quando a garçonete trouxe a conta, o pai a pegou da mão de Jolly e contou o dinheiro. Faltou uma cédula e a mãe pegou a bolsa.

— Você nos deixaria ir embora — brincou ele com a garçonete. — Não deixaria? Não deixaria.

Ela abriu um sorriso educado e pegou o dinheiro de minha mãe.

— Vou buscar o troco — disse ela. Com isso, trouxe um potinho de balas, que colocou na mesa entre mim e Delilah. — Sirvam-se — ofereceu ela. — São muito boas.

— E se quisermos outra bebida? — indagou o pai. — Você não perguntou se queríamos outra bebida.

— Estamos fechando. Tem um bar aqui ao lado... fica aberto até tarde.

— Tudo bem. Tudo bem. Entendemos a dica.

Ficamos do lado de fora, de frente para o mar. O pai, ainda segurando uma taça de vinho, reclamou do fim abrupto da noite. Nessa noite, o calçadão estava tranquilo e a roda-gigante estava escura e parada. Começara a chover. Um casal passou apressado por nós, de mãos dadas, tentando dividir um guarda-chuva. Eu esperava me despedir de Jolly, mas ele nos acompanhou até o Dorchester, subiu a escadinha e entrou nos dois quartos do último andar. Nem a mãe nem o pai tentaram descartá-lo. Era como se a noite tivesse sido ensaiada havia muito tempo e acontecesse exatamente como planejada.

— Boa noite, pequeninos — disse Jolly.

— Vocês entrem aqui — ordenou o pai, abrindo a porta de nosso quarto.

— Entrem e fiquem quietos.

— Alexandra — chamou a mãe. — Pegue Eve.

— Por quê? — perguntei.

— Ela vai passar a noite com você. Deixe-a no carrinho... ela vai dormir até de manhã. Sem perturbações esta noite, por favor.

— Por que ele está no seu quarto? — perguntou Ethan. A mãe sorriu e colocou a mão em concha na face.

— Não seja grosseiro, Ethan. Ande. Está na hora de dormir.

Assim que nossa porta foi fechada, Delilah subiu em uma cama e pulou para a outra.

— Não estou cansada — disse ela. — A gente pode brincar com a neném?

— Não, Delilah — falei.

— Ei — disse Ethan. — Ainda quer ir na montanha-russa?

Construímos a montanha-russa exatamente assim: a mesa formou uma ponte entre as duas camas. Para a queda, viramos o espelho de face para baixo, inclinado da cama de Ethan para a parede, e deslizamos em uma bandeja de café do hotel. Era preciso abandonar a bandeja pouco antes de bater na parede, o que só aumentava a empolgação. Depois de algumas viagens solo, nós três nos sentamos na bandeja juntos e atravessamos direto o espelho, caindo no carpete, e ficamos gemendo, rindo e tentando calar um ao outro nos cacos de vidro. O quarto ao lado estava em silêncio e ninguém veio nos ver.

Ficamos mais atrevidos. Ethan ficou de pé na cama.

— Tenho um sermão — declarou ele — que é assim. *Eu sou o senhor*.

— Cala a boca, Ethan — falei.

— *Eu sou* o senhor — gritou Delilah, tirando a fala dele. Ele correu pela mesa para a cama que era minha e de Delilah e quicou de um pé a outro.

— Sinto muito — disse ele. — Você vai ter que ser minha serva fiel.

Evie se torceu no carrinho e começou a chorar.

— Para com isso, Ethan — repreendi.

— Ou você pode ser uma leprosa — observou Ethan. — Você escolhe.

Delilah avançou nele, gritando entre o riso e o choro. Assim que estava na mesma cama, Ethan atacou. Os dois caíram no colchão e as pernas da cama vergaram. A estrutura bateu no chão com um forte estrondo.

Houve um silêncio longo, quando parecia que tínhamos nos safado. Depois vieram passos, subindo a escada e do quarto ao lado. O pai apareceu em uma soleira, sem camisa, e ao mesmo tempo um estranho abriu a porta do corredor. Vestia um terno preto e tinha o nome do hotel gravado no bolso do peito. O crachá dizia: Nigel Connell. Bem-vindo a Blackpool.

— Charlie? — disse Nigel. — Mas que merda está fazendo aqui?

Ele olhou para o pai, depois o restante de nós. Seus olhos pararam na cama quebrada e de novo no espelho espatifado.

— Mas que merda — repetiu ele. — É sua família toda?

— Os quartos não estavam sendo usados — disse o pai. — Eu só pensei que...

— Mas você não pode ficar aqui. Não pode vir para cá escondido e ficar, sem dizer a ninguém. Sem pagar um centavo.

— Bom, eu posso — respondeu o pai. — E fiz.

Atravessei o quarto até Evie, que ainda chorava, e me ajoelhei ao lado do carrinho.

— Está tudo bem — sussurrei.

— Vou ter que cobrar por isso — disse Nigel. — E pelos alto-falantes também.

— Faça o que quiser — o pai o desafiou. — Você é um bom mocinho, Nigel. Não é? Você é um triste saco de merda.

Ele se virou para nós.

— Peguem suas coisas — disse ele. — Agora.

Lá fora, chovia para valer. Não tivemos tempo de vestir os casacos; Delilah tinha perdido um dos sapatos; o desamparo da mãe era material para uma caricatura cruel. E Jolly — onde estava Jolly? As camisetas vermelhas grudadas no corpo, como mãos frias entre os ossos. Cheguei ao carro pouco depois do pai e abri a porta, mas ele me empurrou na noite. Ethan e Delilah já esperavam, ali na calçada. O paredão estava completo.

— Vou bater em um de vocês — informou o pai. — Mas vou ser justo. Vou ser generoso. Vocês vão decidir. Ethan. Quem quebrou a cama?

Ethan olhava fixamente à frente.

— Delilah — disse ele.

— Delilah. Muito bem. Delilah?

— Foi Ethan — respondeu ela. Delilah chorava. — Eu juro.

— Ora essa. Alexandra. Parece que você tem o voto decisivo.

Quando eu pensava nesse momento, nas horas de jet lag da noite ou em um domingo solitário de inverno, enquanto escurecia, o antigo polvo se torcia, desperto, e se estendia para meus braços e pernas, subia ao pescoço e descia pelo útero. A vergonha.

— Foi Delilah — eu disse. — Foi Delilah que quebrou.

Assim que essas palavras foram ditas, o pai segurou o braço dela.

— E vocês — ordenou o pai — entrem no carro.

Ele se ajoelhou entre os pacotes de fritas e o cascalho e curvou Delilah no joelho. Tirou sua calça roxa apertada e a calcinha e bateu nela cinco vezes, com a maior força que pôde. Quando ela conseguiu se levantar, estava calma. Tirou o cabelo molhado dos olhos e ajeitou a roupa e olhou para mim entre o filete da janela do carro, para o lugar mais quente e mais iluminado em que esperávamos. Lembro-me de sua expressão e penso em Delilah, onde quer que esteja — em outra cama, ou no meio de sua própria tarde de domingo —, e tenho certeza de que ela também pensa nesse momento.

— Entre — falei.

Depois da nossa fuga, Delilah vinha a mim em histórias. Esta é a minha favorita. O psicólogo de Delilah era um jovem arrogante chamado Eccles, que se posicionava no meio de cada mesa e gostava de contar à dra. K quanto estava satisfeito com o progresso de sua paciente. Nos gráficos das vítimas, Delilah tinha ultrapassado a Sobrevivência e chegado à Transcendência. "Pessoalmente", disse a dra. K, "tenho tolerância limitada a essas categorizações." Delilah deu o testemunho de impacto da vítima estelar no julgamento da mãe e, com base nisso, Eccles preparava o artigo definitivo, que pretendia ver publicado na *Annual Review of Psychology* e, com toda probabilidade, narrado no mundo todo. Uma semana antes de seu lançamento, Delilah pediu que todas as referências a ela fossem eliminadas do artigo. Ela renovara sua fé e, nisso, estaria trabalhando com Deus, não com Eccles.

— Lugar bonito — elogiou Delilah. — Acho que ser inteligente ainda tem suas recompensas.

Ela ainda seria a pessoa mais bonita em qualquer ambiente em que eu conseguisse pensar. Estava com um vestido branco e um pouco de batom, e um crucifixo que não dava para ignorar. Ela tirou o casaco e o jogou no chão e se estendeu no sofá que ficava na ponta da cama. Braços e pernas longos e delicados pendiam para o carpete.

— E então — disse ela. — Como você está?

— Estou bem. Teria preferido um encontro mais tarde.

— Eu estava trabalhando de voluntária — explicou ela — quando recebi seu telefonema.

Ela disse *voluntária* de um jeito que me implorava para pedir mais informações. Em vez disso, falei:

— Ah.

— Você parece incoerente — disse ela.

— Estive batendo papo com amigos. Não esperava ter notícias suas.

— Olha — continuou ela —, era perto daqui e conveniente. Nem sempre escapar é tão fácil para mim. E você deu a impressão de que era urgente.

Ela correu os olhos pelo quarto — procurando a calamidade — e me olhou, perplexa.

— É sobre a mãe — eu disse. — Acho que eu daria os meus pêsames. Sei que você era mais próxima dela do que eu.

Ela riu. Quando riu, vi que havia um espaço em seus dentes. Meio para trás, do lado esquerdo. Todos nós precisamos de trabalho odontológico extenso depois da fuga. Eu não conseguia me lembrar se aquilo existia na época.

— É muita consideração de sua parte — disse ela. — Obrigada.

— Eles a enterraram nos terrenos da prisão. Achei que era melhor.

— E depois de muitas consultas.

Ela fechou os olhos. Soltou o ar.

— Você nem mesmo a visitou — observou ela. — Visitou?

— Tinha coisa melhor para fazer nos meus fins de semana.

— Ah, claro que tinha. Estou certa de que sempre tinha uma palestra a comparecer. Ou... o quê? Um jantar?

Agora ela falava com o teto e eu não conseguia ver seu rosto.

— Ela perguntava de você — disse ela. — Aparecia mancando, olhando toda a sala. Com a mão na barriga, como se ainda estivesse grávida. E, sempre que me via, era como se não conseguisse acreditar que eu tinha ido. Gostava de fazer umas atividades. Em vez de conversar, acho. Eles promoviam uns eventos especiais no Dia das Mães, no Natal ou o que fosse, e ela gostava que ficássemos sentadas ali e... não sei. Ficávamos cercadas de crianças. Fazendo grinaldas, ou cartões de felicitações. Sabe como é. Artesanato.
— Artesanato?
— Artesanato. Fazíamos uma para a outra e às vezes, depois disso, ela me sugeria fazer um para Evie, ou Daniel, ou um dos outros. Mas em geral para você.
— Delilah...
— Eu sei. Eles não seriam do seu gosto. Tinha outros dias... ela só queria saber o que você estava fazendo. Queria o link para a página da sua firma na internet. Coisas assim. Não era permitido entrar com telefones. Tive de escrever a merda da URL toda.
— Por que está me contando isso? — perguntei.
Com um longo suspiro, ela se sentou.
— Você nunca se cansou de odiá-los?
— Na verdade, não — eu disse. — Não.
O testemunho de impacto da vítima Delilah: a grande reviravolta no julgamento da mãe. O testemunho de Ethan foi conciso e condenatório. Ele não olhou nos olhos da mãe. Meu testemunho foi lido por papai, enquanto eu estava na escola. O testemunho de Gabriel foi entregue por sua mãe adotiva, em um lenço usado. Mas Delilah: Delilah deu o que as pessoas queriam. Ela estava flanqueada por pois policiais, que a faziam parecer menor. Alguém tinha plastificado seu roteiro e o barulho dele gingava pelo tribunal. Ela amava os pais, disse. Eles queriam proteger seus filhos — para a obra de Deus. Embora tivessem cometido erros terríveis, ela reconhecia suas intenções e os havia perdoado. No banco dos réus, a mãe arriou em meio a cabelos e lágrimas. Os jornais descreveram Delilah como triste e conciliadora, o que me fez sorrir, mesmo na época.

Ela me olhava com um leve desdém nas linhas entre as sobrancelhas.
— Não faz bem a você. Não é saudável. Um leve meneio de sua cabeça. — Ei — disse ela —, tem algum café?
Ao telefone, o recepcionista da noite achou graça.

— Ainda não chegaram? — perguntou ele.
— Chegaram — respondi. — Mais dois.
— Deve estar passando por uma noite difícil, srta. Gracie.
— Sim. É verdade. Obrigada.
Delilah avaliava o quarto. Abriu o guarda-roupa e passou o indicador em vestidos e terninhos. Pegou a loção corporal de cortesia ao lado da banheira e espremeu na palma da mão. À mesa, leu o bilhete de consentimento e esperou que eu desligasse o telefone.
— Um centro comunitário — repetiu ela.
— São dois ativos — falei. — A casa na Moor Woods Road e vinte mil libras...
— Alexandra Gracie — disse ela. — Filantropa.
— Está feliz com isso ou não?
— Era a nossa casa — observou ela —, e vou ficar feliz em vê-la usada para uma boa causa.
Ela ainda tinha o sorrisinho presunçoso.
— O dinheiro é mais interessante — disse ela. — Aliás... de onde ele veio?
Dessa revelação eu gostei. Bill tinha mandado por e-mail a documentação quando eu estava no trem de volta a Londres e me telefonou prontamente. O dinheiro era atribuído à venda de algumas ações em uma empresa de tecnologia, disse ele, que o pai tinha comprado décadas antes. "Se ele tivesse comprado umas duzentas", disse Bill, "vocês agora seriam milionários."
Um sucesso, depois desse tempo todo. Ele provavelmente teria se declarado o último grande profeta.
— São os pioneiros que são massacrados — falei a Bill.
— O que disse?
— Nada.
— O dinheiro — ponderou Delilah — deve ser dividido entre nós.
— Pelo que entendo — falei —, a casa não vale grande coisa sem algum dinheiro para a reforma. A prefeitura vai querer ver que estamos comprometidos... que estamos dispostos a fazer um investimento pessoal.
— Não é para mim — disse ela. — Embora eu saiba que é isso que você espera. Agora sou casada, Lex. Ele é um bom homem... um homem importante. Mas é específico em suas causas. E isto... é para uma causa que fala a nosso coração. Mas não ao dele.

Ethan tinha encontrado o anúncio do casamento no site do *Telegraph*. O marido de Delilah era o herdeiro da Pizza Serata, uma cadeia de pizzarias para o norte de Maidenhead. O casamento aconteceu tranquilamente, em uma tarde de sexta-feira. Só o que eu sabia da Pizza Serata era que eles foram expostos como doadores a instituições antiaborto do outro lado do Atlântico e que as pizzas eram medíocres.

Delilah se deitou na cama e cobriu os olhos com o braço.

— Como explicar? — disse ela. — Éramos uma família. Não éramos? Na Moor Woods Road. Mamãe e papai... eles tentaram nos proteger. E existem consequências... não existem? ... pela separação de uma família? Retirar essa proteção. Algumas pessoas aprendem a viver com isso. Mas outras não.

Os cafés chegaram. Foram entregues por outro garçom em um uniforme limpo e imaculado. Um visitante da terra dos vivos. Delilah abriu um sorriso para ele.

— Você salvou a minha vida! — agradeceu ela.

O café estava quente demais para ser bebido. Ficamos sentadas por um momento, aninhando as xícaras com seus pires. O cabelo de Delilah caía pelo rosto.

— Até eu — disse Delilah. — Eu lutei, no começo. Sozinha pela primeira vez, em um lugar desconhecido, sem a nossa família. Mamãe fora da vista e o que aconteceu com papai. Havia coisas que eu questionava também. Mas Deus esperava por mim.

Ela era convincente, Delilah. Se você passasse bastante tempo ouvindo, podia entender como Delilah se convencera.

— Tudo bem — falei. — Para que você precisa... do dinheiro?

— É Gabriel — disse ela. — Ele não está bem.

— Onde ele está?

— Não se apresse tanto. Não vai começar a ficar atenciosa agora.

Ela levou o café ao peito, como algo que não estivesse disposta a dividir.

— Ele está em um hospital — contou ela. — Um hospital particular. Me procurou por desespero, acho. Sabia que eu o ajudaria. E ele está indo bem. Tenho dinheiro para o primeiro mês, mais ou menos. Você sabe que eu não vou pedir a você, Lex. Mas precisa entender que gosto dele. E precisa aceitar a responsabilidade... pelo que você mudou.

Meu cérebro estava pesado, carregado da corrosão da noite, mas começava a girar.

— Você só soube da herança hoje — falei. — Então, o que ia acontecer sem ela?

Delilah penteou o cabelo para trás. Por trás dele, estava com seu sorrisinho.

— Deus ama quem doa com alegria.

— Já decidiu me pedir dinheiro — eu disse. — Não é?

— Por que mais eu estaria aqui? É uma conveniência a mais, suponho, que agora exista algo que você realmente me deve.

E Ethan não teria ajudado Gabriel. Algumas semanas depois de se tornar diretor da Wesley, depois dos artigos e das entrevistas, alguém invadiu a casa em Oxford no meio do dia, quando ele e Ana estavam em um almoço de arrecadação de fundos. Uma testemunha vira um homem carregando um gravador e um televisor pela porta. "Não denunciei", disse a testemunha, "porque era o homem que mora ali."

— Podia ter sido qualquer um — retruquei.

— Sem essa, Lex — disse Ethan. — Você sabe exatamente quem foi.

Assenti para Delilah.

— Tenho o dinheiro — falei. — Não precisamos usar o que a mãe deixou. E posso pagar, por um período recomendado, se você assinar o formulário. Mas quero o nome do hospital. Preciso falar pessoalmente com ele.

Delilah virou os lábios para baixo e franziu a testa, numa paródia bizarra da minha preocupação. Ela já havia feito essa careta, pensei, quando éramos crianças. Éramos parecidas o bastante para a imitação ser exata, por isso magoava.

— Você é tão séria, Lex. Sempre foi muito séria. Que seja. Me mostre onde assinar.

Ela imprimiu seu nome ao pé do documento, com atenção, como uma criança no livro de exercícios do primeiro ano, e peguei a folha de papel para verificar.

— Nunca mudei meu nome — comentou ela —, mas sempre me surpreendi de você não ter mudado o seu.

— O hospital, Delilah.

Entreguei a ela o bloco do hotel e ela escreveu o nome de um conhecido hospital psiquiátrico, a mais ou menos uma hora de Londres. Bom, pensei. Isso vai sair caro.

— No seu lugar — disse ela —, eu o procuraria rapidamente.

— Por quê?

— A companhia de Gabriel... acho que você não será a única pessoa depois do corte dele.

Ela olhou para o quarto, pegou o casaco e foi até a soleira.

— Mas você não saberia disso — observou ela. — Saberia?

Ela sempre andou com os pés virados. Quando era pequena, dava-lhe uma espécie de charme acanhado, mas com o tempo o pai ficou frustrado e a repreendia sempre que via os dedos de seus pés começando a virar. Agora, eu só divisava; ela deve ter se esforçado para corrigir isso.

— Acho que te vejo no casamento do Ethan — acrescentou ela. — Então, temos o que esperar.

— Antes de você ir...

Ela estava parada no escuro do corredor, mas agora voltou a mim, na luz do início da manhã.

— Você não acredita sinceramente — eu disse. — Acredita? Que eles nos amavam? Que tentavam nos proteger? Depois de tudo que aconteceu? Você tentou fugir, Delilah. Eu ouvi. Você e Gabriel. Ouvi o que aconteceu com ele, naquela noite no corredor. As coisas que fizeram com a gente...

Seu rosto se transformava.

— Cada um de nós acredita no que quer acreditar — respondeu ela. — Não é? Você mais do que qualquer um.

Uma espécie de resolução se definiu em suas feições. Era o rosto que uma criança faz na prancha mais alta da piscina, quando decide saltar.

— Sim — disse Delilah. — Você gosta de fingir que sabe mais. Mas vou te dizer o que eu penso. Eu penso que você é a mais triste de todos nós. Quando éramos crianças, e tínhamos todas aquelas... *visitas supervisionadas*. De quem eles nos protegiam? A Garota A. A mais louca do grupo.

— Vou separar o dinheiro — falei. — E te aviso depois por quanto tempo podemos pagar.

— Lembra o que você me disse da última vez que nos falamos? — perguntou ela. — Como as coisas ficaram assim? Aposto que você nem consegue se lembrar disso.

— Tchau, Delilah.

— Vou rezar por você, Lex. Sempre rezo por você.

— Bom. Obrigada.

Quando tive certeza de que Delilah tinha saído do hotel, atravessei o saguão e fui para a Harley Street. O consultório da dra. K ficava no fim da rua, atrás dos galhos de uma pereira comprida. Eu o conhecia pela placa azul e uma velha concha de pedra acima da porta. Karl Ghattas tinha morado ali: Filósofo, Médico, Pintor & Poeta, dizia a placa. "Acho que você deveria tirar", dissera eu à dra. K quando fui ali pela primeira vez. "Isso basta para deixar qualquer um se sentindo inadequado." A rua ainda estava sepultada nas sombras, e descansei na escada do prédio e recuperei o fôlego. Encontrei as janelas da sala da dra. K, as cortinas fechadas. Ela levaria horas para chegar e podia estar viajando, ou de férias. Além disso, era segunda-feira. Estava na hora de ir para o trabalho.

Aqui está outra história. A mãe foi sentenciada a vinte e cinco anos de prisão, perante um tribunal lotado. Quando o juiz anunciou a decisão, esclareceu que uma das vítimas da mãe tinha feito um pedido específico para se aproximar dela antes que fosse retirada do banco dos réus. Lá estava Delilah, de braços estendidos. Ethan me ligou da escada do tribunal para criticar todo o processo histérico, e no dia seguinte, apesar dos protestos de mamãe e papai, comprei todos os jornais e li as reportagens. Um artista do tribunal tinha capturado o abraço. O juiz tem uma expressão grave. As feições da mãe estão borradas de aflição e um lápis apressado. Mas só o que se pode ver de Delilah é a parte de trás da cabeça. Ela podia estar chorando pelos pais que perdoara. Podia estar sorrindo de seu nobre futuro sem mãe.

Passamos muitas sessões na janela acima da placa, com o desenho do tribunal na mesa entre nós. A dra. K parecia entediada com o exercício. "Não existe resposta para isso", disse ela, "além daquela que ajudaria você a acreditar." Mas passei um tempo obcecada com aquilo. Ficava virando o jornal, como se pudesse encontrar o rosto de Delilah no verso da página.

4
Gabriel (Garoto B)

TÍNHAMOS CHEGADO À TEMPORADA DOS marimbondos. No táxi, um dos insetos dava guinadas entre as janelas, até Devlin se inclinar por cima de mim e esmagá-lo entre seu celular e o vidro.

— A questão — disse ela— é se você vai fazer isso.

No banco entre nós estavam dois kits de teste genômico, entregues a nós no fim das reuniões do dia.

— Imagine — ponderou Devlin — se alguém me falasse da fraqueza de meu coração. Eu teria trabalhado em algo diferente? Talvez fosse instrutora de ioga. Ou jardineira.

— Acho que você não teria mudado nada. Mas é um truque bacana.

— Eles têm um monte deles.

Jake, o CEO e fundador da ChromoClick, liderara a apresentação. Já tínhamos visto o histórico: seis anos antes, ele trabalhava como estudante de doutorado no MIT, em laboratório, quando foi chamado da sala por um dos superiores da Faculdade de Biologia. Naquele momento, tinha duas horas de um dia inteiro de observação de uma amostra de fungo, esperando por uma potencial mutação, e relutou em sair da sala. Ele sabia que havia algo errado quando o doutor colocou a mão em seu ombro e disse: "Alerta de spoiler, garoto: a mutação não vai aparecer. Deixe o fungo como está."

A notícia, que Jake de certo modo esperava, era de que seu irmão tinha dado um tiro no próprio rosto, e Jake provavelmente esperava essa notícia porque o pai tinha se baleado antes, e o pai do pai dele antes disso. Jake era a exceção: a mutação que, contrariando todas as expectativas, finalmente chegara. Ele voltou ao laboratório.

A ChromoClick agora era a empresa de serviços genéticos de mais rápido crescimento na Europa. Seu serviço de relatórios proporcionava uma extensa análise de saúde e ancestralidade a clientes individuais, fundando um braço de pesquisa que fazia o que Jake caracterizava como as grandes perguntas: Como extinguir as falhas fundamentais das linhagens familiares e o quanto essas falhas precisavam ser fundamentais para justificar a extinção.

— As pessoas têm uma curiosidade natural a respeito delas mesmas — disse Jake —, e temos uma curiosidade natural a respeito de ajudar as pessoas.

— Eles contaram uma boa história — falei.

— Eles querem um bom preço.

A estrada passava atrás das janelas escuras. Era o tipo de dia quente e monótono em que tudo parece mais feio do que é. Devlin segurava um dos kits contra a luz e examinava a embalagem como se a refletisse.

— Demência — disse ela. — Algumas pontes de safena coronarianas.

Pensei em minha própria lista.

— Acho que minha hora de cuspir num potinho deve ter passado — disse ela. — Se alguma coisa importante por acaso estiver à espreita em meu DNA, vai se fazer conhecer em breve.

O céu era atravancado de prédios e guindastes.

— Precisamos falar da redação — comentei antes de chegarmos a Londres.

Devlin não escutava. Ainda com os olhos estreitos para a embalagem de teste.

— Mas não você — disse ela. — Ainda há tempo de você adotar a jardinagem.

No fim das contas, JP me telefonou. O recepcionista da noite, que tratava cada ligação com a mesma indignação felina, passou para minha mesa e me informou que havia um cavalheiro na linha.

— Quem? — perguntei. Eu rolava pela segunda página de pratos indistinguíveis de sushi, prestes a pedir o jantar. — Não estou esperando ninguém.

— Ele não tem um nome de verdade — informou ele. — Só iniciais.

— Ah. Tudo bem, pode passar a ligação.

A linha estalou e JP deu um pigarro.

— Lex? — disse ele, depois de um momento.

— Oi — falei.

— Oi. Enfim. Você precisa de um recepcionista mais simpático.

— Não trabalhamos com simpatia. Trabalhamos com vigor e vitória.

— Me parece certo. Bom. Olivia disse que você está na cidade. Eu só queria dar um olá. Soube de sua mãe.

— Eu estou bem — respondi, embora ele não tenha perguntado.

— Que bom. Quando vai voltar?

— Depende. Tem um acordo aqui e algumas coisas da família para resolver. Talvez mais algumas semanas.

— Quer sair para um drinque ou coisa assim, Lex? Seria bom botar a vida em dia.

— Não sei. Este fim de semana... vou ver meu irmão. No início da semana que vem?

— Segunda-feira?

— Sim, na segunda à noite. Estou no Soho.

— Tudo bem. Vou encontrar um lugar bom.

Eu sentia o velho amolecimento no meu tom. Ainda queria entretê-lo.

— Minhas expectativas estão mais elevadas hoje em dia — eu disse.

— Acho que Nova York faz isso com as pessoas. Vou dar o meu melhor.

— Tudo bem.

— Tudo bem.

Então: a saga continuaria. Mandei uma mensagem a Olivia, expressando meu desprazer, e pedi Saúde e Felicidade.

Não é que fôssemos ricos ou mesmo com uma vida confortável, mas não éramos pobres. A pobreza rastejou para nossa vida como uma trepadeira em uma janela, lenta o bastante para não percebermos seus movimentos, e então, num instante, tão densa que não conseguíamos enxergar do lado de fora.

O pai desenvolveu umas fixações estranhas. Vinham como febres, embora algumas nunca o tivessem deixado. Ele decidiu que estávamos desperdiçando água; era uma necessidade, disse ele, não um brinquedo, e traçou um horário meticuloso para nossos banhos semanais. Quando o jantar estava pronto, ele gostava de servir e fazia isso com muita ponderação. Nossos pratos seriam exatamente iguais, desde que um de nós não tivesse se comportado mal, nem o contestado naquele dia, e nesse caso a parte culpada teria um pouco menos. Ele relera Coríntios e decidira que devíamos glorificar melhor Deus com nosso corpo, e passávamos a noite subindo e descendo a escada, nos esforçando para não rir. Ele estava entediado. Presidia a sala de estar, planejando seu ilustre futuro: criaria um site para apresentar a verdade da Bíblia a crianças de todo o planeta; passaria a ser ele mesmo pastor e usurparia David na Gatehouse; ele e Jolly iam à América, para falar às vastas congregações de lá.

Ele passava muito tempo com Jolly na cozinha de nossa casa, com a bebida entre os dois na mesa e carnes transpirando nos pratos. Ia de carro a Blackpool para os sermões de domingo de Jolly e à noite exigia que nos sentássemos na sala, atentos, enquanto ele repetia as lições. A mãe assentia para as inflexões dele e estendia as palmas rachadas, em súplica. Ao lado dela, Delilah sorria. Nas noites mais longas, eu tentava olhar nos olhos de Ethan, mas ele olhava para meu pai, o maxilar cerrado e mais duro do que era um ano antes, e não notava minha presença.

Ethan tinha saído do Fundamental I. Não havia mais artefatos de viagem, nem Fatos do Dia. Ele frequentou o ensino fundamental II entre nossa cidade e a cidade vizinha, onde havia oito turmas para um ano espremidas em cinco blocos de concreto. Tinha havido algum problema na compra de seu uniforme escolar, assim ele e a mãe chegaram em casa separadamente, sem se falar. Eu o observei sair no primeiro dia, enquanto Delilah, Evie e eu ainda tomávamos o café da manhã.

— Por que o blazer de Ethan não tem um escudo? — perguntou Delilah enquanto ele saía da cozinha. Ethan bateu a porta da frente.

Ele perdia as coisas: os livros de literatura inglesa; o short de ginástica; e, no fim de novembro, o blazer.

— Vai ter de se virar sem ele, então — disse o pai, entronizado no sofá com um emaranhado de fios e um copo âmbar.

— Mas essa não é uma alternativa, é? — comentou Ethan. — É preciso ter um. É preciso ter um para ir.

— Foi você quem perdeu. Não venha chorar.

— Existe alguma caixa de roupas usadas? — perguntou a mãe. — Esse tipo de coisa?

Naquela noite, antes de dormir, pensei nos adolescentes que nos viram nos sentando para jantar no Dustin's e a expressão que eles partilharam. A imagem me voltava com frequência, e, sempre que voltava, me dava dor de barriga. Eu imaginava se haveria outros olhares que eu teria deixado passar.

— A escola foi boa? — perguntei a Evie, para pensar em outra coisa.

— Foi — respondeu ela. Gabriel ocupava o antigo berço de Evie, seus braços e pernas compridos esbarrando nas grades, e ela estava em minha cama. Era um bom arranjo para dormir no inverno, quando eu não tinha muita sensibilidade abaixo dos joelhos. — Fizemos animais de países diferentes.

— Qual é o seu animal preferido? — perguntei. Ela adormecia, mas eu não queria voltar ao Dustin's. Queria ficar ali, com ela.

— O leão-marinho — disse ela. — Do Polo Norte.

— Por que o leão-marinho?

Ela ficou em silêncio. Cutuquei suas costelas e ela bufou.

Lex.

Ela foi a primeira pessoa a me chamar assim. Precisava perguntar por mim antes que quatro sílabas lhe enchessem a boca. O nome pegou. Era mais fácil no cadastro da escola e mais leve para meus pais lançarem escada acima. Além disso, nem minha família era inteiramente desprovida de sentimentalismo.

— Não podemos falar do leão-marinho amanhã?

— Amanhã? Tá. Tudo bem.

Outra pontada na barriga. Rolei, me afastando de Evie, e fui pé ante pé ao corredor. A porta do banheiro estava trancada e através dela eu ouvia o arquejar intermitente de alguém que se esforçava para não chorar.

— Ethan? — sussurrei.

Pus a mão na barriga, bati na porta.

— Ethan? Ethan, preciso entrar.

Ele abriu a porta e passou esbarrando por mim, com a mão no rosto.

— Vai se foder, Lex.

Eu me sentei na privada no cômodo frio e pequeno, examinando as faixas de mofo na banheira, as barras de sabonete unidas, o tapete torto e ainda marcado com a sujeira dos dias descalços de verão. Os adolescentes do Dustin's tinham razão. Éramos estranhos e sujos. Éramos um espetáculo. Dava desconforto só olhar para nós.

Tentei mitigar a sujeira. Saí para a escola alguns minutos antes de Delilah e Evie e fui diretamente para o banheiro dos deficientes, que ficava separado dos outros banheiros, logo depois da sala dos professores. Tranquei a porta, tirei o macacão da escola e minha camisa polo. Curvei-me na pia. Joguei água fria nas axilas e no pescoço, e sabonete líquido cor-de-rosa e luminoso depois disso. Desenrolei algumas folhas de toalha de papel e me enxuguei, com cuidado, para que nenhum farelo de papel grudasse na pele. Tinha um espelhinho acima da pia, e tentei não me olhar nos olhos. Em algumas manhãs no quinto ano, a professora, a srta. Glade, me viu abrindo a porta da privada. Ela sempre era a última a sair da sala dos professores, sobrecarregada de livros de exercícios, um café e uma bolsa com estampa de oncinha. "Está se sentindo particularmente deficiente esta manhã, srta. Gracie?", perguntava ela, ou: "Está com seu cartão de estacionamento de deficiente à mão?" Mas nunca me denunciou, e, quando eu dava minha desculpa — que os outros banheiros das meninas estavam ocupados, ou que eu não me sentia bem —, ela sempre sorria e me dispensava com um aceno.

Minha menstruação representou um problema mais significativo. Veio quando eu tinha dez anos; tive de esperar mais alguns anos para me preparar. Fomos informadas, por um vídeo na escola, dos aspectos práticos: o sangue; as cólicas; os produtos higiênicos. Parecia estéril e simples. Agora eu estava em pé na banheira, seminua e desconcertada. Ninguém tinha falado no cheiro, nem nos coágulos, nem no que você deve fazer com apenas um banho por semana. Tentei me tranquilizar, no mesmo tom severo usado pela atriz no vídeo da escola. Era um problema e, como qualquer outro, teria uma solução. Por ora, forrei a calcinha com toalhas de papel e rezei. Não estava convencida das credenciais de Deus nesse setor em particular. Eu precisava de um plano melhor.

Minha moeda social nunca foi particularmente expressiva, mas havia algumas coisas que podia trocar por amizade. Fui bem rápida para ser escolhida no quartil mais alto da educação física. Eu era inteligente, mas de um jeito calado. Não levantava a mão em aula, nem contava das minhas notas. Já me ocorrera que, se era para ser inteligente, precisava ser mais esperta nisso que Ethan. Eu orbitava na periferia de um grupo de meninas estudiosas, que se preparava para os exames de admissão em escolas melhores, e sofria o ridículo ocasional delas, como um cachorro satisfeito com uma lambida. A gente pode suportar muita coisa quando sabe que será alimentada no fim.

"Por que você não dá uma festinha do pijama, Lex?", perguntou Amy, ou Jessica ou Caroline (a quem respondi que meus pais eram rigorosos demais, então seria um tédio mesmo). Ou: "Minha irmã é da turma do seu irmão mais velho e ele é muito esquisito." (Sim, eu dizia, ele é mesmo; depois, me sentindo mal: mas ele é muito inteligente.) Ou — o pior de tudo, porque acabei me entregando — "Quando foi a última vez que você lavou o cabelo?"

As ofensas facilitaram muito a realização de meu plano. Amy ia dar uma festa no sábado à tarde, de seu aniversário de dez anos, e atravessei a cidade para comparecer. Um dia pesado de verão, tenso de moscas. Levei minha bolsa escolar e usei uma saia da igreja e uma das velhas blusas da mãe; meus jeans e camisetas estavam pequenos para mim e agora se penduravam em Delilah. Nós nos sentamos no jardim da família, tomando refrigerante, e vi as meninas pintando as unhas umas das outras. Tinha um número ímpar de convidados, disse a mãe de Amy, e eu teria de esperar. Pensei na cara do pai na eventualidade de eu voltar para casa de unhas vermelhas — com glitter — e sorri.

— Obrigada — falei —, mas infelizmente sou alérgica.

Quando a mãe de Amy levou o bolo e as outras meninas começaram a cantar, escapuli para dentro, subi a escada e me tranquei no banheiro. Olhei a louça limpa e as poções em volta da banheira. Pensei em entrar nela e encher de água, deixar tão cheia que inundaria o chão e escorreria pela escada, submergindo toda a casa idiota. Não. Não foi para isso que vim aqui. Abri os armários atrás do espelho e embaixo da pia. Curativos, comprimidos, produtos de limpeza. Lá fora, cortavam o bolo e ouvi meu nome. No canto do cômodo, tinha um cesto de cânhamo formal, fechado com fitas. Desamarrei os laços, levantei a tampa e abri uma arca do tesouro de tampões e absorventes higiênicos, guardados em suas embalagens de papel cartão, uma fila depois de outra de lilás-claro, azul-bebê e rosa-choque. Imaginei Amy e sua mãe na Boots, escolhendo as caixas certas, e o ressentimento me deixou mais corajosa. Peguei um folheto de instruções e metade dos produtos de cada caixa e os meti na bolsa, depois puxei a descarga e me juntei à festa.

Na manhã de sábado, peguei o metrô para o norte, o máximo que podia ir, saindo dos túneis e me afastando do centro. No fim da linha, eu era a única pessoa que restava no vagão, ainda piscando no choque de luz. O quiosque de café na estação estava fechado. Vejo Vocês na Segunda!, dizia uma placa, impressa em Comic Sans, encostada na janela.

Eu tinha falado com Bill na noite anterior. Ele sempre parecia me ligar em uma hora em que Devlin queria alguma coisa, então, sempre que conversávamos, eu parecia menos agradecida do que estava. Ele havia falado com a prefeitura, contou, sobre nossas ideias iniciais. Parei de rolar pelo relatório da ChromoClick e virei a cara das telas.

— Tudo bem. E como foi?
— Eles não se convenceram.
— Não se convenceram?
— Se quer minha opinião — disse Bill —, eles queriam vê-la demolida. É só falar em Hollowfield e o que as pessoas pensam? Eles pensam em vocês sete parados naquele jardim. Assim que sua mãe morreu, apareceram umas pessoas xeretando atrás de restos. Fotografando a casa para uma matéria ou outra. Falaram em algo escrito por seu irmão, só outro dia. Acho que eles estão cansados dessa história toda.

Isso eu entendia. Ethan tinha me mandado o artigo. Era intitulado *"Memento mori:* do que a morte o faz lembrar" e tinha aparecido no *T*. Na foto que o acompanhava, Ethan estava monocromático e sentado na casa em Summertown, olhando para o jardim, com Horace no colo. Não li o artigo, mas respondi à mensagem: *Sua cozinha é incrível*.

— Vamos apresentar pessoalmente — informou Bill. — É o que eu acho. Você vai se sair bem, Lex. Sabe o que está fazendo. Eles vão que isso não é algum… algum exercício de vaidade. Eles vão ver o que você está tentando fazer.

Encostei a testa na janela. Daqui, com os prédios se reduzindo a luzes, eu podia estar em Nova York, com um fim de semana vazio a minha espera.

— Nesse meio-tempo — disse Bill. — Como está a família?

Aluguei um carro e fui a Chilterns. Durante todo o verão, o sol gastou os campos e agora eles estavam opacos e remendados, como metal barato. O hospital tinha sido construído entre duas cidades comerciais, e acabei visitando as duas; havia um acesso discreto, que errei nas duas vias. De volta à primeira cidade, encontrei uma cafeteria na estrada e parei, já entediada com o dia. "Você passou longe", disse a garçonete, cautelosa. Ela era o tipo de pessoa que inflaria esse encontro para o próximo cliente e durante os drinques com as garotas à noite. Às oito da noite eu estava psicótica e procurava ser readmitida. "É uma placa verde. Não tem como errar."

O caminho para o hospital passava pelas sombras de um bosque antes de se abrir em um gramado vazio. O palácio branco-branco esperava no fim do gramado, como o último destino em um conto de fadas. A construção tinha sido a casa de campo de um escritor do romantismo, Robert Wyndham, e passei a noite de sexta-feira na cama e na internet, lendo seus relatos de festas no jardim. Recebera a vista da realeza e de embaixadores, e de Byron. Tinha esculturas de ninfas na margem do bosque, projetadas para se mexer na luz crepuscular. Havia relatos de cerimônias pagãs e uma grande abundância de comida e vinho. Essas ironias não eram reconhecidas no site do hospital e as esculturas foram retiradas.

Havia um grupo de fumantes na entrada, se estendendo para a sombra como flores ao contrário. Um aviso emoldurado explicava que o interior fora reformado no ano passado e pintado em cores que promoviam o bem-estar. O bem-estar, dava a entender o bilhete, era branco com um toque de pastel e camisas cor-de-rosa na recepção.

— Olá — eu disse. — Vim visitar meu irmão, Gabriel.

— Sobrenome?

— Gabriel Gracie.

— Infelizmente Gabriel está ocupado — informou a recepcionista.

— Ocupado?

— Ele tem outra visita.

— Quem?

— Não é uma informação que eu possa revelar.

A recepcionista abriu um sorriso simpático.

— Posso me juntar a eles? — falei. — Fiz uma longa viagem.

— Nossa política é permitir apenas um grupo de visitantes de cada vez.

— É mesmo? — perguntei, e a recepcionista ainda sorria.

— Fique à vontade para esperar.

Esperei. Os fumantes passaram, carregando o cheiro. Virei as páginas de uma revista obsoleta, que parecia tratar de casas e de cirurgia plástica. Um ventilador velho se virava atrás da mesa, mexendo no cabelo da recepcionista.

Meia hora depois, passou um homem, andando como se fosse a algum lugar muito importante. Na luz da recepção, sua pele era clara, com o brilho de carne crua. Roupas manchadas no colarinho e nos punhos. Quando ficou acima de mim, sorriu como se me conhecesse bem. Como se estivesse esperando por mim. Tinha dentes imaculados: um último bolsão de saúde, preservado da decadência geral.

— Obrigado — disse ele à recepcionista. — Como sempre.

Depois ele saiu, protegendo os olhos da tarde.

— Sua vez — avisou a recepcionista —, ele vai encontrá-la aqui.

Gabriel veio sem preocupações pelo corredor. Seu rosto estava limpo, branco e preservado, como a interpretação dos feitos de meu irmão. Vestia calça de algodão, meias descombinadas e uma camisa muito comprida, abotoada até o pescoço. Segurava as mangas como se elas fossem fugir dele. Sentado a meu lado, ele tirou os óculos e sorriu para um espaço perto de meus olhos, suas pupilas errando atrás do ponto certo.

— Você me encontrou — disse ele.

— Com alguma ajuda de Delilah — revelei. — Sim. Como está se sentindo?

— Esta é uma pergunta perigosa por aqui. Podemos ir lá para fora?

— Não sei. Podemos?

— Não estou te pedindo para me ajudar a fugir, se é com isso que está preocupada.

Nós nos levantamos e eu estendi o braço para ele. Fiquei surpresa quando ele o aceitou e se encostou em mim. Andamos como uma só criatura desajeitada pelo corredor, na direção do sol.

— Não passem do fim do gramado, por favor — pediu a recepcionista, e Gabriel riu.

— As pessoas fogem mesmo? — perguntei.

— Pelo visto, sim. Existem boatos de que toda a mata está cheia de corpos... todas as tristes almas perdidas, sabe... mas acho que eles costumam chamar um táxi.

— Quer se sentar?

— Não. Vamos caminhar.

— Uma volta?

— Vamos tentar.

Ele tinha perdido a maior parte do cabelo. Os últimos tufos foram raspados. Ele pegou óculos escuros no bolso e um chiclete em outro.

— Não olhe demais para mim, Lex — pediu ele. — São os remédios. Estou uma zona.

Eu me perguntei se ele sentia o mesmo que eu a respeito dos óculos escuros: a ideia infantil de que ficamos invisíveis quando os colocamos. Deixei os meus no carro; por ora, teria de permitir que ele me visse.

— Veio para o casamento de Ethan? — perguntou ele.

— Não. Por causa da mãe. O casamento vai ser só daqui a alguns meses.

— É bom, não é? — disse Gabriel. — Que ele esteja tão feliz.

Ele riu, mas sem muita selvageria. Em todo riso de Gabriel havia uma autodepreciação que nos fazia relutar em rir com ele.

— Você teve outra visita — falei.

— Sim. Um amigo. Ele vem de vez em quando. Delilah também.

— Que bom que vocês mantêm contato.

— Vem se espaçando, com o passar dos anos. Ela tentou me manter na linha. E nessas últimas semanas... ela tem sido boa comigo, Lex. Se você deixar passar a merda do Jesus... ela tem sido boa comigo. No hospital... no hospital de verdade, quero dizer... ela foi a única pessoa que pensei em procurar. Eu estava em frangalhos e ela nem piscou para isso.

— Bom. É difícil surpreender Delilah.

— O marido veio com ela algumas vezes — disse Gabriel. — Mas ele sempre espera no carro. Mas então. Sabe como ele a chama? "A Barata"... a última coisa de pé na Terra. — Gabriel riu. — Ela me contou como se fosse o maior elogio do mundo.

— A Barata — falei.

— Sim. E ele tem razão. Ela vai sobreviver a todos nós.

Paramos em um banco, o primeiro no gramado, e ele se sentou como faz um velho, verificando se o assento ainda estava ali, ao descer o corpo. Da última vez que o vi, ele era um adolescente, instalado na frente da silhueta de Londres, na televisão.

A verdade é que Gabriel foi um triunfo prematuro. Ele estreou no lar de uma família modesta, com bons pais e uma irmã mais nova. Seu final feliz ainda está disponível no YouTube, para consumo do público. Aqui está ele, começando o ensino fundamental II na BBC News; falando para a câmera em um episódio de *I Survived*; recebendo um presente de aniversário de um jogador de futebol medíocre em *Children in Need*. Gabriel, com seu sorriso torto, entrando em estúdios de televisão no café da manhã, para uma longa entrevista renunciando ao anonimato, e como um artefato cujo pó foi espanado para um programa chamado *The Big Debate* que, nesta manhã em particular, era "Maus-tratos infantis: podemos falar de raça?"

— Vai me dizer como está se sentindo? — perguntei.

Ele suspirou numa pantomima.

— O problema deste lugar — disse ele — é que eu fico entediado demais de falar de mim mesmo.

Os novos pais de Gabriel, o sr. e a sra. Coulson-Browne, tinham deixado bem claro que ele era uma criança especial, então a escola, quando finalmente apareceu — depois de quase dois anos de professores particulares e pelo menos três aparições na televisão —, foi uma decepção. A psicóloga dele, Mandy, aconselhara os pais adotivos que ele podia ter exigências adicionais, ou dificuldades de se acomodar à rotina da vida escolar; Mandy tinha todo um arsenal de técnicas de distração de curadoria criteriosa que os professores não teriam tempo de implantar. "Acho que ele vai ficar bem", disse a nova mãe de Gabriel. "Se você fizer o seu trabalho."

— O importante — orientou Mandy, na última sessão antes do início da escola — é lembrar o que aprendemos sobre a comunicação. Se sentir que uma das Fúrias está chegando, você se levanta e sai da sala. Chame um professor, ou ligue para mim.

As Fúrias começaram na Moor Woods Road, embora só tenham se tornado as Fúrias depois disso, quando Gabriel começou a trabalhar com Mandy. Ele podia estar acorrentado na cama, ou se exercitando no jardim, e uma ocorrência pequena — uma mosca no quarto, ou Evie entrando desajeitada em seu caminho — despertaria uma pressão crescente na cabeça. Não era algo que ele pudesse controlar ou ignorar; a pressão crescia sem parar até ser solta por ele. Ele se contorcia tanto que as correntes deixavam marcas em carne viva nos pulsos. Ele jogava todo o corpo no chão e batia a cabeça nele. Uma vez, mordeu a mão do pai, com a força que pôde e torcendo para que os dentes se encontrassem. Embora tenha sido castigado, e terrivelmente, ele sabia que faria isso de novo.

Ele pensava que as Fúrias iam parar quando saísse da Moor Woods Road, mas não foi o que aconteceu. Às vezes elas aconteciam na casa dos Coulson-Browne, onde havia um número desafortunado de objetos delicados. A sra. Coulson-Browne tinha uma coleção de animais de cristal e havia um jogo de porcelana do casamento exibido no alto de um armário antigo (falso, constatou mais tarde Gabriel, quando pesquisou se seria de algum valor). Uma vez, imperdoavelmente, uma Fúria chegou no camarim de *Britain This Morning*, quando um dos mensageiros insistiu em tirar as relíquias da Casa dos Horrores das mãos de Gabriel, para que pudessem ser limpas antes de aparecerem no estúdio.

Mas ele e Mandy trabalharam nisso. Havia uma barraca no canto de seu quarto novo e ele se retirava ali quando uma Fúria estava a caminho. Lá dentro, ele tinha uma luminária noturna e o urso de pelúcia que usava uma camiseta com a estampa *Sobrevivente*, dado pelos Coulson-Browne quando ele entrou naquela casa pela primeira vez. Se não estivesse em casa, ele era encontrado em algum lugar tranquilo enquanto a pressão crescia. Ele devia imaginar a barraca e o movimento lento de mamíferos marinhos na tela.

— Não vai ser fácil, Gabe — disse Mandy. — Alguns passos para a frente, alguns para trás. Se estiver seguindo a direção certa, não terá por que se envergonhar dos tropeços.

Mas a escola não representava apenas alguns tropeços. No primeiro dia, era preciso se apresentar ao restante da turma com uma história engraçada ou interessante, e ele teve um bom começo: tinha aparecido na televisão. Começou relacionando os programas específicos em que aparecera, depois deu algumas informações fundamentais de fundo sobre sua família. Agora tinha a atenção de toda a turma, mas a professora o interrompeu. "Obrigada por sua contribuição, Gabriel", disse ela, mas ele sabia, pela cara dela, que tinha errado de algum jeito e voltou à carteira em uma névoa de constrangimento.

As Fúrias tornaram-se mais frequentes. Houve ocasiões, na escola, em que ele decidia não apelar à barraca e à luminária infantil dentro dela, e em vez disso pensava no que o pai lhe tinha feito, ou no fato de que Mandy estava se casando com alguém da Escócia e teria de encerrar suas sessões, ou no fracasso da sra. Coulson-Browne em ler a primeira página das memórias dele. Quando voltava a si, ele olhava em volta, via uma roda de crianças a sua volta e tinha prazer no pavor que sentiam.

Prazer: havia algo a tirar daí. Durante as Fúrias, ele adquiriu uma espécie de notoriedade, o que significou que um grupo seleto em seu ano — os que não tinham pais; os desajeitados; os rebeldes e as meninas frágeis que grudavam neles — aceitara sua companhia. Eles se intitulavam O Clã. O líder do Clã era Jimmy Delaney, que tinha três tatuagens e, diziam os boatos, tinha trepado com uma monitora na excursão de geografia do ano anterior (embora ninguém, e menos ainda Gabriel, soubesse se isso era verdade). Nos fins de semana, eles se reuniam em parques, ou no quarto de alguém cuja família estivesse ausente, e fumavam um ou outro baseado, ou se revezavam para tocar as meninas que apareciam. Gabriel não era legal nem útil o bastante para estar no centro das coisas, mas gostava de ter com quem se sentar no almoço e que eles tivessem interesse por sua história. Quando ele se embriagava, contava-lhes tudo que conseguia invocar, porém, por mais que ele falasse, Jimmy queria mais. "Por que você não o matou?", perguntou ele sobre o pai, e depois: "É verdade que seu velho era um pervertido?" Eles eram garotos do tipo detestado pelos Coulson-Browne, e Gabriel gostava disso também.

Em casa, sua carreira afundava. A sra. Coulson-Browne pressionava editores e estúdios de televisão e entrava em contato com celebridades locais perguntando se estariam interessados em conhecer seu filho. Houve um pequeno pico de interesse no aniversário da fuga e mais uma vez durante o julgamento da mãe, mas a história parecia ter chegado a sua conclusão. Não ajudou em nada que Gabriel não lembrasse mais a criança angulosa carregada da Moor Woods Road, capturada nos braços de um policial em uma foto que foi indicada a Foto Jornalística do Ano (Notícias de Última Hora). Agora, ele era um adolescente magricela de óculos, a pele seca e o cabelo da mãe, que ficava mais escuro com o tempo.

Gabriel sentia que os Coulson-Browne estavam perdendo o interesse por ele. Não havia crueldade nisso, mas um desligamento gradual, como alguém que deixa de lado um brinquedo de infância. Quando ele foi adotado, os Coulson-Browne gostavam de apresentá-lo em suas festas, que nem eram festas de verdade, mas reuniões de vizinhos que se revezavam para ver como era por dentro a casa dos outros. Ele era mandado à sala de visitas, armado com canapés de queijo e uma tigela de fritas, instruído a Fazer Sala. Mas, desde que os Lawson tinham aparecido para jantar, a família sugeriu que ele ficasse no quarto.

Os Lawson moravam na única casa de cinco quartos da rua e tinham um carrão. Gabriel, instável na cadeira extra e comendo duas vezes mais que todos os outros, tinha ficado sentado por noventa minutos de corredores laterais, coquetéis de camarão, a convergência de tráfego na nova propriedade, bife Wellington, os filhos dos outros. Por fim, durante o flan de caramelo, a conversa ficou interessante. Os Lawson narravam a história de seu filho, sempre disposto a correr riscos, que estava internado em um hospital de Genebra com uma placa de vinte e cinco centímetros parafusada à tíbia esquerda.

— Qual foi a única coisa que dissemos a ele? — recordou o sr. Lawson. — "Fique na pista." E agora onde estávamos? Passando o Natal na ortopedia, na maldita Suíça.

— O preço daqueles hotéis — acrescentou a sra. Lawson —, em cima da hora...

— Eu tenho uma placa de metal — disse Gabriel, e a conversa estancou. Ele tocou o maxilar. Virou a cabeça para mostrar a eles. — Aqui.

Ele tinha chegado ao hospital com má oclusão grave, explicou. Gostou de saber uma expressão que eles não conheciam. O centro de crescimento do maxilar esquerdo foi danificado, então um lado do rosto ficara diferente do outro. Gabriel e Mandy foram convidados ao raio X para ver os danos e ficaram sentados lado a lado a uma mesa enquanto um cirurgião bucomaxilofacial — isso era a boca — explicava o crânio de Gabriel. Foi engraçado ver a si mesmo em forma de esqueleto. Os dentes eram muito maiores do que a gente pensava. No fim, Gabriel perguntou se podia voltar depois da operação para ver como o metal ficava no maxilar. "Ora, temos um médico aqui", disse o cirurgião, e uma semana depois todos na ala o chamavam de dr. Gracie.

— Os feriados no hospital eram legais — contou Gabriel. — Tinha uma caçada grande aos ovos na Páscoa. O Natal deve ser muito bacana.

Agora ninguém comia. Os Lawson baixaram os olhos. O sr. Coulson-Browne deu uma risada tensa e sem humor e pegou a colher.

— Esses hotéis — observou ele. — De quanto estamos falando?

Em seu desespero, a sra. Coulson-Browne sugeriu encontrar um agente para Gabriel, embora não soubesse de ninguém em particular.

— Além disso — disse ela —, você precisa pensar no caminho que quer seguir, Gabriel. Se é a televisão ou a autobiografia, ou algo como Matilda.

Matilda era a filha verdadeira dos Coulson-Browne, que antes tinha sido destinada a se tornar bailarina; depois, quando se desenvolveu demais, protagonista no West End; e, quando não conseguiu cantar a variedade necessária, dançarina em uma turnê por estádios. Enfim, trabalhava como coreógrafa em cruzeiros marítimos, o mais distante possível de casa. Sempre que ficava com os Coulson-Browne, Matilda via Gabriel com uma combinação de apreensão e pena e tentava não ficar sozinha com ele. Gabriel achava que Matilda ficava assustada, embora agora, com a mesma idade dela na época, ele entendesse. Ela sentia vergonha.

— O que você sugere que ele faça? — perguntou o sr. Coulson-Browne quando Matilda voltou do Caribe para passar o Natal e eles estavam sentados para o jantar. Matilda olhou para Gabriel, depois para a mesa, e deu de ombros.

— Não acho que seja a especialista — disse ela.

— Você deve ter algum conselho... segundo sua experiência.

— Neste caso, acho que ele deve tentar ser feliz.

— Mas a história dele! — ponderou a sra. Coulson-Browne. — É uma história que precisa ser contada.

— Tem alguém que eu conheço — disse Matilda — em Londres. Ele é agente de umas celebridades. Mas não das grandes. E ele não tem o melhor caráter do mundo, por tudo que ouvi falar.

— Está vendo? — perguntou a sra. Coulson-Browne. — Acho que seria muito útil.

— Vou lhe dar o número dele — ofereceu Matilda a Gabriel. — Se realmente quiser.

Ela escreveu o nome e o número em um bloco dos cruzeiros CocoCruises e ele repetiu mentalmente: Oliver Alvin.

— Se cuide, Gabe — disse ela e apertou seu ombro. Quando Matilda partiu para Santa Lúcia no Ano-Novo, ele pensou por um momento estranho e estúpido em perguntar se ela poderia levá-lo.

A primeira vez que O Clã pediu a ele para fingir a Fúria, foi em um simulado de provas, em janeiro.

— O que precisamos — disse Jimmy, enquanto eles esperavam nas portas do auditório — é de circunstâncias atenuantes. — Ele olhou para os comparsas, sorrindo. — Alguma coisa traumática.

— Alguém tem uma arma? — perguntou Gabriel. Ninguém riu, mas todos o encararam, depois se entreolharam, e ele percebeu que havia uma conversa, uma piada interna, que ele tinha perdido.

— Como está se sentindo, Gabe? — perguntou Jimmy. — Está com raiva? — Ele riu e deu um tapa no ombro de Gabriel. — Eu podia passar sem essa merda.

As portas do auditório se abriram; os alunos entraram, agarrados a estojos de plástico transparente. O relógio se agigantava na frente da sala.

O lugar de Gabriel ficava no fundo. Ele descansou o queixo nos braços e olhou para as fileiras de cabeças. Os cérebros limpos e funcionais dentro delas, esperando por instruções. Mais perto da frente, Jimmy se virou para ele e deu uma piscadela. As provas já estavam nas mesas. O inspetor orientou os alunos a começarem. Quando chegasse a hora certa, pensou Gabriel, será que realmente conseguiria fazer aquilo, ali, de propósito — aquela coisa estranha e particular, que ele e Mandy passaram tantos meses tentando dominar?

Era um exame de duas horas. Ele esperou passar meia hora. Imaginou algumas respostas simbólicas, relutando em se comprometer mais. A cada mudança do relógio, sua oportunidade diminuía; se passasse tempo demais, as provas seriam recolhidas. Aos quarenta minutos, ele se levantou com tanta rapidez que a cadeira virou no chão. Depois, com cada cabeça se voltando em silêncio para ele, Gabriel começou.

Ele se jogou na mesa de trás, e seu ocupante gritou e saiu do caminho. Com a língua para fora, arriou no chão e passou a bater nele, como se o chão pudesse se abrir e — enfim — engoli-lo. Ele sibilou e gritou cada palavrão que conhecia e, vendo os professores avançando, virou, se afastando deles, um peixe no convés, arquejando, roendo e apanhando qualquer coisa ao alcance: as pernas de mesas e cadeiras e alunos se retirando e, a certa altura, um estojo Hello Kitty, que jogou em quem avançava, espalhando um arco-íris de hidrográficas BIC no salão.

Precisaram de quatro para segurá-lo e, balançando-se tonto e meio louco, obrigá-lo a ir para a sala do diretor. Os alunos se enfileiraram no corredor para vê-lo passar, e alguns aplausos palpitaram na multidão. "Incrível", murmurou Jimmy, e Gabriel sorriu.

Depois da prova, ele fazia a pedidos. Apresentou-se no centro de lazer e no cinema; no supermercado, enquanto O Clã levava alguns packs de cerveja; na entrada de um restaurante caro, em que os Coulson-Browne faziam reservas em ocasiões especiais. Havia momentos, no meio de tudo, em que ele não sabia se sofria da Fúria ou se a fingia; em que ele não sabia onde terminava a doença e começavam as ordens de Jimmy. Os Coulson-Browne rejeitaram a sugestão da escola de que Gabriel sucumbia às Fúrias em momentos particularmente oportunos e ameaçaram com o que o advogado do sr. Coulson-Browne chamou de retaliação dupla: processo judicial e imprensa. A escola, ciente de que Gabriel sairia no fim do ano, concordou em tolerá-lo por mais alguns meses.

Ele fez as provas verdadeiras em isolamento. Não sabia muitas respostas. Quando as aulas acabaram, O Clã se reuniu a uma mesa na frente de um dos pubs mais lenientes da cidade e ele bebeu até que só o que via era a cara de Jimmy, flutuando no plural na cabeceira mais importante da mesa.

    Ele prometera aos Coulson-Browne que procuraria um emprego, mas por alguns meses saía de casa toda manhã e vagava pelas ruas, sem se candidatar a nada. Passava na casa dos membros do Clã, cuja maioria tinha começado a faculdade ou estágios e raras vezes o convidava a entrar. Jimmy, que tinha estudado para as provas, decidira que talvez quisesse ir para a universidade, afinal. Estava estudando matérias sérias, que consumiam todo o seu tempo, e, sempre que Gabriel aparecia, não estava em casa. Gabriel trabalhou no turno da noite no maior supermercado da cidade, o que significava que podia dormir na maior parte do dia; isso o impedia de ter de pensar em como preencher o tempo.

    Ele fez dezenove anos à mesa de jantar dos Coulson-Browne, dois anos depois, comendo salmão *on croûte* e bebendo um espumante Victoria barato.

    — Detesto levantar esse assunto esta noite — começou a sra. Coulson-Browne. — Mas precisamos saber de seus planos, Gabriel. — Ela se virou para o marido, encorajando, e ele assentiu.

    — Como você sabe — disse o sr. Coulson-Browne —, temos sido muito generosos.

    Isso era aceitável, pensou Gabriel. Tinha entrado nessa casa pela primeira vez meia vida atrás, em um fim de semana de apresentações. Tinha se sentado nos sofás roliços de couro e ouvido que seria bem-vindo. Tinha confundido os cômodos arrumados e bege com coisas que podia preencher. Olhando para o jogo americano de madeira com cenas da Inglaterra rural, e os animais de cristal, e o piano que ninguém sabia tocar. Ele não sentiria falta de nada daquilo. Naquela noite, ele encontrou o bloco de Matilda, se sentou na barraca e ligou para Oliver Alvin.

O escritório de Oliver Alvin não era o que Gabriel esperava. Ficava em East London, nos altos de um atacadista de tecidos, e na sala de espera estava uma mulher com óculos escuros pretos e quadrados, passando um lenço de papel entre o plástico e a pele para enxugar os olhos. A secretária de Oliver, que tinha dezessete anos e ainda usava corretivo líquido nas unhas, pediu que Gabriel esperasse. Não havia nada para ler, então Gabriel examinou a sala. Fotografias emolduradas de Oliver e seus clientes o encararam. Ele não reconheceu ninguém.

    Quarenta minutos depois da hora marcada, a secretária pediu que ele entrasse: Oliver estava pronto para recebê-lo. Parecia que ninguém tinha saído da sala. Ele se levantou, ajeitou a gravata (que era a gravata do sr. Coulson-Browne, e que ele passara meia hora fazendo e desfazendo o laço naquela manhã) e pegou o portfólio que tinha montado na semana anterior, que começava com sua fotografia, abaixo das palavras: "Olá. Sou Gabriel Gracie, um sobrevivente."

Oliver era de uma beleza esquecível, como um ator de uma novela ou uma pessoa em um banco de imagens. O escritório tinha cheiro de colônia cara.

— Tem algumas coisas que você pode fazer barato — diria Oliver a Gabriel, na cama, alguns anos depois. — Mas não ternos, nem loção pós-barba.

Gabriel nunca descobriu quais eram as coisas baratas, porque tudo em Oliver era caro. Ele usava um Rolex vintage, que tinha comprado de seu vendedor de relógios; os sapatos e a carteira tinham sido feitos em Milão; ele pedia o vinho mais caro que encontrava no cardápio. Quando Gabriel entrou na sala, ele estava sentado a sua mesa com um terno cor de ameixa, digitando em um MacBook. Não levantou a cabeça.

— Acho que temos uma hora marcada — anunciou Gabriel, e Oliver piscou. — Gabriel. Gabriel Gracie.

— Claro — respondeu Oliver. — Muito bem! Gabriel. Então. Me fale de você.

Com as duas mãos, Gabriel estendeu o portfólio. Oliver o apanhou, virou algumas páginas e o bateu na mesa.

— Como eu disse. Me fale de você.

O que havia a perder? Ele começou pela Moor Woods Road. Descobriu que Oliver o escutava — assentindo aqui, chocando-se ali — e, encorajado, se sentou à mesa e continuou. Recordou-se de todos os detalhes que Jimmy tinha pedido para ouvir, a carne dos ossos da história, e entregou isso também. Quando parou de falar, se sentia eufórico, depois exposto. Olhou para o próprio colo e esperou pelo veredito de Oliver.

— Sem dúvida você é mais interessante que a garota Coulson-Browne — disse Oliver. — Isso tenho de reconhecer. E é da minha competência. Representei várias vítimas... de terrorismo, acidentes, algumas coisas bem traumáticas... e eles se deram bem.

Oliver franziu a testa, calculando algo fundamental nos dedos.

— Vou ser franco com você — disse ele. — Seria melhor se tivesse sido você quem libertou os outros. Aquele que fugiu. Mas não há muito que possamos fazer a respeito disso. E ainda existem algumas oportunidades em que eu posso pensar. Vamos ver o que podemos fazer.

Eles falaram de negócios. Aqui estava ele: Gabriel Gracie, dezenove anos, falando com seu agente na Big Smoke, em Londres. Eles conversaram sobre a que eventos Gabriel estaria disposto ou não a comparecer ("O que acha do slime?", perguntou Oliver), se existia algum jeito de entrar em contato com a Garota A (não existia), e a mordida da comissão de Oliver (o que mais pareceu a Gabriel — mesmo na época — uma merda de hemorragia).

Ele comemorou com os Coulson-Browne, com quiche lorraine e champanhe francesa.

A maior parte do trabalho envolvia convenções sobre true crime. No primeiro ano no circuito, ele subia ao palco para falar, porém, mais tarde, tendia a ser designado a uma mesa no saguão de um hotel três estrelas, sentado atrás de um cartão com seu nome e assinando uma miscelânea de objetos. Ele ficou ao mesmo tempo impressionado e perturbado com a extensão do conhecimento que as pessoas presentes tinham de sua família. Em uma noite, uma mulher deu a ele uma camiseta pequena e suja que alegava ter pertencido a Eve. Ele se retraiu e rapidamente se recuperou. Oliver não ficaria impressionado com seus escrúpulos, e ele não tinha como saber se era um artigo autêntico. Gabriel pensou na caixa de papelão com seus pertences da infância, guardados e lacrados no sótão dos Coulson-Browne, e se perguntou, fugazmente, quanto deviam valer.

Houve uma demanda crescente por ele no outono, quando as pessoas começaram a pensar no Halloween. Aqueles eventos eram mais desafiadores. Nas reuniões de true crime, ele sentia que as pessoas esperavam por ele: quando começava a falar, caía um silêncio na sala. As apresentações de Halloween eram mais ruidosas e poucas pessoas sabiam quem ele era. Ele apareceu em universidades e em boates de cidades pequenas e taciturnas. Olhava para a multidão, andrajosa em fantasias, e entendia que a maioria dos presentes tinha a mesma idade dele. Eles, como Gabriel, teriam nove anos quando a polícia entrou na casa da Moor Woods Road, e era improvável que se lembrassem muito da história. Em geral era designado para falar por cinco minutos e apresentar a próxima banda, mas raras vezes usava todo o tempo reservado. "Você precisa tornar isso mais assustador", instruiu um representante dos alunos. "Um pouco menos deprimente."

Ele esperava que pudesse haver mais glamour nesta vida. Em sua maioria, os quartos de hotel eram gastos e a cerveja era morna, e costumava chover.

Ele previra passar seu tempo em Londres, ou talvez no exterior, falando com jornalistas ou salões lotados de gente. Acreditara que sua história podia ser uma inspiração. No fim, conseguiu ir para Londres, mas não para inspirar as massas. Mudou-se para Londres porque estava apaixonado por Oliver.

Começou em dezembro, quando o trabalho de Gabriel secava. Um e-mail sem mensagem de Oliver. Assunto: PRECISAMOS CONVERSAR. Eles se encontraram para jantar em Londres, no restaurante de um chef celebridade de que Gabriel nunca tinha ouvido falar. Oliver parecia indisposto. O cabelo nas têmporas estava molhado e por trás da colônia havia outro cheiro, algo que parecia comida velha, que Gabriel não reconheceu. Bem no começo da refeição, assim que as bebidas foram servidas, Oliver chegou ao que interessava.

— Você precisa diversificar — observou ele.

— Como assim?

— Você precisa de mais uma corda no seu arco — disse Oliver e, como Gabriel ainda olhava para ele, vago e ansioso, baixou a taça e suspirou. — Vamos colocar nestes termos. Estamos em dezembro. Ninguém quer um sobrevivente de maus-tratos infantis na festa de Natal.

Oliver propôs que Gabriel aceitasse o que ele descreveu como um trabalho mais "padrão". Muitos clientes dele, disse Oliver, precisaram ser flexíveis para atravessar o ano. Oliver aceitaria um adiantamento adicional para fazer isso acontecer.

— Pensei que eu seria, por exemplo... motivacional — tentou Gabriel, e Oliver bufou.

— Você é um ótimo garoto, Gabe, mas não está motivando ninguém.

Parece ter havido um número infinito de pratos, servidos com uma deliberação severa. Quando enfim eles saíram do restaurante, Gabriel explicou que precisava ir embora. O último trem para casa partiria em meia hora e ele não sabia como voltar para Euston. Tinha passado a maior parte da refeição se esforçando para não chorar e ansiava pelo momento — o momento particular e humilhante que enfim estaria próximo — em que poderia fazer isso.

— Não precisa — disse Oliver. Com cautela, como se pedisse permissão, Oliver segurou o indicador de Gabriel, depois o dedo médio e o polegar, e enfim toda a mão, entrelaçando os dedos. Oliver cambaleou de frente para ele — estava com duas garrafas de vinho a mais — e virou a cabeça para cima, até ficar perto demais para que Gabriel pudesse enxergar.

Gabriel só havia beijado meninas desinteressadas nos quartos dos amigos, e a força de Oliver o impressionou. Havia uma determinação obstinada nas mãos dele, agora nas bochechas de Gabriel, e em sua língua, abrindo a boca de Gabriel e — mais tarde, no quarto de Oliver, que dava para o sul, para a Tower Bridge, e que era exatamente como Gabriel o teria imaginado, até os lençóis pretos e a luminária sensível ao toque — no ritmo de sua boca no membro de Gabriel. Quando Oliver estava dormindo, Gabriel foi à janela — não conseguiu operar as venezianas automáticas e teve de abri-las à força para ver do lado de fora —, olhou para a cidade e pensou com pena em Jimmy Delaney, dormindo em seu alojamento universitário, com trabalhos para escrever.

Gabriel voltou à casa dos Coulson-Browne só uma vez depois disso. Ali, pegou os pertences que tinha recuperado da Moor Woods Road e levou o que gostava de seu quarto. Deixou a barraca para trás. Os Coulson-Browne lhe deram alguns meses de aluguel em um apartamento em Camden, em troca, ele suspeitava, de nunca mais ter que abrigá-lo. "Acabou", disse o sr. Coulson-Browne, "acabou *mesmo*, Gabriel", e Gabriel pensou, triunfante: *Sim, acabou.*

Agora ele estava cansado, arriado no banco, sem energia para voltar ao hospital. Corri até a recepção, peguei uma cadeira de rodas e o ajudei a se sentar nela. As sombras da floresta caíam mais próximas no gramado.

Ele só voltou a falar quando estávamos no quarto. Saiu da cadeira de rodas e eu a empurrei para o corredor, para que ele não tivesse de vê-la à noite.

— Você vai voltar? — perguntou

— Posso ficar aqui perto. Posso vir amanhã.

Eu não sabia como falar na casa da Moor Woods Road. Parecia impossível lhe pedir algo quando ele estava sentado na cama, tentando tirar os sapatos.

— Delilah lhe falou sobre a herança? — perguntei.

— Ela mencionou. Disse que tem a casa e algum dinheiro.

Ele se deitou e procurou os cobertores às apalpadelas.

— Ela me falou de sua ideia — observou ele. — Do centro comunitário.

— E o que você acha?

— Preciso de um tempo. Algum tempo para considerar minhas opções.

Parei, presa entre a cama e a porta. Gabriel, que sempre fora submisso.

— A visita — falei —, hoje, mais cedo. Isso tem alguma relação com o homem?

Na cama, segurei sua mão. Eu queria reconfortá-lo, decidi, mas também queria que ele ficasse acordado.

— Era o Oliver? — falei. E: — Gabe... que relação ele tem com você?

Ele se deitou de costas, com as mãos mexendo nos cobertores. Dormindo ou me ignorando.

Fiquei sentada no gramado e reorganizei o fim de semana. Havia pousadas por todo o país: todas tinham o nome de uma planta e estavam lotadas. Encontrei um quarto em uma localidade com nada além de uma igreja e um pub e fui de carro para lá na tarde quente. Mamãe e papai pretendiam ir a Londres no domingo; eles teriam de esperar. *Mais difícil do que eu previa*, contei, por mensagem de texto. Outro dia no sanatório.

Minha anfitriã me levou a um quarto anexado à casa de sua família e me deu um prato de biscoitos e uma senha de wi-fi manuscrita. Eu devia usá-la com responsabilidade.

— Obrigada — eu disse. — Está perfeito.

Pensei no Romilly Townhouse. O conforto que era encontrar seus espaços limpos e amplos e porteiros contratados pela discrição.

— Vou ficar lá fora com os pequenos — anunciou ela. — Se quiser, pode se juntar a nós. — Trocamos um sorriso, educadamente, certas de que eu não iria.

Abri o laptop. A mesa dava para um jardim luminoso e brilhante. O sol lançava dardos pelos carvalhos e adejava pela grama. Comi os biscoitos e trabalhei, vi minha anfitriã brincando com os filhos. Ela era atriz: um dinossauro e depois uma princesa, e agora uma ponte, embaixo da qual eles se arrastavam. O jardim era tomado de adereços descartados. Delilah tinha razão em uma coisa. Eu era uma criança muito séria. Até minhas brincadeiras exigiam compromisso absoluto. Tentei imaginar me juntar às crianças em volta dos canteiros de flores, aceitando os papéis que me fossem atribuídos. Parecia inconcebível. Elas me enxergariam e me cortariam do elenco.

Algumas coisas aconteciam para melhor.

Fiquei olhando por mais algum tempo, depois fechei o laptop e fui ao pub.

Naquela noite, confusa por uma tarde de vinho e no quarto estranho e aquecido, sonhei com uma das festas de Robert Wyndham. Mesas compridas e brancas enfeitavam o gramado. Todo mundo estava lá: Delilah, Gabriel, Evie, Ethan e Ana. Todo mundo estava bem. Eu me sentei ao lado de JP, que contava uma ótima história, e me encostei nele. A festa era barulhenta, e eu me esforçava para acompanhar a narrativa dele. Copos tilintavam e as pessoas na mesa atrás de nós soltaram gargalhadas estridentes. Eu lhes pedi silêncio, querendo ouvir a história, mas era impossível me concentrar nela e parei de tentar depois de um tempo. À minha frente, Evie sorria e estava entediada. Ela escapuliu da mesa e atravessou o jardim, onde o gramado encontrava a floresta. Eu me levantei também. Quando saí da mesa, ela já se virava para a mata. Chamei por ela, mas ela não me ouviu e logo se apagou entre as árvores.

Nós nos mudamos para Hollowfield e para a Moor Woods Road quando eu tinha dez anos e era da turma da srta. Glade. Gabriel precisou de uma cama; Ethan tinha começado a pressionar para ter o próprio quarto; o pai tinha perdido o interesse pela Gatehouse e encontrara um lugar para fundar a própria congregação. Ele a chamaria de Lifehouse. A Casa da Vida. Sempre que falava nisso, construía o púlpito com os punhos e entalhava a nave central com os dedos.

Delilah e eu fomos as únicas a protestar.

— Tenho amigos — disse Delilah. — Não me faça deixar meus amigos, papai.

— Não pode pelo menos esperar até o verão? — perguntei. — Quando as aulas acabarem?

De todos os professores da Jasper Street, eu gostava mais da srta. Glade. Ela não me estimulava a ler em aula, nem me elogiava em público. No início do ano letivo, em outubro, ela me pediu para passar na sala dos professores na hora do almoço e disse que tinha ficado impressionada com meus resumos de livros semanais. Será que eu gostaria de receber alguma leitura a mais — extraoficialmente, sem pressão etc. — para o caso de eu ficar entediada? Na hora do almoço das sextas-feiras, nós nos sentávamos na sala de reuniões sem janelas ao lado da diretoria e discutíamos o que ela havia recomendado. A srta. Glade em geral levava algum lanche e pedia minha ajuda para comer enquanto conversávamos: toda uma travessa de frutas, por exemplo, ou uma bandeja de panquecas que ela havia preparado. Sempre parecia demais para uma só pessoa e eu me perguntava como a srta. Glade podia esperar terminar tudo sozinha.

O problema apareceu quando a srta. Glade falou com a mãe. A mãe buscava Delilah e Evie, de pé no pátio do recreio com Gabriel, mochilas de livros e seu vestido branco amarelado, e a srta. Glade perguntou se ela teria um minuto. Os outros entraram também, e Gabriel ficou vagando entre as mesas e cadeiras. Tirou lápis de cor de seus potes e livros das prateleiras, rindo. Ele tinha um rosto afilado e endiabrado, um sorriso escancarado. Pegava objetos de carrinhos de supermercado de estranhos e eles riam e o perdoavam.

— Ele não é lindo? — elogiou a srta. Glade. A mãe concordou com a cabeça, passando o peso de um pé para outro.

— Tem de ser realmente um minuto — disse ela. — Precisamos voltar.

— É uma boa notícia — falou a srta. Glade —, então não vai demorar muito. Eu só queria comentar que Alexandra está indo bem este ano. Um ótimo trabalho, em todos os sentidos. Inglês, matemática, ciências... noções de algumas das outras matérias também. Até agora, o ano tem sido excelente.

Delilah revirou os olhos, Evie me abriu um sorriso. A mãe assentiu para o elogio, na expectativa, aguardando a grande revelação.

— Minha recomendação — disse a srta. Glade — é que a senhora e o sr. Gracie explorem a ideia de bolsas de estudos em alguns dos melhores liceus da região. Ainda falta um ano e meio, eu sei, mas não faz mal começar a pensar. Muitas bolsas dependem das finanças da família... e evidentemente não posso comentar isso... mas posso preparar uma lista de candidatas, ou conversar com a senhora e seu marido sobre algumas opções. O que for melhor.

— Tudo bem — respondeu a mãe. Ela me olhou como se houvesse algo que eu soubesse e me recusasse a revelar. — Está falando de Alexandra?

— É isso mesmo.

— Tudo bem. Bom. Obrigada.

— Podemos marcar uma hora? — perguntou a srta. Glade — Em um momento mais conveniente?

— Não sei se será possível — respondeu a mãe. — Vamos nos mudar nos próximos meses. Para Hollowfield.

— Ah — disse a srta. Glade. — Eu não estava ciente disso.

Ela também olhou para mim.

— Se ajudar — tentou —, algumas opções ainda estarão...

Gabriel tinha girado o globo na mesa da srta. Glade e a Terra caiu no chão da sala de aula. Ele ficou petrificado, um culpado de desenho animado, e, quando as adultas se aproximaram, se encolheu.

— Não tem problema — disse a srta. Glade, mas a mãe já havia atravessado a sala. Bateu na mão de Gabriel e o pegou nos braços.

— Está vendo? — perguntou ela. — Não é mesmo uma boa hora.

Fomos a pé para casa, juntos. Era o início de dezembro, mas algumas casas tinham enfeites. Delilah e Evie correram na frente, apontando suas árvores de Natal preferidas. Minha respiração se confundia com a da mãe no ar.

— Como você sabe — disse ela —, eu não fiz liceu. E no fim tudo deu certo. — Olhei para a fita marrom no carrinho de bebê e para o cabelo da mãe sob a iluminação dos postes da rua, um branco frágil e afastado do rosto. Agora caía menos luz nele.

— No seu lugar, eu não falaria nisso com seu pai — recomendou a mãe.

— Ele tem outros planos. Planos muito maiores, Alexandra.

— Mas não custaria nada — falei. — Tentar.

Delilah e Evie tinham parado na frente da maior casa da rua. Na janela, havia uma casa de bonecas decorada, o cenário era Natal. Crianças em miniatura corriam para os presentes embaixo da árvore. O pai estava reclinado na poltrona. Procurei a mãe nos quartos e na cozinha, mas faltava essa miniatura.

— Que lindo — disse Evie. — Não é?

— Vamos — chamou a mãe. Ela estava à nossa frente, a mão no punho do carrinho. Alcancei-a antes que ela conseguisse avançar, para que não tivesse alternativa senão olhar para mim.

— Pelo menos me deixa tentar — falei.

Ela virou a cara, como se estivesse constrangida por mim. Ela sorria, só levemente, e desconfiei de que isso nada tinha a ver com o pai.

— Eu disse não — ela falou. — Não disse?

A srta. Glade não desistiu, embora tenha abandonado a ideia de arregimentar o apoio da mãe. Nossas reuniões de sexta-feira ficaram mais fervorosas. É preciso considerar como os outros podem interpretar isso, disse ela. Não diga apenas que gosta, isso não basta. Diga por que você gosta. As recomendações dela tornaram-se mais diversificadas: ela levou livros sobre história; religiões; os romanos e os gregos antigos. Em uma hora podíamos seguir com o fio pelo labirinto; deslizar pelo hipocampo; esquadrinhar corais para um cavalo--marinho macho com ovos na bolsa.

— Quanto tempo temos? — ela me perguntava quando voltávamos à salinha do armário. Eu narrava o tempo do relógio acima de sua cabeça, embora ela nunca parecesse particularmente interessada em minha resposta. Acho que, afinal, não era isso que estava me perguntando.

— Alexandra — disse o pai. — Você tem uma visita.

Ele estava ao pé da escada. Eu tinha atravessado o patamar para escovar os dentes, com *O fantástico senhor Raposo na mão*. Meu ritual era meter a escova na boca e ler três páginas, qualquer que fosse o livro.

— O quê? — falei. — Quem é?

— Por que não vem ver?

Ele estendeu o braço para a sala de estar, como um showman apresentando um número novo e exótico. Deixei o livro ao lado da pia e fui até ele, para as luzes do térreo e o cheiro de guisado recém-comido.

A srta. Glade estava no meio da sala, com um gorro de pompom e um casaco de lã, incrivelmente limpa. Era a primeira vez que eu percebia que ela devia existir fora da escola. Tinha noites, e uma cama, e coisas em que pensava quando chegava a ela. Era mais baixa do que na sala de aula, mas o pai fazia isso: encolhia as pessoas. Cruzei os braços sobre a blusa do pijama, que estava puída, fina a tal ponto que meus mamilos ficavam visíveis através do tecido.

— Lex não precisa estar aqui — anunciou a srta. Glade. — Eu vim falar com o senhor.

— Ah, somos uma família muito aberta.

Ela tentava olhar entre nós dois, mas seus olhos vagavam para os cantos da sala e os sacos de lixo ali, derramando roupas e sapatos velhos e uns poucos brinquedos gastos. Os cobertores da mãe estavam empilhados no sofá, duros de sujeira.

— Oi, Lex — disse ela.

— Oi — falei. E então, sem confiar nessa versão dela, a versão noturna que não queria falar comigo: — O que está fazendo aqui?

Ela olhou para o pai, que já sorria.

— Você se lembra da bolsa de estudos — disse a srta. Glade.

— Lembro.

— Eu queria falar com seu pai sobre isso... e mais algumas coisinhas. Nada muito importante. Certamente nada com que você deva se preocupar.

O pai se esparramou no sofá e gesticulou para a almofada que sobrava. A srta. Glade se sentou bem na beirada, como se não quisesse nossa casa encostada na pele. Depois de se sentar, torceu as mãos, ainda arroxeadas do frio.

— Se não quiser que ela ouça — falou o pai —, está tudo bem para mim.

A srta. Glade olhou para mim com algo triste e resignado no rosto. Algo parecido com uma mensagem, sabendo que eu não seria capaz de ler.

— Eu sinto muito, Lex — disse ela. — Mas preciso conversar com seu pai em particular.

— Tudo bem, então.

— Tudo bem. Vejo você amanhã, Lex.

Evie já estava dormindo. Eu me deitei por cima das cobertas com a luz acesa, mantendo guarda, tentando não cair no sono. A srta. Glade era uma das pessoas mais inteligentes que eu conhecia, pensei, mas também uma das mais burras. Ela me olhou como se tivesse medo por mim e, sentada ali com o pai, não tinha medo por ela mesma.

Nunca descobri sobre o que a srta. Glade e o pai conversaram, mas partimos para Hollowfield uma semana depois. Cheguei da escola e encontrei a família na cozinha, o pai de pé, com as palmas achatadas na mesa e a mãe a seu lado.

— Compramos uma casa — anunciou ele. — Uma casa só nossa.

Um pequeno terremoto atravessou o rosto de Delilah. Começou com tremores nos lábios e nos cantos dos olhos.

— Eu te odeio — ela falou, e suas feições se comprimiram.

— Já? — perguntei.

— Tornou-se necessário — disse o pai. — Todos ao trabalho.

Havia ocasiões em que o exercício de encaixotar as coisas parecia uma autópsia da casa e da infância que passamos nela. Aqui, embaixo da cama dos meus pais, estavam os cobertores nos quais a mãe deu à luz Ethan. Aqui estava um livro sobre a Fronteira Americana, jamais devolvido à biblioteca. Aqui estavam garrafas de bebida que não foram lavadas, abrigando famílias de moscas pretas e finas. Quando levantamos a mobília de seus nichos, descobrimos as piores enfermidades da casa. O carpete embaixo de minha cama era mole e emaranhado, e tumores de mofo tinham crescido no colchão. Havia pijamas putrefatos embaixo da cama, usados por qualquer um de nós e nunca lavados. As paredes do quarto dos pais eram esburacadas, e quando levamos os dedos às feridas sentimos o ar do lado de fora, vazando para dentro da casa.

No fundo do guarda-roupa da mãe, descobri um caderno, enrugado pelo sol e se desintegrando, fechado. Abri no meio. A letra era desajeitada — a escrita de uma criança —, mas não a reconheci. *Despacho 17*, dizia. *Visito o chalé da sra. Brompton em uma tarde de sábado. Ela está em seu jardim e com vontade de conversar.* Abri um sorriso. Os Despachos de Deborah. Os contatos da mãe no mundo do jornalismo foram registrados na última página. *A essa altura eles estariam aposentados*, pensei. Alguns devem ter morrido. Ela algum dia telefonou para eles? Parecia improvável. O caderno tinha sido esquecido, não escondido. Coloquei-o na pilha de lixo.

Em meu último dia na Jasper Street, abracei Amy, Jessica e Caroline. "Vamos sentir *tanto* a sua falta", elas disseram e passaram a mão nos olhos secos. (Eu lhes dei uma excelente história para uma futura terapia — uma história de culpa, ingenuidade e horror —, e, quando cada nova fonte próxima da família se apresentava, anos depois, eu me perguntava se essa era uma delas.) A srta. Glade levou um bolo para ser dividido pela turma — o glacê com um livro aberto e *Boa sorte, Lex!* —, e, quando o cortei, cada uma das camadas era de uma cor diferente. Pensei na srta. Glade na cozinha de uma casa pequena e aquecida, com luvas térmicas e pijama, e me permiti um momento para morar ali, com o cheiro de bolo assando e uma vida inteira de almoços de sexta-feira. Eu não a havia perdoado inteiramente pela visita surpresa a minha casa, mas depois do bolo decidi que deveria tentar.

No fim do dia, ela me ajudou a colocar em um saco plástico o conteúdo de minha carteira. Peguei todos os livros de exercícios que podia carregar e pendurei a bolsa no ombro.

— Mais uma coisa — disse ela, à porta da sala, e me deu um presente embrulhado em jornal.

— Devo abrir agora? — perguntei, e ela riu.

— Lex, abra quando você quiser.

Puxei a fita adesiva e desdobrei o jornal. Dentro dele, havia um livro novo, de capa dura e ilustrado, sobre os mitos gregos.

— São os seus preferidos — disse ela. — Não são?

Eu não sabia o que dizer. Fiz que sim com a cabeça e abri o livro no meio. Havia uma imagem do Submundo e Caronte transportando Perséfone pelo Estige. Da aquarela escura, ela encarava o leitor.

— Obrigada. — Abri o maior espaço possível na bolsa e meti o livro ali dentro.

A srta. Glade assentiu, depois estendeu as mãos e me abraçou, rígida e rapidamente. Quando me soltou, parecia surpresa, como se não pretendesse fazer aquilo.

— Cuide-se — recomendou ela. — Está bem?
— Tá bom.
— Agora, vá. Sua mãe deve estar te esperando.

Parti pelo corredor da escola, passando pelos quadros luminosos e as fotografias da turma; passando por narrativas manuscritas de excursões, famílias e O Que Eu Fiz nas Férias de Verão. No fim, pouco antes da porta para o pátio, eu me virei. A srta. Glade ainda estava à porta da sala de aula, os braços envolvendo o corpo, olhando para mim. Acenei e ela retribuiu o gesto.

Hollowfield ficava metida na base de três rochedos e não era propriamente uma cidade. O ralo dos pântanos. A placa de boas-vindas dizia que tinha uma cidade gêmea, Lienz, na Áustria, o que me fazia imaginar sempre que passávamos de carro por ela. Como arranjaram isso? Será que alguém de Lienz realmente nos visitou, para entender o que estavam recebendo na família?

Nós nos mudamos para a casa em um sábado, em uma van pertencente a um dos conhecidos de Jolly. A mãe não estava bem, então o pai, Ethan e eu carregamos nossos pertences para o carro. "Uma última olhada", disse o pai antes de nos deixar entrar, e Ethan e eu andamos de um cômodo vazio a outro, falando pouco. Só deixamos nosso lixo e nossa sujeira. O proprietário recuperou os gastos com a limpeza cinco anos depois, quando vendeu à imprensa fotografias do que restou de nossa locação. Os espaços tristes e encardidos. Como acontece com a maioria dos cômodos vazios em baixa resolução, era fácil imaginar que algo de terrível tinha acontecido neles.

Fomos para Hollowfield através do crepúsculo. As nuvens arriavam sobre os morros. Passamos pelas antigas fábricas, com suas chaminés esguias e janelas alternadas arrombadas. Havia uma rua principal funcional, com um sebo de livros e uma cafeteria perto de fechar. Homens cinzentos de pé na porta do pub, com a gola virada para cima.

— Nossa casa está perto? — perguntou Evie.
— Cinco minutos — disse o pai. — Talvez dez.

Ele apontou para o lugar onde construiríamos a nova igreja. Era uma loja de roupas dilapidada com manequins ainda espalhados na vitrine, mas caberia bastante gente e ele sempre podia ressuscitar as bonecas como estátuas — como parte de sua atuação. Agora saímos do centro da cidade e viramos para o rio, passamos por um moinho d'água apodrecido e uma oficina mecânica, e entramos na Moor Woods Road. As primeiras e poucas propriedades eram chalés, bem-cuidados e agrupados, mas as casas se dispersavam e sofriam mutações à medida que a rua subia. Havia um celeiro escuro e um bangalô com uma grade de maquinaria enferrujada. Evie abriu a janela da van, contando os números.

— O próximo! — gritou ela.

O número 11 ficava no fim da rua. Tinha uma fachada bege suja e uma garagem, e um jardim nos fundos. Era — como mais tarde diriam — uma casa muito comum.

Meu pai tinha comprado a casa na Moor Woods Road de uma antiga integrante da congregação de Jolly. Ela não conseguia mais manter o jardim, ou subir a escada sem uma parada no meio. Jolly liderara a negociações. Era uma casa para uma família, disse ele, e ela ficou feliz por ficarmos com ela.

Sua mobília ainda ocupava a casa. Embaixo das cobertas, cadeiras, mesas e camas assumiam formas estranhas e monstruosas. Seguimos o pai de um cômodo a outro, adivinhando antes que ele os revelasse. Um barco, um corpo. Um leão-marinho. Antes de nosso primeiro jantar na Moor Woods Road, o pai colocou na cabeça um dos lençóis dos móveis e entrou cambaleando na cozinha, gemendo. Fez graça com um largo sorriso e a mão na coxa da mãe, e o lençol ainda pendurado nos ombros.

Depois do jantar, Evie e eu desfizemos as caixas da mudança. Nelas, nossos pertences tinham se misturado com os de todos os outros. Havia uma série de roupas sóbrias e justas, nas quais nós duas sofremos para caber, nos revezando para servir de modelo uma para a outra. Trocamos camisetas com Gabriel e Delilah, jogando-as pelo corredor. Eu tinha embrulhado o livro sobre os mitos gregos em um suéter, em parte para escondê-lo do pai — eram histórias dos deuses pagãos, basicamente uma blasfêmia — e em parte para escondê-lo de Delilah, que descobriria um jeito de destruí-lo, ou torná-lo dela. Depois que a casa ficou em silêncio, coloquei furtivamente o embrulho no quarto de Ethan.

Ethan tinha seu próprio espaço, mas não tinha pertences suficientes para preenchê-lo. Objetos desgastados receberam um destaque estranho. Havia uma multiplicidade de apóstolos de plástico no peitoril. Ele havia pendurado na parede um pôster do esqueleto humano, distribuído à turma de ciências do sexto ano. O pai já havia requisitado um canto do chão para suas anotações de sermões.

— Acho que ele espera que eu as leia — disse Ethan e as cutucou com o pé.

— Vou te mostrar uma coisa bem legal — falei e desembrulhei o livro. — A srta. Glade me deu, mas podemos ler juntos.

Ethan tocou a capa, mas não o abriu.

— É um livro infantil — disse ele. — Por que eu ia querer ler isso?

Olhei para ele rapidamente, esperando que seu rosto se abrisse. Ele me olhou, inexpressivo.

— Você gosta dessas histórias — falei. — Eu só as conheço por sua causa.

— E do que é que elas serviram para mim? No seu lugar, eu jogaria fora, Lex.

Evie ficou mais impressionada. Teríamos de esperar mais um mês antes da chegada de outra cama, e assim, naquela noite, a primeira em nosso quarto juntas, nós nos deitamos lado a lado no colchão de uma estranha e seguramos o livro entre nós. Eu me assustava com os ritmos da casa: a vazão da água batendo nos encanamentos dentro das paredes; as árvores rangendo no fundo do jardim. A gangorra das tábuas do assoalho sob o peso novo e dinâmico.

— No começo — eu li — não havia nada.

Eu esperava que as coisas fossem diferentes em Hollowfield. Confundi o fato de que ninguém nos conhecia com a esperança de que podíamos ser o que quiséssemos.

Jolly ia com frequência a nossa casa, sem se fazer anunciar, empunhando uma ferramenta, ou comendo com o pai à mesa da cozinha. As conversas começavam clandestinas; eles trocavam olhares quando entrávamos no cômodo. Mas, à noite, as vozes se elevavam até nossos quartos. Eles usavam palavras como oportunidade e começo. A mãe fazia as vezes de anfitriã, levando pratos delicados e completando o copo dos homens, tirando massa de debaixo das unhas. Havia certas noites em que eu ouvia uma terceira voz à mesa: mais baixa, menos segura. Ethan começara a cumprimentar Jolly com um firme aperto de mãos e o chamava de "senhor".

Ethan também se juntou aos trotes que o pai e Jolly pregavam em Gabriel. Eles o arregimentavam para ajudá-los com tarefas fictícias ou missões secretas, e cada uma delas terminava em confusão. "Segure este prego", disse Jolly, na metade da escada. "Não o deixe cair... é ele que mantém sua casa de pé." E uma hora depois Gabriel ainda estava lá, segurando o prego com determinação. No inverno, Ethan o mandou ao jardim em busca de um tesouro enterrado pela proprietária anterior. Ele, o pai e Jolly se reuniram em um conciliábulo à janela da cozinha. "Olha, Lex", disse Ethan, e me chamou com um aceno. Eu o ignorei. Ao anoitecer, Gabriel voltou branco feito osso e abatido, com lama nas linhas da palma das mãos. Quando eles riram, ele riu também. Ele ria como se estivesse participando o tempo todo.

Quando conseguia, eu evitava o pai e Jolly. Ainda saía para a escola cedo, a tempo de me lavar, e me demorava pegando minhas coisas na carteira no fim do dia. Apanhava Delilah, Evie e Gabriel, e íamos andando para casa juntos, parando na livraria e no moinho e nos dois cavalos sarnentos ao pé da Moor Woods Road, que nos olhavam com muita desconfiança. A mãe não descia à escola nova; ela e o pai estiveram falando de mais um filho e ela conservava sua energia.

E os dias na escola não eram ruins. A consequência mais surpreendente de nossa mudança para Hollowfield foi que eu fiz uma amiga — uma amiga de verdade — que tinha chegado a Hollowfield alguns meses antes, com aparelhos nos dentes e um sotaque sulista, e era quase tão sem jeito quanto eu. Cara gostava de livros, gostava de falar deles, e tocava violino no auditório, tímida e nervosa na frente da sala até pegar o instrumento. Ela tocava com um gingado, motivo de zombaria das outras crianças, e quando terminava tinha a expressão de alguém que acabara de acordar. Cara não dava risadinhas quando eu falava, e não havia ninguém com quem ela pudesse partilhar um olhar de soslaio. Ela não parecia se importar que eu ficasse em silêncio na sala de aula, só respondendo a perguntas diretas do professor. Ao mesmo tempo, eu tinha cuidado com o que lhe contava. Meus pais trabalhavam fora, eu disse, e fui vaga quando descrevi nossa casa na Moor Woods Road.

— Sei qual é! — respondeu ela. — Aquela perto da base, com os cavalos? Fiz que sim com a cabeça, sem me comprometer. Cara suspirou.

— Morro de medo de cavalos — disse ela, e eu sorri.

Eu me saía melhor em Hollowfield do que Delilah, que não entendia por que não era mais uma das meninas mais populares da turma, e melhor ainda que Gabriel. Soube, pelas turmas mais novas, que Gabriel era burro e se deixava enganar com facilidade. As turmas dos primeiros anos aprendiam a ler usando as latas de palavras, e a maioria da turma de Gabriel estava na Lata 6, que incluía GOLFINHO e PINGUIM. Gabriel empacou em GATO e CÃO, na domesticidade maçante da Lata 2. Quando chegava sua vez de ler, ele segurava o papel a pouca distância dos olhos — eram oportunidades a serem aproveitadas. Você podia cutucá-lo de longe, como um touro na arena, e ele talvez não conseguisse te identificar. Você escrevia algo sobre ele em uma folha de exercícios e ele não conseguiria ler, mesmo que você a agitasse na cara dele.

— Não entendo — disse Cara, olhando para Gabriel do outro lado do pátio. Ele pairava ao lado de uma das cozinheiras, como se previsse um ataque. — Você é, com folga, a menina mais inteligente da escola.

Era por isso, concluí, que eu não podia interferir. Na Escola Primária de Hollowfield, eu tinha criado um degrau precário na escada social, amenizado por uma companhia e pelo respeito relutante das colegas de turma. À noite, lia para Evie ou ouvia Ethan, e nos fins de semana nos reuníamos na Lifehouse para lixar os bancos, ou pintar as paredes, ou rezar pelo sucesso. Eu só tinha tempo para me fazer normal. Tranquilizava-me quando via Gabriel sozinho na hora do almoço, ou sentado na cozinha com a mesma lata de palavras, acompanhando as letras com o dedo. Sozinha à noite, no quarto de uma estranha, isso não me tranquilizava em nada.

No fim do período letivo da primavera, Evie e eu esperávamos no gramado da escola por Delilah e Gabriel. A hora de ir para casa tinha passado havia muito, e os últimos pais se dispersavam, segurando mochilas escolares e mãos pequenininhas.

— Talvez eles já tenham ido — eu disse.
— Por quê? — perguntou Evie. — Eles sempre esperam.
— Então... vamos procurar por eles?
Ela estava esparramada na grama, de olhos estreitados para o sol.
— Você está mais perto.
— Você é mais nova.
Ela jogou um punhado de grama para o meu lado.
— Você é mais rabugenta.
Ela virou a cara, depois olhou por cima do meu ombro e endireitou o rosto.
— Lexy — disse ela.

A diretora atravessava o pátio. Parou na beira do gramado, presa pelos saltos, e nos chamou, acenando.

— Houve um incidente grave — informou ela.

O incidente foi o seguinte: na noite anterior, Delilah tinha colocado a Bíblia Sagrada Autorizada em Capa Dura com Referências Cruzadas e Notas do pai na mochila da escola. Durante o intervalo da tarde, ela pegou o volume em seu gancho no vestiário e se aproximou do mais cruel dos algozes de Gabriel. "Leia isto", disse ela, e jogou o volume na cara do menino. Um canto rompeu seu globo ocular. Dentes foram perdidos. Nosso pai estava a caminho.

Esperamos por ele nas cadeiras na frente da sala da diretora, em geral povoadas pelas piores crianças da escola. As mãos de Gabriel estavam unidas em oração, um suplicante com ranho no nariz. Delilah estava sentada de queixo empinado e os ombros jogados para trás, como o pai gostava que ficássemos.

— O que você *fez*? — perguntei assim que a diretora fechou a porta e ela se virou abruptamente para mim.

— Lança fora o escarnecedor, e se irá a contenda — disse ela. Perguntei-me se Delilah tinha dito isso à diretora também.

O pai foi ouvido antes de ser visto. Seus passos eram pesados e sem pressa e cada um deles o trazia para mais perto do que se esperava do anterior. Quando ele chegou à soleira, Delilah se levantou para recebê-lo, oferecendo-se para qualquer castigo que ele pudesse ter calculado no carro. Ele também não teria pressa com isso. Ele a contornou, me entregou as chaves e bateu na porta da sala.

— Saiam — ordenou ele.

Seguimos em uma procissão silenciosa para a van e nos sentamos calados. Alguns minutos depois, a porta da escola se abriu. Meu pai atravessou o pátio, passou pelo trepa-trepa e os bancos das crianças pequenas. Fechou a porta e assumiu o volante, mas não deu a partida no motor.

— Da próxima vez — disse ele — deixe a vingança para Deus.

E começou a rir. Gargalhou disso. Bateu no volante e todo o carro estremeceu. Delilah sorriu, primeiro hesitante, depois um sorriso mais largo. Ela foi suspensa por uma semana e teve de escrever uma carta formal pedindo desculpas, mas desfilava pela casa como um pequeno e triunfante anjo da justiça. Raquel em miniatura. Nos dias de folga, teve permissão para envernizar a cruz da Lifehouse, enquanto o pai ficou de pé perto dela, contando a história a Jolly.

*

As crianças me acordaram, indo intempestivamente para o jardim, e cheguei ao hospital cedo. Gabriel estava no café da manhã, não permitiam visitas, então esperei na cadeira perto de sua janela. O quarto dava para o estacionamento e não tinha decoração nenhuma. Pequenos gestos de preservação embotavam o lugar. Cada canto era arredondado e a mobília era rebitada no chão. Uma pequena fila de crianças passou embaixo da janela, acompanhada de enfermeiras. Uma das meninas segurava um ursinho de pelúcia e empurrava a maca com a outra mão.

— Tem uma ala pediátrica — disse Gabriel. Ele havia deixado a porta aberta e se acomodara na cama. — Este era o lugar para nós desde o início. Assim, talvez tivéssemos uma chance.

— Não éramos loucos — falei.

— Ah, sem essa, Lex. Como poderíamos ser outra coisa?

— Oliver vem hoje? — perguntei.

— Não sei. Por quê?

— Ele vem todo dia?

— Ele precisa de mim. Você não entende, Lex.

— Tá, tudo bem. Não entendo. Me explique.

E assim começaram os anos mais felizes da vida de Gabriel. Mesmo agora — mesmo sabendo como terminariam — ele era agradecido por eles. Oliver apresentou Gabriel aos amigos, uma ralé de párias que moravam pela cidade em apartamentos escuros ou dividindo espaço em galpões industriais. Blake era dono de um estúdio fotográfico no Soho. Kris era a garota que estava chorando na sala de espera de Oliver quando Gabriel foi a Londres pela primeira vez. "Meu Deus", disse ela, quando eles foram apresentados, "aquele foi um dia horrível." Pippa estivera no *Big Brother*, "Sexta temporada", disse, o que pouco significava para Gabriel. Muitos tinham trabalhado com Oliver no passado, notou Gabriel, mas nenhum deles trabalhava agora.

Eles se encontravam em noites que rapidamente se tornaram seu próprio folclore. Houve uma vez que acabaram no estúdio de Blake de manhã cedo, desfilando para a câmera dele em roupas de couro preparadas para uma sessão de revista naquele mesmo dia. Teve uma ocasião em que Gabriel procurou Delilah quando as boates os expulsaram, verdadeiramente sóbrio e distribuindo garrafas de água, justo isso. Ele tinha lembranças vagas de tentar discutir com ela o que acontecera com eles — todas as lembranças dele dessa época eram vagas —, mas, sempre que fazia isso, ela levava um dedo aos lábios e o fazia se calar: "Não vamos falar disso agora", disse ela e deixou seu número no telefone dele. Teve uma ocasião em que, ainda acordados na hora do almoço de domingo, eles pegaram a M40 no Audi de Oliver e assaltaram a casa de Ethan. Vendo Gabriel do lado de fora — a televisão de Ethan nos braços e seu cabelo branco dos Gracie no sol de verão —, um vizinho acenou e Gabriel cumprimentou com a cabeça. Cada um deles deu sua perspectiva única desse momento no caminho para casa, às gargalhadas.

("Ainda é roubo", perguntou Gabriel, "se você rouba de um psicopata?" "Sim", respondi.)

A diversificação não era o que ele esperava. Oliver lhe explicara na primeira vez que foi ao apartamento de Gabriel. Nessa época, ele só tinha um colchão, uma torradeira, um televisor e uma poltrona, e eles fizeram amor no chão, perto da porta; ele não conseguira esperar. "Estive trabalhando nisso", disse Oliver, "e uma parte não vai ser fácil." Uma das mãos dele estava no cabelo de Gabriel, a outra acompanhava as linhas de seus quadris até a virilha, subindo e descendo sem parar. "Uma parte disso pode ser indigna", concluiu ele.

Gabriel, querendo agradar, sorriu.

— A dignidade é superestimada — disse ele.

Seria temporário, prometeu Oliver.

— Depois — prometeu ele —, sua carreira vai decolar de verdade.

Não. O trabalho não era o que ele esperava.

A maior parte dele envolvia aguardar. Ele levava de carro garotas pequenas e silenciosas a endereços de hotel, depois aguardava que elas saíssem. Ele era abandonado em casas sem móveis para aguardar um mensageiro que deixaria alguma coisa. Em um apartamento desfigurado em Croydon, ele entregou uma mochila a um homem com cara de gato careca, que o convidou a entrar e trancou a porta.

— Quero que você dance para mim — disse ele.

— Como?

— Só uma dancinha. Depois você pode ir.

Apareceu um segundo homem, então, sorrindo para o primeiro. Gabriel entendeu, pelo sorriso, que eles se conheciam bem. Havia algo no segundo homem que assustava Gabriel mais do que o primeiro, uma autoridade no jeito como se mexia pela sala. Ele olhou para a mochila, pegou uma cerveja na geladeira e se deitou no sofá.

— Esse é o mensageiro? — perguntou. — De Oliver?

— Sim. Ele vai dançar para nós.

O segundo homem começou a rir.

— Nosso amigo Oliver — disse ele. — Diga a ele que estamos ansiosos para bater um papo.

Gabriel fugiu da sala e virou a maçaneta, com o riso a suas costas. Disparou por um corredor escuro e foi para a noite. Quando enfim telefonou para Oliver, já em seu apartamento, com as mãos ainda tremendo, Oliver pediu desculpas e disse que aqueles caras podiam ser complicados. Não, ele não os veria novamente. Por telefone, Oliver estava áspero e vago, como se tivesse acabado de acordar, e Gabriel sentiu que algo despertava nele também, algo que ele pensava ter ido embora, mas só estivera adormecido.

Sim, não podia durar.

Gabriel ouvira boatos sobre os problemas financeiros de Oliver. Oliver costumava perguntar a Gabriel se os Coulson-Browne renderiam mais alguns milhares: "Faça com que se sintam horrivelmente culpados", disse ele, embora Gabriel soubesse que era melhor nem tentar. Uma vez, quando lamentava o estado de seu apartamento em Camden a Pippa e Kris — o mofo rastejando atrás da cabeceira da cama e o barulho do trânsito do lado de fora, sem contar o fluxo solitário de água que constituía o chuveiro, implicando que só se podia lavar um membro do corpo de cada vez —, ele expressou a inveja que tinha do apartamento de Oliver no Tâmisa e as mulheres se entreolharam, com as sobrancelhas erguidas.

— Pelo que sei — comentou Pippa —, Oliver está totalmente falido. É tudo financiado.

— Conte seus salários com atenção — disse Kris. — É sério, Gabe.

Ao mesmo tempo, Gabriel ficou surpreso quando Oliver chegou a sua soleira às sete da manhã, com duas malas de rodinhas e um sorriso largo.

— Seria demais — disse Oliver — eu dormir aqui, só por um tempinho?

— Claro que não — respondeu Gabriel e pulou da soleira para os braços de Oliver.

— A porra dos proprietários — reclamou Oliver, esmagando Gabriel mais apertado do que ele esperava. Eles foram para a cama e um mês depois, com os ternos de Oliver no guarda-roupa e seus produtos de toalete expandindo-se no peitoril, Gabriel chegou à feliz conclusão de que por ora Oliver não pretendia terminar tão cedo.

Era difícil falar dos negócios de Oliver.

— As redes sociais — disse Oliver. — As pessoas pensam que podem fazer tudo sozinhas. — Ele renunciou ao escritório em Aldgate e trabalhava em um laptop no canto do apartamento de Gabriel. Sempre que Gabriel passava, Oliver parecia estar no YouPorn ou no Mr Porter, o que podia, Gabriel estimava, constituir pesquisa. Além disso, as dificuldades de Oliver outorgaram uma nova importância ao papel de Gabriel na relação. Ele não estava mais a reboque, em dívida para com Oliver por seus contatos e carisma. Podia apoiar Oliver, como Oliver o havia apoiado.

E Gabriel podia admitir isto: Oliver precisava de muito apoio. Oliver, pelo que diziam, era viciado em álcool e cocaína, e Gabriel era viciado principalmente em Oliver; depois, como um acompanhamento inevitável, nos próprios vícios de Oliver, no início para aprovação de Oliver, e mais tarde — como costuma acontecer — porque ele não conseguia abandoná-los.

Os dias eram longos demais. Ele acordava às onze da manhã, nauseado, e antes de abrir os olhos sentia o pavor iminente de não ter o que fazer até as oito. Nas manhãs ruins, depois de se levantar, uma coluna de sangue caía das narinas no colo. Ele e Oliver abriam o dia com alguns screwdrivers — "Como fazem em Nova York", dizia Oliver — e caminhavam até os pubs no canal para almoçar, ou iam até o Regent's Park, pegando algumas garrafas de vinho no caminho. Oliver comprava cocaína de um velho conhecido em Barnsbury e, quando achavam que ela era necessária — que era a única coisa que daria conta do recado —, vagavam junto da água e iam para o norte, protegendo os olhos das torres envidraçadas e dos amplos espaços iluminados na King's Cross. Acordavam no apartamento, ou em seu lugar preferido ao lado da horta comunitária, e então já era noite. Gabriel não se importava com isso no verão, quando ainda havia luz na rua, mas no inverno ficava assustado com a escuridão e a própria distração com as horas. Perdeu vários trabalhos assim e sabia que aqueles clientes nunca mais trabalhariam com ele e Oliver de novo.

No apartamento sempre havia barulho, invadindo pelas paredes. A qualquer hora tinha gritaria na rua, sirenes, o barulho de saltos na calçada. Ônibus se agitando para a City. Gabriel podia ver o rosto dos passageiros no segundo andar quando passavam, feições transformadas por pichação ou o vapor. Quando estava de ressaca, ele se sentava no braço do sofá e olhava para eles, calculando as horas que faltavam no dia cada vez menor. Esperando que ele chegasse ao fim.

O pior era que as Fúrias tinham voltado. A primeira vez foi em seu apartamento: a campainha tocou enquanto eles dormiam e um mensageiro cumprimentou Gabriel da portaria. "Sr. Alvin?", perguntou ele. Carregava uma grande variedade de pacotes — Gabriel teve de fazer duas viagens escada acima — que ele e Oliver abriram juntos. Estavam cheios de roupas bonitas, cachecóis estampados e camisas brancas e macias, e uma seleção de gravatas de seda, e ao abrir o pacote com uma jaqueta de couro Oliver riu.

— Acho que me lembro — disse ele — de ter encomendado uma dessas quando eu estava fodido.

Gabriel não conseguia respirar.

— Eu pensei... do que mais o meu eu sóbrio precisa, além de presentes?

A Fúria tomou Gabriel com tal rapidez que ele não teve tempo de lembrar como dominá-la. Só conseguia se lembrar de que estava no chão, o crânio batendo no carpete, olhando para a cara de Oliver acima dele. O humor tinha se distorcido no pânico, e Gabriel sentiu uma estranha satisfação se espalhar abaixo da cólera, que durou bastante depois de passada a Fúria. Os pacotes foram devolvidos.

Gabriel não podia pagar o aluguel e os hábitos dele e de Oliver, assim passou à inadimplência. Chegou a um ponto em que Oliver vendeu o relógio; seus ternos; frascos de colônia pela metade. Até os eletrodomésticos do apartamento se foram, e estes, antes de tudo, nem pertenciam a eles. Os únicos objetos de valor restantes eram os artefatos da Moor Woods Road.

Gabriel gostava de pensar que tinha resistido por muitas semanas à sugestão de Oliver de vendê-los, mas era improvável que fosse assim: o álcool o deixava dócil, fácil de torcer nesta ou naquela forma, e ele estava bêbado na maior parte da porra do tempo. Oliver já havia criado uma conta em um site especializado em suvenires de true crime. Eles usaram um computador na biblioteca do bairro para oferecer os objetos — o laptop de Oliver também tinha sido vendido — e trabalharam juntos na formulação dos anúncios.

Objetos ÚNICOS da VERDADEIRA Casa dos Horrores
Seu próprio suvenir da Casa dos Horrores dos Gracie. Escolha:

- Cobertor de propriedade de Gabriel Gracie (visto <u>nesta</u> fotografia de Isaac Brachmann, indicada para vários prêmios importantes).
- Diário de Gabriel Gracie (escrito entre sete e oito anos) — aprox. 20 páginas.
- Carta de Delilah Gracie a Gabriel Gracie QUANDO CATIVOS, 2 páginas.
- Fotografias de família 10 x 15 jamais vistas.
- Bíblia da família pertencente a Charles e Deborah Gracie.

Autenticação dos objetos disponível, se necessária. Desconto negociável por todo o lote.

Eles dormiram juntos, com os tornozelos entrelaçados, e pela manhã, quando Oliver conseguiu se mexer, voltaram à biblioteca para verificar as ofertas.

— Meu Deus do céu — disse Oliver e jogou os braços nos ombros de Gabriel.

Havia boas ofertas pelos itens individuais — algumas centenas de libras pelo diário, por exemplo —, mas um comprador anônimo oferecera duas mil e quinhentas libras por todo o lote. "Acompanhei sua história com muito interesse", Oliver leu o bilhete que acompanhava, "e penso em você com frequência." Ele bufou, ainda alegre. "Parece que você ainda tem fãs."

Quando o leilão foi encerrado, seis dias depois, os objetos tinham sido vendidos ao mesmo comprador por pouco mais de três mil libras. Oliver foi da biblioteca a seu traficante, e Gabriel voltou ao apartamento com uma série de envelopes e destrancou a gaveta da mesa de cabeceira. Era onde guardava a pequena coleção de objetos, perto de onde dormia e longe dos olhos de Oliver. Agora ficariam preservados em uma casa diferente, uma casa que ele não conseguia imaginar. Ele leu seu próprio relato laborioso dos dias na Moor Woods Road, letras tropeçando das linhas e caindo, uma por cima da outra, no pé da página. *Não foi um dia feliz*, ele escrevera, e *Delilah é muito bonita*, e *Muita correria hoje*. Ele nunca foi particularmente eloquente, na época ou agora; ninguém ensinara, como os irmãos tinham ensinado uns aos outros. Ele descobriu que estava chorando e colocou o diário em um envelope. Os danos pela água podiam descontar algumas centenas de libras. Estava na hora de comemorar.

Naquela noite ele se embriagou como nunca. Comprou uma garrafa de meio litro de vodca no caminho para se encontrar com Oliver e quando chegou ao pub estava mole e sorridente. Não conseguiu ver Oliver no balcão, nem em nenhuma das mesas, e passou ao jardim. Houve um momento — ele tinha acabado de descer a escada e estava abaixo da linha do sol da tarde — em que toda a noite ficou à vista diante dele. Lá estava Oliver, com o braço em uma mulher que Gabriel não conhecia. Lá estavam os olhos dele, já desvairados. Lá estava o sorriso dele. Gabriel sabia que ele consumiria o que caísse nas superfícies diante de si e que os pensamentos nos envelopes em sua cama — em tudo — parariam ali.

Ele acordou muitas horas depois em um quarto que não reconheceu.

Tateou, procurando os óculos. O mundo diante de seu olho direito estava dividido em três.

Tinha um cobertor de pele na cama, emaranhado com seu suor, e um gato sentado na soleira.

— Oi — disse ele, e o bicho se virou, afastando-se.

As roupas estavam no chão: já era alguma coisa. Era dia: era alguma coisa também. Ele seguiu o gato para um corredor vazio. Três portas estavam fechadas, mas uma, aberta, levava a uma cozinha pequena e suja. Havia um bolo de aniversário meio consumido de um lado e algumas moscas moribundas na janela. Ele bebeu água com as mãos e tentou se lembrar da noite. Sua mente costumava lhe pregar peças com lembranças incorpóreas, que apareciam dias depois — às vezes semanas. Uma revelação improvisada a um estranho, talvez, sobre o que o pai fizera com ele, ou uma demonstração de generosidade de Oliver no bar que terminara com a rejeição de seu cartão, e Gabriel, sentindo pena dele, intrometia-se e pagava. Mas hoje — nada. Ele ouviu um farfalhar atrás de uma das portas fechadas e sentiu um pavor urgente e nauseante. Correu à única porta que tinha um trinco e cambaleou escada abaixo, para a rua.

Sua sombra era comprida. Devia ser à tarde. Havia casas vitorianas — cortinas de renda e fachadas brancas e lascadas — e ninguém por perto. As placas de rua diziam SW2. Ele não estava com a carteira, nem o telefone, mas as chaves ainda estavam metidas no bolso e ele as segurou como um talismã e partiu na longa caminhada para casa.

Andou por quase três horas, reprimindo o choro, com a língua seca, inchando na garganta. Quando chegou ao apartamento no crepúsculo quente de verão, começou a chorar, depois a sufocar. Agachou-se no chão, com a cara virada dos notívagos que seguiam a Camden, e tentou pensar em algo a dizer a Oliver, que podia estar em uma variedade de estados de espírito: furioso, porque Gabriel tinha sido um constrangimento à noite; indiferente, porque ele ainda estava de roupão, a essa hora; ou, como Gabriel tinha imaginado na Lambert Bridge e em todo o caminho por Westminster, assustado, e rapidamente aliviado: ele tomaria Gabriel nos braços e os dois cochilariam juntos até a hora de sair novamente.

Mas o apartamento estava em silêncio.

Só tinha três cômodos — o quarto, o banheiro e a área de estar com seu fogão enferrujado de duas bocas —, assim não era difícil ver que Oliver não estava ali. Suas roupas tinham sumido da arara do quarto e os produtos de toalete que os dois começaram a dividir, e os últimos mantimentos dos armários da cozinha. Sumiram também os envelopes que Gabriel tinha preparado na véspera, guardando os objetos da Moor Woods Road. Ele sentiu a primeira pulsão de pânico e tentou dominá-la. Eles estariam ali, em algum lugar. Procurou por eles embaixo da cama; abriu o forno; até puxou a cortina do box e olhou infeliz e fixamente para a banheira escurecida. Falou sozinho, com os sons que uma mãe podia pronunciar a um filho doente. No sofá, encontrou um bilhete, escrito no verso de um recibo da Tesco Express: *Desculpe. Eu te amo.*

Quando a Fúria chegou, ele não pensou em Mandy, nem nos mamíferos marinhos, nem na merda de sua barraca. Ele a acolheu como a uma velha amiga, a última que restava, e se dedicou à destruição completa de tudo que pôde alcançar. Rasgou o carpete e esmurrou o reboco. Virou a cama em que eles dormiram juntos. Quebrou a única janela que dava para a rua. Quando o apartamento estava arruinado, pegou o que Oliver deixara na cozinha — só havia uma tesoura e uma faca, talvez a afronta definitiva — e começou em si mesmo.

— E agora — falei — ele voltou.

— Ele veio se desculpar, Lex. Na época estava passando por uma fase ruim.

— Mas é uma coincidência estranha — eu disse. — Não é? Que ele tenha aparecido agora, semanas depois de você ser internado, depois de saber sobre a mãe?

Ele virou a cabeça, afastando-se de mim, no travesseiro.

— Você não o conhece. Não sabe de nada.

— Saiu nos jornais. Na internet. Ele pode ter visto em qualquer lugar.

— A gente podia se entender melhor. Foi o que ele falou. Ele está disposto a tentar. E quando estamos... Esse dinheiro. Esse dinheiro poderia nos ajudar, Lex. Poderíamos comprar um lugar para ficar. Um lugar tranquilo. Um lugar no campo, foi o que ele disse. Só nós dois.

— Isso, Gabe... acho que talvez você tenha de fazer isso sozinho.

Peguei os documentos na bolsa e deixei na mesa de cabeceira, para ele poder ver quando acordasse.

— Vou deixar isso aqui — falei.

Esperei.

E disse:

— Pense bem.

Oliver: esperando encostado em um carro, com as roupas da véspera e o sorriso de quem era vencedor. Ele passou por mim, foi para as portas, e pensei na viagem de trem para casa, no fardo adiado de não fazer nada. Lá estava Delilah, batendo a Bíblia pelo pátio.

— Ei — falei. — Ei...

Ele parou e se voltou para mim. De perto, seu corpo era franzino, diminuído dentro das roupas. Tinha suor na testa e na ponta dos cabelos. Ele parecia uma coisa noturna, que só suportava a luz do sol por certo tempo.

— Meu nome é Lex. A irmã do Gabriel.

— Sei quem você é. — Ele soltou um suspiro longo e teatral. — Vocês todos têm a mesma cara — disse ele. — Parece que parte de vocês ainda passa fome.

— Como pode fazer isso? — perguntei.

— Fazer o quê? Visitar um amigo com problemas?

Ele se afastou uns passos, de volta ao hospital.

— Você o usou — falei. — Mas posso ser mais direta. Especificamente: você o fraudou. Ainda o está fraudando.

— Olha aqui — disse Oliver. — Se não fosse eu... teria sido outra pessoa. Gabriel... ele sempre precisa de alguém. — Ele se lembrou de alguma coisa, a cena de alguma degradação exata, e riu. — Ele é especial assim.

— Ele é especial. Ele sobreviveu. Ele mesmo quase fugiu.

Havia um tremor em minha voz. Fúria, explodindo em lágrimas. Aqui não. No trem, talvez, em um banheiro oscilante, sem ninguém para ver.

— A prisão não seria tão diferente — falei. — Acha que você vai ser especial... quando chegar a hora?

Eu o segurei pelo pulso. *É assim que parece*, pensei. Mais apertado do que gostaria. E você — com suas mãos limpas, e seus dentes bonitos, e uma propensão à vaidade — não sobreviveria.

— Tem outra coisa interessante — continuei — sobre os processos judiciais. Até os pequenos delitos são de registro público. Até aqueles que não tiveram sucesso. É um jeito bom de encontrar as pessoas.

Ele me abriu um sorriso longo, com algum orgulho disso.

— Posso entender como você saiu — disse ele. Assentiu, concordando consigo mesmo. — Você e eu... podíamos ganhar um bom dinheiro juntos.

Ele procurou no bolso interno e conjurou uma folha de papel. O cartão estava quente, com os cantos gastos, mas consegui distinguir seu nome e a palavra Agente, em relevo. Depois ele passou por mim e entrou no hospital. Esperei no asfalto, observando-o se afastar, e, quando levantei a cabeça para a janela de Gabriel, vi a lua cansada de seu rosto, pendendo ali, olhando também.

No carro, a caminho da estação, imaginei o que seria feito de Gabriel e depois, como eu fazia com frequência, como sua vida teria sido se a dra. K fosse designada aos cuidados dele — ou de qualquer um dos outros — e não de mim. A abordagem dela era diferente. Ela reconheceu isso desde o início. Ficara famosa em sua área com o passar dos anos depois de nossa fuga: colaborou em casos da Suprema Corte e seu TED Talk teve quase dois milhões de visualizações. Ela falou em mim, é claro, embora só como a Garota A. A palestra tinha o título "A verdade e como contá-la".

Ela me deu alta seis anos atrás. Em julho. Eu tinha me formado na universidade uma semana antes, como primeira da turma. Meu trabalho no escritório de Devlin era seguro. O mês foi rajado de sol e despedidas, e agora o restante do verão se esparramava a minha frente. Eu voltaria para casa, para ficar com mamãe e papai, e ler em seu jardim, deitada na cama elástica. Fui a Londres no fim da tarde, reclamando do calor e do incômodo dele; parecia um último obstáculo antes das semanas de liberdade. Minha sessão era a última do dia.

A sala de espera da dra. K ficava ao pé de uma escadaria acarpetada e ela buscava cada paciente pessoalmente. Ainda calçava sapatos excelentes e sempre fazia uma grande entrada. Desta vez desceu a escada com uma garrafa de champanhe em uma das mãos e taças na outra, de braços abertos. Levantei-me para recebê-la.

— Meus parabéns — disse ela, me abraçando. — Ah, Lex! Parabéns.

Em vez de subir a seu consultório, como costumávamos fazer, ela me levou por uma saída de incêndio e nós descemos a escada a um pequeno jardim pavimentado na sombra do prédio. Nós sentamos em engradados descartados de leite e ela estourou a rolha.

— Gosto de pensar — ponderou ela — que foi aqui que Karl trabalhou em sua pintura.

— Território neutro — falei. — Essa é nova.

Ela perguntou sobre a cerimônia de formatura; sobre Christopher e Olivia; meus planos para o verão. Depois, olhando para as casas desordenadas e as faixas de céu entre elas, a dra. K sorriu.

— Acho que não preciso mais ver você, Lex.

— Não entendi.

— Já se foram nove anos — disse ela. — Mais do que nove anos, na verdade, desde aquele primeiro dia no hospital. Lembra dele? Desculpe. É claro que você lembra. Mas o que talvez você não saiba é que eu estava nervosa. Era jovem e estava nervosa. Tinha receio de cada coisinha que eu falasse. Você vai entender o que eu quero dizer quando começar a trabalhar. No início a gente se preocupa com cada minúcia. E agora... aqui estamos. É uma espécie de vingança, na minha opinião. Para nós duas.

— Você nunca me pareceu nervosa — falei.

— Que bom.

— Mas tem certeza? De que acabou?

— Sim — disse ela —, eu tenho. Você conseguiu, Lex. Você, eu e os Jameson. E sei que existiram alguns dias horríveis, e coisas que foram muito difíceis de ouvir. Ainda assim, aqui estamos. Com o resto da sua vida à espera.

Ela já estivera bebendo naquela tarde. Havia um caráter maníaco em sua alegria que eu nunca tinha visto. No outono, quando comecei na faculdade de direito, li que ela fora nomeada professora convidada de Harvard e me perguntei se foi nesse dia que ela soube. Nesse caso, não era só que ela servira a seu propósito comigo, mas que eu servira ao meu com ela.

— É claro que depende de você. Podemos nos ver pelo tempo que você preferir. Só estou dizendo que não é mais necessário.

— Parece ser a hora certa — eu disse. — Acho.

Conversamos até escurecer, mesmo depois de a champanhe ter acabado. Contei a ela que papai pensava em se aposentar: "Mas para quem vou ligar", disse ela, "quando estiver perdendo toda a fé na humanidade?" Contei que ele chorou na formatura, vagando atrás de mamãe ao atravessarem o gramado depois da cerimônia, usando os poucos segundos de sobra para enxugar os olhos. "Isso", disse, "não me surpreende nem um pouco."

Tive o estranho desejo de dar a ela um final feliz em todos os aspectos, então contei também sobre o homem que havia conhecido quinze dias antes, em um dos bailes da universidade. Eram quatro da manhã e serviram nos jardins o desjejum e os jornais do dia. Ele estava de pé atrás de Olivia e de mim na fila dos sanduíches de bacon, e, enquanto nos aproximávamos, ficou claro que os sanduíches acabavam. Tentei calcular se sobraria o bastante para mim, mas estava bêbada demais, e cansada demais.

— Vai ser por pouco — disse ele.

O atendente me entregou o último sanduíche e ofereceu a ele uma empanada vegana.

— Acho que você não está com vontade de dividir — disse ele. Tinha um nariz comprido e quebrado e comia como se estivesse morto de fome. Tinha aberto o colarinho e perdera o paletó, e eu via os ombros pressionando a camisa.

— Não mesmo — respondi e dei uma dentada.

— Que hospitalidade horrível — disse ele. — Vim de Londres só para isso.

— Para nos honrar com sua presença? — falei e me arrependi prontamente. Eu entendia que existia uma diferença entre ser brincalhona e maldosa, mas só reconhecia isso depois de ter falado. Ele mastigou uma porção da empanada, ainda sorrindo, e deu de ombros.

— Você não parece ser de Londres — falei, para me corrigir.

— É uma coisa recente. Mas esteja avisada. Quando você sair deste lugar, vai ter de ficar séria. Eu não aconselharia isso.

— O nome dele é Jean Paul — contei à dra. K. — Mas ele não é francês. Não acha isso esquisito?

— Acho que talvez os pais dele sejam velhos — disse ela. — Certamente são

Havia coisas que não contei a ela. Na tarde seguinte, depois de termos dormido separados, eu o levei a um lugar no centro que servia café da manhã o dia todo. Essa era nossa primeira piada interna: o sanduíche de bacon. Naquela noite, em meu quarto, ele perguntou se eu costumava ser tão má nos compartilhamentos.

— Estou compartilhando minha cama — respondi —, então talvez você deva ter mais cuidado.

— Deixe-me adivinhar. Você é só uma criança.

Por essa eu não esperava.

— Sim — falei, lembrando a mim mesma que ele era mais velho que eu, e já era um advogado de tribunal. Provavelmente nunca mais eu o veria e a mentira não precisaria ser sustentada, nem corrigida. Ele riu.

— Eu também — disse ele. — E de jeito nenhum eu teria compartilhado.

A dra. K tomou minhas revelações como uma oferta; sentiu que me devia algo em troca. Inclinou-se para mim, perto o bastante para que eu visse os poros e as rugas por baixo da base no rosto e sentisse o arroto morno de champanhe que saiu da garganta. Nunca esperava encontrá-la tão desgrenhada e nunca a encontraria assim de novo.

— Vou te contar um segredo — disse ela — sobre a noite em que você fugiu. Quando algo assim acontece, a polícia prepara uma lista. É uma espécie de "quem é quem" dos terapeutas, imagino. Os melhores psicólogos com quem eles trabalharam. E, por algo como a Moor Woods Road, todo mundo queria estar nessa lista. Só precisavam de alguns, naturalmente, e pelo que sei fui a última a ser incluída. Eu tinha trabalhado com o superintendente chefe algumas vezes e ele disse o seguinte: "Você era a coringa". Quando começaram a nos telefonar à meia-noite, uma da manhã, fui a única a atender. Eu estava trabalhando, suponho... não lembro direito. Mas então. Quando eles me ligaram, requisitei com bastante firmeza ser designada a você.

— A mim? Por quê?

— A Garota A — disse ela. — A garota que fugiu. Se alguém ia se dar bem, esse alguém era você.

Só haveria trem para Londres em vinte minutos. Uma estação de vilarejo em um fim de tarde de domingo: era o lugar mais solitário do mundo. Esperei no carro, sem querer ficar sozinha na plataforma. Parecia importante falar com alguém antes de o trem chegar. Evie atendeu prontamente, como sempre fazia.

— Lex. Você não me parece bem.
— Não — falei. — Não mesmo.
— Um minuto — disse ela, e os barulhos em volta dela diminuíram.
— Desculpe. Eu só...
— Deixa de ser boba... não precisa pedir desculpas. Está tudo bem com você?
— Estive com o Gabriel. Mas ele está tão doente, Evie. Não sei se vai assinar os documentos.
— Não vai?
— Não sei. Ele está confuso.
— Não desista dele, Lex. Ethan... Delilah... eles sempre sabem o que querem. E tem uma coisa que o Gabe vai querer também.
— Mas não é só isso. Foi difícil olhar para ele. Depois eu pensei... quando o deixei... em quando ele era mais novo. Ele era um garoto muito bom. Por muito tempo ele nunca se importou com nada.
— Pare, Lex. Está tudo bem.
— Não sei se está. Vê-lo... você simplesmente se lembra de coisas. Não lembra? Coisas em que você não consegue pensar todo dia.
— Vou até aí — disse Evie. — Vou te ver e podemos acertar as coisas. Podemos ir até a casa juntas. Posso ir em qualquer dia deste mês. Quando seu acordo acabar.
— Você não pode — falei.
— Me deixa fazer isso, Lex. Já faz muito tempo.
— Não, Evie. Eu estou bem.
— Para com isso — pediu ela. — Vou ficar com você. Vou voltar para casa.

Quando ela desligou, me vi no espelho, sorrindo. Foi ideia dela voltar ao campo. No banco do carona. Uma estada em Hollowfield, ela dissera. Não era exatamente a viagem de carro que planejávamos. Vi o trem chegar, parar, partir. Não havia ninguém ali para embarcar. Sem a assinatura de Gabriel, o esforço seria inútil. A casa seria vendida, em ruínas, ou furtada pelo pântano que a cercava. Liguei o motor e manobrei o carro.

A Lifehouse tinha sido terminada no verão antes de eu começar o ensino fundamental II. Por duas semanas, o pai patrulhou a rua principal, distribuindo nossos folhetos que anunciavam a grande inauguração e falando com qualquer um que quisesse ouvir sobre o amor de Deus. À noite ele andava pelas ruas residenciais, colando cartazes. Tinha deixado, disse ele, pilhas deles escondidas nos bancos de outras igrejas da cidade, na esperança de que os membros da congregação sentissem que Deus os orientava a outro lugar. Na véspera da inauguração, ele nos instruiu a vestir nossas camisetas vermelhas das férias em Blackpool. A minha estava constrangedoramente apertada no peito e a de Ethan, rasgada nos ombros. Quando nos reunimos na cozinha, o pai olhou para nós com nojo.

— Qual é o problema de vocês? — perguntou ele. Tivemos permissão para vestir algo branco e recatado, em vez disso.

Jolly viajou de Blackpool. Evie recortou correntes de anjos de papel para pendurar nas janelas. A mãe desceu do quarto e assou bolos tarde da noite. Já fazia muito tempo que não engravidava, e o pai tinha prescrito repouso, com a certeza de um médico. Quando surgiu, ela estava branca e macilenta, como se fizesse parte da roupa de cama.

Antes de ir dormir, fui à cozinha e me ofereci para ajudá-la. Ela estava cercada de pão de ló, creme batido, os olhos fixos na colher na tigela.

— Você não é inteligente demais para uma coisa dessas? — disse ela, mas não rejeitou a ajuda. As lâmpadas da cozinha brilhavam; ainda sem lustres. Eu via a psoríase em seus cotovelos e no pescoço. Assim que peguei a tigela, ela se fechou longe de mim e segurou as próprias mangas.

— Tem mais alguma coisa para fazer? — perguntei. — Depois disso?

— O outro precisa de cobertura.

— Deixe para Evie. Eu provavelmente vou destruí-lo.

Nossos reflexos pairaram na janela da cozinha, inexpressivos e próximos.

— A escola nova — disse ela. — Como é?

— É legal. Já tínhamos feito muitas coisas na Jasper Street. Ou foi o que Ethan me falou.

— Você ainda é a primeira da turma?

Levantei a cabeça. Ela estava de costas pegando o papel-manteiga.

— Não sei — respondi. — Talvez.

— Trate de fazer isso.

Espalhei o creme no pão de ló e a mãe manobrou uma segunda camada por cima. Ela afastou as mãos, hesitante, tremendo, e cobriu os olhos.

— Por favor, meu Deus, que seja um sucesso — disse ela, e percebi que nunca a ouvira rezando desse jeito. Como se Deus estivesse na cozinha.

*

Chegamos à Lifehouse às oito horas da manhã seguinte, levando enfeites e bolos. Eu tinha ido no fim de semana anterior para retocar a pintura e gostara do cheiro de madeira nova. Pude ver, amarrando balões no púlpito, que o pai criara algo simples e estranhamente bonito com a casca da loja. A luz caía pelas antigas vidraças e se inclinava na nave central. Havia um balcão de madeira no fundo do salão, onde a mãe colocou os bolos.

O serviço começaria às onze horas ("para facilitar a chegada deles", disse o pai), mas, faltando cinco minutos, ninguém tinha chegado. Nós nos espalhamos, taticamente, nas duas primeiras filas. Ethan se virava a intervalos de segundos para olhar para a porta; depois de um tempo ele se levantou, ajeitou a camisa e se juntou ao pai do lado de fora. Ouvi trechos de suas conversas com quem passava na rua, algumas gentis, outras de escárnio. Duas adolescentes entraram, rindo, e cada uma pegou um punhado de panquecas da mãe. Sentaram-se na fila de trás, perto da porta. Um aposentado se juntou a elas e um dos bêbados do pub do outro lado da rua. De algum modo, essa pequena plateia — testemunhas do constrangimento do pai — era pior do que não ter plateia nenhuma.

Às onze e quinze, o pai subiu ao púlpito improvisado e deu um pigarro. Não precisava de microfone. Ouvi Ethan deslizar para o banco a meu lado, mas não me virei; quando o pai nos olhasse nos olhos, eu sabia que seria importante para ele ver que tinha nossa completa atenção. "Bem-vindos à Lifehouse", disse ele.

Naquela noite, quando eu não conseguia dormir, ouvi alguém na cozinha. Desvencilhei o corpo dos lençóis e segui pelo corredor e a escada, agora conhecendo-os, esticando os pés para aquietar as tábuas do assoalho. Tinha esperança de que fosse Ethan, que pudéssemos conversar sobre o dia. No térreo, parei no escuro e vi o pai à mesa da cozinha. Segurava a bebida em uma das mãos; com a outra, gesticulava, os lábios se mexiam, mas sem sair som nenhum. O triste último sermão do dia. Pensei por um bom tempo em me juntar a ele. Ainda penso nisso agora. Eu tinha escolhido os versículos exatos que podiam lhe dar algum conforto. Em vez disso, voltei para o quarto. Naquela noite, aos onze anos e confusa, eu ainda não sabia o que dizer.

O palacete era laranja e rosa sob o céu do anoitecer. Desta vez não estacionei entre as filas, nem falei com a recepcionista, nem esperei ser chamada. Cheguei ao quarto de Gabriel sem fôlego, com uma enfermeira em meus calcanhares.

— Vai ter alguma coisa para tratar sobre vício — falei. — No centro comunitário. Será uma condição da proposta.

Gabriel usava um pijama institucional, apoiado na cadeira perto da janela.

— Achei que você ia voltar — disse ele. E à enfermeira: — Está tudo bem. Eu a conheço.

— Podemos ter reuniões — falei. — Sessões de aconselhamento. O que você... o que você achar que podia ter ajudado.

— Gostei disso — elogiou ele. Seus dedos e os polegares formaram uma placa no ar. — "Financiado por Gabriel Gracie", disse ele.

— Isso mesmo.

— E você acha que eu posso participar? Eu podia falar lá... se isso ajudar.

— Talvez sim. Quando você estiver melhor e tiver saído daqui, pode fazer o que quiser.

— Você acha?

— Eu sei disso.

— Não sei o que você fez — disse Gabriel —, mas deu certo.

— O quê?

— Ele não veio — contou Gabriel. — Depois que você foi embora. Passou um recado por uma das enfermeiras... só para se despedir. Ele me amava, Lex. Do jeito dele.

Talvez, pensei. Do jeito dele.

Gabriel se levantou para andar pelo quarto pequeno, tocando a mobília ao passar, como se estivesse no escuro. Pegou os documentos na mesa de cabeceira e me entregou, e vi que já estavam assinados.

— Lá fora, hoje à tarde — observou ele. — Você me lembrou Delilah.

— Não sou assim tão intensa, Gabe.

— O que você disse?

— Nada de emocionante. Principalmente da lei.

— Delilah usa os livros do jeito dela — disse Gabriel. — E acho que você os usa do seu jeito.

5
Noah (Garoto D)

No fim da tarde, esperando por um telefonema de Devlin, abri a aba dos favoritos para ver os resultados do fim de semana. No domingo, a equipe de críquete sub-17 de Cragforth fez um total de 97 pontos e foi derrotada. Não foi uma semana muito boa.

Oscilei na guia ao lado de Resultados, que era Como Nos Encontrar.

— Vamos lá — falei sozinha e vaguei para a cozinha. Com uma espécie de magia trivial, as luzes do corredor se acenderam acima de mim. Eram três e meia da manhã. Preparei uma tigela de cereais e café puro e voltei a minha mesa. Devlin não tinha telefonado. O cursor ainda estava em Como Nos Encontrar.

Eu só tinha ouvido falar de Cragforth uma vez, muitos tempo antes. Tinha vinte anos e acabara de garantir minha vaga na universidade. Meus pais e eu tínhamos saído para jantar e mamãe estava no segundo andar, se preparando para dormir. Papai e eu estávamos sentados um em cada ponta do sofá, as pernas cruzadas lendo diferentes seções do jornal. Ele equilibrava um copo de uísque no peito.

Minha leitura era só fachada. Mentalmente, eu esboçava e refazia uma pergunta em que vinha pensando havia algum tempo. Eu tinha tramado várias rotas para ela, descartado algumas e esperado o clima certo para outras. Esse, decidi, era o dia da tentativa.

— Será que os outros vão para a universidade? — falei, sem levantar os olhos do jornal. — Além de Ethan, quero dizer.

— Não sei — disse papai. — Esperemos que sim. Mas veja só você... não é assim tão fácil. Você teve de colocar muita coisa em dia.

Virei a página.

— Isso também vale para Delilah, imagino — falei. — Mas os outros eram mais novos. Acha que Noah vai entrar, pai?

— Noah é diferente. Não se espera que ele se lembre de nada. E ele teve uma vida mais fácil do que vocês. Do jeito que foram as coisas... naquela casa... ele teve sorte.

— Onde ele está? — perguntei, e papai parou de ler para me olhar.

— Lex. Você sabe...

— Eu só queria poder pensar nele. É só isso.

Ouvi barulho de descarga no segundo andar e entendi que mamãe logo desceria, para dar boa-noite e os parabéns mais uma vez. Ela era intensamente profissional — protegia a confidencialidade dos pacientes como se fossem segredos de Estado e não suportaria essa linha de interrogatório.

— Não sei muito a respeito — disse papai —, além de que ele está bem. A família que o adotou era de uma cidade pequena... Cragforth, acho que era isso.

Voltei ao jornal. Ele ficou estranhamente parado e não lia mais.

— Que foi? — perguntei.

Ele meneou a cabeça em negativa.

— Nada.

Nas semanas que se seguiram, ficou claro que papai tinha se arrependido profundamente daquela revelação. Na manhã do outro dia, chegou a meu quarto de roupão, trazendo um pão doce.

— Isso parece suborno — falei e me apoiei na cama.

— Tive dificuldade para dormir essa noite — confessou ele. — Eu não devia ter te contado aquilo, Lex. Você precisa me prometer que não vai usar a informação para nada.

Papai foi incapaz de dizer o nome de Noah. Ele me entregou o prato e se sentou na ponta de minha cama.

— Se você fosse outra pessoa qualquer — disse ele —, eu teria esperança de que simplesmente esquecesse.

— Não vou fazer nada — eu disse. — É sério. Só queria saber onde ele foi parar.

— Nada de e-mails, nem mensagens?

Para papai, a internet e meu intelecto eram todo-poderosos. Eu podia entrar em uma videoconferência com Noah naquela mesma tarde.

— Não.

Ele começava a sorrir.

— E nada de pombo-correio também.

— Nada, papai.

E, por um tempo, foi verdade. Na universidade, em geral eu procurava online por Noah e Cragforth, mas com uma curiosidade habitual, assim como via a previsão do tempo ou as novidades do judiciário. Eu me acostumara com os três resultados que me apareciam em cada ocasião: um ensaio teológico de Bradley Cragforth da Universidade do Estado de Wisconsin, que envolvia uma análise atenta do Gênesis (e que era, eu pensava, muito bom); informações sobre a grade curricular do primeiro ano da Escola Primária de Cragforth, que incluía "audição e discussão de histórias da Bíblia e de outras religiões (por exemplo, Noé e a Arca)"; e a propaganda de uma apresentação teatral amadora de *As vinhas da ira*, no Cragforth Park, no verão de 2004, que tinha Gary Harrison e Noah Joad no elenco.

Pensei nas opções. A família dele pode ter se mudado para outra cidade, ou para o exterior. Podem ter trocado o nome dele.

Eu tinha vinte e oito anos e estava em Nova York quando um quarto resultado apareceu. Passava da meia-noite e eu esperava por documentos do escritório de Los Angeles. Restavam poucas pessoas no corredor. Digitei a antiga combinação na barra de pesquisa e apertei enter. No alto da página estava um link novo. Era a equipe de críquete sub-15 de Cragforth. O vice-capitão era Noah Kirby.

Eu me recostei na cadeira de escritório e cruzei os braços. Noah Kirby, de Cragforth. Desde então, eu clicava nos resultados da temporada. Não eram atualizados fazia várias semanas, mas em meados de julho o time tinha vencido dois jogos, perdido cinco e tivera uma partida cancelada pela chuva. Uma temporada penosa. Se alguém aparecesse na porta do meu escritório e me perguntasse por que eu chorava, não teria sido capaz de responder. Eu não sabia.

*

No verão antes de eu começar o ensino fundamental II, vivíamos sob o regime do pai. No primeiro dia das férias, quando descemos para o café da manhã, havia um embrulho dourado brilhando na mesa da cozinha.

— O que tem aí dentro? — perguntou Delilah. O pacote estava amarrado com uma fita. Tinha o tamanho de uma TV pequena, ou uma pilha inteira de livros.

— Seis semanas — informou o pai — de bom comportamento.

— E aí vamos poder abrir?

— Não é pedir demais — disse o pai. — É?

Foi um verão lento e úmido. Na frente da Lifehouse, o pai suava pelos bancos vazios. Uma congregação de moscas enfraquecidas nas janelas, incapazes de encontrar o caminho para a porta. O jardim na Moor Woods Road estava coberto de chuva e a maior parte de nossas brincadeiras envolvia navegar pelo pântano. Quando o pai saía, pulávamos a cerca e nos espalhávamos pelos pântanos, procurando ossos de ovelha e minhocas lentas. Nos dias mais atrevidos, organizávamos uma missão ao rio ao pé da Moor Woods Road, andando em fila única e perto do muro, com o vigia designado — em geral Gabriel — nos dando liberação nas curvas. Nós nos banhávamos na sombra do moinho, na água cor de chá-preto perto das margens, e quando voltávamos para casa o presente nos encarava da mesa da cozinha.

O útero da mãe ainda estava vazio. Foi como o pai disse. Quando eu olhava para ela, pensava em uma caverna por baixo de suas roupas, fria e escura. Ela se tornara uma visão estranha e rara: uma piscadela de camisola branca entre uma porta aberta, ou pés rachados, subindo a escada para a cama. Toda noite, entrávamos no quarto de meus pais e lhe dávamos um beijo de boa-noite, enquanto o pai nos observava. Ela tocava ossos recém-crescidos como pedras em uma maré baixa.

— Pequenos de novo — disse ela. — Como vocês eram quando bebês.

Haveria outro filho, anunciou o pai. Mas teríamos de estar preparados. Teríamos de merecer. Semana após semana, ele ajustava as regras da casa, sintonizando em um tom que nós não conseguíamos ouvir. Nós devíamos lavar só as mãos, e só até os pulsos. A Lifehouse promoveria três serviços religiosos aos domingos, em vez de dois. Demonstraríamos nossa autodisciplina.

O filho chegaria.

Havia linhas em meus braços onde a sujeira começava, como um bronzeado ao contrário. A borda do encosto do banco imprimira um hematoma no alto de minha coluna. Nossas porções encolheram e, em outros dias, quando jantava com Jolly, o pai não preparava absolutamente nada. Quando pensei em começar na Academia Five Fields no outono, escorregadia de suor e sujeira e a mais baixa em meu ano, senti dor no estômago. A biblioteca só possuía metade da lista de livros. Eu nem mesmo tinha uniforme. E já havia visto os alunos em Hollowfield, a caminho de casa voltando da minha escola primária. As meninas tinham as faces coradas e usavam seu uniforme de modo que nos faziam pensar no que estava embaixo deles. Andavam em grupos compactos e lustrosos, como se fossem de uma espécie inteiramente diferente.

Em setembro, viramos catadores. Farejávamos o pacote, na esperança de pegar um cheiro de comida. Sondávamos os armários e vasculhávamos restos no fundo da geladeira. A recusa do pai de jogar qualquer coisa fora implicava que sempre havia algo ali, mofado e irreconhecível. A questão era se você tinha fome suficiente para experimentar.

Passou a ser um jogo para nós, que chamávamos de Sopa Misteriosa. O nome veio de nossa primeira descoberta: uma substância obscura coberta por filme plástico em uma gaveta no fundo da geladeira. Evie mergulhou um dedo nela, lambeu e assentiu.

— É muito bom, de verdade — disse ela.

— Mas o que é? — perguntei. Ela deu de ombros e pegou uma colher.

— Sopa misteriosa — respondeu.

Qualquer coisa podia ser a Sopa Misteriosa: queijo coberto por uma penugem esmeralda definhando no balcão; restos de frango frito no papel do delivery da rua principal, que o pai abandonou na mesa da cozinha; uma caixa de cereais matinais de um ano, jamais desempacotada da mudança. Eu tinha uma memória enciclopédica das refeições na Moor Woods Road; eram tão preciosas que eu as decorava para comer de novo.

Uma semana antes de as aulas começarem, com o pai em Blackpool, nós nos espalhamos pela cozinha e procuramos nos armários. Gabriel, vasculhando a gaveta em que a mãe antigamente guardava os legumes, deu um gritinho e apareceu com um punhado de polpa, que largou na mesa da cozinha para ser examinada.

— Isso não é a Sopa Misteriosa — disse Delilah. — É nojento.

Gabriel sacudiu a mão na frente o rosto de Delilah e ela se esquivou, gritando.

Parecia que um dia tinha sido uma batata. Tinha o formato de um punho, com trechos pretos e moles, com tufos verdes brotando da casca.

— Joga no lixo — falei.

— Joga *você* — retrucou Delilah e, naquele momento, com nós cinco reunidos em volta da mesa, o pai abriu a porta da cozinha.

— O que é isso?

Ele estava incrivelmente adiantado. Tínhamos instruções para, em nossos quartos, selecionar passagens bíblicas sobre determinação. Ele se sentou à mesa e começou a desamarrar os sapatos.

— Quem encontrou? — perguntou ele, e Gabriel, com a expressão vacilando entre o medo e o orgulho, disse:

— Fui eu.

— E onde você encontrou?

— Em lugar nenhum. No armário de legumes.

— E o que vocês estavam fazendo no armário de legumes?

— Nós estávamos... só estávamos... olhando.

Agora o pai se levantou para tirar a camisa e voltou a se sentar de camiseta branca, apertada nos ombros e na barriga. Os braços pendiam ao lado da cadeira e ele olhava para seu quadro vivo, ainda insatisfeito.

— Se estão com tanta fome — disse ele —, por que não comem isso?

Colunas e maxilares enrijeceram em volta da mesa. Gabriel riu e viu que nenhum de nós fazia o mesmo. O riso foi interrompido com um ofegar. Ele olhou de um de nós para o seguinte, com os olhos arregalados e suplicantes. Eu olhava fixamente para meus pés, e para Delilah, que olhava para os pés dela.

— Eu não quero — respondeu Gabriel.

— Então... você *não está* com fome.

— Eu... não sei.

— Se não quiser passar fome — disse o pai —, vai ter de comer.

Ele se sentou, esperando.

Gabriel estendeu a mão e fechou o punho na polpa. A carne dela foi espremida entre seus dedos. Ele a levantou da mesa e olhou longamente. Depois, com a testa franzida e nós quatro boquiabertos, levou-a à boca.

O pai se levantou da cadeira, contornou a mesa e deu um tapa nas costas de Gabriel. A Sopa Misteriosa caiu de sua mão no chão da cozinha.

— Você realmente achou que eu o obrigaria a comer isso — disse o pai. — Não foi?

Em vez disso, ele pegou o pacote dourado da mesa e tirou da cozinha.

Na noite da véspera do meu novo período letivo, acordei com alguém na porta do quarto. Nos primeiros segundos nebulosos, pensei que fosse o pai. Ele estava de cócoras, arrumando alguma coisa na soleira. Mas, quando recuou para a luz do corredor, vi que era Ethan.

Eu não o ouvia chorar à noite desde que chegamos em Hollowfield. Ele tinha raspado completamente a cabeça e era tão alto quanto o pai. Não parecia mais perder suas coisas. Quando se juntava ao pai e a Jolly na cozinha à noite, eu ouvia uma gargalhada nova e afetada pelas tábuas do assoalho. Ele até falava na Lifehouse, quando só a família comparecia. Dava sermões passionais e sinceros sobre o dever filial, e eu pensei no garoto em Blackpool, cinco anos antes, que não acreditava em nada.

Abri um pouco a porta do quarto, para ver o que ele tinha deixado. Era um uniforme do colégio. O blusão e a saia. Estava desbotado, mas limpo. Serviria.

Parei na porta do quarto dele na manhã seguinte.

— Obrigada — falei. Ele estava recurvado sobre um espelho de bolso, examinando a pele do pescoço, e não olhou para mim.

— Onde conseguiu? — perguntei.

Ele então virou a cabeça. Tinha uma expressão de desdém curioso. Eu já a havia visto no rosto de estanhos, mas, em Ethan, tinha uma selvageria própria.

— Não sei do que você está falando — disse ele.

A Five Fields aceitava alunos de Hollowfield e dos quatro vilarejos no entorno. Três deles também tinham o sufixo "field"; o último, Dodd Bridge, tinha sido voto vencido no dia do batizado. A escola consistia em um amplo pátio de concreto, entrevisto pelas salas de aula de três lados e por um salão de madeira no quarto lado. O salão fora inaugurado por um aristocrata secundário e antigamente devia ser motivo de orgulho, mas agora estava escurecido pela chuva do pântano e tinha cheiro de educação física. No meu primeiro dia na escola, eu me sentei ao lado de Cara — uma das duzentas meninas de onze anos que prometiam os melhores sete anos de minha vida — e concluí que não devia ter me preocupado com o cabelo, nem com os sapatos esburacados. Esse seria um lugar fácil para desaparecer.

— Nossa — disse Cara, assim que a aula inaugural terminou. Ela segurou minhas mãos e as levou ao lado de meu corpo. — Você ficou esquelética.

Ela parecia meio assustada, mas principalmente impressionada.

— E você — falei —, você ficou bronzeada! Como foi na França?

Comparamos horários. Íamos dividir três matérias, o que eu torcia para ser o suficiente para nos manter unidas. No início do outono, foi o que aconteceu: em todo intervalo e horário de almoço, nós nos encontrávamos no mesmo lugar, na frente do salão da escola, e comíamos nossos sanduíches, encostadas nas paredes de madeira. Não tínhamos muito a dizer para ocupar o horário do almoço, mas Cara levava livros de casa: o que ela estivesse lendo e um a mais para mim.

Havia dias em que eu notava que ela olhava das páginas para minha lancheira e uma sobrancelha se mexia. Quem sobrevivia a um dia com duas fatias de pão e uma película de geleia, ou sopa fria preparada na noite anterior? Eu, por minha vez, examinava o conteúdo de seu almoço. Havia muitos componentes diferentes: uma salada ou sanduíche com recheio; frutas ou legumes, preservados em seu próprio pote reluzente; um tubo cilíndrico cheio de biscoitos de chocolate. Minha boca se abria antes que eu pudesse determinar se perguntava ou não: "Será que posso comer um?"

Cara foi generosa na primeira vez e menos generosa a cada vez depois disso. Com algumas semanas de aulas, quando abriu um tubo de três bolinhos Jaffa Cakes — o cheiro de chocolate amargo com um toque de laranja —, ele virou para me encarar e segurou o recipiente mais perto do peito.

— Você precisa parar de olhar para minha comida — disse ela. — Está me dando medo.

Na semana depois disso, ao me aproximar do salão, vi Cara sentada com outra menina, Annie Muller. Cara deu um tapinha no chão de seu lado livre e eu me sentei junto delas, embora meu estômago já começasse a desabar. Annie estava no meio de um monólogo quando cheguei, e, embora tenha acenado, não parou de falar para me cumprimentar. O almoço dela consistia em sanduíches de pasta de amendoim; Doritos (Cool Blue); e uma banana lacrada em um pote com formato de banana.

— Eles basicamente não entendem isso — concluiu ela. — Eles não entendem nada.

— Os pais de Annie estão estranhos com ela por furar as orelhas — comentou Cara.

— Você não furou as suas, furou? — disse Annie. Ela se inclinou por Cara, mastigando furiosamente. — Então seus pais são loucos como os meus?

Abri minhas duas fatias de pão — só margarina hoje — e tirei uma crosta para comer primeiro.

— Acho que sim — falei.

Annie nos deixou pouco antes de tocar o sinal, e, depois que ela correu para os armários, tentei buscar uma explicação em Cara com um olhar. Ela procurava os livros da tarde na bolsa e se passaram alguns segundos lentos até me olhar nos olhos.

— Que foi? — disse ela. — Só porque você detesta todo mundo, não quer dizer que eu tenha de detestar também.

Senti um calor sombrio subir de minha gola e atravessar as faces, e isso me deixou cruel.

— Mas eu sou da turma de história da Annie — falei. — E ela é burra.

— Um pouco — concordou Cara —, mas pelo menos me convida para ir na casa dela.

A disciplina do verão valeu a pena. No fim do outono, a mãe engravidou. O pai começou a tocar nela de novo. No jantar, eles se sentavam lado a lado, recitando o Salmo 127 e sorrindo de nossa conversa. Tinham de baixar os talheres para se darem as mãos. Quando olhei meus irmãos, mais frágeis em volta da mesa, parecia que eles tinham tirado um pouco de carne de cada um de nós para fazer algo novo.

JP escolheu um wine bar chamado Graves a duas quadras de meu hotel.

— É um nome muito mórbido — falei, quando ele o sugeriu.

— É um bairro de Bordeaux, Lex.

— Até parece que você sabia disso.

— Como fui no site deles... é claro que sim.

Eu cheguei primeiro. Tinha passado a hora anterior no banho no Romilly, com um jarro de vinho tinto, lendo o guia de Bill para planejamento de aplicações. Havia uma bandeja de madeira que se encaixava na banheira, fornecida para esse fim específico.

Uma noite de folga.

O Graves ficava ao pé de uma escada de metal preto, no subsolo. Luminárias de banqueiro colocadas no meio de cada mesa. Segurei o cardápio à fraca luz verde e pedi conhaque e champanhe. Eu estava na metade da taça quando JP entrou. Primeiro reconheci o andar dele, recurvado, virado para a frente, depois seu sobretudo, que ele tinha comprado porque o fazia parecer um agente secreto.

Eu tinha amado JP de todos os jeitos insensatos como se pode amar alguém. Dido na pira funerária. Antônio em Alexandria. Cadela no cio. Antes de eu partir para a universidade, mamãe se sentou na minha cama e tentou explicar algumas questões do coração, com uma das mãos acariciando a coberta sobre minhas pernas. Parecia confiante de que eu já sabia do lado sexual das coisas. O amor, ela concluíra, podia ser uma questão diferente. Eu estava quente embaixo da roupa de cama e consciente de que não podia me livrar da coberta sem que ela pensasse que eu estava sem graça.

— O fundamental — disse ela — é que você nunca perca seu amor-próprio.

Pensando bem, aquilo foi doce, e por algum tempo foi útil. Eu tinha sido uma esquisitice total no colégio para atrair muita atenção — aparência legal, mas *muito* fodida da cabeça —, porém na universidade eu era bem interessante. Podia dominar literatura ou, com o crédito ao sr. Greggs, países a que nunca fui. Estudei o humor de Olivia e o otimismo de Christopher. Estudei o blog *The Sartorialist*. Usava roupas justas e pretas, e um sorriso que tinha treinado. Apesar dos banhos e do CK One, eu fedia a alguém que podia precisar de salvação, e os homens gostavam disso mais do que tudo.

Às vezes eu me lembro deles: o desfile bizarro de caras que tentaram me salvar. Eles tentaram me salvar fazendo amor, jantando numa loja de bichos de pelúcia, em um encontro solene e final. Homens inteligentes de formação universitária sólida, destinados a grandes coisas (ou coisas boas, pelo menos). Eles desfilaram em minha cabeça, com suas mãos hesitantes e expressões preocupadas. Perguntavam por que eu era reticente a respeito de minha família. Tocavam minhas cicatrizes cirúrgicas, deliberadamente, para mostrar que não tinham medo. Eles apareciam com cartas manuscritas, ou algemas com peles — com peles — em uma ocasião especial. Eles lambiam as partes erradas de minha pele e mergulhavam os dedos em mim como se testassem minha temperatura. Eles tentaram me converter. Não se mexa, eles diziam, vai ser diferente comigo. Isso é sempre impreciso. Por fim, ficavam com raiva e decepcionados. Talvez eu não fosse assim tão misteriosa, no fim das contas. Por que você tem de pedir essas coisas estranhas; por que você pede o que te machuca; por que você não me conta o que *aconteceu* com você? Talvez eu seja só uma vaca.

E então houve JP, e preparei meu amor-próprio, e servi a ele, frágil, em uma bandeja.

Passei a maior parte do verão depois da faculdade em Londres. Papai me deixava na estação nas tardes de sexta-feira e eu me sentava no trem no mesmo banco — uma hora e dezessete minutos —, a sensação de borboletas no estômago; elas tinham garras; tinham dentes. O vagão quente e barulhento, depois a sombra da plataforma. JP esperava atrás das barreiras na London Bridge, depois da multidão inicial, e eu gostava de vê-lo pouco antes de ele me localizar, seus olhos percorrendo os diferentes rostos em busca do meu. Sempre que nos encontrávamos, era como se recomeçássemos: por vinte minutos, ficávamos tímidos juntos, um atropelando a fala do outro, nós dois com muito e pouco a dizer. Pegávamos o metrô para o apartamento dele em De Beauvoir, andando da Angel de mãos dadas, e, enquanto ele falava de sua semana, dos amigos e das ideias que tinha para o fim de semana, as borboletas ficavam sonolentas e dormiam. O apartamento dele tinha janelas compridas que davam para o oeste, e assim a luz do fim de tarde caía em faixas bonitas pelas tábuas do piso, na estante, na cama. Ele resistia a qualquer decoração. Nunca havia nada no chão.

Eu tentava me lembrar de usar o banheiro no trem, pouco antes de chegar a Londres, para que assim que estivéssemos dentro de casa ele pudesse me ter onde quisesse: no sofá ou na mesa, ou no caminho do quarto e dentro dele. Esse sexo sempre era deselegante, seminu e apressado, e nunca durava muito tempo. "Preciso estar dentro de você", ele dizia, e eu gostava da carência, como se fosse algo que ele tivesse de fazer, quer eu gostasse ou não. Assim que ele gozava, tirávamos o restante da roupa — uma meia perdida, ou meu sutiã puxado acima dos seios — e nos deitávamos nus e juntos na cama ou no tapete. Ele se apoiava em um cotovelo e estendia a mão para mim, os olhos vincados em um sorriso e quase fechados.

— Me diga — disse ele, durante um dos primeiros fins de semana, começando a tocar em mim. — Me diga o que você quer.

Rolei de bruços e descansei a cabeça nos braços dele.
— Quero que você me machuque — falei.
— Repita.
Repeti, obediente. Um sorriso atravessou seu rosto, lento como o sol.
— Que sorte — disse ele.

Quando conheci JP, nas últimas semanas da universidade, eu supunha que a família dele seria agradável e tão arrumada quanto ele. Existiria uma mãe e um pai, e uma casa nos arredores de Londres. Ele sabia esquiar e tocar um instrumento musical. Falava com um leve sotaque indefinido e era infinitamente generoso; insistia em pagar rodadas a mais, jantares e minha passagem de trem para casa. Quando eu me recusava, encontrava a soma exata escondida em meus sapatos, ou flutuando de um livro quando eu o abria.

Depois de vários meses percebi que eu estivera enganada, embora soubesse que JP valorizava aquela situação. Era, afinal, um atestado do trabalho de sua vida. A mãe morava em Leeds e ele a visitava três vezes por ano, voltando amuado e retraído. A casa dela era atulhada de enfeites kitsch e parafernália de cozinha, e ele não suportava. Ele era obrigado a ver o que passasse na TV. Perdia massa encefálica. Mas era fácil apaziguá-lo. Eu esperava por ele no sofá ou em sua mesa, às vezes na posição que ele pedia e às vezes pretendendo surpreendê-lo, e quando entrava no apartamento ele sorria, largava a bolsa de viagem definitivamente no chão e desafivelava o cinto.

— Não há lugar como a casa da gente — dizia ele.

Quando via JP procurando por mim — voltando à nossa mesa do balcão do pub local, ou sorrindo por cima do ombro de sua escrivaninha —, eu me perguntava sobre as incompreensões dele. Tinha lhe contado tudo sobre mamãe e papai. Ele conhecia como era a frente do chalé deles, as melhores histórias do papai, meus ressentimentos de adolescente contra eles. Para todos os outros, podia parecer estranho que minhas recordações começassem aos quinze anos, mas a relutância de JP em discutir a própria infância facilitava muito minhas omissões. Tínhamos os casos de JP, e as relações vaivém de Olivia com o colega veterano dele, e o começo iminente de meu emprego, e que livros devíamos levar para a Croácia, para que ambos ficássemos felizes ao ler qualquer um deles, e o namorado novo de Christopher, um sujeito sério, que nós dois concordávamos que era uma das piores coisas que alguém podia ser. O passado era um dos poucos países estrangeiros que nenhum dos dois queria visitar. Sempre havia muito mais para se falar.

Minhas mentiras se esgotaram quando percebi que ele teria de conhecer meus pais. Já fazia mais de um ano de relacionamento e pretendíamos deixar os apartamentos separados e morar juntos, em algum lugar novo. Eu tinha certeza de que mamãe e papai mentiriam por mim, se eu pedisse, mas quando os imaginei no jardim em Sussex, um cutucando o outro para se lembrarem das combinações, não queria que eles agissem assim.

— Se vai fazer isso — disse Olivia —, então faça, antes que você enlouqueça.

— Mas não tem de ser no momento certo?

— Por favor, Lex. Não existe momento certo para uma coisa dessas.

Agora que a decisão fora tomada, a ideia se agigantava em minha mesa no trabalho e se sentava a meu lado no táxi a caminho de casa. Ficava ao lado de nossa cama à noite, olhando no relógio.

Esperei até um feriado no verão. Um trem noturno de sexta-feira para o Lake District, com latas de gim e água tônica. Chegamos à pousada depois da meia-noite, e de manhã a paisagem surgiu, luminosa e texturizada de silhuetas escuras, como que feita da noite para o dia.

Esperei cerca de um quilômetro na primeira caminhada, quando estávamos na estrada e começávamos a subida. Lembrei-me de um velho ditado da dra. K, sobre ficar mais fácil dizer as coisas difíceis quando não é preciso olhar para alguém, e aguardei até um trecho estreito entre samambaias, com passagem apenas para uma pessoa.

— Acho que tem uma coisa que eu devo te contar — falei.

— Este parece um bom começo para o fim de semana.

— Eu sou adotada.

— Tudo bem. Pelos seus pais de Sussex?

— É.

— Que idade você tinha?

— Mais velha do que você imagina. Quinze anos.

— Meu Deus, Lex. Então… você sabe quem são seus pais biológicos?

— Sim. — Senti a mudança no conforto entre nós. Lá estávamos, no limite dele, juntos.

Só contei o que ele teria podido ler em uma matéria de jornal da época. Quando terminei, ele ficou em silêncio por um momento e mentalmente eu implorava que se virasse, para que eu pudesse ver seu rosto.

— Meu Deus — disse ele. — Lex, eu sinto muito. — E, às dez da manhã e porque ele nunca conseguia ficar sério por muito tempo: — Você devia ter me contado no fim do dia. Quando estivéssemos mais perto de uma bebida.

JP se virou para mim e me puxou para ele.

— Podemos falar disso sempre que você quiser — disse ele. — Mas não vou me importar se você não falar.

Cambaleamos juntos por algum tempo no caminho curto, até que se tornou estreito demais para dois e ele ficou de novo à minha frente. Este era JP: afastando-se de mim, com o corpo inclinado para a frente e pouca bagagem, rumo ao horizonte. Depois de meus meses de indecisão, ele conseguia descartar minha revelação ali no caminho, uma casca de fruta, ou melhor, o caroço. No cume, ele já falava do almoço.

Naquela noite, depois do sexo, ficamos deitados por cima do lençol na pousada, o mais distantes do outro que podíamos ficar. Só nossas mãos se tocavam. O silêncio se estendia para todo lado, e os pequenos ruídos humanos em nosso quarto — a descarga do banheiro, ou música do telefone dele — pareciam altos e constrangedores. Fechei os olhos e comecei a ter consciência da sensação de que faltava alguma coisa.

— Tome — eu disse e peguei as cobertas no chão. Embaixo delas, ele se virou para mim.

— Eu me sinto pior — ponderou ele — com as coisas que faço com você. Que nós fazemos juntos. Depois do que você me contou.

— Por quê? É o que eu quero.

— Eu sei. Mas mesmo assim.

— Sabe de uma coisa? Se serve de consolo... elas não estão relacionadas. E mesmo que estivessem...

— Sim?

— Isso importaria?

— Não sei — disse ele.

Estava escuro demais para interpretá-lo. Estendi a mão para seu rosto e encontrei cabelo, depois o entalhe de uma orelha. Ele veio para mais perto.

— Quando estou longe — disse ele — e preciso de alguma coisa para pensar. Sabe? Penso em você no começo. Estávamos no meu apartamento. Você olhou para mim e... me disse o que queria. O jeito como você falou. Foi mais do que eu poderia esperar. E claro que fiquei apavorado.

— Que bom — falei.

Estávamos a alguns segundos de adormecer.

— Tem muita coisa de que me envergonho — admiti. — Mas não disso.

Eu tinha suposto que JP estava sendo dissimulado, que com o tempo ele ficaria curioso e começaria a fazer perguntas. Estava enganada. JP — que era tão fascinado por questões de moralidade ou da lei — tinha pouco interesse por sofrimentos antigos. A aceitação dele de minha confissão, sem qualquer inquietação ou crítica, me levou a uma sensação de absoluta segurança; não só ele me amava, o que ele já havia dito, como era possível superar o passado com a abrangência prometida pela dra. K. Eu também podia ser feliz.

Vivíamos como só no fundo eu tinha esperança de poder viver. Durante a semana trabalhávamos, chegando em casa às dez, onze, meia-noite, e conversávamos na cama, nos preciosos últimos minutos daquele dia, e às vezes entrando pelo dia seguinte. Uma hora perdida de sono — a obscuridade mais densa de manhã — parecia um preço relativamente pequeno a pagar. Nos fins de semana víamos amigos, ou viajávamos à Europa continental numa noite de sexta-feira, pousando cansados e empolgados em Porto, ou Granada, ou Oslo. Eu comprava postais para Evie e escrevia neles em minha mesa quando voltávamos. Em geral algo obtuso ou horrendo, escolhido para fazê-la rir. Rodovias da Noruega, ou uma lhama bebendo vinho do Porto. A Alhambra ao crepúsculo, quando acendiam as luzes dos muros. "Lembra", eu disse, "quando vimos isso no atlas?"

Tolice: pressupor que viveríamos desse jeito para sempre. Dois anos depois, a mãe de JP nos visitou em Londres. A história dele na porta, de batom coral e saltos baixos. Ele reservou um jantar para três em um elegante bar no subsolo em Mayfair. Havia uma lista de saquês e pratos pequenos. Entendi, assim que conheci a mãe de JP, que era uma escolha péssima. No restaurante, ela reclamou do conforto da cadeira, das complicações do cardápio e da iluminação da mesa. "É muito difícil", disse ela ao garçom, "enxergar o que eu quero comer." O garçom voltou com uma pequena lanterna que prendeu com um clipe no cardápio e JP estremeceu.

Quando a comida chegou, ela pegava pequenas colheradas irrequietas de cada travessa e as mexia no prato. JP comeu em silêncio, sem desfrutar de nada.

— Está ótimo — falei e terminei em segundos.

— Você tem um apetite bom — disse a mãe de JP, e dei de ombros.

A mãe dele ia ficar em uma pousada em Euston, e pegamos um táxi e paramos no endereço. JP e eu saímos do carro para nos despedirmos. Tinha chovido enquanto comíamos. Poças de luz embaixo dos postes. O prédio era de um creme sujo, e cestos de flores descaíam de cada lado da entrada.

— É ótimo e tudo — comentou a mãe de JP —, embora o quarto seja meio quente.

— Feliz aniversário — eu disse. Nós a vimos atravessar a rua, cambaleando. Na porta do hotel, ela pisou em uma pedra solta do calçamento e uma poça espirrou no sapato.

Votamos ao táxi e JP se deitou no banco traseiro, com a cabeça em meu colo.

— Mas que merda — reclamou ele.

— Ah, sem essa — falei. — Ela não é tão ruim assim.

— Ela é horrível — disse ele. — Você não seria a primeira a dizer isso.

— Ela é legal. Sabe, houve uma época em que fazer um pedido de um cardápio era a coisa mais estressante em que eu podia pensar.

— Mas não é mais.

— Bom, não. Não é mais.

JP se sentou.

— E eu amo você ainda mais por isso. — Ele estendeu uma das mãos e se curvou para mim. — Olha... um dia — disse ele —, juntos... vamos ter a família que nós dois merecemos.

E lá estava: o soco no estômago. Mais forte que qualquer coisa que eu tenha pedido. As palavras dele se espalharam por baixo da minha pele e entraram no tecido; assim, mais tarde, enquanto ele me olhava e eu me despia, fiquei surpresa de ele não conseguir ver a marca que deixaram. Para ele, eu não tinha mudado.

Eis um velho princípio jurídico: *Caveat emptor*. Cuidado, comprador. Você está vendendo uma propriedade. As paredes são sólidas; o telhado é novo; as fundações são fortes. Você sabe de tudo isso, você mesmo construiu a casa.

Toda primavera, raízes carnudas infestam seu jardim. Crescem rapidamente. Caules aparecem, inchados e roxos. Suas folhas parecem corações. No verão, os caules crescem a uma proporção de dez centímetros por dia. Você tenta cortar a planta pelos caules. Em um dia, ela volta. Você tenta cortar a planta pelas raízes. Em uma semana, ela volta. Você procura consultoria.

Isto é sanguinária-do-japão. A essa altura, as raízes terão penetrado as fundações de sua casa. Elas terão se aninhado a três metros de profundidade. Com o tempo, destruirão sua propriedade. Se um único caule ficar na terra, haverá reinfestação. Sua remoção é proibitivamente cara.

Será que você deve revelar essa invasão ao comprador? Se lhe perguntarem: Sim, naturalmente. Mas com que especificidade deve o comprador perguntar? Se, por exemplo, ele perguntar sobre problemas ambientais, ou materiais contaminantes — e então? O comprador não deve ser mais explícito? Como você deve responder? Como você se sentirá ao pensar nele desembrulhando sua vida em seus cômodos vazios, com a planta se agitando embaixo dele?

Por um segundo, JP me olhou como uma estranha. Depois dei um meio aceno e seu rosto se suavizou.

Eu tinha escolhido a roupa que vestia com muito cuidado e obedecendo a duas consultas com Christopher. ("Me prometa", dissera ele, "que nunca vamos estar acima dessas coisas.") Eu usava uma blusa de seda dourada (o único item em minha mala que me lembrava ser do agrado de JP: pensei nele), uma saia de couro com uma fivela pesada (ele se lembraria da sensação do material em seus dedos e da resistência ao puxar para cima de minha cintura, quando não quisesse mexer no cinto?) e sapatos Chanel acolchoados (eu era mais rica do que quando o vira pela última vez, e de modo geral me saía bem).

— Oi — disse ele. — E me desculpe pelo atraso. Teve um cliente... bom. Vou te contar com as bebidas.

Nossa conversa foi mais civilizada do que eu esperava, embora eu não devesse me surpreender. Nenhum dos dois gostava de revelações profundas e significativas, e tínhamos o benefício de termos muito em comum. Era o tipo de conversa que se tem com um antigo colega, com perguntas autênticas e fofoca suficiente para ser divertida. Ele falou de seu cliente, que tinha uma tendência a picotar documentos, e de reuniões em águas internacionais. Perguntou, educadamente, sobre Devlin, que ele sempre considerou grosseira e não tão inteligente como a própria Devlin se julgava. Um de seus antigos professores de direito tinha morrido. JP voltou à universidade para o funeral e no jantar depois disso, quando foi indagado sobre sua carreira, alguém disse: Sabe, eu sempre achei que você mais parecia um leão de chácara do que um advogado de tribunal.

— Desculpe — disse ele. — Estou entediando você.

— Por falar em tédio — comecei. — Tenho uma pergunta jurídica. Para você.

— Uma pergunta jurídica?

— Não estou brincando.

— Sei que não. Pode me pagar?

Peguei meu copo, mas a bebida tinha acabado.

— Digamos que você fosse inventariante — falei — de um testamento.

— O testamento de sua mãe? Por exemplo.

— Por exemplo. E uma casa foi deixada para os filhos sobreviventes dessa pessoa. Mas um desses filhos... foi adotado quando era pequenininho. Anos e anos atrás. Era muito novo para se lembrar de alguma coisa. Tecnicamente, é uma criança sobrevivente. Mas nem mesmo sabe disso.

— Lex. — Ele meneou a cabeça.

— Você precisa contar a ele?

— Não sei a resposta a essa pergunta.

— Sem essa — falei. — O que você faria?

— Você quer se livrar de qualquer acusação? — disse ele. — Então, sim. Deve contar.

— Porém.

— Porém o quê?

— Porém não é o que você acha que eu devo fazer.

Ele pegou os copos e se levantou, com o corpo virado para o balcão e o rosto voltado para mim.

— Isso — disse ele — está além do escopo dos meus honorários.

Eu tinha visto JP no tribunal uma vez, embora nunca tivesse contado a ele. Ele sempre resistira a qualquer sugestão de que eu comparecesse a uma das audiências. Era um caso pequeno, pelos padrões dele, e *pro bono*: ele defendia uma jovem mãe cujo advogado de divórcio não conseguira lhe explicar seus direitos básicos. A mulher ficou sem nada, ainda assim se esperava que pagasse os honorários. Eu tinha pouco a fazer no trabalho, então peguei um ônibus da City até um tribunal deprimente em East London. Tinha comprado um bloco de pesquisa para disfarçar, mas, agora que estava lá, parecia me deixar mais visível. Só que JP nem mesmo olhou os bancos. Foi cortante e conciso, educado com o juiz e seu douto colega. Esperei cada frase dele com um pavor extasiado. Pensei que é preciso gostar muito de alguém para ter a energia de torcer para que ele não tropece em uma palavra. Achei que esse era o tipo de atenção que a maioria das pessoas reserva aos filhos.

Ele baixou drinques novos. Batemos os copos.

— Me fale de Nova York — disse ele.

Eu tinha sido seletiva em meus relatos a colegas, e até a Olivia e Christopher. Mas JP realmente queria saber de Nova York. Contei de minhas corridas no Battery Park, que tinham de acontecer cedo: todo mundo precisava trabalhar cedo pra cacete em Nova York. Eu tinha minha própria sala com vista para a Estátua da Liberdade — "Então você realmente é a maioral", disse JP — e meus lugares preferidos para o café, macarrão, livros, tacos, pastrami. O exame da ordem de Nova York foi mais fácil do que eu esperava. Passei muitos fins de semana em Long Island, onde Devlin tinha casa. Em certas noites de verão, uma suntuosa luz bronze se estendia do horizonte pelo mar e o céu e caía na mesa comprida de metal na cozinha de Devlin, onde trabalhávamos. "É a luz champanhe", dizia Devlin, e ia ao porão pegar uma garrafa. Às vezes, se a semana fosse longa e a luz champanhe fosse tênue, Devlin determinava que logo ela chegaria e ia ao porão mais cedo.

— Você tem amigos lá?

— Não muitos — respondi. — Algumas pessoas do trabalho, acho.

Pensei nos primeiros fins de semana, quando minha voz ficava presa na garganta em uma manhã de segunda-feira, depois de dois dias sem uso. Pensei nos fins de semana recentes. Tem um hotel butique, pensei, em Midtown. Conheço o cheiro dos tapetes. Sei onde ajoelhar, se quiserem nos observar no espelho. Fiz amigos ali.

— Devlin e eu bebemos juntas — falei. — E tenho uma colega de apartamento idosa chamada Edna.

— Edna?

— Ela é uma boa companhia.

— Ah, Lex. — Ele sorriu, mas durou pouco. — Estávamos chegando lá. Não estávamos? Pouco antes de...

— O hotel foi reservado. Mas acho que recuperamos nosso depósito.

Lembro de nós à mesa em nosso apartamento, com os laptops ligados, partilhando o Lonely Planet. Ele planejou uma rota precisa para nossos dias. Williamsburg, Harlem, Beacon, no Hudson. Lugares que pretendíamos ver juntos, de que acabei gostando sozinha.

— Talvez nós visitemos um dia desses — disse ele. O aguilhão do plural. Ele deu um pigarro.

— Preciso te contar — ele começou. — Uma coisa...

Ele afrouxou mais a gravata no pescoço. Baixei a cabeça, procurando os olhos dele, mas JP olhava para o balcão. As luminárias a nossa volta tinham sido apagadas à medida que cada mesa partia, e estava muito escuro.

— Tenho novidades que eu não queria te contar por telefone. Mas sei que você vai voltar a Nova York a qualquer hora e acho que pode levar... pode levar algum tempo até nos encontrarmos de novo.

Mesmo bêbada, eu tinha prática na impassividade. Firmei o olhar e esperei.

— Eleanor e eu vamos ter um filho — disse ele. — Para te falar com franqueza, não foi necessariamente planejado... acho que nós dois talvez quiséssemos nos casar primeiro... mas ela ficou emocionada com isso e temos a sorte de uma situação que podemos administrar, acho. Mas imagino que a gente não saiba, não é, até que aconteça...

Eu tinha visto vídeos de obstrucionistas no Senado — gostava da mera violência do conceito — e me perguntei se era isso que JP tentava; talvez, com as bebidas e seu medo, ele conseguisse se aguentar até de manhã.

— Então, veja só — concluiu ele. — Espero que você entenda.

— Sim — falei. — Sim. Claro que entendo.

Arrastei meu sorriso para cima.

— É uma notícia maravilhosa — falei. — Mas queria que você tivesse me contado no início. Agora pode ser tarde demais para um brinde.

Ele parecia confuso. Parecia, concluí, decepcionado.

— E então — eu disse —, quando o bebê vai nascer?

— Daqui a dois meses.

— Meu Deus. Você devia estar em casa, se preparando. Só o que vai conseguir aqui é vinho e debate.

No meio da mesa, ele procurou minhas mãos e entrelaçou os dedos nos meus. Olhei para suas palmas enrugadas, as veias saltadas e os pelos entre os nós dos dedos, e pensei nas muitas e variadas vezes em que tive essas mãos nas minhas. Em aviões e depois de jantares, em meu quarto da faculdade um dia depois de nos conhecermos, entrando em um restaurante ou em uma festa, e em táxis que às vezes dividíamos a caminho de casa. Eu segurava a mão dele quando fazia calor demais para abraçar à noite e para guiá-lo ao lugar certo — bem aqui — entre minhas pernas. Quando ficávamos ao ar livre no inverno, ele envolvendo meu punho na palma da mão para mantê-lo aquecido. O filho dele teria mãos incrivelmente pequenas, com tamanho suficiente para agarrar um dedo.

— Por que você está tão triste, JP? — perguntei. — Por que está tão triste, quando você tem tudo que sempre quis?

Terminamos nossos drinques e ele me acompanhou pelas duas ruas até o Romilly Townhouse. Não havia mais nada a dizer, e ambos pegamos os telefones e começamos a rolar pelas mensagens perdidas. Devlin tinha entrado em contato: nosso cliente foi acolhedor com os termos comerciais para fechar o acordo com a ChromoClick e a empresa seria comprada na próxima quinzena. *Vamos com tudo agora!*, disse Devlin. Ficamos bebendo por algum tempo, e eu não confiava que pudesse responder com o entusiasmo que a mensagem dela exigia.

Na entrada do hotel, JP abriu os braços.

— Foi ótimo te ver — disse ele, e ao mesmo tempo eu falei "Meus parabéns de novo".

Desse jeito, com os braços dele em volta de mim e minha boca pressionando seu maxilar e o vinho me empurrando para minhas piores ideias, falei:

— Você devia saber que ainda penso em nós quando me masturbo.

Ele me segurou pelos ombros e me manteve à distância de um braço, e eu sorri estupidamente. Ele tinha três cabeças e cada uma delas se balançava. A reprovação de Cérbero.

— Sempre vai me doer o que aconteceu com você — disse JP. — Mas não faça isso, Lex. Não faça isso.

Na segunda vez que encontrei a mãe de JP, era Natal e a semana antes de ele me deixar.

O clima natalino invadira o lar da infância de JP. A mãe tinha uma árvore de Natal de verdade, que parecia ter pertencido a uma casa maior; a gente esbarrava no pinheiro a caminho da cozinha. Era carregada de fios brilhosos e bolas cintilantes. Na cozinha, tinha um Papai Noel cantor operado por sensor que me assustava sempre que eu passava por ele. Ela comprara um gnomo de pelúcia, do tipo que os pais mudam de lugar enquanto os filhos estão dormindo.

— É um gnomo — explicou ela. — Aparece em todo lugar. No forno. Na máquina de lavar. Na televisão.

Pensei nela na hora de dormir, carregando o gnomo pelos cômodos da casa.

— Quem sabe — disse ela — onde ele estará esta noite.

— Quem sabe — repetiu JP. Ele tinha comprado o *Financial Times* em um posto de gasolina no caminho e lia laboriosamente, palavra por palavra.

— Nunca consegui que ele acreditasse no Natal — disse a mãe de JP. — E eu tentei. Ele tinha cinco anos... quatro ou cinco... quando começou a questionar a lógica, veja você. "Mas ele não pode ir a todas as casas do *mundo*." Tentei algumas histórias, mas elas não o convenceram. E um ano depois eu recebia uma lista de exigências para a meia dele.

— Você devia ter sido mais convincente — respondeu JP.

— Me fale dos seus Natais, Lex — disse a mãe de JP.

Naquela noite, em uma cama de hóspedes pequena e florida, JP prendeu meus ombros com os joelhos e me asfixiou. Por cinco segundos — dez segundos — mais. A mãe ainda cozinhava abaixo de nós, preparando a comida do dia seguinte. Mudando a merda do gnomo de lugar. No escuro, havia algo diferente no rosto de JP, algo passivo e sem prazer, e fiz sinal para ele parar.

— Mas você gosta.

— Sim. Mas não desse jeito.

— Que jeito?

— Parece que você está com raiva.

Isso foi na véspera de Natal. No dia de Natal, antes que JP acordasse, saí para uma longa corrida no frio pela cidade, esperando pelo momento em que o cansaço apagasse todo o restante. A maioria das casas estava às escuras, mas havia luzes em alguns poucos quartos. Luzinhas de Natal cercavam janelas e portas.

Abrimos nossos presentes com canecas de chá, a mãe de JP de roupão. Ela me deu um suéter natalino e um livro sobre meditação.

— Ele mudou a minha vida — revelou ela.

— Como os livros de colorir para adultos? — disse JP. — Como a zumba? Eles também discutiram durante o jantar. Puxamos crackers* e usamos os obrigatórios chapéus pontudos. Comi em silêncio, olhando para a comida e monitorando o conteúdo dos pratos de acompanhamento. A condensação engrossava nas janelas, nos lacrando ali dentro. JP falava da nossa família — a família que teríamos juntos.

— Dá para ver isso nas pessoas que moraram a vida toda em Londres — disse ele. — Pessoas que eu e Lex conhecemos. Essa... essa confiança, suponho. Crescemos cercados de cultura, esportes, comércio. Nada disso é de surpreender. Acho que é o único lugar onde queremos ter filhos.

— Bem no centro? Onde vocês moram agora?

— Bem no centro.

— Não sei por que você faz isso. É inconcebível. Só vocês dois, sem nenhuma família por perto. Com a poluição e toda aquela gente.

— Ao contrário daqui? Um fim de mundo?

— JP — falei.

— Meu conselho seria *não* ter filhos — observou a mãe de JP. — Se é esse tipo de gratidão que você recebe.

— Na verdade — falei —, isso já está decidido.

JP parou de beber. Nós nos olhamos. Ele se levantou com tal rapidez que a cadeira virou e caiu no chão.

— Com licença — disse, ainda olhando para mim. A mãe dele riu.

— Não se preocupe com ele — aconselhou ela. — Ele sempre soube como ter um ataque de mau humor.

— Obrigada de novo — falei. — O jantar estava ótimo.

Ela sorriu.

— É algo que vale a pena aprender. — Ela estava brincando com o chaveiro do cracker, pendurando-o em um dedo. Eu sabia que ela ficaria com ele.

— Preciso ver como o JP está — informei.

Abri as portas de correr para me juntar a ele no jardim. Uma pequena ilha de concreto, cercada por grama molhada. Ficamos ali juntos nas pedras do

---

* O cracker é um tubo de papelão embrulhado em papel e fita nas cores natalinas. Contém pequenos presentes, e a tradição manda que seja aberto por duas pessoas, cada uma puxando uma extremidade. Um dos presentes tipicamente encontrados no interior do cracker são chapéus de papel. (N. do E.)

calçamento, nenhum dos dois vestido para o clima. Tirei meu chapéu natalino. O céu era de um branco turvo, de neve de um dia. Em uma hora ia escurecer. Tive a sensação da noite de domingo, da viagem de volta do aeroporto depois de um feriado. A sensação de coisas que chegavam a um fim.

— Por que você disse aquilo? — perguntou ele. — De onde saiu aquilo, Lex?
— Não sei — falei. — Ela só estava... Você estava sendo cruel com ela.
— Ela fala idiotices. O que você esperava?
— Não sei.
— Você me humilhou. Não entende isso? Aqui... você devia ficar do meu lado.
— Estou sempre do seu lado.
— Mas não estava ali, não é? Sempre tem de ser a sua... objetividade. E, falando como alguém que tem de ser objetivo na maior parte do tempo, nem sempre isso é apreciado. Preciso de você no meu time.
— Você parece uma criança. Time?
— Você não entende — disse ele — como foi ser criado nesta casa. Foi horrível, Lex.
— Foi mesmo? — perguntei. — Foi realmente essa merda toda?

Ele se retraiu. São só palavras, JP, pensei, e depois, sabendo que eu podia pensar em algo parecido com isso: Bom. Acho que acabou.

— O que você quis dizer — disse ele — sobre filhos? Sobre ter sido decidido?
— Quer a verdade? — perguntei. — Tem uma coisa que você precisa saber. Sobre a nossa futura família.

É claro que esse não foi o fim. Teve a viagem de volta a Londres no 26 de dezembro, parados no trânsito com uma playlist natalina, que JP interrompeu pela metade. As mensagens trocadas no trabalho, rancorosas e tristes, enquanto estávamos sentados a nossas mesas, com expressão imóvel. Teve o fato de que ainda estávamos trepando, odiando um ao outro um pouco mais a cada ocasião. Teve a última vez, quando o ódio foi maior que o prazer. Teve a conversa em que JP disse — e estou citando:

— Você devia ter me contado que era...
— Pode falar. Fale.
— Que você era... Tudo bem. Mutilada.

Pela primeira vez em muitos anos, pensei em procurar a dra. K. Ela havia comemorado o começo disso: que se compadecesse do fim. Reconheci o alívio na expressão dela, naquela noite no jardim de seu consultório. Que eu tivesse encontrado alguém que pudesse oferecer normalidade, ambição, perdão. Ela esperava que JP me arrastasse com ele e eu tinha a mesma esperança. Mas meu passado não é algo que possa ficar para trás em uma trilha, ou em uma casa atulhada de uma cidade distante. A realidade dele vivia dentro de mim, e, se JP ia me levar com ele, precisava suportá-la também.

Em vez disso, Evie veio para ficar. Pegou um trem em Gatwick e chegou antes de o sol nascer. Encontrei-a encolhida em minha porta com um casaco fino, as mãos metidas embaixo dele, buscando o calor do corpo.

— Surpresa! — Embora ela tivesse ligado do aeroporto para saber se eu estava acordada.

— Não precisava fazer isso — falei, e era verdade: eu não estava chorando e tinha tomado banho, já estava vestida para o trabalho.

— Eu sei — disse ela.

Ela preparou jantares; assistiu a um programa de TV horrível; vestiu meus suéteres, até que tudo ficou com o cheiro dela. Depois da primeira vez, não falamos de JP.

— Preste atenção — disse ela, depois que expliquei tudo. — Ele que se foda.

No fim de semana, vestimos roupas bonitas e fomos a um bar e dançamos perigosamente em uma pista vazia, ignorando quem olhava. Caminhamos de volta para casa, atravessamos o rio em meio a uma garoa agradável, nós duas parando para vomitar no Tâmisa. Dormimos até a tarde de sábado, com braços e pernas entrelaçados. Por baixo da dor, eu me sentia melhor. A reputação de Devlin tinha atravessado o Atlântico, e eu já tinha agendado uma ligação. Cancelei os voos de JP a Nova York e fiz um upgrade de minhas passagens. Outra fuga.

No Soho, acordei de repente à noite, como se a recordação de nossa separação tivesse me assustado. Não foi tão ruim. Eu estivera dizendo a verdade. Na maior parte do tempo, aliás. E existiam coisas muito mais constrangedoras que eu podia ter falado. Diante dos resmungos dele — de toda a merda da melancolia —, fiquei muito controlada. Nunca houve a probabilidade de durar.

Procurei o interruptor e vaguei para o banheiro. Eu estava cansada demais para tomar banho quando cheguei e agora me sentia suja e nauseada. Pensei na noite em que houve desejo no rosto de JP, mas, sóbria e sozinha, concluí que deve ter sido pena. Abri a água quente do chuveiro, o mais quente que podia suportar, e entrei. Meu cabelo desmoronou no rosto e a pele ficou de um rosa suíno e quente onde a água batia. Limpei meu corpo, as dobras dele, as velhas cicatrizes, com cuidado, como se fosse de outra pessoa, depois disso segurei a pele acima do útero, tentando imaginá-lo esticado com um filho. Às vezes eu sonhava com isso, em sonhos nítidos e banais, mas não era bom quando acordava. Até a imaginação era impossível.

Foram dois os acontecimentos que marcaram o fim do meu tempo na Five Fields. O primeiro foi o desaparecimento do pai. O segundo foi a inauguração de uma loja de computadores em Hollowfield, embora na época eu não tenha percebido o significado disso. Só viria muitos anos depois, e só com a ajuda da dra. K.

O pai desapareceu no meu último dia na Five Fields. Eu tinha acabado de sair da aula de inglês, que era uma das poucas matérias que fazia com Cara. O dever de casa tinha sido entregue — nosso primeiro trabalho sobre *Ponte para Terabítia* — e ela estava de mau humor e fria. Eu recebi um A e ela foi premiada com um B+.

— Como é que — disse ela — sou eu que trago os livros para ler, e você ainda acha um jeito de me superar?

Não tive nada para dizer. Andamos em silêncio, indo para a última aula do dia. Todo mundo do nosso ano terminava as tardes de quinta-feira com matemática e havia um amontoado de estudantes no corredor dessa matéria. Cara ficou na fila abaixo de mim e eu fiquei aliviada; à noite Evie me daria os parabéns pelo A, e, na hora do intervalo na sexta, Cara estaria apaziguada pela proximidade do fim de semana.

No início, a mulher no corredor era um vislumbre de branco entre blusões azuis. Vinha na nossa direção, uma cabeça mais alta que os alunos que a cercavam. Enquanto nos aproximávamos dela, Cara parou e segurou meu braço.

Ela estava com um vestido branco até o chão, com manchas amareladas no pescoço e nas axilas e um caráter amarrotado que dava a impressão de que não trocava de roupa havia vários dias. O cabelo caía achatado nas costas, depois descia aos joelhos. Ela estava ansiosa no corredor, virando-se para um lado e outro, retraindo-se quando um aluno chegava perto demais. Onde passava, o burburinho se atenuava a um zumbido. Era o tom de sussurros e horror fingidos. Ela era esquelética, tirando a papada, e a barriga e os seios pendentes.

— Ai, meu Deus — disse Cara. — Ela está bem?

Percebi com uma humilhação lenta e quente que a mulher no corredor era a mãe.

— Não se preocupe — falei. — Eu a conheço.

Cara se virou para mim, sem acreditar.

— É a minha mãe — informei. — Deve ter acontecido alguma coisa.

Pensei em minha invisibilidade conquistada a duras penas. Minha capa começava a escorregar e em instantes estaria no chão.

— Preciso descobrir — falei. — Na hora do almoço amanhã?

Cara recuava de mim, encostando-se na parede do corredor. Dei passinhos tímidos nos calçados escolares, como se não pudesse perceber sua partida. Ela já pensava, eu sabia, em quem seria sua nova melhor amiga.

— Desculpe, Lex — disse ela. — Me desculpe de verdade.

Sozinha, me aproximei. A mãe tremia.

— É Evie? — perguntei, e a mãe fez que não com a cabeça. Eu não a via fora de casa fazia tanto tempo que tinha me esquecido de seu nervosismo. Sem o pai a seu lado, ela andava como uma ovelha encurralada, torcendo-se na fuga. Ela colocou a mão no meu pulso e eu vi suas unhas como as outras crianças veriam. Não descansando inofensivas no edredom quando dávamos boa-noite, mas crescidas e amarelas, com sombras de sujeira presas entre elas.

— Podemos ir a outro lugar? — disse ela. — O diretor é um incompetente... eu não sabia onde encontrar você.

— Claro.

Ela passou o braço por meu cotovelo e o mar de crianças se separou para nos deixar passar. Cara tiraria bom proveito disso, pensei: podia testemunhar meu segredo, meus hábitos estranhos. As declarações dela teriam uma demanda alta. Pouco antes de a porta para o pátio se fechar, ouvi a explosão atrás de nós.

Cara entrou em contato comigo uma vez, quando eu morava em Londres com JP. Tinha me encontrado no LinkedIn e torcia para ficarmos conectadas. Não falou na Five Fields e não se referiu aos acontecimentos da Moor Woods Road. Ela também era advogada, segundo disse. Eu não ouvira falar do escritório dela e não respondi a Cara, mas não por algum ressentimento. Nunca tivemos muito em comum, além de sermos um pouco mais inteligentes que nossos colegas; desde então, conheci muita gente inteligente e sabia que isso era base insuficiente para formar uma amizade. Se eu fosse mais gentil, poderia informar a ela que não guardava rancor daquele dia no corredor. As pessoas já fizeram coisas muito piores para sobreviver quando adolescentes.

A mãe e eu paramos no pátio na semiescuridão. O pântano já estava negro contra o céu. Eu podia ver lampejos de aulas pelas janelas das salas. Do outro lado da rua, meninos mais velhos corriam em campos de futebol, laranja sob os refletores.

— O que aconteceu? — perguntei.

— É o seu pai — respondeu a mãe. — Ele não voltou para casa.

Ele tinha ido de carro a um dos sermões de Jolly naquela manhã, antes do nascer do sol. Tinha dado um beijo na mãe semiadormecida e tocou em sua barriga, como que para dar sorte. Chegaria em casa na hora do almoço. Tentei não pensar nos dias que se estendiam para a mãe, agora que estávamos na escola e ela não tinha nada para tranquilizá-la. Ela passara a manhã se preparando para a volta do pai, os dedos sujos de massa e carne. Deixou a torta esfriar e dormiu no sofá, entre seus cobertores. Acordou no meio da tarde com o choque da casa vazia.

— Onde ele está? — disse ela.

Ela havia passado na Lifehouse. As janelas estavam às escuras.

— Vamos pegar os outros — falei. — Vamos levar todo mundo para casa.

A direção da escola estava decorada para o Natal. Ouropel cor-de-rosa pendia em volta da mesa da secretária e uma árvore de plástico fora montada na frente da porta da diretora. Perguntei onde eu podia encontrar Ethan e a secretária informou que ele tinha sido marcado como ausente aquela manhã e em todas as manhãs daquela semana.

— Você não é irmã dele? — perguntou ela.

— Acho que tem alguma confusão — falei. — Ele estava aqui hoje de manhã. Quer dizer... nós entramos aqui. Juntos.

— Bom, não é isso que dizem os registros.

A secretária tinha um aquecedor embaixo da mesa e colocou os pés descalços entre sua grade. Ela me encarou fixamente, como se esperasse que eu fosse embora. Pelas portas eu via a mãe, encolhida contra o vento na beira do pátio. Uma criança que não buscaram na hora de ir para casa.

— Obrigada mesmo assim — respondi.

Quando voltamos para casa, Ethan esperava por nós, impaciente e confuso.

— A senhora não devia estar na cama? — disse ele à mãe. Ele ouviu a história do desaparecimento do pai com olhos que se arregalavam sem parar, e, assim que a mãe terminou, se sentou à mesa da cozinha e confiscou o telefone. Não tinha ninguém na igreja em Blackpool. O telefone de Jolly tocou. A mãe ficou parada perto dele, tremendo, com os dedos no pescoço. Delilah chamou por ela no sofá, pedindo um abraço, e, assim que ela foi para o outro cômodo, Ethan começou a ligar para os hospitais.

Sem o pai, foi uma noite estranha e silenciosa. Dividi a torta em seis fatias idênticas e comemos na sala de estar, reunidos aos pés da mãe. Evie estava enroscada no meu colo, felina de satisfação. Rezamos à noite, de barriga cheia e cabeça baixa. Eu podia sentir os tremores de um sorriso na minha cara. Não sabia pelo que rezar. Tinha o tipo de ideia que eu sabia que me garantiria o inferno. A van do pai capotou no pântano, com um buraco no formato dele no para-brisa. O pai se enforcou nas samambaias. Comeríamos bem pelo resto da vida.

Amém.

Algum tempo depois da meia-noite, faróis oscilaram pela janela.

O pai entrou pela porta, sem fôlego e aflito, como o último sobrevivente de alguma cruzada sangrenta. Chamou pela mãe e ela foi até ele. Eles cambalearam juntos para a cozinha e ela lhe serviu chá e salgadinhos, carinhosamente, sob as fortes lâmpadas elétricas. Enquanto esperávamos que ele falasse, limpei a travessa vazia de torta e a devolvi ao armário.

— Eu estava — disse o pai — com a polícia.

Eles o apanharam com Jolly no Dustin's, no meio do café da manhã. A comida tinha chegado. Café inglês completo, com chouriço extra. Quando os policiais se aproximaram da mesa, Jolly baixou o garfo e a faca e suspirou. O pai narrou essa parte da história com o tipo de assombro sussurrado que costumava reservar ao Deus do Antigo Testamento.

— Pelo menos — disse Jolly — deixem que terminemos a merda do nosso café da manhã.

O interrogatório aconteceu na central de polícia. Acusavam Jolly de lavagem de dinheiro e fraude. A fraude era relacionada com o uso das doações religiosas a Jolly dos moradores de Blackpool e era, naturalmente, uma completa invencionice de merda. Pensei na congregação dele, nos rostos voltados para cima para pegar parte de sua luz. Eles teriam contado exatamente do que podiam dispor e colocavam as cédulas em suas mãos quentes e úmidas. A polícia perguntou ao pai como Jolly gastara o dinheiro; onde Jolly guardava seus registros; por que Jolly não dividia os ganhos, se eles eram amigos tão próximos. Depois que o pai rezou por eles, entendeu exatamente como responder. "Nada a declarar", disse ele. E não fez comentários pela tarde toda.

Eles o soltaram no fim da tarde. Quando devolveram seus pertences, o policial jogou algumas moedas de pouco valor no chão, para que o pai se abaixasse e as pegasse.

— Não gaste tudo de uma vez só — falou o policial.

O pai então nos reuniu com ele.

— Existe perseguição lá fora — disse — para as pessoas que desejam ter a vida que temos. — Pensei nos risos no corredor da escola, enquanto a mãe e eu saíamos. O pai pôs a mão no meu pescoço, ainda fria da viagem para casa, e eu a aqueci com a minha mão.

Naquela noite, pela primeira vez em muitos meses, Ethan quis conversar comigo. Ele me chamou de seu quarto enquanto eu passava para ir dormir, tão baixinho que pensei ter sido uma esperança minha. Ele chamou de novo e dessa vez bati na porta e entrei. Ele estava deitado na cama com a calça da escola e a Bíblia segurada no alto. Assim que entrei no quarto, ele a jogou em mim, rápido demais para eu pegar. Ela bateu no meu peito e doeu.

— Então — disse ele e riu. — Não roubarás.

— Ainda não sabemos de nada — falei, e ele riu de novo.

— No que você acha que ele gastou o dinheiro? Aposto que foi em alguma coisa bem sombria. O velho Jolly. Ele sempre foi um completo biruta, mas por essa eu não esperava.

— Acha que o pai tem alguma coisa a ver com isso?

— Duvido. Não vejo Jolly como um homem que dividiria seus ganhos. Mas... para colocar desse jeito... acho que isso não vai ajudar o estado de espírito do papai.

— Como assim? — perguntei, e porque não consegui resistir: — Parece que você é o grande confidente dele.

— Pelo menos tenho um lugar à mesa.

Ethan se levantou. Ele sempre foi mais alto que eu — até Delilah era mais alta que eu —, mas no último ano seu corpo tinha adquirido um novo poder. Havia músculos nos braços e no peito. Eu o ouvia se exercitar à noite, o barulho de cada movimento estranho repetido vezes sem conta, acompanhado de sua respiração. Ele começava a se refinar. Ele se afastou um passo de mim. Joguei os ombros para trás, como o pai dizia que devíamos fazer, e ajeitei o rosto para não aparentar medo.

— Acho que ele está perdendo o juízo — disse Ethan. Ele falou tão baixo que me aproximei. — Ele já pensa que o mundo conspira contra ele. Fala de criar seu próprio reino, bem aqui, nesta casa. Essa história com a polícia... só confirma o que ele sempre suspeitou.

Ethan ainda se deleitava com a transmissão do conhecimento. Parte do acordo era nossa gratidão, que ele procurava para confirmar que era mais inteligente que todos os outros. Assenti, como se a informação precisasse de tempo para ser processada, e fiz a única pergunta que parecia valer a pena.

— E o que vamos fazer?

— Você precisa cuidar de si mesma, Lex. Não vou poder fazer isso por você.

Desconfiei de que Ethan tivesse solicitado minha presença com essa conclusão em mente. Ele se resignava com nosso destino e não tinha interesse em uma aliança. Enquanto eu me virava para sair, lembrei-me da única coisa que eu sabia e ele não.

— Por que não foi à escola hoje?

— Eu fui.

— Não foi. A mãe foi buscar a gente e não consegui te encontrar. Você não vai há uma semana.

— Talvez não exista mais nada a aprender.

— Deixa de ser burro.

— Tudo bem, então. Passo meu tempo fazendo coisas que são um pouco mais úteis. Às vezes vou à biblioteca. Ninguém te incomoda ali. E às vezes...

— Sim?

— Às vezes peço dinheiro às pessoas.

— Você o quê?

Ele contorceu o rosto em um sorriso ansioso.

— Por acaso não tem uma libra sobrando? Minha mãe se esqueceu de preparar meus sanduíches. — O sorriso tremeu e se abriu em uma gargalhada.

Depois de alguns segundos, como não me juntei a ele, Ethan enxugou os olhos e voltou a se deitar na cama.

— Acho que a escola não será mais motivo de muita preocupação — disse ele. — Na paróquia da Moor Woods Road.

Não admiti isso, mas Ethan tinha razão a respeito da escola: nunca mais voltei à Academia Five Fields. Um dia depois da prisão de Jolly, ouvi o pai andando pela casa de manhã cedo. Ainda estava escuro lá fora e eu estava confortável e aquecida. Nem mesmo sentia fome. Fechei os olhos e puxei as cobertas, e, quando acordei, havia luz. O despertador não estava em seu lugar, no chão.

— Dormimos demais? — perguntou Evie, saindo do cobertor como uma tartaruga.

— Não sei.

Ainda na cama, vesti o blusão da escola por cima do pijama e me preparei para o frio. Na cozinha, os pais estavam sentados de mãos dadas, a mãe fazendo carinho nos cabelos da têmpora dele. Havia uma coleção de relógios na mesa diante dos dois, não só nossos despertadores, mas os relógios do corredor e da sala de estar, e o relógio rosa de plástico que Delilah ganhara quando completou nove anos. A mãe e o pai se mexeram quando entramos na cozinha, e o pai sorriu para a roupa que eu escolhera, como alguém sorri para uma gafe de uma criança.

— Não vai precisar disso — falou.

No lugar do relógio da cozinha, ele tinha pendurado a cruz da Lifehouse. Suspensa constrangedoramente acima do fogão.

— Por que não acorda os outros? — disse a mãe. — E podemos dar a notícia.

Quando estávamos reunidos na cozinha, o pai começou a falar. "O que aconteceu com Jolly", disse ele, "foi repugnante". Ele havia muito tempo suspeitava da atitude das autoridades para com grupos religiosos, por mais pacíficos que fossem. Ele vira a influência dessas atitudes em nosso desânimo e nosso constrangimento; em nossos pecados e — ele olhou para mim — nosso ceticismo. Ele decidira que devíamos começar um jeito de viver mais livre, mais focado, fora dos grilhões da educação pública. Ele mesmo nos ensinaria.

Só Gabriel ficou contente como a notícia.

— Então não precisamos ir para a escola? — perguntou ele. Quando o pai fez que sim com a cabeça, ele arquejou e colocou os punhos junto ao peito.

O pai tinha ideias sobre como estruturar nossos dias. O tempo era uma distração desnecessária, e ele próprio o monitoraria. Esse era um mundo sem os ditames do sinal da escola, ou a hora de ir para casa. Havia livros que estudamos que precisávamos jogar fora e que ele pegaria naquele mesmo dia. Caberia a nós descartar as ideias que adquirimos com eles.

— Existem algumas coisas que vocês terão de esquecer — disse o pai. — Mas há muito para vocês aprenderem.

Naquela manhã, meu pai escreveu duas cartas: uma ao diretor da Academia Five Fields, a outra à diretora da escola de Evie, Gabriel e Delilah. As cartas eram educadas e superficiais. O pai queria exercer seu direito de instruir os filhos em casa. Tinha analisado os currículuns ("currículos", Ethan murmurou para mim, incapaz de se reprimir) e estava confiante de que ele e a esposa eram capazes de cumpri-los. As visitas da prefeitura seriam bem-vindas.

— Sabe onde estamos na lista de afazeres deles? — perguntou o pai.

A mãe o encarou, de olhos arregalados, e fez que não com a cabeça.

— Abaixo do fim — disse o pai. — Os últimos da fila.

Ele assinou com um floreio.

Durante o almoço, pedi licença para usar o banheiro. Em nosso quarto, olhei para a pilha de livros no chão, que eu tinha retirado da biblioteca na semana anterior. Já havia lido todos; as coisas aconteceram rápido demais para que eu os devolvesse. Pensei na decepção da bibliotecária, que tinha me elogiado por nunca ser multada e que uma vez me disse que havia dias em que ela preferia muito mais os livros aos seres humanos. Eu me ajoelhei e examinei as lombadas. Havia romances de fantasia, um R. L. Stine e algo de Judy Blume. Não conseguiria esconder todos: eles teriam de ir embora. Peguei o livro sobre os mitos gregos e desembrulhei do suéter, tocando a capa e o corte dourado das páginas. Era, pensei, a coisa mais bonita que já tive na vida. Coloquei-o embaixo de meu colchão, onde o pai não pudesse encontrar e onde ainda poderíamos pegar à noite. No banheiro, encarei meu reflexo por algum tempo. "Pense", falei. Vi meus lábios se repuxarem sobre a palavra. Pela primeira vez eu me via montando uma mochila de pertences e saindo da Moor Wood Road no meio da noite. Eu podia fazer o que Ethan fazia e pedir dinheiro às pessoas. Podia chegar a Manchester, ou até a Londres. Podia encontrar a srta. Glade e pedir para morar com ela. Endireitei o corpo. Era uma ideia ridícula, além disso eu não podia abandonar Evie. Minha reação estava sendo exagerada. Levantei a pele nos lados da boca e voltei à cozinha, sorrindo.

*

A loja de computadores foi aberta a duas portas da Lifehouse, pouco antes de a igreja fechar. Chamava-se Bit by Bit. "Merda de impostores", disse o pai, quando viu a placa pela primeira vez, nos apressando atrás dele.

Sempre que passávamos — para os cultos do fim de semana, ou para uma oração à noite —, a loja estava movimentada. No caixa havia uma jovem de cabeça raspada e uma selva de tatuagens. Tinha um folheto na vitrine anunciando aulas gratuitas de computação para idosos. Tínhamos Tecnologia da Informação na escola, que envolvia principalmente os meninos tentarem romper as salvaguardas escolares para encontrar pornografia, mas eu sabia mandar um e-mail e formatar um documento. O pai ensinara mais do que isso a Ethan, mas as lições não se estenderam ao restante da família.

Mencionei de passagem a Bit by Bit com a dra. K. Estávamos falando de Hollowfield e do pouco que eu me lembrava, e ela levantou a mão e franziu a testa.

— Vamos falar dessa loja — disse ela. — E do que ela significava para seu pai.

— Ele não gostava dela — falei. — Acho que isso está muito claro.

— Por que você acha que era assim?

— A empresa dele não tinha dado certo. Ele tinha inveja, imagino.

— Não seria ela o lembrete definitivo dos fracassos dele? — disse a dra. K. — De que ele simplesmente tentava... tinha se mudado... esquecer?

— Era só uma loja.

Ela se levantou da cadeira, como fazia quando estava animada, e foi à janela. Não era a janela comprida da Harley Street. Isso foi em nossos primeiros dias, quando nos reuníamos no hospital em South London. A sala dela ficava no térreo e ela precisava manter as persianas fechadas; os médicos gostavam de fumar bem ali na frente.

— Faça um esforço, Lex. Entre na cabeça dele... ah, eu sei, é um lugar desagradável... e pense na lenga-lenga dos fracassos dele. Os cursos de informática. O emprego em serviços de TI. A Lifehouse. A queda do ídolo dele. Um fracasso em cima do outro. Homens como o seu pai são coisas estranhas e delicadas. Racham com facilidade... só uma fratura fina na porcelana. — Ela se virou para mim e sorriu. — Você só percebe que quebrou quando a merda transborda.

— Muita gente fracassa — eu disse. — Todo dia. O tempo todo.

— E o cérebro de todos é equipado de uma forma um pouquinho diferente. — Ela deu de ombros e voltou a sua cadeira. — Nunca vou pedir a você que sinta pena dele. Só que o compreenda.

Ficamos sentadas como costumava acontecer, em um impasse, cada uma de nós esperando que a outra falasse.

— Estou pedindo isso — disse ela — porque creio que pode te ajudar.

Era uma noite durante a semana, em meu primeiro ano de volta à escola. Eu ainda tinha de fazer terapia e acabar o dever de casa.

— Já terminamos? — perguntei.

Ela fez uma última tentativa.

— Você lembra quando a loja foi aberta — disse — em relação aos Dias Amarrados? — Eu já estava de pé e vestia o casaco.

— Preciso ir — falei — É sério. Papai deve estar esperando.

Ele não estava. Sentei na recepção do hospital, vendo o estranho elenco passar pelas portas de correr, escondida pela fonte de água para o caso de a dra. K sair de sua sala e me pegar mentindo. Quando eu pensava no pai, só o que conseguia ver era a coleção de fotografias publicadas pelos jornais depois da fuga. Ali estava o pai no púlpito (O Pregador da Morte); ali estava o pai no Central Pier (Antes Eles Eram uma Família Normal). Seu verdadeiro rosto — os tiques de prazer e decepção — me escapava. Ele teria gostado disso, pensei. A ideia de que não podia ser capturado.

É claro que a dra. K tinha razão. A Bit by Bit fora aberta alguns meses antes do início dos Dias Amarrados. Da última vez que passei por ela, nos tempos em que ainda andávamos, a vitrine estava quebrada. A rachadura tinha sido coberta com papelão e um bilhete animado: "Ainda aberta ao público".

Por quinze dias, meu mundo compreendia o escritório e o hotel. Táxis pretos me transportavam entre eles, acendendo as luzes quando eu me aproximava. Eu dormia tão pouco que não discernia entre o término e o início dos dias. Os números na base de minhas telas piscavam de uma data à seguinte.

Guardei os documentos do inventário no cofre do meu quarto, para aliviar o estranho medo de voltar e descobrir que tinham sumido. Pedi que Bill remarcasse nossa ida a Hollowfield e ele ficou em silêncio; por um momento, achei que se recusaria. Um artigo tinha aparecido em um tabloide com a manchete "Casa dos Horrores de Hollowfield: onde eles estão agora?" Imaginei os membros da prefeitura reunidos em torno dele, se perguntando qual de nós pagara pela publicação. Era uma matéria de página dupla, com a famosa foto do jardim no meio. Nossas formas tinham sido removidas, deixando sete silhuetas pretas e as iniciais de nosso pseudônimo. Na margem, o jornalista nos resumia. Ethan era "uma inspiração". Fontes próximas a Gabriel disseram que ele era "problemático". A Garota A era "esquiva". Bill suspirou. Ele me daria mais uma semana.

Jake assinou os documentos em nome da ChromoClick às 11h47, trinta minutos antes do prazo final do nosso cliente. Foi uma reunião suave. Devlin estava em Nova York. Os advogados da ChromoClick se dispersaram. Quando pedi à secretária da noite uma garrafa de champanhe e duas taças, ela suspirou e foi lentamente à cozinha da empresa. Quando me entregou a garrafa, fez uma carranca. "Parabéns", cumprimentou.

Jake estava de pé, à janela de nossa sala de reuniões. Quando se virou para mim, ele sorria.

— Não existem muitos momentos como este na vida — disse ele. — Existem?

Eu sabia exatamente o quanto ele havia ficado mais rico.

— Acho que você se dá bem se consegue um deles — falei. — Saúde.

— Agora vai ter sua vida de volta?

Eu ri.

— Esta é a minha vida.

— E você não fica cansada?

— Claro. Mas não me importo. Sempre tem algo em que pensar. Algum lugar aonde ir. Estive entediada no passado... Na verdade, muito entediada. E... bom. Isso não é assim tão ruim.

— Sua chefe parece uma feitora bem dura.

— Ela está no escritório há trinta e quatro anos — falei. — Acho que não tem muita escolha.

Voltamos a olhar pela janela. Alguns corpos estavam na sala ao lado. Havia certo conforto nisso; na City, alguém sempre tinha uma noite pior do que a minha.

— Eu fazia um jogo — falei — com minha irmã. O que você faria com um milhão de libras? E posso perguntar o que você tem em mente?

Ele riu.

— E com o restante também — disse ele.

— Não queria ser indelicada.

— Vou construir uma casa — respondeu. — Tenho em mente um tipo específico de casa desde que era criança. Muito diferente da casa onde fui criado. A resposta de todo mundo não é alguma variação disso?

— Bom, éramos crianças. Eu queria uma biblioteca. Ela queria um conversível.

— Ela vai mudar de ideia. — Ele ficou em silêncio por um momento. — Não tenho dúvida — disse — de que você vai comprar sua biblioteca.

Trocamos um aperto de mãos junto dos elevadores, esperando para ele descer. A adrenalina escorria de mim, e eu sentia que ficava menor e mais rasa.

— Ei — acrescentou ele. — Estava pensando... Você já fez seus resultados da ChromoClick?

Eu ri.

— Não — respondi.

— Vou te contar um segredo. — O elevador estava ali, e, com as portas que se fechavam, ele disse: — Nem eu.

Passei pelas salas desocupadas a caminho da minha mesa. Tinha um recado de Devlin esperando por mim: "Me ligue quando puder", disse ela. Também enviara um e-mail, que dizia: "Deixei um recado na secretária eletrônica".

— Meus parabéns — disse ela assim que atendeu o telefone.

— Obrigada. Essa foi das boas.

— Você foi excelente. Todo mundo está feliz. Haverá um jantar em Nova York.

— Justo o que eu queria ouvir.

— Só daqui a quinze dias. O Jake vem. Alguns dos outros sócios. Espero que esteja de volta a essa altura.

— Estou quase terminando por aqui. Só tenho uma última coisa a fazer. E minha irmã vem me ajudar no fim de semana. Vai ser mais fácil com ela aqui.

— Que bom. Tire alguns dias. Tem muita coisa programada, mas nada esta semana.

— Posso conversar sobre isso agora.

— Bom, eu não. Vá para casa, Lex.

Eu ia pedir um táxi, depois mudei de ideia. Tinha passado cada hora do dia no escritório nos últimos doze dias e a maior parte das horas noturnas também. Tirei os sapatos. Eu iria a pé.

Passei pelo saguão escuro e saí para a City. As noites tinham esfriado. O vento deslizava por calçadas vazias e por entre hiatos nos prédios grandiosos e escuros. Caminhei junto das paredes do Banco da Inglaterra, passei por suas colunas pomposas e as esculturas laboriosas acima das portas. De seu cavalo, Wellington presidia o trânsito da noite. Passei pelas velhas salas comerciais em Cheapside e pelo pátio da St. Paul, sob o domo cinza reluzente. Lembrei a promessa que representava a City quando cheguei ali, esperançosa como nunca, depois de ter alta da dra. K e estando apaixonada. Era difícil dominar a lembrança da sensação, que não era tão diferente da sensação em si. O lugar ainda tinha alguma esperança modesta. Eu torcia para concluir este ou aquele acordo. Torcia para manter Devlin feliz. Torcia para ganhar bastante dinheiro, assim nunca me preocuparia em pagar pelo café da manhã ou por uma embalagem de absorventes íntimos. Passei pela Millennium Bridge e pelas quadras enclausuradas em volta de Temple. JP talvez ainda estivesse no trabalho, recurvado na escuridão de uma câmara labiríntica; certa vez houve uma infestação de traças em seu escritório, que deixou buracos na toga e na peruca. Em Aldwych, virei para o norte, de volta à terra dos vivos. Como fazia toda noite, o porteiro do Romilly me cumprimentou e me desejou boa-noite.

Saí de Londres na quinta de manhã cedo. Ainda havia raposas farejando os sacos de lixo no Soho e o sol não tinha nascido. Fui de carro diretamente para Leicester e tomei o café da manhã no talude de um posto de gasolina, vendo o trânsito começar a engarrafar. Uma mensagem de Bill para confirmar a hora marcada no dia seguinte. Um motorista de caminhão parou a meu lado para terminar seu café e perguntou para onde eu ia. "Eu me apressaria", disse ele, "no seu lugar." Eu tinha mais sete horas antes de precisar pegar Evie no aeroporto e seguir para Hollowfield, mas pretendia fazer outra parada no caminho. "Obrigada", respondi e ele acenou. Voltei a meu mingau.

Esperei que o trânsito melhorasse e continuei a Sheffield, depois entrando no Peak District. Nós tínhamos sido espalhados tão distantes; pensando bem, não havia motivo para nosso paradeiro além da disposição das pessoas de nos pegar. Tinha sido um dos motivos para que as reuniões adiadas entre nós raras vezes acontecessem. Os termos da adoção de Noah exigiam que ele nunca poderia comparecer; Evie hesitava e preferia nossas longas conversas por telefone, ou me visitar sozinha; Ethan tinha garantido seu lugar na universidade e perdido o interesse pela nossa realidade: crianças estranhas, reunidas em uma sala projetada por um comitê. Os Coulson-Browne sempre levavam Gabriel — eu esperava que eles ficassem atentos a alguma pérola de terror para dar à imprensa —, e Delilah aparecia com relutância, mascando chiclete e distraída por uma nova engenhoca, justo em nossa conversa final. Não conseguia me lembrar de uma reunião depois dessa. A dra. K aconselhara que assim era melhor, e de todo modo não faltei a elas.

No Clube de Críquete de Cragforth, estacionei na grama e empurrei os óculos escuros pelo nariz. Assim que saí do carro, vi que um velho, todo de branco, vinha andando na minha direção. Ele segurava um bastão em uma das mãos e um balde na outra, e por um momento impossível acreditei que tinha sido apanhada; a cidade inteira esperava por minha eventual chegada e protegia Noah como julgava adequado.

— É uma doação de cinquenta pence para o estacionamento — disse o velho.

— Ah. Sim... claro.

O castão de sua bengala era entalhado no formato de uma bola de críquete. Tinha até as costuras gravadas na madeira.

— Gostei dela — falei, e ele riu. Peguei uma nota de dez libras (uma quantia constrangedora a mais do que ele havia pedido, mas era só o que eu tinha) e coloquei no balde. — Não preciso do troco.

— Devia poupar para você mesma. Tem pague uma e leve duas no bar do clube, desde que você compre antes das seis.

— Obrigada. Me parece bom.

Ele já procurava o carro seguinte, mas acenou por cima do ombro e eu retribuí.

Contornei o pavilhão e fui ao campo depois dele. A cidade era cercada de morros verdejantes e suaves e eu via caminhantes na colina mais próxima, diminutos contra o céu. Havia alguns bancos na sombra dos prédios, pouco abaixo do placar, mas os espectadores estavam reunidos na beira do campo, ao sol. Parei a alguns metros da pequena multidão e olhei para o placar. JP adorava o jogo e eu entendia o bastante dele. Quando tínhamos de trabalhar nos fins de semana, no verão, o som de *Test Match Special* enchia nosso apartamento. O embalo caloroso dele. Meu pai chamava o críquete de esporte de viados.

O time de Cragforth rebatia. Cinquenta e dois a três. Um dos rebatedores tinha acabado de entrar; jogava timidamente, perdendo a maioria das bolas.

Olhei os meninos sentada na arquibancada, sem saber o que esperava ver. Um dos homens no grupo foi até a beira para se juntar a mim. Tinha um boné do Clube de Críquete de Cragforth.

— Olá — disse ele. — Não é um mau começo.
— Não.
— Você é uma das mães?
— Não. Só estou de passagem.
— É um bom jeito de passar a tarde.
— Sim.

Eu já transpirava. Ajeitei os óculos escuros e tirei o cabelo do rosto.

— Vou pegar uma bebida — falei.
— Ah, sim. Acho que tem uma promoção de fim de verão.
— Estou dirigindo. É uma pena.

A sede do clube era fria e escura. Tinha um carpete verde-musgo e toda uma parede de fotografias do time. O homem do estacionamento estava sentado ao balcão com uma cerveja nova na mão.

— Você não precisou de muita persuasão — disse ele.

Eu ri.

— Só uma Diet Coke — falei. A garota atrás do balcão assentiu.
— É por conta da casa — anunciou o velho, e para a garota: — Ela gastou as economias no estacionamento.
— Obrigada.
— Veio de muito longe? — perguntou a garota, esperando o copo encher.
— De Londres.
— Não admira que pareça tão infeliz — disse o velho e eu sorri, já saindo com minha bebida de volta ao sol. Meu amigo de boné ainda estava sozinho, e parecia estranho não me reunir a ele. O rebatedor tímido estava fora, conversando sério com o pai.
— Não perdeu muita coisa — observou meu amigo.
— Você vem toda semana?
— Eu tento. Meu filho jogou nessa equipe, sabe? Foi uma época feliz.
— Ah.

Ele sorriu.

— É uma boa comunidade — disse ele. — As pessoas cuidam umas das outras. Não é em todo lugar que se consegue isso.

— Não. Acho que não.

Um rebatedor novo estava posicionado. Jogou uma bola tranquila para a linha. Terminei meu refrigerante e chupei o gelo. Essa dupla era mais interessante de assistir: eram imprudentes e agressivos, dando instruções inaudíveis um ao outro pela faixa central. Eu me senti quente e indolente. *Podia passar a tarde aqui*, pensei, *e pedir um gim-tônica entre um over e outro.*

— Você acompanha o esporte? — perguntou meu amigo.

— Um pouco. Tive um namorado que gostava. Mas já faz algum tempo.

— Pelo menos você ficou com alguma coisa dele.

— É verdade.

Algumas bolas depois, o rebatedor original se atrapalhou e a bola rolou para as mãos do fielder. Meu amigo estremeceu e foi o primeiro a aplaudir. O rebatedor deu de ombros. Sozinho, começou a longa caminhada de volta ao pavilhão. Uniforme creme bem passado contra a grama verde elétrico. Ao andar, ele tirou o capacete.

Empurrei os óculos para cima.

Noah Gracie.

Ele era um palmo mais alto que eu. Tinha nosso cabelo claro, embranquecido de sol. Sozinho no pitch, parecia muito novo, mas quando se aproximou da sede do clube entendi que ele não parecia mais novo que os outros garotos que esperavam para rebater. Tinha sido o fato de que — quando éramos crianças — parecíamos velhos. Ele se encontrou com as duas mulheres na linha, armadas de cadeiras dobráveis e um cooler na sombra do prédio. Eu estava longe demais para ouvir o que diziam. Uma delas lhe passou uma banana e ele correu para se juntar ao time.

Noah Kirby.

Os meninos o receberam em seu grupo. Um deles lhe passou água. Outro mexeu em seu cabelo. O homem do meu lado ainda aplaudia.

— Ele tem uma boa temporada — disse. Assenti, incapaz de falar, e me juntei aos aplausos. Eu olhava para as mulheres na linha. Uma tinha aberto uma cerveja e o jornal, mas a parceira dobrava a cadeira e gesticulava para o vilarejo. Quando ela chegou ao estacionamento, eu a seguia.

A Lifehouse teve uma existência curta e inglória. Fechou as portas mais ou menos na época em que o bebê novo nasceu, e assim a casa da Moor Woods

Road de repente parecia muito mais cheia. Havia o bebê, com seu berço espremido no canto do quarto dos pais, e seu choro repercutindo de um andar a outro. Tinha o pai, resmungando entre os cômodos, sem ninguém a quem pregar além de nós. Tinha a mãe, apaziguando os dois; quando a ouvíamos sussurrar e arrulhar, nunca sabíamos quem estava em seus braços.

A Lifehouse era povoada, em sua maioria, por meus irmãos e eu. Em suas tentativas de converter o povo de Hollowfield, reconheci que o encanto do pai tinha desbotado. Seus velhos devotos — mães indóceis e meninas entediadas torcendo por uma aventura na salvação — não olhavam mais quando ele passava. Seu corpo era esticado e inquieto, as veias mais próximas da pele. O mau humor, que no passado fora sedutor, tornara-se assustador: as mães tiravam os filhos educadamente do caminho dele. Ele tinha barriga e buracos nas roupas. Não parecia alguém que podia salvar você.

Era minha esperança que o bebê novo aplacasse o pai. Um pequeno lembrete de sua vitalidade. A verdade é que nosso novo irmão era difícil e enfermiço. Nasceu um mês antes do tempo e teve icterícia; no início, precisou ficar no hospital, sob luzes artificiais. Por duas semanas, a mãe sumira e o pai ficava amuado à mesa da cozinha, criticando nossa escrita, nossa atitude, nossa postura. Comíamos pouco, e fiquei aliviada quando a criança veio para casa. Evie deu de presente à mãe um cartão com um desenho de Jesus, parado e sereno na manjedoura, e a mãe abriu as mantas para podermos ver o rosto do bebê. Ele era bruto e atrofiado, contorcendo-se para escapar de seus braços. Evie pegou o cartão de volta.

— Talvez ele vá ficar assim quando for mais velho — disse ela.

Notei que a mãe tentava manter o bebê longe do pai. Ela o fechava em um casaco e o levava para longas caminhadas no pântano, embora ainda estivesse recurvada do parto. Durante nossas lições, eles se sentavam no jardim, embrulhados em cobertores no sol fraco de inverno, o choro do bebê reduzido pela porta da cozinha. Certa noite, pegando copos de água, eu os encontrei ali depois da meia-noite, uma criatura corcunda com duas nuvens de hálito. Era março e havia neve no chão.

O pai acreditava que havia algo de errado com a criança.

— O choro — disse ele. — Que criança chora desse jeito? — Construiu estranhas teorias sobre a quinzena no hospital. — Você ficou de olho nele? — perguntou à mãe. — O tempo todo? — E quando o choro ficava mais alto: — Tem certeza de que ele é nosso?

Primeiro se foram os livros, depois os luxos: roupas coloridas; xampu; nossos velhos presentes de aniversário. O pai lacrou as janelas com papelão, para que as autoridades não pudessem ver nada por dentro. Não é que fôssemos proibidos de sair — não no começo —, mas que não quiséssemos. Tínhamos três camisetas em revezamento, com um cheiro quente e apodrecido, e calças de moletom com buracos no gancho. Pensei em um encontro com Cara e Annie na rua principal. Dirigi cenas inteiras da minha própria humilhação: dessa vez elas iam fugir de mim, aos gritos; dessa vez iam fingir educação e trocar um olhar longo e incrédulo, pouco antes de eu me virar para ir embora. Só Gabriel acompanhava o pai ao supermercado e voltava fungando ou com hematomas. Tinha visto coisas que queria e se esquecera de que não devia pedir por elas.

A área fora da casa começou a se atenuar, depois a se toldar. Eu conseguia me lembrar da direção da Moor Woods Road — a ladeira para baixo, que começava suavemente e ficava íngreme no cruzamento —, mas não da aparência das casas, nem dos detalhes de Hollowfield. Eu sonhava em andar entre as lojas da rua principal. Elas me apareciam na ordem: a livraria; a Bit by Bit; os bazares de caridade; a cooperativa; o médico. Os postigos onde antes ficava a Lifehouse. Eu comprava sacos de papel cheios de comida, não tinha pressa, conversava com os vendedores. Sonhos comuns o bastante para serem realidade.

Era esperado que aprendêssemos juntos. Havia pouco que o pai nos ensinava que eu já não soubesse, então em vez disso eu observava meus irmãos. Delilah suspirava, perpétua e dramaticamente; às vezes desmaiava com a cara em seu diário, exausta. Gabriel segurava os livros a poucos centímetros do rosto e olhava para as palavras, frustrado, implorando-lhes que contassem seus segredos. Evie era séria e estudiosa, anotando cada palavra que o pai transmitia.

Uma ou duas vezes por semana, Ethan se oferecia para me tirar das mãos do pai por algumas horas. Fazia isso de má vontade, com uma falsa exasperação, e só quando pensava em algo que queria discutir. Ele conseguira reter mais de seus pertences do que o restante de nós, e em seu quarto se acomodava na cama, com as costas na parede, e abria *Matemática para economistas* ou *Os contos de Canterbury*.

— Vem cá — dizia ele, sem levantar a cabeça, e, quando eu me sentava a seu lado, ele começava a falar, em frases rápidas e concisas, esperando pelo meu ponto-final antes de começar a seguinte.

Eu ansiava pela noite. Depois do tédio de nossas aulas, e de nossos exercícios físicos, e dos jogos do pai na hora do jantar. Evie e eu ficamos com três livros: um atlas; um dicionário ilustrado; e os mitos embaixo do colchão. Quando a casa silenciava, Evie ia pé ante pé pelo lixo do chão de nosso quarto e subia em meu edredom. Primeiro o frio do quarto, depois o calor de seu corpo, tomando seu lugar.

— O que esta noite? — eu perguntava. Parecia importante racionar os livros, assim não ficaríamos entediadas com eles.

— Não me importo.

— Vamos lá. Escolha.

— É sério. Eu gosto de todos.

Senti seu sorriso no escuro. Pensava que podia ouvi-lo. Ela acendeu a luz da mesa de cabeceira.

A palavra preferida dela era Carro, que era acompanhada de uma fotografia de um Mustang em uma estrada litorânea. A minha preferida era Defenestração. Nosso país preferido era a Grécia, claro. Encontramos as rotas de nossos heróis no atlas, acompanhando-as com os dedos, planejando uma viagem só nossa.

No primeiro dia cálido da primavera, nos sentamos em um semicírculo no jardim, de frente para o pai. Naquele dia ele estava manso e carismático. A mãe estava dentro de casa com o bebê e a tarde era tranquila. O pai mudou a grade curricular e nós aprendemos sobre discipulado.

— Obedeçam a seus líderes e se submetam a eles — disse o pai —, porque eles vigiam a alma de vocês. — Ele fechou os olhos e virou a cara para o sol. — Não existem Judas a minha mesa. — Pareceu-me evidente que Judas era o personagem mais interessante da Bíblia. Eu gostava de sua triste tentativa de devolver a prata ganha pela traição. Como se isso adiantasse de alguma coisa. Ethan e eu tínhamos discutido os relatos díspares de sua morte, que concordamos serem provas suficientes de que não se podia considerar a Bíblia uma verdade histórica. Se você fosse uma pessoa de verdade, morreria apenas uma vez.

Depois de nossas aulas, sobrava tempo para brincar e nós rodávamos pelo jardim brincando de pega-pega, o pai nos observando da porta da cozinha. Eu era A Coisa. Disparava para Delilah e agarrava seus tornozelos, e caíamos na terra onde as verduras de minha mãe tentavam crescer. No sol poente, eu levantava a cabeça do chão e meus irmãos se espalhavam em volta de mim, recurvados, entre o riso e o arquejar, e entendi que, se alguém desse a volta pela casa e entrasse pelo portão do jardim, veria nossa linda família, nós com nossos cabelos iguais e nossas roupas estranhas e antiquadas. Não haveria nenhum motivo para se preocupar.

E então havia outras tardes.

Houve uma tarde em que Gabriel quebrou a garrafa de bebida do pai. Não havia mais nenhuma necessidade de um de nós pegar a garrafa: ela ficava no meio da mesa da cozinha, como um tempero. O pai estivera bebendo no almoço e a garrafa fora deslocada para a beira da mesa. Gabriel não gesticulou, nem roçou nela ao passar; ele plantou as palmas das mãos na mesa para se levantar e uma das mãos bateu em cima da garrafa. Houve um estranho segundo antes de podermos ver bebida ou sangue, quando parecia que a garrafa podia ter sobrevivido, e no segundo seguinte ela se espatifou na cozinha.

O pai estava em outro lugar da casa. No segundo andar, os gritos abafados do bebê. Esperamos, nenhum de nós olhando para Gabriel. O sangue brilhava, escorrendo de seu pulso. Ele ficou sozinho no meio de nosso círculo e começou a chorar.

— Meu Deus, Gabe — censurou Ethan. — Pare com isso.

Lentamente, sem pressa nenhuma, o pai veio à cozinha. Não havia necessidade de perguntar o que aconteceu. Ele passou o dedo no tampo úmido da mesa e o chupou.

— Ah, Gabriel. Sempre desajeitado.

Ele encostou a palma na face do garotinho, aninhando-a.

— O que vamos fazer com você? — disse ele, e o ninho endureceu em um tapa, no início suave, como tocamos alguém que precisamos acordar, depois mais forte. Um tabefe.

— Sabe quanto isso custa? — perguntou o pai, e sua mão mudou de novo: agora era um punho. Coloquei-me entre Evie e a mesa, para que ela não tivesse de ver.

— Não — disse o pai. — Você não sabe de nada que preste.

— Pare com isso — pediu Delilah, e o pai riu e a imitou: Pare com isso, pare com isso, pare com isso. Uma repetição para cada golpe. Delilah saiu de nosso círculo. Já havia algum tempo que eu não olhava para ela — olhava de verdade. Ela estava muito mais magra do que eu me lembrava. Tinha depressões em torno dos olhos e abaixo das maçãs do rosto. Ela segurou a mão do pai com braços cadavéricos.

— Não está entendendo? — ela gritava. — Ele não consegue enxergar!

Ela segurou o punho do pai como a um animal selvagem que queria tranquilizar. O rosto deles ficou a centímetros de distância. O tipo de proximidade em que se pode sentir o gosto da boca do outro.

— Ele não consegue enxergar — repetiu ela.

Gabriel voltou a se sentar. O sangue tinha se acumulado em seu arco do cupido. Ele parara de chorar.

— Podemos limpar tudo — ofereceu Delilah.

— Todos os meus filhos enxergam bem — disse o pai, e saiu da cozinha.

E teve a tarde em que Peggy nos visitou. O incidente foi omitido de seu livro, o que me surpreendeu mais do que deveria. Ela não teria saído bem dessa. Quando terminei o livro — *Os atos da irmã: uma tragédia observada* —, com a supervisão da dra. K, voltei pelas páginas para ter certeza, com uma euforia nauseada. Eu também não saí bem daquela tarde.

Tinha sido um dia difícil. O bebê começara a chorar antes do amanhecer. A persistência infernal disso, invadindo os cômodos da casa. Ouvi Ethan gemer, depois jogar algo na parede entre nós. Agarrei-me ao sono pelo tempo que pude, puxei a coberta para cima, bloqueando a primeira luz rala do dia. Evie estava deitada de costas, os lábios se mexiam, contando uma história para ela mesma. Mesmo quando o bebê parou, eu podia ouvir seu choro, vivo entre as paredes.

Outono de novo, e o tipo de clima que nunca se compromete com a luz do dia. O pai nos instruiu a escrever em nossos diários. Eu me sentei à mesa da cozinha, olhando para a página em branco. Pensando no que escreveria se não fosse objeto de inspeção. Assim, minhas entradas eram todas comicamente maçantes. *Hoje passamos um bom tempo refletindo sobre o fato de que Jesus nunca levantou a questão da homossexualidade. Concordo com a opinião de papai de que essa omissão não pode ser tomada como permissão para participar de comportamentos homossexuais.* Olhei para a página de Evie. Ela desenhava um jardim, completando os veios de cada folha e colorindo as sombras embaixo delas.

— O Éden? — perguntei.

— Não sei. Só um lugar em que penso.

Eu não podia desenhar: estava presa neste mundo. *Tivemos uma noite cansativa*, escrevi. *Toda a família foi acordada cedo. Adoro ter um irmão novo, mas espero que ele comece a dormir um pouco mais.*

Em dias assim, eu pensava em códigos e mensagens. Como capturar — discretamente — a extensão de nosso tédio? Como registrar cada pequeno ataque? À mesa, Gabriel recurvava as costas para posicionar os olhos a alguns centímetros do papel. E aqueles invasivos. Como traduzir o vazio da fome? A sensação de que algo se banqueteava nas paredes de meu estômago, roendo-o de dentro para fora?

Mamãe fica mais forte a cada dia, escrevi, pateticamente.

Tinha duas figuras no jardim de Evie, andando de mãos dadas, em silhueta. As cabeças inclinadas e unidas, como se estivessem perdidas em uma conversa.

— Tem certeza de que não é o Éden? — perguntei.

— Tenho. — Ela encostou a boca em minha orelha. — Somos nós.

Ela tocou os lábios com um dedo, sorrindo. Revirei os olhos, sorrindo também.

E então a batida na porta.

Minha caneta se sacudiu pelo papel.

Delilah se levantou.

— Quem é? — perguntou Evie. Embaixo da mesa, segurei sua mão.

Outra batida.

O pai entrou mansamente na cozinha.

— Temos visita — anunciou ele. Suas mãos estavam unidas, como se ele estivesse prestes a começar um sermão.

— Vamos todos fazer silêncio, muito silêncio — disse o pai. — E muita calma.

Ele colocou as mãos em meus ombros.

— Lex — chamou. — Venha comigo.

No corredor, ele se ajoelhou na minha frente. Por um bom tempo, evitei olhar nos olhos dele, e agora que olhava, via que ele estava cansado e louco. Tinha grumos de cabelo grisalho grudados na testa. Nas bordas, a boca arriava nas bochechas. Saía um cheiro dele, não só da boca, mas de debaixo da pele, como se algo tivesse se escondido ali para morrer.

— Preciso que você atenda a porta, Lex. Mas é mais do que isso. Esta é sua chance, veja bem... de provar seu compromisso com esta família.

Ele pegou meu cabelo — agora comprido como o da mãe — e virou minha cabeça para que eu o olhasse.

— É a tia Peggy — disse ele. — Você sabe como a tia Peggy gosta de se intrometer na nossa vida. Sabe que gosta de nos ver sofrer. Você só precisa dizer... Só o que você precisa fazer... é dizer que sua mãe e eu saímos. Diga que estão todos bem. Não a deixe entrar. Acha que pode fazer isso, Lex?

Olhei saudosa para a cozinha.

— Vamos lá, Lex — insistiu o pai. — É muito importante para mim. É muito importante para todos nós.

É nisso que penso quando me lembro daquela tarde. A fé do pai em minha lealdade e obediência.

Um fio de vergonha se agitando em minhas entranhas.

O pai se levantou e me deu um beijo na testa. Ele me viu passar pela sala de estar e pelo pé da escada. O calor humano nos olhos dele me empurrando pelo corredor. Eu já estava sorrindo. Abri a porta.

Peggy Granger se assustou. Estava a alguns passos da soleira, olhando para as janelas do quarto. Ela estava mais redonda, mais velha e mais loira do que eu me lembrava. Atrás dela, eu via Tony, estacionado na Moor Woods Road, olhando para nós do carro.

— Oi — falei.

Peggy examinou meu rosto e o pescoço, meu vestido, os tornozelos e os pés. À luz do dia, eu estava mais suja do que pensava e cruzei um pé sobre o outro, para esconder parte do encardido.

— É você, Alexandra?

Eu ri.

— Sim — falei. — Sim, tia Peggy. Claro que sim.

— Como você está?

— Tudo bem — eu disse. — Bem. — E então, pensando: — Como a senhora está?

— Estamos muito bem, obrigada. Escute. Sua mãe e seu pai estão em casa? Estávamos passando por aqui.

— No momento, não — falei. — Eles saíram.

— E quando vão voltar?

— Não sei.

— Que pena. Soube que tenho outro sobrinho. Adoraria conhecê-lo. Como ele está?

— Ele chora muito — eu disse e Peggy assentiu, satisfeita. Ainda suscetível a certo *schadenfreude*.

— Mas ele está bem — falei.

— Ótimo. Bom. Vamos para casa.

Ela levantou o braço para acenar, mas não me mexi. Ela olhou para os próprios sapatos, como se não conseguisse convencê-los a se retirar.

— Escute, Alexandra — disse ela. — Estou meio preocupada com você. Você não me parece muito bem, para falar com franqueza. Não me parece nada bem.

Abri a boca, depois a fechei. Códigos e mensagens. Algumas ideias vagas, que eu estava cansada demais para adotar.

— Alexandra?

Peggy se aproximou um passo da porta. Um olhar suplicante, como se quisesse falar por mim.

— Está tudo bem com você? Lex?

Uma figurinha intensa se formou a meu lado, cobrindo a visão entre a soleira e meu ombro.

— Oi, tia Peggy — cumprimentou Delilah.

— E esta deve ser Delilah! Veja só você. Parece uma modelo.

Delilah fez uma mesura e aquela coisa no rosto que fazia o pai perdoar suas transgressões.

— Meninas! — disse a tia Peggy. — Como vocês estão?

— Desculpe, tia Peggy — respondeu Delilah. — Mas estamos brincando de um jogo. E a Lex está atrasando tudo.

— Bom, assim não dá.

Peggy riu. Delilah riu. E, depois de alguns segundos, eu ri também.

Delilah meteu o braço pelo meu cotovelo.

— Peça a seus pais para me telefonarem — disse Peggy.

— Vamos pedir.

— Então, tchau, meninas.

— Tchau.

Fechei a porta e me virei para o escuro. O pai esperava ali, parado e sorridente, depois avançou com um braço erguido, pronto para usar quando nos alcançasse. Fechei os olhos. Quando os abri, sua mão estava na cabeça de Delilah, cobrindo seu couro cabeludo, com o olhar fixo em mim.

— Muito bem, Delilah — disse ele. Parecia satisfeito, como parecia no fim de um almoço bom e longo. — Muito bem.

Nenhum Judas à mesa dele.

Foi quando começaram os Dias Amarrados.

Segui a mãe de Noah pelo vilarejo. Havia chalés compridos de pedra, se esticando para ver a estrada. Os sinos badalavam na igreja, mas não tinha ninguém por perto. Havia uma cafeteria com uma fila de pedestres e cães lambendo tigelas de água na calçada. Tinha um quadro de avisos anunciando o coral e "Gatinhos à Venda". Passei por adolescentes esparramados no Cenotáfio, chupando picolés, de braços e pernas entrelaçados. Os morros eram salpicados de praticantes de mountain bike e ovelhas.

A mãe de Noah andava rapidamente, com a cadeira em um braço e o outro balançando. As pernas eram rabiscadas de veias varicosas, mas, tirando isso, eu podia estar seguindo uma criança. Atravessamos um riacho, diminuído pelo verão e movimentado de patos, e entramos em uma nova rua. Ali, as casas eram maiores e mais espaçadas. Ela parou na terceira da rua e encostou a cadeira na parede.

— Sra. Kirby? — chamei e ela se virou, com o rosto franco. Sua camiseta dizia "Bondi Salva-Vidas".

— Uma delas — a mulher respondeu. — Minha esposa não está em casa.

— Acho que vocês têm um filho chamado Noah?

— Eu acabei de deixá-los — disse ela. — Está tudo...

Ela então me olhou direito. Tinha a porta destrancada, mas não a abriu.

— Não — disse ela.

— Eu não sou...

— Por favor. — Sua boca estava cerrada em um corte reto, e, enquanto ela meneava a cabeça, a pele arruinada de sol no pescoço se esticou. — Por favor.

— Só preciso de um minuto — falei.

— Diga quem é você. E diga o que você quer.

— Meu nome é Lex. Sou irmã dele.

Dei de ombros.

— A Garota A — completei.

Ela desmoronou na porta. Achei que ela não sabia se suplicava ou me estripava. Eu me afastei um passo para o gramado. Estava de mãos erguidas, mas percebi como devia parecer idiota e as baixei.

— Desde o início — contou ela — eu esperei por este dia exato. Sempre que a campainha tocava, ou o telefone... eu pensava: acabou. E então passa algum tempo e a gente começa a pensar que pode estar tudo bem. A imprensa, a família... Eles talvez nunca procurem por você. Começamos a pensar que nos livramos disso.

Ela fechou os olhos.

— Sarah sempre falou que alguém ia aparecer — disse ela. — Mas nos últimos anos... não pensei em nada disso.

— Não estou procurando por ele — falei. — Não preciso vê-lo. São só... questões burocráticas.

— Questões burocráticas. — Ela riu.

— Só preciso de uma assinatura. Pelos bens da nossa mãe.

— Da sua mãe.

Ela abriu a porta e entrou na casa.

— Você não pode estar aqui quando eles voltarem. — No espelho do corredor, vi nós duas juntas. Meu rosto parecia fundo e atordoado. Uma espécie diferente. Ela pisou na lateral dos tênis para tirá-los e eu estendi a mão para meus sapatos. — Não.

Ela andou pela casa descalça. Tinha uma ótima sala branca, com o jardim atrás. Junto às janelas dos fundos, havia uma mesa de madeira, com dois bancos e vários pertences: chaves, envelopes, algo meio tricotado. Ela lutou com as portas do pátio e o calor caiu na sala. Um gato veio atrás dele. Eu me sentei lentamente, esperando que ela me dissesse para ficar de pé. Em vez disso, ela me deu um copo de água e se sentou de frente para mim. Seus olhos se contorciam pelo meu rosto. Procuravam pelo filho, pensei. Como se houvesse partes dele que eu já tivesse roubado.

— A senhora deve ter sabido — falei — que minha mãe morreu.

Coloquei os documentos na mesa e expliquei a ela como explicaria a uma cliente. Falei com uma precisão performativa, um tom mais alto que o habitual. Foi uma das poucas vezes em que pude ouvir minha voz. Aqui estava uma fotocópia do testamento. Aqui estavam nossas requisições. Aqui estava onde ela deveria assinar.

— Me dê um minuto — disse ela.

Ela pegou óculos de leitura entre a almofadas do sofá. No consolo da lareira havia um apanhador de sonhos e uma foto da família de meu irmão. Tentei não olhar. Enquanto ela lia, verifiquei o voo de Evie. Ela estava em pleno ar, saltando para mim sempre que eu atualizava o mapa. O gato pulou na mesa e me olhou com grande reprovação.

— Não se preocupe — falou a mãe de Noah —, ela olha assim para todo mundo.

Ela apertou o rabo de cavalo.

— Como estão todos vocês?

Pensei: *Quanto tempo você tem?*

— Estamos bem — respondi. — Apesar dos pesares.

— E eles sabem onde nos encontrar?

Ela desencavou uma caneta na fruteira e estalou a ponta.

— Não. Eles não sabem.

— Quando o trouxemos para casa — disse ela —, Sarah teve visões. Na verdade, pesadelos. Câmeras no berço. Sua mãe vindo de carro de Northwood no meio da noite. Ela comprou um sistema de alarme personalizado. Daqueles com laser, como nos filmes. Um texugo aparecia na lateral da casa e ela estava ali, com uma lanterna e a faca Stanley. Levou anos para ela dormir como antigamente.

Ela assinou, com o rosto próximo do papel.

— Eu falava que ela ia enlouquecer — disse ela. — Costumávamos rir disso durante o dia.

Ela deslizou os documentos pela mesa. Olhou por cima do meu ombro, para a rua quente e luminosa.

— Agora, eu gostaria que você fosse embora.

Concordei com a cabeça. Nós nos levantamos juntas, em sincronia, e eu estendi a mão pela mesa. Ela a apertou. Um velho hábito: um aperto de mãos para selar um acordo no fim de uma reunião.

— O centro comunitário — disse ela. — É uma boa ideia. Eu gostei.

— Obrigada. Foi minha irmã, principalmente. Ela é melhor que o restante de nós.

Ela me acompanhou voltando pela casa. Fui mais lenta dessa vez. Vi os porta-copos com estampa de abelha e a orquídea morta na estante. Vi as fotos de casamento escada acima e a luz das janelas do quarto caindo no corredor. Tinha uma fileira de bonecos da Marvel protegendo a lareira. Tinha um cesto de bonés, luvas e óculos escuros perto da porta.

— Está quente aí fora. Posso pegar um protetor solar para você. Se quiser.

— Não se preocupe. Estacionei aqui perto.

— Desculpe — disse ela. Era mais fácil pedir desculpas, pensei, com os documentos assinados e eu na escada da frente.

— Está tudo bem — falei. — Não vou voltar aqui.

— Existe alguma coisa em que eu possa ajudar? Quer dizer… existe alguma coisa que você queira saber?

Sorri. *Você não precisa me dizer*, pensei. Eu já sei. Quando eu estava na universidade, ele aprendia a andar de bicicleta. Ele não pensa em dinheiro nem em Deus. Anda tranquilamente nos corredores da escola e entra em cada sala de aula sabendo exatamente ao lado de quem vai se sentar. Tem uma estante com cinco prateleiras no quarto dele. Penso em vocês nas noites de domingo, jantando juntos, e em algumas noites — eu vejo — vocês ficam à mesa depois que a refeição acabou, conversando sobre o clube de críquete ou a semana que têm pela frente. Não vou pesquisá-lo, não mais. Eu já sei.

— Não — respondi. — Está tudo bem.

Ela ia fechar a porta, mas, ao fazer isso, sua cabeça se mexeu para preencher o espaço, depois a fresta. Eu conhecia esse tipo de amor. Feroz demais para amabilidades. Ela precisava ter certeza de que eu ia embora.

— Ainda assim — falei. — Obrigada.

Em outra longa noite, o choro do bebê vinha pelo corredor, ainda mais alto. Depois a porta se abriu e a mãe se meteu pelo quarto.

— Meninas — chamou ela. — Meninas. Preciso da ajuda de vocês.

Seus braços estavam cheios de cobertores e dentro deles o bebê, os pequenos tremores contorcidos dele. Ela se ajoelhou no Território e abriu o tecido no corpo e se colocou entre nós, afrouxando as amarras.

— Meninas — disse ela. — Vocês têm de fazê-lo parar.

Ela olhou de mim para Evie.

— Por favor.

Os bebês não eram problema, pensei. Sempre tinha um por perto. Eu gostava de sua maciez e preocupações estranhas. Eles riam de todas as minhas brincadeiras gastas. Peguei a criança e a deixei no espaço entre minhas coxas.

— Ei — falei. — Ei. — Seus olhos passaram rapidamente por mim, pelo teto e o telhado. Vendo o bebê ali, daquele jeito, havia algo estranho nele. Faltava alguma coisa. Percebi então que antes eu não havia olhado realmente para ele. Houve um tempo em que parei de pensar muito para além do nosso quarto.

Inclinei-me e encostei meu nariz no dele. Ele tinha o cheiro da casa, que tinha cheiro de roupas usadas; pratos rançosos; merda.

— Por que ele não para? — perguntou a mãe.

— Aqui — chamou Evie e fez um esconde-esconde por cima do meu ombro.

— Já tem dias — disse a mãe. — Seu pai...

Ela olhou para a porta.

— Vocês deviam ser mais inteligentes — disse ela. — Não é? Então... deem um jeito nisso.

Segurei o bebê mais perto, a cabeça aninhada em meu ombro. Chorando. Ainda.

— Não tão inteligente assim — disse a mãe.

— Li em algum lugar — falei — que, quanto mais um bebê chora, mais inteligente ele é.

Fiz cócegas na sola dos pés do meu irmão. Quando ele se contorceu, a mãe o tirou dos meus braços e o sepultou embaixo das cobertas. Ela agora nos ignorava. Era só a mãe e o bebê. Murmurou uma oração, em parte a Deus, em parte à criança, sussurrando seu nome. Implorando a ele para se salvar.

Nas duas primeiras semanas de vida, ele não teve nome. A etiqueta no pulso dizia Gracie, assim as enfermeiras saberiam que mãe procurar quando o tirassem da incubadora. Quando ele voltou do hospital, o pai declarou que já havia sobrevivido a uma quinzena na cova dos leões. Queria lhe dar um nome que desmentisse seu corpo semiformado. Sua pele fina como lenço de papel. Como se, ao lhe dar um nome, ele o reformasse, e recomeçasse. Meus pais se reuniram na cozinha e, quando saíram, declararam que o chamariam de Daniel.

6
Evie (Garota C)

No aeroporto, coloquei o carro na fila do desembarque e procurei por Evie. Ouvi meu telefone vibrando no banco do carona e tinha certeza de que era ela. O fim do verão e ondas de gente voltando para casa, empurrando malas de rodinhas e carrinhos pelas portas de correr. Ela estava sentada, isolada deles, de pernas cruzadas e encostada na parede, e com uma das mãos na mochila, mantendo-a próxima. Usava óculos escuros e um vestido branco solto, as alças presas ao corpete por botões vermelhos e grandes. Tinha amontoado o cabelo no alto da cabeça em um turbante loiro instável. Acenei como uma louca, como só se pode acenar para quem você ama, e ela levantou a cabeça e baixou os óculos escuros para ter certeza de que era eu. Esperei pelo estalo do reconhecimento. Quando aconteceu, ela se levantou de um salto e correu pelas duas pistas de trânsito.

— Você podia ter pegado um conversível — disse ela e me deu um beijo pela janela aberta.

— As opções eram limitadas. Mas então... o sol vai nascer amanhã.

— Bom, que saco.

O motorista atrás de nós se apoiou na buzina.

— Ele não vê — disse Evie — que estamos ocupadas discutindo o tempo?
— Ela acenou um pedido de desculpas e colocou a mochila no porta-malas. O carro atrás de nós buzinou de novo.
— Meu Deus — falei. Evie pousou no banco a meu lado justo quando o motorista gritou algo pela janela.
— Babaca — xingou Evie, e arrancamos.
— Próxima parada, Hollowfield? — perguntei, e ela gemeu.
— Sabe de uma coisa? A gente podia ir a qualquer lugar. Podia ir a Hong Kong, ou a Paris, ou à Califórnia...
— Todos os nossos antigos alvos no atlas.
— Não sei se confio nele — disse ela. — Era muito velho. — Ela falou do livro como se fosse um amigo em comum, de quem sentíamos falta. — Tenho certeza de que pretendíamos ir às duas partes da Alemanha.
— Você foi? — perguntei.
— Ocidental ou Oriental?

Essa era a abordagem de Evie às perguntas. Ela se esquivava, como se dançasse entre os carros no trânsito. Sua vida na Europa fora tranquila, disse ela, mas mantinha um mistério descontraído sobre seus dias. Os amigos tinham nomes de batismo e nenhum antecedente; ela ligava da cidade, do apartamento ou da praia; tivera namorados e namoradas, mas nunca ninguém sério. Sempre que eu perguntava se ia voltar à Inglaterra, ela ficava calada.

— Passei minha vida toda — disse ela — viajando para longe do nosso quarto. Agora não consigo parar.

Pensando na casa, ela se retraiu. Esse era um dos motivos para eu ter resistido a sua vinda. Hollowfield ainda tinha suas garras esqueléticas nela, mais apertadas do que no restante de nós. Às vezes ela ligava de madrugada, tarde da noite em Nova York, e narrava um terror noturno. Sempre começavam na porta de entrada da Moor Woods Road, número 11, mas dentro haveria alguma paisagem estranha de projeto do pai: a família crucificada, ou uma planície bíblica, com pragas no horizonte.

Durante o dia, porém, ela era lépida, sardenta e de pés leves, e, com um dos braços no meu pescoço e o sorriso se irradiando do banco do carona, eu sentia que nossa passagem por Hollowfield seria pelo menos suportável. Nós nos encontraríamos com Bill e representantes da prefeitura e apresentaríamos nossa proposta para obter financiamento para o centro comunitário.

— Haverá um cheque? — perguntou Evie. — Daqueles grandões?

— Se eu quisesse uma oportunidade para termos fotos, teria levado Ethan.

— Não estou interessada na foto — disse Evie. — Só quero saber como isso funciona. Eles levam ao banco?

— Por que você não fala menos e dirige mais?

Evie riu e ligou o rádio.

— Vamos nos perder nas colinas — argumentou ela —, então bem que poderíamos curtir agora.

— Aumente o volume, então.

Chegamos a Hollowfield pouco depois das sete. Houve um momento na viagem — não consegui identificar o ponto exato — em que comecei a reconhecer a paisagem. As curvas da estrada eram familiares e eu sabia o número de quilômetros até cada uma das cidades seguintes, prometidos em placas azuis e quadradas. Parte do pântano já estava roxo de urzes, espalhando-se pela terra como um hematoma novo. A luz do dia durava mais aqui do que em Londres, mas a escuridão seria densa e complicaria a direção do carro, e tínhamos pouco tempo. A lua estava no para-brisa, fina como uma unha. Descemos no vale.

Hollowfield vagabundeava na última luz viciada do verão. O sol caía atrás dos morros. A grama nos jardins e no pátio da igreja recuara, expondo sepulturas como dentes velhos. Uma garota inexpressiva cavalgava para a Moors Woods Road, apertando o ventre troncudo do animal entre as pernas. Entrei na rua principal. Era difícil distinguir entre o que tinha mudado e o que eu esquecera. A livraria ainda estava ali, flanqueada por uma casa de apostas e um bazar de caridade. A Lifehouse tinha sido um restaurante chinês; estava coberto de tábuas e com placa de vende-se. Ainda havia alguns cardápios enrugados, presos do lado de dentro das janelas.

Evie e eu reservamos um quarto duplo no pub da esquina. Estacionei ao lado de uma lixeira, na sombra do prédio, e nós nos olhamos. Uma garçonete estava sentada em um engradado de garrafas, sorrindo para o telefone. Meus dedos deixaram manchas escuras no volante. Evie segurou minha mão.

Ali dentro, moradores guardavam o balcão. Esse tinha sido um dos terrenos de recrutamento do pai, e eu olhei rapidamente para aqueles rostos, procurando por membros de nossa congregação. O piso era coberto de um carpete rosa cor de língua e havia fotografias de antigas demolições na parede. O pub, talvez, ou Hollowfield em seus primeiros dias. Todos os ocupantes eram mal-humorados e homens. A proprietária, carregada de joias e segurando o próprio copo, me encarou com estranheza quando falei em nossa reserva. Éramos estrangeiras nessa terra, como fomos muitos anos antes. Ela nos levou a nosso quarto em silêncio, deixando cada porta bater pelo caminho.

— Bom — disse quando estávamos a sós —, ela foi simpática.

— Sem essa, Lexy. Ela foi ótima. — Evie me cutucou nas costelas. — Você, com seus hotéis elegantes e suas expectativas nova-iorquinas. Quero saber tudo sobre isso, aliás. Nova York.

— Me deixa tomar um banho. Eu te conto durante o jantar.

Como amantes, conversamos enquanto tirávamos a roupa e nos vestíamos. Não havia nada em meu corpo que ela não conhecesse. Nosso quarto tinha duas camas de solteiro, uma encostada em cada parede, e, sem falar nada, nós as juntamos.

A certa altura, caí no sono e Evie me acordou alguns minutos depois. Tinha rolado pela divisão e pressionava o corpo no meu: o nariz no cabelo, o braço nas costas, o tornozelo torcendo-se em minha canela.

— Estou com frio — disse ela.

— Está um forno. Você está bem?

— Talvez tenha sido o voo.

— Vem cá — falei e me virei para ela. Quando a envolvi com os braços, sua pele estava fria. Puxei o cobertor até nossos olhos e ela riu.

— Como estará a casa? — sussurrou ela.

— Insignificante — respondi.

— Espero que sim.

— O que precisamos de verdade aqui — falei — é dos mitos gregos. Eles eram muito melhores do que o atlas.

Eu gostava de exagerar a importância do presente da srta. Glade para a sobrevivência minha e de Evie. Afinal, pagamos um preço alto por nossas histórias.

— Sabe por que acho que gostamos deles? — perguntou Evie. — Eles nos faziam sentir melhor em relação à nossa família.

— Você contou pouco sobre essa época — disse a dra. K. — Quando tinha catorze anos. Quinze.

— Não lembro muito disso.

— É compreensível. A memória é uma coisa estranha.

Isso foi um mês depois de nos conhecermos. Eu ainda estava no hospital, mas começara a caminhar. Tinha um fisioterapeuta diligente chamado Callum, que parecia um labrador. Ele comemorava cada um dos meus passos com um entusiasmo que eu tinha dificuldade para levar a sério. Em cada sessão eu procurava a zombaria em seu rosto, mas nunca encontrei.

A dra. K e eu sentamos no pátio do hospital. O matagal quadrado ainda estava congelado no meio da manhã, encurralado pelas alas hospitalares. O sol em algum lugar, invisível, acima de nós, clareava um canto do céu. Eu tinha chegado ali sozinha, cambaleando nas muletas, e agora estava cansada e calada.

— As coisas que você me contou — disse a dra. K. — A iluminação. A ausência de qualquer ponto de referência para a data ou a hora. São antigas técnicas de desorientação. Não tem problema ficar confusa, Lex. Mas você precisa tentar.

Um dos detetives adejava a nosso redor com um bloco aberto na mão.

— É o período crítico — disse ele. — Esses últimos dois anos.

— Estamos cientes disso — respondeu a dra. K — Obrigada.

Ela se levantou de nosso banco e se ajoelhou à minha frente. A bainha do vestido tocou a terra.

— Sei quanto vai ser difícil — disse ela. — E a sua memória nem sempre vai ajudar. Veja bem... ela te protege das coisas em que você não quer pensar. Pode suavizar algumas cenas, ou enterrá-las por muito, mas muito tempo. Uma espécie de escudo. O problema é que agora ela também está protegendo seus pais.

— Quero tentar — falei. Ávida por agradar. — Mas hoje talvez não.

— Tudo bem. Hoje não.

— Você trouxe algum livro?

Ela endireitou o corpo, sorrindo.

— Talvez.

— *Talvez?*

Mas ela pensava em outra coisa. As mãos estavam em luvas pretas de couro e ela as torcia e desdobrava, como se estivesse tecendo.

— É um interesse particular meu — disse ela. — A memória.

O detetive nos observava.

— Nós vamos conseguir usá-la — assegurou ela.

*

O arrepio do cabelo de outra pessoa contra sua pele. Foi a primeira coisa de que tive consciência, antes de o quarto se despregar da escuridão.

O teto na Moor Woods Road também era branco.

E nos primeiros momentos tentávamos nos espreguiçar, esquecendo que não era possível. E então começávamos as primeiras verificações do dia: uma nova dor, secreções noturnas e o sobe e desce das costelas da irmã, mais raso em alguns dias que em outros.

Levantei os braços, esperando que o presente me voltasse.

As paredes tinham um papel florido; o pai nunca teria tido um papel de parede desses.

Evie estava acordada. Estava deitada de lado, olhando para mim.

— Oi — disse ela. Agora muito mais velha.

Ela rolou pela divisão entre as camas e descansou a cabeça no meu peito. Já fazia alguns anos que não dividíamos uma cama, e houve ocasiões em que parecia que todo o meu corpo ansiava pelo conforto disso. Para dormir, entrelaçávamos braços e pernas, fingindo que cada membro pertencia à outra. Houve uma vez — depois de eu me mudar para Nova York — que tentei parar com esse exercício. Não foi possível. Era o tipo de indulgência que eu me permitia: a única pessoa a testemunhar a humilhação disso era eu.

Nossa diária incluía o café da manhã. "Típico da Lex", disse Evie. Sentamos em uma sala escura depois do balcão, uma de frente para a outra, com uma vista do estacionamento. Uma luz concreta e fraca caía no rosto de Evie. Ela meteu as pernas embaixo do corpo na cadeira e acompanhou na mesa os crescentes lunares das bebidas da noite anterior. Não estava com fome.

— Tem certeza? — perguntei, quando a comida chegou. Era de triângulos frios de torrada, montados em uma complicada estrutura prateada, e tinha uma poça de gordura em meu prato, que se mexia com a inclinação da mesa. Um sorriso apareceu rapidamente em seu rosto.

— Afirmativo. Mas obrigada.

— Tudo bem. Me diga se mudar de ideia.

Ela ainda olhava para a mesa.

— Você sempre se preocupou demais comigo.

— Alguém tinha de se preocupar.

Ela levantou a cabeça.

— Lembra do Emerson? — perguntou.

Eu tinha esquecido, mas me lembrei então. Emerson era um camundongo. Isso foi nos Dias Amarrados. Ele aparecia a intervalos ao acaso, correndo pelo Território ou por baixo da porta de nosso quarto. Nós lhe demos o nome do editor de nosso dicionário, Douglas Emerson, que eu sempre imaginava de óculos e recurvado, em um escritório repleto de livros. Sempre que eu via um camundongo desde então — faiscando pela soleira do meu escritório nas primeiras horas da manhã —, jogava um documento na direção dele. Mas não tínhamos medo do Emerson. Dia após dia, torcíamos para ele nos visitar.

— Eu ainda pego bichos abandonados — disse ela.

Um gato feroz tinha aparecido na frente do apartamento dela em um lugar temporário, em Valencia. Perto da praia. O gato era velho, ela pensou, e estava esquelético. Ela conseguia acompanhar sua caixa torácica, projetando-se dos pelos. Uma das pernas traseiras estava torcida. Ela o encurralou no pátio comunitário e o levou a um veterinário.

— Ele era bravo — disse ela. — Até o veterinário achou isso.

O bicho passou por várias horas de cirurgia para corrigir a perna e exigiu uma estada noturna no veterinário. Evie pagou mais de quinhentos euros pelo tratamento. Duas semanas depois que teve alta, o animal morreu tranquilamente, na cama de Evie.

— Meus amigos acham que sou louca.

Baixei os olhos para o prato, sem dizer nada.

— Lex?

Comecei a rir.

— Aquele gato — disse ela. — Meu Deus.

Ela pegou meu chá e tomou um gole, rindo também.

Mas, depois do café da manhã, ela ficou cansada. Passou meia hora no banheiro e saiu recurvada e pegajosa, com as mãos na barriga.

— Este lugar — disse ela, sorrindo. — Não devíamos ter vindo.

— *Você* não devia ter vindo. Mas eu já te falei isso.

— Desculpe, Lex.

— Eu vou à reunião. Você fica aqui. Descanse.

— Mas foi por isso que eu vim.

— Vai ser um tédio, de todo modo. Vou ficar bem.

Eu tinha levado meu terninho mais sério do trabalho. Paletó e calça cigarrete cor de ardósia. Da cama, Evie olhava enquanto eu me vestia, com o sorriso se alargando.

— Olha só para você — disse ela. — Pronta para dominar o mundo.

Meus documentos estavam guardados em uma capa elegante de couro que eu tinha levado do trabalho. Verifiquei-os, depois os meti debaixo do braço.

— Eu diria que seus pais ficariam orgulhosos — disse Evie. — Mas vamos ser francas...

Dei um beijo em sua testa.

— Eu estou orgulhosa — ela informou. — Isso conta?

— Sim — respondi. — Assim é melhor.

O teto da Moor Woods Road também era branco.

Abaixo dele, Evie e eu passamos nossos meses. Em certa época, eu monitorava as datas do meu diário, mas com o tempo perdi uma terça-feira, depois um fim de semana. Minha última entrada não me ajudou: meus registros eram tão banais que era impossível distinguir os dias. Será que esses eventos aconteceram dois dias atrás, ou foram três?

Juntas, afundávamos no lodo do tempo.

Nossas aulas eram desorganizadas. Começamos com Sodoma e Gomorra, com um foco no pecado da homossexualidade e sua predominância crescente no mundo moderno. ("Os homens de Sodoma estão em nossos portões", disse o pai, com uma convicção que me fez olhar pela janela da cozinha, esperando uma turba.) O pai tinha pouco a dizer sobre Ló oferecendo as filhas às multidões — "Proteger convivas angelicais", disse ele, "exige muitos sacrifícios" —, e depois chegamos à morte da esposa de Ló, metamorfoseada na volta para casa.

— Por que ela voltaria? — perguntou o pai.

Pensei em Orfeu, voltando na beira do Submundo.

— Com preocupação? — perguntei.

— Com desejo — disse o pai. Posteriormente, desejar o passado era um dos piores pecados de todos.

Parecia impossível que Cara e Annie ainda se encontrassem para almoçar embaixo do ginásio. Nos corredores da escola, atrás das portas fechadas das salas de aula, o conhecimento continuava a ser partilhado. O sinal ainda tocava. Para além da Moor Woods Road, eu imaginava conhecidos descobrindo o sexo;

dirigindo carros; fazendo provas. O amor, até. O mundo deles corria, enquanto estávamos empacados à mesa da cozinha, crianças para sempre. Era um dos poucos pensamentos que ainda me davam vontade de chorar, e eu não queria ser transformada em uma estátua de sal, então procurava não pensar muito nisso.

Os exercícios físicos foram restringidos. Havia riscos inerentes em ficar ao ar livre, e além disso precisávamos conservar energia. O fato era que houve um incidente. Em uma tarde, Delilah tinha parado de correr bem no meio do jardim e se virou para o pai, que nos olhava da porta da cozinha. Sua boca se mexeu, como se houvesse algo que ela quisesse dizer. Um balão de fala de seu hálito suspenso acima da cabeça. Seus olhos viraram para o branco e ela caiu de costas no chão com um baque. Era bem típico de Delilah desmaiar como as pessoas fingiam na ficção.

O pai a colocou na mesa da cozinha, como um banquete. Gabriel segurou a mão dela. A mãe colocou um pano de prato sujo embaixo da torneira da pia e limpou seu rosto. Em algum lugar acima de nós, Daniel chorava. Delilah tossiu e se retorceu. Seus olhos ainda estavam úmidos do frio e ela espremeu algumas lágrimas, estendendo a mão para o pai.

— Papai — disse ela. — Estou com tanta fome...

Impaciente, ele saiu do alcance de Delilah. Abriu a boca para falar — para nos mandar de volta ao jardim — e parou. A mãe olhou para ele por cima da filha, do outro lado da mesa, com uma expressão que tinha sua própria linguagem. O pai segurou a mão de Delilah. Parecia inteiramente possível que a cara da mãe tenha movido os ossos dele.

Delilah comeu bem naquela noite e na seguinte. Por cima do prato, ela me olhava, com o garfo deslizando entre os lábios. Um sorriso leve o bastante para passar despercebido. À noite, ela ficou livre para andar entre os cômodos e abriu a porta do nosso quarto quando já era tarde. A luz expôs o colchão sujo e Evie enroscada para longe dele, mais perto do meu peito. Delilah continuou na soleira, iluminada por trás, para que eu não conseguisse enxergar sua expressão.

— Que foi? — falei.

Ela ficou parada ali um minuto, depois dois.

— Delilah?

— Boa noite, Lex — disse ela e nos deixou juntas no escuro.

*

Sempre de volta ao quarto. O pai tinha adquirido uma cama para Evie, mas foram muitas as noites em que ela escapulia das amarras e atravessava o Território. A leve compressão do colchão, como de um fantasma. Em geral eu estava acordada, para acolhê-la em meus braços, mas às vezes ela chegava quando eu dormia e nossos corpos se chocavam, felizes, na noite.

Em outras noites, Evie e eu nos aventurávamos no Território e fundávamos um mundo ali. Talvez Ítaca. O interior de um Mustang, a caminho da Califórnia. Eu achava fácil suspender os acontecimentos do dia e entrar em meu papel autoproclamado. Mas, com o passar dos meses, Evie ficava mais cansada. E menos convincente. Não queria brincar de Penélope; ela não podia ser Eurídice, que tinha de ficar na cama? Não conseguia segurar um prato na altura do ombro e o deixava cair no colo; não se podia fazer isso com um volante. Tentei compensar. Minhas representações ficaram mais maníacas. Havia certo constrangimento nisso, pensei, sendo cinco anos mais velha. Ao mesmo tempo, eu sabia que não podíamos ficar no quarto. Não toda noite. Tinha de existir um mundo além dele.

Bill esperava por mim na frente da prefeitura. Tinha uma sacola de supermercado com a alça passada no pulso e metade de um sanduíche na mão. Tudo nele era mole: a barriga e os olhos, e o lugar onde o rosto encontrava o pescoço. Ele sorria, como se pensasse em algo especial e específico.

— Oi — falei, e ele piscou.

— Alexandra. Não reconheci você.

— É um prazer te ver — eu disse, e fui sincera.

Ele estendeu a mão e a apertei.

— Sei que você não precisa estar aqui — falei. — Agradeço por isso.

— Não vai querer enfrentar esse pessoal sozinha.

— Acho que posso lidar com eles.

— Ah, acho que você pode lidar com qualquer um sozinha.

A verdade era que Bill tinha feito tudo. Ele recomendou um advogado de inventário para analisar os documentos assinados por meus irmãos. Nomeou um agrimensor e leu o relatório dele. Investigou o orçamento da prefeitura e avaliou suas ofertas atuais. Almoçou com os próprios membros do conselho municipal, que eram antiquados, claro, mas foram facilmente encantados. Marcou nosso compromisso para a manhã de sexta-feira, quando todo mundo — ele tinha certeza — estaria de bom humor.

— Está pronta? — perguntou Bill.

— Tenho anotações. E os planos.

Os planos foram minha única contribuição. Christopher trabalhava como arquiteto em um ótimo estúdio envidraçado em North London e concordara em passar uma tarde em Hollowfield, compondo os primeiros desenhos por um preço com desconto.

— Posso transformar isso em um fim de semana? — perguntou ele, quando reservava o trem.

— Eu não faria isso.

Ele tinha entregado em mãos o tubo de madeira elegante no Romilly. Quando me passou, suas mãos tremiam. Ele foi à janela e esperou ali, olhando a rua abaixo, enquanto eu abria a folha de papel em cima do edredom. Havia camadas delas, de forma que o centro comunitário aparecia no início de fora, envolto em metal e madeira. Abaixo disso, as paredes externas foram removidas e o interior, exposto. Figuras andavam entre as salas e se encontravam em mesas, em corredores, na pia da cozinha. Na última folha, a construção era uma concha, revelando o jardim nos fundos. Acompanhei as linhas finas de lápis com o dedo, tentando consolidar isso com a casa de que me lembrava. Até a forma dela era incompatível com a Moor Woods Road, onde cada folha de papel tinha marcas e desenhos.

— Tem algo de singularmente constrangedor — disse Christopher — em criar para uma amiga...

— É perfeito — falei e comecei a rir. — Fica caro?

— Bom. *Pode* ser...

Dentro do escritório, a recepcionista se agitou, como alguém que desperta.

— Estão esperando por vocês.

Juntos, pegamos o corredor insípido. Parecia haver uma grandeza nos prédios de Londres, cuidados silenciosamente pelas noites, mas ali havia lâmpadas nuas e pilhas de folhetos surrados. Eventos havia muito passados e de quórum baixo. O carpete era sujo de terra e chiclete e enroscava nas paredes, como se decidisse que tinha chegado a hora de ir embora.

Os conselheiros nos receberam em sua câmara, que não passava de uma sala pequena e quente, com cortinas pesadas e uma mesa grande demais para seus habitantes. Eu tinha me preparado para reconhecê-los — para ser reconhecida —, mas eram todos velhos e desconhecidos. Pensei em Devlin, sempre a primeira a entrar na sala de reuniões, com a mão estendida, a boca à beira de um sorriso. Devlin devoraria todos eles.

— Esta é Alexandra — disse Bill.

— Olá — falei e troquei um aperto com cinco mãos. Havia uma dúzia de cadeiras a mais à mesa, mas fiquei em pé. *Que eles me vejam*, pensei. Dê a eles uma história para contar à mesa do jantar, à noite. Que eles olhem.

Eu esperava que fossem severos e desconfiados, mas, agora que estava ali, pareciam principalmente tristes.

— Talvez vocês me conheçam melhor — eu disse — como a Garota A.

Vou contar sobre o centro comunitário.

O prédio seria construído de madeira e aço e se elevaria de um lado do pântano. Haveria uma longa rampa de madeira da Moor Woods Road à porta de vidro e a área de recepção, com mesas coletivas e uma fileira de computadores. No primeiro ano, ainda vai ter o cheiro de madeira. Haverá cursos de informática, ministrados por uma consultora em TI da cidade; ela já foi dona de uma loja de computadores ali. Um corredor aberto se estenderá para os fundos da construção e de cada lado do corredor haverá uma porta, uma de frente para a outra. Atrás de uma das portas estará a biblioteca infantil, com pufes e estantes, e um estêncil de duas crianças na parede, orientando seu caminho. Atrás da outra porta vai ter um salão, com um pequeno palco e sofás para descansar da dança. Em determinadas tardes, adultos podem se reunir em roda ali, conversando quando quiserem. Quem passar pelas duas portas, vai descobrir que o corredor se expande para outra sala, talhada com claraboias. Nossa cozinha antigamente ficava ali, e vai ter uma bancada, uma pia e uma geladeira, para os eventos. A geladeira vai estar sempre cheia. Você passa pelas portas de vidro dos fundos no fim da construção e chega a uma varanda. Nas noites de verão, depois que as nuvens se gastarem, você pode se sentar nesta varanda e olhar as colinas eclipsarem o sol. Haverá pequenos eventos: a récita de um coral, ou um festival da cerveja. Haverá música.

Entendo a maldição que lançamos nesta cidade. Antigamente os moinhos giravam algodão e dinheiro. Embarcações se empurravam para um ancoradouro. Homens barulhentos vinham de cidades que vocês nem viram, para avaliar seus investimentos. Agora sua cidade é conhecida por algo individual, e não comunitário. Por algo cruel e pequeno. Sei como é a sensação. Vocês podem demolir esta casa, ou nos requisitar a venda. Mas não podem apagar o passado, nem o corrigir, nem ter a recordação equivocada de algo melhor do que foi.

Peguem-no e o usem. Ainda é possível para vocês, assim como foi para mim e meus irmãos, salvar alguma coisa boa.

— É ambicioso — falei. — Reconheço.

A conselheira do meio da fila gesticulou para eu me sentar. Entendi que os outros a observavam. Esperando que ela falasse.

— Existem coisas piores que a ambição — disse ela. — Isso é certo.

Eu me sentei de frente para ela e de minha pasta peguei os desenhos de Christopher e a requisição de planejamento em que eu tinha trabalhado com um de meus colegas, tarde da noite.

— Você tem um nome? — perguntou a conselheira. — Um nome para o lugar?

Eu não tinha e, então, depois de ela perguntar, o nome surgiu.

— Lifehouse — respondi.

Os dias em que não tínhamos permissão de sair de nossos quartos aumentavam, assim como acontecimentos — um barulho tarde da noite, ou uma refeição perdida — que eu não compreendia. As histórias perdidas da casa. Ainda apresentadas em um quarto em Oxford, no quarto de hospital no Chilterns e em apartamentos alugados pela Europa continental, durante aquelas horas multitudinárias em que ninguém mais no mundo parece estar acordado.

Por exemplo: certa manhã, a mãe saiu de casa com Daniel, o choro dele esmorecendo na Moor Woods Road. Voltaram no meio da noite seguinte, com passos na escada e o toque da porta do quarto dos pais. Por alguns dias depois disso, Daniel ficou em silêncio e a mãe não olhava o pai, nem mesmo quando ele puxava seu corpo e lhe dava um beijo no rosto.

Ou: o aniversário de Noah, que aconteceu no quarto dos pais, sem cerimônia, de modo que um dia o choro de Daniel se dividiu e ele foi rebaixado do berço para o sofá, ou a mesa da cozinha, ou o chão.

Ou: as conversas de Ethan com o pai. O pai se negou a permitir liberdade a Ethan com mais frequência dos que a nós e às vezes eu os ouvia no jardim, conversando; principalmente o pai falando e Ethan concordando com a cabeça, rindo, o mesmo riso que tinha refinado à mesa de jantar com Jolly, quando ainda íamos à escola. Arranquei alguns trechos da conversa pela janela do quarto, todos inúteis:

— ... mas você deve ter pensando nisso...

— ... nosso próprio reino...

— ... o mais velho...

Passei cada um daqueles dias desejando que Ethan entrasse no nosso quarto. Ele saberia se as coisas tinham ido longe demais, eu pensava. Ele saberia exatamente o que fazer. Houve uma tarde — uma hora em que o pai estaria descansando — em que ouvi os passos dele na escada. Ele passou pelo quarto onde estavam amarrados Delilah e Gabriel; passou pela porta dos pais; passou pelo próprio quarto. Os passos pararam. Evie estava dormindo, um amontoado de braços e pernas embaixo do lençol. "Ethan", falei. Minha voz era tímida, nem mesmo alcançou a porta. "Ethan", eu disse, mais alto, e uma das tábuas do assoalho se mexeu, respondendo. Os passos dele recuaram.

E, então, o dia das correntes.

Começou pela forma do pai na luz matinal, soltando as amarras. As depressões de músculos movendo-se por baixo da camisa. O pão de café da manhã e a série habitual de aulas. Agora era sempre o Antigo Testamento. ("Estes são tempos", disse o pai, "em que penso que Cristo era um moderado.") Em minhas lembranças desse dia, Gabriel e Delilah estavam sentados juntos à mesa da cozinha, com as cabeças se tocando. Era difícil distinguir que cabelo era de quem.

Eu pensava na possibilidade de almoço como uma porcentagem, com base nos dados dos últimos dez dias. Isso era o máximo de que conseguia me lembrar e facilitava meus cálculos. A fome era um flagelo tedioso: a ideia de comida cobria as palavras da Bíblia, até que eu não conseguia mais ler; ela se derramava para minhas brincadeiras com Evie, e assim, naquele meio-dia, na Rota I, sugeri uma parada para hambúrgueres e me perdi na ideia de carne, cebolas, pão, engolindo minha saliva, não mais capaz de falar nem imaginar. Eu sonhava com banquetes. Quando a mãe nos servia, eu dividia minha parte em pequenas e delicadas porções e as deslocava para cada canto da língua antes de engolir.

— Alexandra? — disse o pai.

— Sim?

— Volte para seu quarto. Meditação.

Hoje não, então. Ajustei meus cálculos.

Em nosso quarto, nos sentamos em minha cama, a coluna de Evie encostada em minhas costelas. Ela pegou os mitos embaixo do colchão. Eu lia e ela virava as páginas, como se estivéssemos a um piano. No meio do cerco de Troia, cheguei ao fim de um parágrafo e a página não foi virada. Tirei o livro das mãos dela, delicadamente, para que ela não acordasse, e abri na ilustração do banquete de Tiestes. O cheiro do forno subiu da cozinha. Talvez só das páginas. Eu não estava interessada na rixa de Tiestes com o irmão, nem em como ele passou a comer os próprios filhos. Só queria ver as imagens do banquete.

Folhas arrastavam-se pela janela. A noite chegava, escurecendo os cantos do quarto. Pensei que era setembro, ou talvez fosse outubro. Devíamos ser convocadas logo, para o jantar ou para rezar. Atravessei o Território e abri a porta do quarto. No escuro, o corredor estava vazio. Todas as portas, fechadas.

Voltei para minha cama.

A certa altura adormeci, mas um barulho me acordou. Um homem gritando, uma vez. Alcancei um som abafado, então não consegui entender o que dizia. Do fim do corredor, onde dormiam Gabriel e Delilah, ouvi algumas pancadas frenéticas, a casa reverberava com elas. Depois um som mais suave, o barulho de uma coisa mais maleável.

Evie se mexeu e eu cobri nossa cabeça com as cobertas.

Agora havia um barulho novo, algo humano e úmido. Uma espécie de gorgolejo. Por cima dele, o tom da voz do pai, contínuo, calmo, como se persuadisse uma criança pequena a algo que ela não queria fazer.

— O que está acontecendo? — perguntou Evie, e eu tomei um susto. Era minha esperança que ela ainda estivesse dormindo.

— Nada — respondi.

— Mas que horas são? Hora de dormir?

— Não importa. Volte a dormir.

Levantei o canto do edredom e escutei.

Naquela noite, a mãe não nos visitou e o pai não nos amarrou. Ele ainda falava, tarde da noite, no mesmo tom baixo e lento. Fiquei deitada com as mãos tapando as orelhas de Evie. O quarto ficou frio e com o tempo o gorgolejo parou.

Só falei sobre essa noite uma vez, com Ethan. Ele me visitava na universidade e nos encontramos em uma casa de chá no centro da cidade. Eu não queria que ele visse meu quarto, com enfeites dos Jameson e fotografias dos meus amigos. Ele acharia alguma coisa para ridicularizar. Era março, no auge das chuvas. Turistas se atrapalhavam com os anoraques. Eu o vi antes de ele me encontrar, andando tranquilamente pelas pedras do calçamento com um jornal na mão, entretido com algo na última página.

— É sempre deprimente assim? — disse ele quando chegou perto o bastante para ser ouvido, e fiquei feliz por termos nos abraçado, assim eu não precisava pensar em uma resposta inteligente.

Nós nos sentamos perto da janela, de frente para a rua. Naquela primeira hora, estávamos em nosso melhor. Conversamos sobre minha formatura e uma ou outra faculdade. Conversamos sobre os alunos da turma dele e como tantos deles o lembravam um de nós. Conversamos sobre minhas idas a Londres para ver a dra. K. A grandiosidade de seu consultório lá.

— Ela se deu bem às suas custas — disse Ethan, e eu dei de ombros. — Você diz às pessoas aonde vai? — perguntou ele. E riu, prevendo o próprio absurdo. — *Quem você é* — recitou, dramático e cinematográfico.

— Ainda não — falei. — Mas acho que vou fazer isso.

Ele ergueu uma sobrancelha.

— É inesperado — disse. — Partindo de você.

— Bom, eu tenho amigos aqui.

— Ah, não estou te culpando. É uma história excelente. Afinal, você é aquela que fugiu.

— Mas eu me pergunto isso.

Eu estava aconchegada e contente. Era bom ficar sentada ali daquele jeito, com ele, conversando como amigos. Como amigos, eu queria me confidenciar com ele.

— Teve uma vez — falei — no último ano. Nos últimos meses. Não lembro. Alguém tinha tentado fugir, acho. Gabriel. Talvez até Delilah. Ouvi um tumulto na escada. Alguém impediu. Depois disso, teve um barulho horrível, como de alguém sendo... não sei... como se um deles estivesse ferido.

Ele tinha pedido um segundo bolinho e deu uma dentada.

— Você se lembra? — perguntei.

Ele tinha a boca cheia. Fez que não com a cabeça.

— No dia seguinte — falei —, o pai levou umas correntes para casa.

Ele engoliu em seco.

— Disso — falou — eu me lembro.

Desviei o olhar e vi a chuva caindo, escorregando pela janela e estorvando a vista, pousando na calçada e entre as pedras do calçamento.

— Naquela noite — eu disse —, pensei ter ouvido você. Pensei que seria você que ia impedi-los.

— Não lembro de nada disso, Lex. Havia todo tipo de confusão naquela casa. Pode ter sido qualquer coisa.

— Mas é estranho, não é? — perguntei. — Que depois daqueles barulhos, literalmente no dia seguinte, o pai tenha mudado a abordagem?

— Lex — disse ele. No tempo que levei para olhar de novo, seu rosto tinha se alterado. — Agora que você está aqui.. agora que é um pouco mais velha... não está na hora de parar de inventar coisas?

As correntes tinham três milímetros de espessura, um metro e meio de extensão, acabamento zincado brilhante. Eram vendidas como adequadas para pendurar cachepôs ou acorrentar cães. No julgamento da mãe, a promotoria se referiu ao fato em várias ocasiões. Uma manchete fácil.

Passei muitos dias pensando nos aspectos práticos dessa compra. O pai, no corredor da loja de ferragens — a B&Q, talvez —, escolhendo as ferramentas certas para o trabalho. Será que ele tinha um carrinho de compras, ou um cesto? Ele bateu papo com o adolescente que trabalhava no caixa? Ele pediu uma sacola?

As algemas foram compradas separadamente, pela internet.

As correntes eram absolutas. Não havia congregações noturnas no Território, nem leituras dos mitos gregos à noite. Não havia Sopa Misteriosa. Não havia opção de se soltar, contorcendo-se, e usar o banheiro, ou o penico em nosso quarto. Na primeira vez que me molhei, chamei a mãe por duas ou três horas, enquanto a distração se transformava em dor, depois em agonia. A promessa de alívio, pouco antes. Noah tinha choramingado o dia todo. Eu não ouvia os passos do pai desde o início da manhã. "Onde eles estão?", perguntei a Evie. Meu estômago estava quente, distendido; eu não queria me mexer. Puxei os joelhos para a barriga.

— Vai ficar tudo bem, Lex. Aguente.

Eu começava a chorar; não conseguir enxergar ajuda nisso também.

— Mas não vai.

A sensação disso me voltou em um táxi em Jacarta, com Devlin, a caminho do aeroporto. Uma de nossas primeiras viagens a negócios juntas. Chovia, as ruas abarrotadas de água e trânsito. Uma fila cerrada de carros de cada lado. Estávamos estáticos havia mais de uma hora.

— Quanto tempo? — perguntou Devlin, e o motorista riu.

Devlin olhou para o relógio.

— Vamos perder o voo — disse ela.

— Não... deve haver alguma coisa...

— Lex. — Ela lançou um braço para cima, mostrando quatro paredões de veículos. — Por favor.

— Podemos ligar para a companhia aérea?

— Eles não seguram aviões — disse Devlin. — Nem mesmo para mim.

Foi a impotência daquilo: de volta ao quarto da Moor Woods Road e ao calor da urina se espalhando embaixo de mim. Pensei em nosso avião, taxiando na pista.

— Podemos pagar — falei com o motorista. Peguei a bolsa no banco e procurei a carteira. Ele riu de novo, dessa vez com mais intensidade.

— Guarde seu dinheiro — respondeu. — Não serve de nada aqui.

— Lex — disse Evie.

Em alguma hora durante a noite. Eu estive dormindo, no esquecimento, e por um momento não consegui falar. Sentia muita raiva dela.

— Lex?

— Que foi?

— O Daniel não está mais chorando.

— O quê?

— Já faz três dias.

— Como você sabe?

— Você não notou? O silêncio. É novo.

— Ele está ficando mais velho.

— Mas não é esquisito?

— Ele só está crescendo.

— Mas ele ainda é pequenininho.

— O que você está querendo dizer?

— Não sei.

— Então volte a dormir.

— Mas é estranho, não é?
— Está tudo bem, Evie.
— Promete?
— Prometo.
O silêncio durou tanto que pensei que ela havia dormido. Então, depois de uma hora — mais tempo:
— Mas por que ele não está chorando?
Fechei os olhos. Invoquei Daniel, pequeno e aquecido na cama dos pais. Ficando mais velho, começando a dormir a noite toda.
Os olhos de Evie, arregalados como de um gambá no escuro.
— Não sei — falei. — Não sei.

Depois da prefeitura, a casa. Compramos café e um lanche e andamos em silêncio até o carro. O sol escoava pelas nuvens e os morros brilhavam bronzeados onde ele os atingia. Bill tinha estacionado na frente do pub e eu levei os olhos à janela do meu quarto, na esperança de algum sinal de Evie. A janela estava fechada e não havia ninguém nela.
— Você foi maravilhosa — disse Bill. — De verdade. Não precisei dizer nada.
— Você esperava o quê?
— Eu não quis dizer isso. É só que... Você foi muito impressionante. Só isso.
— Obrigada.
Passou uma intimidação de homens, de peitos nus, que me olharam com curiosidade. Não a Garota A; só uma estranha de terninho em um dos dias mais quentes do ano. Peguei os óculos escuros na bolsa. Agora eu não pertencia a este lugar, não mais do que pertencemos na época.
— Eles não devem nos fazer esperar mais do que alguns dias — explicou Bill. — Talvez uma semana. Pronta para rodar?
Quando arrancou com o carro e não teve mais de olhar para mim, ele disse:
— Sua mãe teria muito orgulho de você.
Não respondi. As palavras dele ficaram sentadas conosco no carro, um carona azedo.
A casa tinha feito suas próprias manchetes estranhas. Quando a mãe foi presa, pediu que a casa fosse vendida. A Kyley Imobiliária, com sede em uma das outras cidades -field, apresentou o anúncio: a Moor Woods Road, 11, era

uma casa familiar em centro de terreno, com quatro quartos, vista excepcional e fácil acesso à rua principal de Hollowfield. Tinha um jardim modesto, pronto para um paisagismo. Necessitaria de alguma reforma. Por semanas, não houve referência nenhuma aos acontecimentos que se deram ali, e muito poucas procuras. A apresentação retratava carpetes sujos, tinta descascada, o pântano invadindo o jardim. Um jornalista local por fim expôs a história. "Casa dos Horrores anunciada como casa familiar." Depois disso, a Kyley Imobiliária foi inundada de gente interessada. As pessoas pediam visitas ao anoitecer, levavam câmeras, eram encontradas tentando despregar pedaços do papel de parede para levar consigo. O anúncio foi retirado e a casa começou a apodrecer.

Entramos na Moor Woods Road e Bill trocou de marcha.

— Conheceu os vizinhos?

— Não. Mas tinha cavalos. No campo. Parávamos e falávamos com eles, quando voltávamos da escola. Eles não ligavam muito para nós.

— Vocês… o quê? Davam comida a eles?

— Comida? Não.

Eu ri. Podia ver a casa chegando silenciosamente depois das janelas do carro.

— Não — falei. — Não era bem uma opção.

Bill parou na entrada e desligou o motor.

— Quer sair? — perguntou ele.

A casca da casa contra o céu branco. Cada janela estava quebrada ou ausente. Alguns trapos de cortina pendurados nos quartos do segundo andar. O telhado desabado sobre si mesmo, como o rosto de alguém depois de um derrame.

— Claro.

Fazia mais frio ali. Um vento soprava do pântano, contando do fim do verão. Fui à lateral da casa e olhei para o jardim. Tinha mato na altura da cintura e montes de lixo. A grama era embolada com embalagens antigas e tiras de tecido, inidentificáveis como roupas. Anéis queimados na terra, onde adolescentes acenderam fogueiras. Bill estava à porta de entrada falando, a voz abafada pelo vento. Havia algumas flores magras à esquerda da soleira, ainda embaladas em plástico. Eu as toquei com o sapato. Não li o cartão.

— Acho que as pessoas ainda deixam flores — disse Bill. — Isso é gentil.

— É?

— Acho que sim.

Tinha acontecido no hospital também. Meu quarto era povoado de brinquedos novos e roupas de segunda mão. De buquês brancos, como se eu estivesse morta. A dra. K designou enfermeiras para classificar as etiquetas que os acompanhavam, que podiam ser divididas em três categorias: aceitáveis, bem-intencionadas mas equivocadas e loucas.

— Acha que eles sabem no que estão se metendo? — perguntei. — A prefeitura?

— Eles têm os números.

— Sim. Acho que sim.

— É como você imaginava? — disse Bill. Ele bateu animadamente na porta uma vez, e tive o desejo de assustá-lo, de dizer: Não quer ver como é por dentro?

— Não — falei. — Imaginá-la, quero dizer.

Ele a imaginara, pensei. Passou algum tempo imaginando.

Voltei ao carro e segurei a maçaneta, esperando que ele destrancasse.

— Da próxima vez que você vier aqui — disse Bill —, a coisa toda estará destruída.

— Da próxima vez? — falei.

No carro, no fim da Moor Woods Road, apontei para um local depois do cruzamento.

— Foi ali que a mulher me encontrou — apontei. — No dia em que fugi.

— Bem ali?

— Mais ou menos. Sabe o que disse a motorista quando foi entrevistada? Ela achou que eu fosse um zumbi. Foram as exatas palavras dela. Pensou que eu já tivesse morrido.

Preparei meu sorriso. Era a cara que eu mostrava nas entrevistas, ou no balcão de check-in do aeroporto. Quando havia algo que eu quisesse.

— Posso te fazer uma pergunta? — eu disse.

Ele me olhou de lado, depois virou o rosto.

— Por que a mãe me nomeou inventariante?

— Não sei responder a isso.

— Vamos lá, Bill. Todas as coisas que você fez. Me ajudando. Marcando a reunião. Falando com o advogado de inventários. Você devia conhecê-la muito bem para se dar a todo esse trabalho.

— É o meu trabalho. Não é?

— É?

Ele suspirou e suas faces murcharam. Gostei da vantagem dele dirigindo, assim eu podia examiná-lo como quisesse.

— Tudo bem — disse Bill. — A gente se entendia. Eu queria ajudá-la. Você não tem ideia do quanto ela era vulnerável. Os vitupérios que aquela mulher enfrentou, por ter saído de tudo viva. Mas imagino que você não queira ouvir sobre isso. Sobre o tamanho das celas, ou os maus-tratos, ou as mães no refeitório...

— Sinceramente, não — falei. — Não.

— É o meu trabalho, a propósito. Sempre pensei que trabalharia com direitos humanos. Ajudar pessoas assim. Ser advogado de tribunal. Mas não tinha inteligência suficiente, acho. Fui a todas as entrevistas em Londres, logo depois da faculdade. Não... eu não era nada inteligente para isso.

Lá estava JP subindo uma escadaria grandiosa e segurando papéis. Exatamente inteligente para isso.

— Neste trabalho — disse Bill —, ainda posso fazer isso. A gente ajuda pessoas que ninguém acha dignas de serem ajudadas.

Suas mãos deixavam marcas de suor no volante.

— Mas então — continuou Bill. — Se quer minha opinião, acho que ela respeitava você mais do que os outros.

— Respeito — falei. — Sério? Por essa eu não esperava. Quer dizer, é uma tremenda surpresa.

Eu me obriguei a rir, embora não achasse graça. Mais que tudo, eu queria magoá-lo.

— Acho que ela tentou — arriscou ele. — Francamente, acho que ela tentou. Ela falou na bolsa. A bolsa de estudos a que você se candidatou quando estava na escola. Ela disse que passou semanas falando com seu pai sobre isso. Importunando-o... foi como chamou. Disse que teve de ser sutil... sempre era preciso ser sutil.

Tínhamos passado do moinho e voltávamos para a cidade.

— Ela sem dúvida era sutil — falei. — Com isso tenho de concordar.

— Sabe o que ela disse quando perguntei se eu devia entrar em contato com você? Quando ela estava morrendo, quero dizer. Perguntei se você podia fazer uma visita, se eu entrasse em contato. Ela simplesmente disse: "Ah, não. Lex é inteligente demais para isso".

Um rubor vermelho e baço avançou para as orelhas de Bill, e ele não estava mais interessado em olhar para mim. Tentei pensar em algo agradável para dizer, para preencher o restante do percurso. Pensei nele chegando em casa, tarde, para um prato aquecido no forno. Ele tirava a camisa e a calça e se acalmava — judiciosamente sozinho — em um quarto silencioso. *Aquela vadia ingrata*. Admiti que provavelmente ele não pensava coisas assim.

Ele não saiu do carro para se despedir. Desci e parei na calçada, olhando para ele pela janela aberta. Eu tinha transpirado pela blusa e o terninho e meti as mãos embaixo dos braços, com medo de que ele pudesse perceber as manchas.

— Agradeço por sua ajuda, Bill — falei. — Mas posso assumir a partir daqui.

Ele não olhou para mim. Seus olhos estavam fixos na rua monótona.

— Seu pai — disse Bill. — Já pensou no que ele fez com ela?

— Quer saber? — falei. — Sempre tem coisas demais para pensar.

Evie esperava por mim no quarto acima do pub, minúscula entre as duas camas. Estava pálida e recurvada, mas ainda sorriu quando passei pela porta.

— Conta. Me conta tudo.

— Como está se sentindo?

— Vou ficar bem. *Anda*, Lex!

Enquanto eu tomava um banho, ela ficou sentada no canto do banheiro, as protuberâncias da coluna encostadas no radiador. Narrei o dia de dentro do box, gesticulando pela água, me abaixando para ver as expressões dela.

— Você arrasou — elogiou ela. — Totalmente.

Quando falei sobre Bill:

— Como foi que a mãe conseguiu isso?

Em resposta à casa, ela ficou mais calada.

— Preciso voltar lá — disse ela. — O que você sentiu?

— Nada.

Ela sorriu.

— Essa é uma resposta *Lex*. "Nada."

— Não sei mais o que dizer. Era só uma casa comum. Agora você vai me dizer como está se sentindo?

— Não muito bem.

— Alergia a Hollowfield?

Era brincadeira minha, mas ela levou a sério.

— Não sei. Começou quando chegamos. Uma espécie de... medo, eu acho. Parece... pavor.

— Podemos ir embora agora. Ficar em algum lugar em Manchester, ou voltar para Londres. Você devia ver o hotel...

— Estou cansada demais, Lex. Amanhã.

— De manhã bem cedo.

Comprei uma garrafa de vinho no bar e acabamos com ela em uma cadeira abaixo de nossa janela, esperando pela tempestade. O vento soprava do pântano, já úmido de onde vinha. O céu da cor de areia. Enrolei Evie em um cobertor e pus os pés no peitoril. Na rua principal, as pessoas corriam embaixo das marquises e voltavam para seus carros. Era bom estar lá, ali dentro e juntas, e perto do fim do dia.

— Estou preocupada com você — eu disse.

— Só estou cansada.

— Você está mínima. Precisa comer.

— *Shh*. Me conte uma história. Como fazia antigamente.

— Era uma noite escura de tempestade.

Ela riu.

— Uma história boa.

— Uma história boa? Tudo bem. No começo da história, existem sete irmãos e irmãs. Quatro meninos; três meninas.

— Não sei sobre essa história — disse ela. Evie me olhou com uma sobrancelha erguida. — Acho que sei como termina.

— E se eles morassem à beira-mar? Em uma grande casa de madeira perto da praia.

— Melhorou.

— Os pais trabalham muito. O pai deles tem uma pequena empresa de TI. A mãe é editora do jornal da cidade.

— Ela sobreviveu aos cortes no jornalismo?

— Eles têm um site excepcional. O marido projetou.

— *Touché*.

— Às vezes as crianças se gostam, às vezes não. Elas passaram a infância toda na praia. Leem muito. Cada uma delas é boa em alguma coisa. O mais velho... ele é o mais inteligente...

— Isso não é verdade.

— ... ele é o mais inteligente. Tem ideias sobre como deve ser o mundo. Tem todas aquelas convicções...

— As meninas. Me fale delas.

— Bom, uma delas é de uma beleza indescritível. Puxou à mãe. Trabalha na televisão. Pode fazer qualquer um lhe contar qualquer coisa. Sabe o que quer e exatamente como conseguir.

— Mas e as outras duas?

— Ah, elas estão em toda parte. Uma delas quer ser artista. A outra não sabe o que quer fazer. Pode ser uma acadêmica. Pode ser uma acompanhante. Pode ser advogada, até. Elas têm muito tempo para pensar nisso.

— Elas podem ser o que quiserem.

— Exatamente. Antes de decidirem, elas saíram da casa de madeira e viajaram pelo mundo. Elas têm uma lista de desejos, dos livros que leram. Passaram muitos meses fora... anos.

— Vivendo o sonho.

— E então elas estão perto de casa. Elas chegam a uma cidade pequena e estranha. Mais parece uma aldeia.

— Ela se chama Hollowfield? — perguntou Evie. — Por acaso?

— Chama-se Hollowfield.

— Tudo bem.

— Fica a um dia de viagem da casa na praia, mas elas estão cansadas. Precisam parar. Elas alugam um quarto. Têm um mau pressentimento com o lugar, como se não devessem estar ali. Como se não fossem bem-vindas. Ou... talvez... como se já tivessem ido ali.

— E depois?

— Nada. Elas ficam sentadas à janela, inquietas. Tentando situar o que sentem. No dia seguinte, fazem as malas e seguem seu caminho.

— Elas sabem da sorte que têm?

— Não. Acho que não sabem.

— Queria poder dizer a elas.

— Não. Deixe como está.

— Estou tão cansada, Lex.

— Está tudo bem. Não precisamos mais conversar.

Quando olhei para Evie, ela parecia ter regredido; parecia ter doze ou treze anos.

O barulho da tempestade chegou primeiro, a chuva avançando pela rua principal. Fechei a janela e levei Evie para a cama e me sentei vigilante encostada na guarda, vendo o quarto escurecer.

À noite, a mãe. Ela sentou e recurvou na ponta da minha cama. Segurou a cabeça nas mãos, os dedos inchados separados e cobertos de sujeira antiga.

Antes de eu falar, escutei a respiração de Evie. O quarto frio o bastante para ser vista. O branco dos braços emaciados estendidos acima da cabeça.

— Mãe — eu disse.

— Ah, Lex.

— Mãe — falei. — Precisamos fazer alguma coisa.

Eu tinha começado a chorar. Tinha orgulho de mim por chorar pouco, assim como por todas as minhas características preferidas. Mas era mais difícil do que eles imaginavam. Não se pode sequer condescender em pensar nas lágrimas, e dessa vez eu as havia deixado para tarde demais.

— Por favor — falei.

— Temporário — disse ela. — É só uma coisa temporária.

— A Evie está desnutrida. Ela está com tosse...

— Não sei se existe alguma coisa... alguma coisa que eu...

— Existem coisas que a senhora pode fazer — falei. — Existem.

— O quê? O que eu posso fazer?

— Pode sair para fazer compras. Talvez amanhã. Talvez depois de amanhã. Pode se preparar para isso. Pode procurar alguém... qualquer pessoa. Só comece a falar. Pode contar sobre o pai. Pode simplesmente... a senhora pode explicar. Pode explicar que ele está descontrolado. Como ele começou a mudar. Pode dizer a eles que tem medo. Pode contar a eles... sobre Daniel.

Um soluço picou minha garganta. Engoli.

— Por favor.

Ela negava com a cabeça.

— Mas como eles vão entender? — disse ela.

— É só dizer que saiu de controle. Só isso.

— Sim. Eu não pretendia que acabasse desse jeito, Lex. Você entende isso. Estávamos tentando proteger vocês. Era só o que queríamos. Não tinha outro jeito...

— Sim, eu entendo. O pai tinha as ideias dele... os sonhos dele. E quando não deram certo...

— Foi muito tempo atrás, Lex. Há muito mais tempo que isso.

— A senhora pode contar tudo a eles — falei. — Mas logo. Precisa ser já.

Ela tocou meu ombro, depois meu rosto, deixou o frio da impressão da mão no espaço entre meu queixo e o maxilar.

— Talvez eu possa — disse ela. — Talvez eu possa.

É claro que ela não fez isso.

Ethan em nosso quarto, desacorrentado, com tecido cor-de-rosa nos braços.

— Vocês vão vestir isso — ordenou ele. — E se limpem.

Ele tinha a chave das algemas e eu segurei sua mão quando se inclinou para mim. Ele meneou a cabeça.

— Se tentar alguma coisa — disse ele —, ele vai matar nós dois. Hoje não, Lex.

— Então, quando?

— Não sei.

Eu me sentei na cama a estiquei o corpo. Os músculos se mexeram e se queixaram. Assim que Evie ficou livre, correu pelo Território para meu colo e travou os braços em meu pescoço, como uma preguiça em um galho.

— É por pouco tempo — disse Ethan. — Eu não ficaria empolgado demais.

Ele vestia roupas velhas e estranhas. Um terno preto trespassado com ombros empoeirados e uma gravada borboleta com prendedor. Era o tipo de roupa que se encontrava durante uma exumação.

— Uma de vocês deve entrar no banheiro — instruiu ele. — Uma de cada vez.

Depois de trancar Evie ao sairmos, ele me segurou pelo cotovelo no patamar. Supus que estivesse me escorando, mas, quando minhas pernas começaram a funcionar, senti o aperto de sua mão e entendi que não era por isso. No banheiro, ele calçou a porta com o sapato e esperou.

— Não posso deixar vocês — disse ele. — Você sabe disso.

Pisei nos ladrilhos e olhei para a banheira. Água morna, velha e cinza da sujeira de outros corpos. Dei as costas e, antes que ele pudesse virar o rosto, tirei a camiseta pela cabeça.

— Não pode? — perguntei.

Eu me sentei na banheira com os joelhos puxados até o peito e rolei uma barra enrugada de sabão por meus braços e pernas. Estava mais branca que a banheira. Quando meus dentes começaram a bater, saí e me enxuguei em uma toalha nojenta deixada na pia. Ethan me entregou o tecido rosa, ainda de costas, e eu segurei um vestido que ia do pescoço às canelas.

— O que é isso? — perguntei. — Ethan. O que é isso?

Ele se virou um pouco para mim, para poder cochichar.

— Ele está chamando de cerimônia — disse.

— Está tudo bem. Pode se virar.

— Você está ridícula.

— Bom, você parece que morreu.

Esperei na cama por Evie, tentando formular um plano. Eu podia ouvir sua tosse do banheiro. O pânico da oportunidade. Levantei o canto do papelão na janela. Depois dali só havia o azul enegrecido do anoitecer se fechando e a chuva no vidro.

A porta se abriu, revelando fúcsia.

— Gostou? — perguntei a Evie, e ela arqueou uma sobrancelha. Era algo que vínhamos praticando em nossos dias apáticos: a sobrancelha erguida.

— Não. Nem eu.

Com o vestido de festa, descemos a escada. À minha frente, o cabelo molhado batia nas omoplatas de Evie. A sala de estar emitia uma luz suave e acolhedora, mas, tirando isso, a casa estava às escuras.

Fomos as últimas a chegar. A sala tinha sido remodelada como uma igreja improvisada, com os sofás em fila e o pai no alto deles. Havia montado um púlpito estranho: um gravador cassete e a Bíblia; uma página de anotações manuscritas e um punhado de urzes. Gabriel e Delilah já estavam sentados no sofá, com Noah entre eles. Entendi, de olhar para eles, que chegávamos a nosso fim. Os detalhes dos ossos se projetavam por baixo das roupas, e os olhos deles eram arregalados e desvairados. O rosto de Gabriel parecia diferente, deformado, como se os ossos tivessem mudado. Onde está Daniel, pensei, e as palavras se instalaram como um refrão em meu crânio: Onde-está-Daniel?

— Boa noite — disse o pai — a nosso pequeno público.

Ele reuniu as anotações e fechou os olhos, e tentei adivinhar o que ele visualizava. Ele fazia um sermão na Lifehouse, com multidões acaloradas se apertando a sua volta e crianças no alto. Retardatários se derramavam na rua principal, então tiveram de desviar o trânsito.

Ele abriu os olhos.

— Somos tão incrivelmente sozinhos — disse ele. — Isto é inevitável. Se vocês não são rejeitados, não estão vivendo de acordo com Deus. Se não questionaram, nem se isolaram, nem perseguiram, não estão vivendo de acordo com Deus. Esse é o fardo que suportamos. Mas, entendam, verdadeiramente... eu mesmo nunca tive de suportar isso.

Ele apertou o play. Houve o farfalhar da fita cassete girando, depois uma música triste e bonita se adaptou à sala. Não era religiosa, mas uma antiga canção de amor, um vestígio de um mundo fora da casa, que ainda gravitava. Já fazia muito tempo que eu não ouvia música e me entreguei a seu embalo, e, quando o pai olhou para a porta, vi que chorava.

A mãe veio lentamente do corredor. Estava com seu vestido de casamento, que eu conhecia de fotografias alegres e amareladas. O vestido também estava amarelado, e agora seu corpo se espremia na parte de cima dele. Ao passar, o chiffon roçou meus pés; até então, eu não me convencera de que ela era real. Ela não olhou para nenhum de nós. Manteve os olhos no altar e se voltou para ele.

No alto da nave central, o pai envolveu as mãos dela nas dele.

— Estamos casados há vinte anos — disse o pai, com fissuras na voz. — Eu a amei desde o início. E amarei até o fim.

Ele a tomou nos braços e ela não resistiu. Ele a cobriu. O rosto dela entrava e saía da luz da luminária, dourado, depois cinza, e coisas se moviam por ele, cada uma delas por baixo da superfície, sem conseguir emergir em uma expressão.

O pai tocou aquela música sem parar.

— Todos — disse ele. — Todos de pé. Todos juntos. — Evie e eu nos levantamos e dançamos, estalando os dedos e rodopiando o tecido de nossas saias. Ela sempre precisava voltar ao sofá para descansar. Delilah rodou entre nossos pais, acariciando os trapos da mãe. Dancei o mais perto que pude da soleira, estreitando os olhos para as trancas na porta da frente. Cinco passos. Um segundo para virar o trinco. Mais dois para a corrente.

Balancei-me para mais perto do corredor. Quatro passos agora. Os olhos do pai estavam fixos na cabeça da mãe, e o cabelo dela estava preso nos lábios dele. Ele se afastava de mim em um giro lento. Eu teria meus segundos.

Saí da sala e entrei na escuridão entre a cozinha e a porta. Lá estava: o aperto no corpo, a pancada da adrenalina na barriga. Olhei as trancas.

— Lex — disse a mãe. — Ah, Lex.

Enquanto eles giravam na dança, ela passara a me ver. O corpo dos meus pais se separou e algo azedo encheu o espaço entre eles. O pai foi desligar a música. A mãe estendeu os braços, de palmas para cima, e esperou que minhas mãos as preenchessem.

— Por que não ficamos aqui — disse ela. — Desse jeito.

O pai avaliava a rota da minha dança, como se eu tivesse deixado pegadas no carpete. Seu sorriso começava a mudar.

— Na verdade — falou ele —, acho que talvez seja a hora de dormir.

Ele assentiu para Ethan, que começou a nos reunir, primeiro eu e Evie, que se segurava no sofá, respirando com dificuldade.

— Vem, Evie.

Ele nos guiou segurando por trás, pele sobrando em suas mãos. Pouco antes de passarmos pela porta, Evie estendeu um braço e se enfiou no quarto.

— Onde está Daniel? — perguntou ela.

— Está dormindo — disse o pai. A mãe assentiu, como se a música ainda tocasse. Não um consentimento, mas uma música antiga, repetidamente: Sim, sim. Ele estava dormindo.

Dormíamos cada vez mais. A luz escassa do inverno comprimindo os dias. Evie acordava sozinha à noite, tossindo, o corpo vergado nas correntes. Volte a dormir. O que mais eu podia dizer? Volte a dormir. Minha mente começara a me trair: salvadores vinham do escuro, trazendo água, cobertores, pão. A srta. Glade ou tia Peggy, sussurrando línguas estranhas e gentis que eu não entendia.

Às vezes era a mãe. Pensei em como nos amou muito quando estávamos dentro dela, silenciosos e inteiramente dela, e permiti que cuidasse de mim. Às vezes ela trazia leite, ou restos de comida. Ela nos dava comida com a mão. Em outras ocasiões, ela trazia uma toalha e uma tigela plástica com água. Ajoelhava--se ao lado da minha cama. Falava sozinha em voz baixa, como se também fosse uma criança. O tempo todo a toalha se movia pelo meu corpo, entre a clavícula e as costelas, sobre os bolsões vazios de pele em meu peito e nas nádegas, ainda distendidas, antevendo carne, e descia entre minhas pernas, onde sempre havia um caos, um constrangimento, meu corpo incapaz de parar suas tentativas de ser humano. Nesses momentos, abrandada por sua ternura, eu entendia como seria a derrota. Não pensava em fuga, nem em proteger Evie, nem na exigência de ser inteligente. O prazer disso. Eu entrava nisso como em lençóis limpos.

*

Sonhos sombrios e frágeis. Acordei fria com um suor antigo e estendi a mão pela cama, querendo que tocasse o corpo de Evie. Mais adiante; mais. A outra beirada do colchão. Sentei e mexi nas cobertas. Um espaço vazio e arrumado. Ela havia sumido.

— Evie? — chamei.

Saí da cama, atravessei o quarto e bati no único interruptor que conhecia, perto da porta. O quarto pequeno e quente, vazio e exposto. Em toda parte, o cheiro caloroso e azedo do bar. O banheiro estava às escuras, mas abri a porta mesmo assim, e a cortina do box depois disso.

— Evie?

Comecei a me vestir.

No térreo, a senhoria estava na caixa registradora. O cheiro passado das bebidas da véspera.

— Com licença — falei.

Ela levantou a cabeça, sem dizer nada.

— Minha irmã passou por aqui?

Havia algumas pilhas pequenas de troco espalhadas no balcão. Ela franziu a testa. Eu tinha interrompido seus cálculos.

— Minha irmã — falei. — Eu cheguei com ela. Ela esteve aqui no café da manhã, hoje.

— O quê?

Ela olhou para as próprias mãos. Suas palmas estavam sujas das cédulas. Era como se ela tentasse pegar alguma coisa — alguma soma final — antes de poder me dar atenção.

Ela negou com a cabeça.

— Não passou ninguém — disse ela.

Olhei para a área do café da manhã. Fui aos banheiros e abri as portas dos três cubículos. Voltei a nosso quarto. O edredom amarrotado e nenhum sinal de bilhete. Pensei nas ruas até a casa. A curva da Moor Woods Road, elevando-se para o pântano. Calcei os sapatos.

*

Fiquei parada na rua vazia. Havia a batida de água pingando dos telhados e um filete dela em algum lugar abaixo de mim, no meio-fio. Escuridão, a não ser pelos postes. Duas horas da manhã e toda a cidade adormecida. Até os bêbados tinham se retirado.

"Preciso voltar lá", ela havia dito.

O carro alugado ainda estava no estacionamento, reluzindo. Ela saíra a pé. Pensei nela, doente e confusa, fixada na casa. Eu podia chegar lá em vinte minutos. Meia hora, talvez. Ela não estava bem. Eu podia apanhá-la antes que ela chegasse à Moor Woods Road.

Parti para o meio da rua, seguindo as linhas brancas. Assustando-me com meu movimento nas janelas escuras. No fim das lojas, segui a rua, atravessando o rio. Ouvi o barulho dele antes de ver a ponte. Tinha galhos presos entre suas margens, a água rugosa por cima de pedras e alguns carrinhos de compra abandonados.

Passei pelo moinho que marcava os limites da cidade e comecei a subir.

Ainda chuviscava embaixo das árvores. Dos dois lados da rua, havia campos vazios, estendendo-se rapidamente para a escuridão. Em toda parte, o cheiro úmido e carnoso da terra, como coisas havia muito dormentes voltando à vida. Corri os olhos por cada curva da rua, procurando por ela: uma figura mínima, recurvada na noite. A essa altura, esperava alcançá-la.

A Moor Woods Road elevava-se a minha frente. Passei por baixo do último poste e parei no limite de sua luz.

Era tudo mais assustador à noite.

Pensei nos pequenos confortos banais: o telefone em meu bolso, e bebidas com Olivia e Christopher, no início da semana seguinte, quando eu contaria essa história com as últimas imagens do verão. "E então", eu diria, enquanto eles me olhavam — boquiabertos, me dando as reações certas, como fazem os bons amigos —, "fui para a casa."

Com o telefone, iluminei um anel de rua à minha frente.

Não estava longe. Quando me lembrava do dia de nossa fuga, eu tinha certeza de que correra por pelo menos dez minutos. Na verdade, foram algumas poucas centenas de metros da casa. Passei pelo campo onde viveram os cavalos e lancei a luz fraca por cima da cerca. Ela iluminou um trecho de terra rachada, depois esmoreceu no escuro. Era uma ideia absurda, pensei; os cavalos teriam morrido anos antes.

— Evie? — chamei pelo campo.

Voltei para a rua. Sempre foi muito silencioso aqui. Silencioso demais para alguém vir por acaso. O centro comunitário precisaria de muita propaganda. Precisaríamos garantir que existissem fundos para isso.

A casa esperava, muda, os cômodos se agigantando atrás da madeira havia muito apodrecida. Parei na entrada de carros, de frente para ela.

— Evie — falei, e depois, o mais alto que pude: — Evie?

A porta de entrada estava coberta por tábuas. Pisei nas flores e a empurrei, primeiro com as mãos, depois com todo o meu peso. Lascas de tinta se soltaram em minhas mãos, mas a porta aguentou.

A cozinha, então.

Andei pela grama molhada, acompanhando as paredes da casa. Tinha um cadeado passado entre a porta dos fundos e seu batente, mas estava enferrujado e quebrado, e cedeu em minhas mãos. Deixei que caísse na grama e abri a porta.

Existem coisas que o corpo não nos deixa esquecer.

No fim da tarde, o pai veio a nosso quarto. O barulho da chave na fechadura. Ele estivera ao ar livre e tinha o cheiro do frio. Seu rosto estava corado e feliz.

— Minhas meninas — disse ele e tocou a cabeça de cada uma de nós.

Naqueles dias, ele falava menos de Deus. Falava mais de coisas simples. Ele pensava em umas férias. Nunca tínhamos entrado em um avião. Isso precisava ser resolvido. Será que nos lembrávamos do fim de semana em Blackpool? Como o mar ficava de manhã? Fiz que sim com a cabeça. "Podíamos comprar mais camisetas", disse o pai. Um desenho diferente desta vez. "Íamos precisar de sete delas", disse ele, e mentalmente eu corrigi: *seis*.

— Esta família passou por muita coisa — continuou ele, e quando me virei para olhá-lo, parado ali em nossa janela com o rosto virado para a luz fraca, entendi que ele acreditava nisso.

Do outro lado do quarto, Evie meneava a cabeça, os olhos fixos em minha cama. Todo o seu corpo se contorcia de pavor.

Acompanhei seu olhar.

Lá estava: o canto do livro aparecendo por baixo do colchão.

Nosso livro dos mitos.

O pai se virou para nós. Acomodou-se em minha cama e o peso de seu corpo me fez rolar para ele. Passou os dedos em meu cabelo.

— Alexandra. Aonde devemos ir?
Fechei os olhos.
— Não sei.
— Mas você e Ethan sabem tudo de geografia. Não sabem?
— À Europa — disse Evie.
— Viu? Eve sabe aonde quer ir. Precisa pensar, Alexandra.
— Ou à América — disse Evie, os olhos molhados de medo, tentando manter os olhos dele nela, tremendo com a coragem disso. — Lá tem a Disney.
— Sim. Você gostaria disso. Não é verdade?
— Sim — falei.
Ele suspirou e se levantou.
— Minhas meninas — disse ele de novo e se curvou para me dar um beijo.
Senti seu corpo parar, os lábios suspensos em minha pele.
— O que é isto?
Ele pegou o canto do livro e o puxou. Lá estavam a capa bonita e as páginas douradas. Ele o abriu no meio e olhou vagamente para a história, como se fosse algo que não conseguisse entender. Seu rosto começava a mudar, em guinadas entre o choque e o triunfo. Acomodou-se em uma espécie de loucura, como se uma revelação lhe aparecesse, e pensei em Jolly e no púlpito. Mas Jolly só fingia ser louco. O pai era diferente.
— Todos os infortúnios desta família — disse o pai. — E agora sabemos.
Acabe logo com isso, pensei. E rápido. Como é? Você vai conseguir suportar? E sustentei, desafiadora — tem isso em você? Você. Sempre tão ansiosa por agradar.
Ele fechou o punho em meu pescoço. Entre seus braços, vi Evie lutando com as correntes, todo o corpo esticado. Não olhe, eu queria dizer. Você não poderá deixar de ver. E Evie era muito nova. Ela era tão boa. De repente era muito importante que ela não visse uma das últimas coisas importantes. Tentei dizer isso com os olhos, mas era impossível. Ela ainda lutava.
— Você quer morrer? — perguntou o pai. — Quer morrer e ir para o inferno?
Ele me jogou no colchão. Não havia necessidade de fingir mais, e comecei a rir.
— Onde estamos agora? — falei. — Vamos lá. Onde estamos agora?
Ele saiu do quarto, todo o seu corpo tremia. Nos poucos segundos antes de ele voltar, olhei para Evie.

— Lexy — disse ela.
— Você vai ficar bem — falei. — Vai ficar tudo bem com você, Evie.
— Ah, Lex.
— Está tudo bem. Mas prometa que não vai olhar.
— Vou tentar.
— Não, Evie.
— Tudo bem. Eu prometo.
— Está bem.

Quando voltou, ele trazia alguma coisa na mão. Uma espécie de bastão de madeira. *Da cruz*, pensei. Da parede da cozinha. Da Lifehouse. Ele se curvou sobre mim e soltou meus pulsos, uma última ternura nisso, e me arrastei para enfrentá-lo.

— Meu Deus — disse o pai. — Deus, eu te amava.

Ele me bateu na barriga e algo ali desmoronou, explodiu, mudou de estado. Depois tive a sensação do meu corpo sendo aberto, a vulnerabilidade estúpida dele, com seus nervos e seus buracos, e o interior mole.

E acabou. Depois disso, Evie parou de falar e eu entendi que em breve — muito em breve — precisaríamos fugir.

Frio e umidade. O chão era macio, e o que restava do linóleo se partia sob meus pés. Andei entre mato e novos brotos de grama, onde o pântano começara a reclamar a casa. Em toda parte, o som de água pingando. Pela escuridão, minha lanterna iluminou tumores de mofo crescendo do teto, estendendo-se para as últimas ruínas da cozinha, o fogão sangrento de podridão e a geladeira de lado no chão. Partículas de poeira flutuaram no ar, invisíveis até que o facho da lanterna as atravessasse.

Um rato disparou do corredor e se afastou da luz, dançando, assustado demais para gritar. Eu me perguntei se Emerson tinha sido um rato, se o chamávamos de camundongo porque a ideia de um rato era apavorante demais como companheiro de sono.

— Evie? — chamei. — Evie? Por favor?

Passei pela sala de estar e lancei a luz na escada. Estava escuro demais. O facho atingiu os primeiros degraus e sumiu na escuridão. Ajoelhei-me para examinar o primeiro degrau. A primeira camada de madeira tinha se decomposto, expondo a parte inferior mole, amarelada e começando a apodrecer.

Encostei-me na parede e deixei que suportasse meu peso, o corpo enrijecido e uma respiração para cada degrau que subia. As tábuas do assoalho rangeram nos quartos acima de mim.

O patamar agora estava à vista, porta por porta.

Parei na soleira do quarto de Gabriel e Delilah. Por trás do barulho da água havia outro ruído, o gorgolejo. A casa vazava seus segredos. O primeiro quartinho miserável, os cantos de sua escuridão suficientes para escaparem da lanterna. Abas de tinta penduradas nas paredes. O vento movia-se pela casa e a porta se mexeu, mas eu a segurei antes que pudesse bater.

Houve um barulho atrás de mim e do outro lado do patamar. Meu coração batia no crânio, nas mãos e na barriga, e segurei a porta e atravessei o corredor.

— Evie?

A porta do nosso quarto estava fechada.

Cruzei o patamar, sem pensar em nada, certa de que alguma memória podia conjurar da noite a coisa em si.

Estendi a mão, branca e brilhante na lanterna, e abri a porta do quarto.

Percebi então que havia algo no quarto. As camas tinham sido retiradas como provas, muitos anos antes, deixando relíquias brancas na parede. O Território era um deserto. O carpete e as paredes tinham erodido, expondo a carne da casa, o reboco branco e as tábuas do assoalho ossudas por baixo. A forma terrível estava encolhida no canto, onde estivera a cama de Evie. Algo pequeno e imóvel. Quando o facho da lanterna a alcançou, ela se contorceu. Não estava mais com medo. Aqui estava ela, esperando por mim.

— Evie — falei.

— Ah, Lex — disse ela. — Você acha mesmo que algum dia eu saí deste quarto?

7
Todos nós

Saí da Inglaterra no outono. No início de outubro, atravessei o Soho e peguei meus pertences no Romilly Townhouse, onde foram embalados em meu quarto e guardados desde minha ida a Hollowfield.

— Como foi sua estada? — perguntou a recepcionista, e eu abri a boca, depois a fechei. Ela me encarou, deliberadamente. Um hotel tinha alguns segredos a serem guardados.

— Foi memorável — respondi.

— E agora?

— Agora — falei —, um casamento.

Pela manhã, eu estava apoiada em travesseiros em um leito hospitalar, cercada pela tagarelice de enfermeiros e máquinas. Não era o mesmo hospital em que estive depois da fuga, mas nos primeiros minutos de estranheza tive certeza de que era. Tinha o mesmo cheiro químico e adocicado, o que ainda me deu alívio. Vi minha mão se estender para o teto, testando sua liberdade, e a dra. K assentiu, olhando também.

Ela estivera esperando que eu acordasse. Parecia pálida e velha. Usava um bonito vestido creme de caimento desafortunado em seu corpo, expondo os tendões do pescoço. Eu não conseguia conciliá-la com a mulher que estivera sentada ao lado do meu leito de hospital quando eu era criança. Parecia uma líder mundial no fim de seu mandato. Nós nos olhamos nos olhos e ela sorriu, sem muita convicção.

— Lex — disse ela.

— Ainda estamos em Hollowfield?

— Não muito longe de lá.

— Onde me encontraram?

— Entre a cidade e a velha casa. Um operário de fábrica tinha terminado o turno da noite. Não muito longe de onde você foi resgatada na primeira vez, acho. Você estava desorientada... exausta.

— Acho que tive sorte de novo.

— O hospital me ligou às cinco. Parece que eu ainda era seu contato de emergência.

— Não tire muitas conclusões disso — falei. — Além de uma falta de alternativas viáveis.

Entendi que era a minha vez de falar, mas não o que eu devia dizer.

— Eu não queria preocupar ninguém — falei. — Só fui lá para ver a casa. Você deve ter ouvido falar na mãe. Ela me tornou inventariante. Temos planos para a Moor Woods Road. Eu estava lá para organizar as coisas. Estar lá... deve ter sido demais.

Ela pousou o cotovelo no joelho e o queixo no punho. Eu não tinha dito o que ela esperava ouvir.

— Meus pais — eu disse. — Estão aqui?

— Sim — respondeu a dra. K. — Greg e Alice.

— Queria vê-los.

— Daqui a pouco. Acho que precisamos conversar primeiro. O homem que a encontrou... você disse a ele que procurava sua irmã.

— Eu disse?

— Sim. — Ela ia dizer alguma coisa, depois parou, e disse outra. — Estive tentando falar com você desde que você chegou — prosseguiu. — Mas não conseguia. Tive receio... assim que soube de sua mãe... que alguma coisa pudesse acontecer.

Virei a cabeça para não ter de olhá-la.

— Acho que eu não estava pronta — falei — para atender sua ligação.

— Isso eu entendo. Devemos ver como uma coisa positiva. Não acha? Acredito... acredito que você sabia o que eu ia dizer.

Um bolo fechou minha garganta.

— Sei como meus métodos podem parecer, Lex — disse ela. — Muitos anos depois. Na época era diferente. Naqueles primeiros meses depois da fuga. Eu ajudei você. Pensei que, quando eu lhe contasse tudo... tudo que havia acontecido... você estaria no estado mental certo para conseguir processar. Para se recuperar.

— Você mentiu para mim — retruquei. — Não é o que quer dizer?

— Sim. Por um prazo determinado. E desde então eu passei muito tempo lhe pedindo para aceitar a verdade.

Ela se ergueu na cadeira e olhou através de mim.

— Me diga — disse a dra. K. — Diga o que aconteceu com Evie, Lex.

— Você costumava me dizer que os fins justificam os meios — falei. — Bom. Olhe para nós agora.

As lágrimas rolaram pelo meu rosto e entraram nas orelhas.

— Lex — chamou ela. — Preciso ouvir você dizer.

A polícia tinha chegado à Moor Woods Road trinta minutos depois de eu sair. O cheiro da casa fez com que os primeiros a aparecerem se retraíssem da porta. Encontraram o pai arriado perto da porta dos fundos, como se tivesse tentado fugir, pensado melhor e decidido pelo contrário. A mãe estava com o cadáver dele, é claro, e chorava. Depois de alguma reflexão, encontraram Daniel em um saco plástico, dobrado em um armário da cozinha; a essa altura, já tinham se passado muitos meses. Noah estava no berço, embolado nas próprias fezes. Gabriel e Delilah estavam arregalados e esqueléticos. Ethan esperava calmamente em sua cama, pensando em exatamente o quanto falaria. Evie estava em nosso quarto, ainda acorrentada. Estava inconsciente. Quando um policial a pegou, ela parecia leve como a filha dele, que nem tinha idade para começar na escola. Ele contrariou o protocolo e quebrou ele mesmo as correntes. Carregou-a do nosso quarto, desceu a escada e foi para a rua, para a chegada dos socorristas. A Garota C. Dez anos. Foi declarada morta no hospital, um dia depois, sem jamais ter recuperado a consciência. Para mim, foi a pior parte. A última coisa que ela conheceu foi aquele quarto.

*

Depois de duas noites no hospital, havia pouco a fazer além de ir para casa. Mamãe e papai me pegaram no quarto e me acompanharam até o carro, e fiquei sentada no banco traseiro, olhando para o cabelo deles por cima dos apoios para cabeça, como uma criança.

Quando acordei, estávamos em Sussex e perto de casa.

O chalé ficava no fim do caminho sombreado, em uma das ruas nos arredores da cidade. Tinha um banco ao lado da porta de entrada, com os jornais do papai espalhados ali, cada suplemento preso por pedras do jardim. Quando chovia, artigos se soltavam e se dissolviam entre as ripas. Atrás do chalé ficava o jardim, tomado de abelhas; ervas aromáticas; a cama elástica. Do chalé, você podia atravessar uma escada até um grande campo, estendendo-se até os downs. Um único moinho branco aparecendo caprichosamente contra o céu.

Levou algum tempo para eu entender o que fora sacrificado na mudança. Pouco antes de sair de casa, encontrei fotografias do antigo lar nos arredores de Manchester, que tinha três andares e um caminho de mosaico complexo levando à porta. Ali, tínhamos dois quartos e meio, e o terreno inchado com os projetos dos meus pais. Algo sempre estava morrendo porque tinha sido eclipsado por outra coisa. Mamãe fora enfermeira-chefe na emergência; agora trabalhava em uma clínica geral, aplicando vacinas e conversas.

— Não é tão simples assim — disse papai, quando o questionei.

— Parece muito simples para mim.

— Você pode não acreditar, mas existem coisas que você não entende.

No chalé, ele saiu do carro pequeno e pegou minha bagagem no porta-malas.

— Deixe comigo — falei, mas ele negou com a cabeça e a carregou pela porta.

— Em casa de novo — disse mamãe.

O sol se balançava na crista dos downs. Passamos pela sombra da casa e embaixo dos cachepôs pendentes e fomos preparar um chá.

Na primeira vez que fui ali, a dra. K e o detetive Jameson estavam na frente do carro. Eu no banco de trás, com a esposa do detetive Jameson. Durante o percurso, a mão dela pairava entre nós, como se ela tivesse medo de tocar em mim. No posto de gasolina, ela me comprou um pacote de salgadinhos e disse que eu podia ligar para a mãe — se eu quisesse.

Ainda havia uma placa de "Vende-se" na frente do chalé, o que não me agradou; a dra. K me dissera, em termos inequívocos, que aquele lugar seria a minha casa.

— Quem sabe uma fotografia? — dissera mamãe, e nós três, meus novos pais e eu, nos espremos na soleira, sem saber se devíamos sorrir.

— Tirei algumas — disse a dra. K.

Depois que as fotos foram feitas, os três entraram na casa. Fiquei na soleira, uma vampira suja, esperando ser convidada a entrar.

Passei o mês de setembro lendo e dormindo. O sono dos mortos, felizmente sem sonhos. De manhã, o sol formava poças no edredom e iluminava livros infantis; pôsteres; meu diploma emoldurado. Eu acordava sabendo exatamente onde estava.

Aos sábados, Olivia e Christopher vinham de trem. Edna telefonava, perguntando de meu paradeiro e da prudência financeira; pagar por um quarto sem uso, disse ela, era indicativo de uma política monetária ruim. Devlin mandou flores e e-mails. Suas mensagens pareciam trechos de um guia de autoajuda particularmente direto.

> Não fique constrangida. Pense em toda a merda que não foi feita por causa do constrangimento.

> Fodam-se aqueles loucos ultrapassados. Estou mantendo você na folha de pagamento.

> Jake perguntou de você, então ainda é uma opção viável casar com um milionário.

Respondi pedindo informações sobre os trabalhos no outono e ela mandou isso também.

Eu atualizava a caixa de entrada quantas vezes conseguia suportar, na esperança de ter notícias de Bill. Sempre que fazia isso, pensava nele na frente de um laptop surrado, atualizando a própria caixa de entrada, esperando pelo meu pedido de desculpas.

Li, corri, me masturbei, tomei banho, comi. Este era o problema de vir para casa: você continua com o *self* que morava ali. Quando falava com meus pais, conversávamos sobre as coisas mais fáceis. Tinha o tempo, é claro: o verão estava sempre perto do fim. Mamãe perguntava sobre Olivia e Christopher; sobre Devlin e os clientes mais loucos de Nova York; sobre JP, com desdém. Eu a acompanhei ao supermercado e à banca de jornal. Passei alguns dias com ela na clínica, vendo-a arrumar arquivos, nós duas sentadas no chão, costas com costas, sitiadas por papelada.

— Espere receber uma conta — falei.

Não falamos de Hollowfield. Não falamos do casamento de Ethan.

Eu reconhecia que meus pais tinham envelhecido e que parte disso era culpa minha. Os recados sem resposta. O telefonema da dra. K, de manhã bem cedinho. Não eram essas coisas que envelheciam as pessoas, mais do que a realidade do tempo? Às vezes eu ouvia o som da voz deles, no quarto à noite, e sabia que eles falavam em mim. As bolsas embaixo dos olhos de papai tinham caído, como um jogo a mais de bochechas, e ele criara o hábito de me seguir de um cômodo a outro. Ele acordava de um cochilo à tarde e subia às pressas a escada, batendo na porta do meu quarto, ou chegava à porta da cozinha com uma urgência inexplicável para se colocar timidamente sobre meu café da manhã.

— Está preocupado com o quê? — perguntei, e ele meneou a cabeça, incapaz de dizer.

— Não sei — disse ele.

Em uma tarde mais quente, levei um balde de água pelo jardim e limpei a cama elástica. O melhor lugar da casa para ler. Espanei as folhas e comecei a esfregar, primeiro a cama, depois as molas e as pernas. Era firme o suficiente para me escorar quando eu ficava parada; se eu pulasse, caía no concreto. Peguei um cobertor e uma almofada e li até a luz do jardim ficar nebulosa e suave. Logo papai saiu para me encontrar. Eu o vi atravessar o jardim. Os passos lentos e cautelosos dele. As mãos segurando as costas. Quando me alcançou, ele se virou para a casa e desceu o corpo ao lado do meu.

— Pai. O que está fazendo?

— Me juntando a você. Como está a leitura?

— Está ótima.

— Lembra das horas que costumávamos passar nesta coisa?

— Claro que sim.

— Achei que você ia me matar.

— Sem essa. Você gostava.

— Gostava. De verdade. Éramos tão seguros... bom.

Baixei o livro e me virei para ele.

— Lex — disse ele. Esperei que dissesse mais alguma coisa, mas ele só ficou deitado ali, olhando o balanço dos galhos.

— Você pode ficar — concluiu, enfim. — Pode passar o resto do ano aqui.

— Pai...

— Fique, Lex. Não vá ao casamento. Estou falando sério. Você pode ficar para sempre, se quiser.

— Mas eu não posso. Você sabe que não posso.

Mas eu podia ter feito isso. Acima de nós, os downs eram remendados de verde e dourado, costurados com sebes e caminhos de calcário. Eu podia me ver aos dez anos, depois aos vinte, vivendo na infância eterna de que sentia falta. Os pôsteres em meu quarto desbotados pelas décadas de sol. Ainda dormindo bem, em uma cama que tinha grades.

— Infelizmente — falei — preciso viver no mundo real.

Ele assentia. Tinha valido a pena tentar.

— Sou um chato — disse ele. — Sei disso.

— Você não é um chato, pai.

— Quando você veio para nós — contou ele. — Eu tinha um sonho com você. Você era sempre tão pequena. Corríamos um para o outro, como se já nos conhecêssemos, e conversávamos por um tempo. Às vezes estávamos no supermercado, ou você estava no jardim, na cama elástica. Você era pequenininha. Só seis ou sete anos. Muito antes de eu ter te conhecido. Começava como sonhos bons, na verdade. Mas depois sempre chegava o momento em que você precisava ir embora. Parecia que eu sabia o tempo todo que isso ia acontecer. E de algum modo... de algum modo eu sabia que você teria de voltar.

Ele chorava. Virei o rosto, sabendo que ele não ia querer que eu visse isso, e ele pressionou os olhos com as mãos.

— E então eu sempre acordava — disse ele.

— Pai.

— Meu Deus — balbuciou ele. — Desculpe.

— Está tudo bem.

— E depois que você acorda — continuou ele —, mesmo que tente... depois que acorda, não consegue voltar para ele.

*

Uma condição para minha liberdade era que eu concordasse em ver a dra. K. Ela estava em vias de me conseguir um psicólogo em Nova York, segundo disse, mas levaria tempo. Tinha de ser a pessoa certa. Nesse ínterim, nos encontraríamos uma vez por semana.

Nós conversávamos.

Eu não queria ir a seu consultório em Londres e detestava a ideia da presença dela no chalé, avaliando nossa dinâmica. Cumprimentando papai como a um velho amigo perdido. Chegamos a uma trégua escolhendo uma cafeteria no centro da cidade. Tinha um serviço péssimo e móveis artisticamente desolados, mas um café excelente, e nisso concordávamos.

Ela não se preocupava mais com amabilidades. Em geral chegava primeiro, com sua bolsa na mesa e o sobretudo ocupando a cadeira vaga. Sempre adiantava os pedidos, um café delegando meu lugar. Não se levantava para me cumprimentar.

Acima de nossa mesa, um quadro-negro dizia: "Viva. Ria. Ame".

— Como está? — disse ela, e eu respondi à pergunta como a dra. K exigia: com simplicidade, me atendo aos fatos. Eu estava ótima. Procurava voltar ao trabalho. Preparava-me para retornar a Nova York. Evie tinha morrido muitos anos antes, logo depois de fugirmos da casa.

— Por que acha que você foi incapaz de aceitar isso — perguntou a dra. K — por tanto tempo?

Em alguns dias, eu permitia essa linha de interrogatório. "O corpo é notoriamente eficiente no esquecimento da dor", falei. É de alguma grande surpresa que — com algum estímulo — a mente possa fazer o mesmo? Ou simplesmente: porque você me deu a chance. Na indigência daqueles primeiros dias de hospital, você me ofereceu uma mentira, eu entrei trôpega e fechei a porta. Quando você me contou a verdade, eu já morava ali. Tinha desfeito as malas e trocado a fechadura.

Em outros dias, não conseguia entender o valor da conversa. Eu tinha contado histórias a mim mesma: era verdade. E daí? E daí se convencer de que determinadas coisas aconteceram de um jeito diferente? Ethan, Delilah, Gabriel e Noah: cada um deles tinha sua própria ficção. Quem não conta histórias a si mesmo, para se levantar pela manhã? Isso não era assim tão errado. Naqueles dias, eu pensava em deixar a dra. K à mesa. Me deixe ficar com essa ficção, eu diria. Desse jeito.

A única coisa que não discutimos foi o casamento, e o motivo para não discutirmos o casamento foi que eu disse à dra. K que não compareceria. Ela perguntou sobre cada um de meus irmãos, disfarçada de curiosidade acadêmica, mas quando eu falava a dra. K tinha a expressão de uma mãe no portão da escola, comparando as outras crianças com a dela. Descrevi Ana e os vários sucessos de Ethan, suavizei a cena no quarto e enfatizei a história de amor dos protagonistas.

— Soube que Ethan vai se casar — disse ela.

— Sim. Em outubro.

— Um assunto de família? — Ela não sorria.

— Acho que ele quer os refletores — falei —, sem partilhar isso com a gente. Você conhece o Ethan.

Ela assentiu.

— Ethan — disse ela, segurando o nome na boca, como se tentasse identificar determinado ingrediente. — Espero que ele tenha a vida que merece.

Consolei-me com a teoria jurídica: era mais uma omissão do que falsidade ideológica, e havia pouca coisa de errado nisso. A Devlin em meu crânio ergueu uma sobrancelha. Nesse caso, eu não queria desperdiçar uma sessão com algo feliz e banal.

Mas, antes de sair, a dra. K parou à mesa, com o casaco abotoado e amarrado.

— Sobre o casamento — disse ela. Não olhou para mim, o que facilitou as coisas.

— Sim?

— Fico feliz. Fico feliz que você não vá.

Em outras ocasiões era como se estivéssemos ali pela sanidade mental dela. Ela falou mais nessas reuniões que nos anos em que eu a conhecia. À luz brusca da cafeteria, ela estava extenuada e iluminada.

— Não me esqueço da sua expressão — disse ela — quando lhe contei a verdade. Penso nisso o tempo todo. Foi durante o nosso terceiro mês no hospital. Você estava perguntando por ela fazia dias. Você se rebelava. O pensamento nela, instalada com uma nova família. Você perguntava sem parar... sabe... Por que não posso me juntar a eles? Agora que você estava muito melhor, comecei a questionar minha abordagem. Não havia um fim para isso, entendeu? Ou melhor... só havia um fim. Contar a você. Então eu contei. Fomos ao cemitério no hospital. E quando contei você não disse uma palavra sequer. Só olhou para mim, com aquela... pena, acho. Como se você lamentasse por mim... que eu pudesse dizer algo tão idiota. Você partiu para outro assunto, algo completamente diferente. A qualidade do almoço do hospital. Como se nem tivesse me ouvido. Depois disso, foi como se recomeçássemos todo dia. Você se lembrava do autor de um poema obscuro que eu havia mencionado de passagem, ou do nome de um animal que nunca tinha visto. Mas isso... você sempre era capaz de esquecer. Tentamos vezes sem conta. O que se podia fazer? Você tinha uma nova família e teria uma nova escola em setembro. Estava andando de novo. Você estava indo bem, Lex. Como era minha esperança. Os Jameson tinham sua filha e eu tive minha justificativa. E, para te falar a verdade, acho que supusemos que você superaria isso.

— Como um objeto transicional? — perguntei. — Ou... o quê? Chupar o dedo?

— Sabe o que Alice costumava dizer? "Uma amiga imaginária... que criança não tem uma delas?"

A lealdade disso. Tentei não sorrir, mas sentia o sorriso em meu rosto.

— Um dia — disse a dra. K —, parei de perguntar. Por quê? Bom, penso nisso agora. Mas é lógico. Não é? Porque, fosse como fosse, você era o meu maior sucesso.

No início aconteceram fracassos também. Houve, por exemplo a grande preocupação com minha falta de amigos.

No fim do verão, mamãe tinha me acompanhado por um caminho largo, ladeado de árvores. Andávamos do sol para a sombra, nervosas. A mão dela esbarrava na minha. Uma torre de relógio esperava por nós no fim, e abaixo dela um diretor escolar com a mão estendida.

Naquela manhã, eu me sentei em uma sala de aula vazia e completei três provas. Aparadores de grama zumbiam pelos pátios ocultos e um jovem entediado me avisou quando faltava meia hora para acabar, depois dez minutos. Depois disso, em um escritório de madeira iluminado, falei com o diretor, que me perguntou, cada coisa de uma vez, sobre o que eu lia no momento (*The Magus*, de John Fowles; meus pais só sabiam que falava da Grécia, mas não sabiam das cenas de sexo); a Bíblia (por onde começar?); se eu sabia o que significava filosofia (sim); e o lugar mais interessante a que eu viajara (Blackpool). Uma semana depois, e seis anos atrasada, consegui minha primeira bolsa de estudos. Para os fins do currículo nacional, disse o diretor, eu precisaria ingressar na escola dois anos atrás de minha faixa etária. Academicamente, talvez eu descobrisse que era meio tedioso; se fosse assim, eu não deveria hesitar em informar a ele.

Por acaso, nunca fiquei entediada.

Eram sete aulas por dia. Tinha de aprender a dar laço em gravata. Tinha dever de casa. Tinha aula de natação, em que eu afundava por certa extensão e perturbava as raias de outros alunos. Tinha que usar o Microsoft Word. Tinha uma biblioteca escolar extensa, em que se podia pegar oito livros — "Oito", eu disse para mamãe a caminho de casa — e a bibliotecária me informou que procuraria qualquer livro que eu acreditasse estar faltando, desde que não fosse pornografia ou *Mein Kampf*.

Fui designada a duas colegas de acolhimento, meninas de minha turma que me acompanhavam no almoço e entre as aulas, garantindo, o tempo todo, que eu tivesse com quem me sentar; que os livros didáticos certos estivessem em minha mochila; que eu soubesse exatamente aonde ia. Depois da primeira semana, não requeri mais os serviços delas e com o tempo elas se afastaram e me deixaram navegar pelos corredores sozinha. Os outros alunos eram bastante agradáveis, mas à noite eu sentia falta da série de mensagens de texto que formariam as fofocas do dia seguinte. Depois do meu primeiro período, não fui convidada para muitas festas.

Ainda assim: a amizade me escapava. Eu examinava os alunos na hora do almoço e em nossos intervalos, tentando entender essa forma específica de magia. Eles riam com tanta facilidade — na verdade, estupidamente — de qualquer coisa. Nenhum deles parecia tão interessante como Ethan, nem brilhante como Evie.

— Não é magia, Lex — dissera a dra. K. — Você só precisa — ela deu de ombros — se colocar lá fora.

Imaginei isto: deslizar para uma mesa de meus colegas e baixar a bandeja do almoço ao lado deles. "Qual era sua escola anterior?", alguém perguntaria, como já haviam feito, e eu me encolhia na cadeira: "Bom..."

Ergui uma sobrancelha e a dra. K começou a rir.

— Se serve de algum consolo — disse ela —, eu mesma nunca me vi particularmente à vontade.

E eu não era infeliz. Toda noite, à mesa do jantar, meus pais ficavam interminavelmente interessados em meu dia. À noite eu falava com Evie, no começo como se ela estivesse ali, a meu lado na cama nova e limpa, depois com o telefone grudado na orelha, para que fosse mais fácil acreditar. Ninguém ria quando eu respondia a uma pergunta em aula ou lia um trabalho em voz alta. Eu era estranha e tolerada.

— Não sou solitária — eu disse à dra. K, e essa era a verdade.

E houve o dia em que comi o Natal.

Meu primeiro dezembro com os Jameson. Tínhamos representado todas as tradições de uma família. Hesitantes, vestindo nossa nova vida. Fomos a pé à cidade para comprar uma árvore, que tinha o cheiro do frio e era muito alta, alta demais para a sala de estar. "Não vai caber", eu disse a mamãe, esperando que papai pagasse, do lado de fora do viveiro de plantas; parecia um desperdício de dinheiro e me preocupou.

— Eu não me preocuparia — a mamãe me tranquilizou. — É um evento anual.

E quando ela viu que eu ainda tinha a testa franzida.

— Vamos rir disso depois. Garanto a você.

Eu tinha uma nova gama de parafernália de Natal: um CD com músicas natalinas clássicas, um calendário festivo e um suéter com pinguins. Para meu ceticismo, eu tinha uma meia.

— Papai Noel não existe — falei.

— Bom, é verdade — disse papai. — Mas os presentes, sim.

Passamos a véspera de Natal finalizando nossos preparativos. Embrulhei presentes em um ritmo glacial, com um olho severo nos detalhes.

— Eles não precisam ser tão perfeitos, Lex — disse mamãe, mas eu estava decidida que fossem.

Cantos natalinos repicavam da cozinha. Mamãe assava freneticamente e assim, a cada meia hora, o alarme do forno sinalizava um cheiro novo. Fomos convocados para tarefas estranhas e específicas: vestir o homem de biscoito de gengibre, ou contar os queijos.

À noite, os cheiros se agitavam por toda a casa. Fiquei deitada na cama, radiante com os prazeres do dia, pensando em tudo que tínhamos feito: as crostas frisadas de tortas de carne moída; o estalo de cada homem de biscoito de gengibre; a forma de pudim, salpicado de baunilha. Meu estômago se agitou, assombrado pelos fantasmas da fome do passado.

Levei os braços à cabeça. Liberdade.

Primeiro a escada, depois a cozinha. A geladeira cresceu no escuro, abarrotada. *Só uma coisa*, pensei. Uma coisinha de nada.

Peguei a tábua de queijos na primeira prateleira e coloquei na bancada da cozinha. Abri o primeiro pacotinho e puxei um pedaço de comté. Minhas mãos tremiam. O gosto dele se espalhou pela língua. Meus dedos já abriam o embrulho seguinte. *Por favor*, pensei, *pare*. Essa é uma péssima ideia. Agora eu comia mais rapidamente e a fome exigia algo novo. No primeiro armário que experimentei, estava o bolo de Natal, fechado em sua lata festiva. Esse, então. Os bonequinhos de biscoito de gengibre estavam deitados ao lado e os peguei também.

Por quinze minutos, fiz um banquete no escuro. Um espírito de Natal faminto, se empanturrando à mesa da família. Tinha comida no meu queixo e embaixo das unhas. Um horror embotado e impotente atravessava meus braços e pernas, me pesando na mesa. Quando meus pais chegaram à soleira, eu contemplava meu próximo prato grotesco: o peru roliço e cor-de-rosa, ou a travessa de manteiga de conhaque na porta da geladeira.

À luz da cozinha, eu via que não parecia bom. O bolo era um escombro de frutas. Os bonequinhos de biscoito de gengibre estavam massacrados. O queijo transpirava na mesa. A porta da geladeira ainda estava aberta e zumbia.

Engoli em seco.

— Desculpem — falei. — Eu não...

— Meu Deus — disse mamãe. — Era para ser perfeito.

Havia algo em seu rosto que eu não via fazia algum tempo. A ruga no canto da boca e entre os olhos. Papai também viu e segurou seu braço com tanta força que ela soltou um gritinho.

— Não... — interveio ele, e ela se virou para papai. Ele disse algo baixo demais para eu ouvir. Ainda segurava seu braço. Quando ela voltou a olhar para mim, a feiura tinha sumido e ela só estava incrédula. Só estava a ponto de rir.

— Achamos que você estaria procurando os presentes — explicou ela, e, em vez de rir, virou para o peito do papai e começou a chorar.

*

Os dias eram longos, mas as semanas passavam. Quando falei pela última vez com Ethan, ele estivera lapidar e desinteressado em como eu passava.

— Você não vai acreditar — disse ele — nas perguntas que me fizeram nos últimos quinze dias.

Eu estava em meu quarto, com um livro na mão e o abri.

— Por exemplo? — falei.

— Sobre como gostaríamos de ser *anunciados* — disse ele. — Se queríamos champanhe levado a nós *antes* ou *depois* dos confetes.

Encontrei meu lugar. Havia uns poucos pingos de chuva na janela e, abaixo dela, mamãe pegava a roupa lavada. A calmaria de um domingo maçante.

— Sobre a disposição — dizia ele — da merda dos talheres.

Ele se interrompeu.

— Você ainda vai — disse ele. — Não vai?

— Espero que sim — respondi.

Todos os arranjos tinham sido feitos. Eu podia ver a viagem: o trem até Londres e o voo até Atenas; o avião menor depois disso, e um carro até uma casa de veraneio cor-de-rosa, a cinquenta metros do mar. Algum tempo depois disso, Ethan no fundo da nave central. Satisfeito em me ver.

— Vai significar muito para mim que você esteja lá.

— Como eu falei, espero poder ir.

Passei a última tarde no quarto, estripando o conteúdo da minha infância e enchendo um saco de lixo com os restos. As cartas e presentes ainda chegaram muito tempo depois da fuga, mesmo depois que saí do hospital. As enfermeiras as encaminhavam ao chalé, acompanhadas por uma série de bilhetes explicativos irônicos. Sobre um urso de pelúcia de um metro de altura: "Não sabemos se é apropriado para a idade". Sobre uma réplica lúgubre e pintada à mão da fotografia da praia em Blackpool: "Achamos que isso lhe daria vontade de rir". Sobre uma garrafa de champanhe: "Não sabemos o que eles estavam pensando".

Naquele primeiro ano, era uma novidade ter coisas. Minha cama ficava forrada de bichos de pelúcia, do tipo feito para crianças de cinco ou seis anos. Erigi um pequeno santuário de presentes no canto do quarto, para onde eu olhava todo dia, examinando uma camiseta, uma bola de futebol ou um livro, e o devolvia ao exato lugar de onde tirara. Arrumava meus cartões no peitoril da janela, na distância certa entre o vidro e o beiral. *Querida Garota A...*

Mesmo quando percebi o absurdo disso — o fato de que as pessoas da escola escolhiam seus próprios pertences, em vez de depender do fascínio mórbido de estranhos —, não consegui me decidir por jogar fora todos os objetos. Agora, vasculhando o que restava deles, me encolhia de constrangimento da situação. Eram presentes loucos, indesejados e estranhos. Tinha livros de colorir; jogos de tabuleiro com peças a menos; cartas me oferecendo uma multiplicidade de pensamentos e orações, com pouca ideia do que fora perdido. Havia uma carta que eu estivera esperando, e, quando cheguei a ela, descruzei as pernas e engatinhei para a cama, me colocando confortável. Essa eu queria saborear.

Querida Lex, dizia a carta. *Passei algum tempo tentando pôr em palavras o que quero dizer a você. Talvez você não se lembre de mim. Eu lhe dei aulas na Jasper Street entre seus nove e dez anos. Na época, fiquei profundamente perturbada com a situação da sua família. Acho que eu acreditava que a educação e os livros seriam o bastante para salvar você — a noção de uma professora jovem e ingênua, que não percebia que era despreparada. Passei muitos anos arrependida de não ter agido segundo minhas preocupações, tanto antes como depois de saber o que aconteceu com você e seus irmãos. Peço mil desculpas por não ter feito mais para ajudá-la. É algo em que pensarei pelo resto da minha vida. Tudo de bom para você, Lex, e — embora os livros não possam salvá-la de tudo — é minha esperança que você ainda esteja lendo.*

Essa foi a srta. Glade, a mão erguida no fim de um corredor vibrante. Li a carta de novo, mais uma vez, e a coloquei no saco de lixo.

O último jantar. À tarde, papai sumiu e voltou com duas garrafas do mesmo vinho tinto, segurando-as no alto.

— O seu preferido — disse ele. — Não é?

Não reconheci o rótulo, mas concordei com a cabeça e peguei o saca-rolhas na gaveta.

— Obrigada — falei.

— A Lex — brindou papai. — Aquela que sempre volta.

Nós três bebemos, depois nos sentamos à mesa. Pela primeira vez durante minha estada, ficamos constrangidos e eu continuei bebendo, para esconder isso.

— Não fiz muitos legumes — disse mamãe. — Fiz?

— Está ótimo — respondi.

— Como foi a limpeza?

— Mais alguns sacos. Vou deixar no quarto. Agora tem muito espaço... vocês podiam usar.

— O jeito como aqueles pacotes chegavam — disse mamãe — no início. Achávamos que não iam parar nunca. — Ela olhou para meu pai. — A dra. K queria que jogássemos fora. Lembra?

— Sim. Eu me lembro.

— Não vi mal neles — disse ela. — Bom. A não ser pelas abelhas.

Foi o primeiro registro de uma piada interna de nossa família. Uma grande caixa retangular chegou no horário do café da manhã; o carteiro a segurava bem afastada do corpo, como uma oferenda, e colocou na soleira. "Manuseie com cuidado", dizia. "Caixa de Abelhas." "Nunca vi nada parecido", disse ele e se retirou. Nós três ficamos parados na porta da frente, olhando para a caixa. Sérios como uma unidade antibombas, imóveis em nossos roupões. As abelhas estavam acompanhadas de um bilhete sincero e manuscrito me desejando tudo de bom, e concluía: "Descobrimos que a apicultura é extremamente terapêutica".

— Terapêutica — repetiu papai, ainda rindo.

Um apicultor local pegou o pacote. Disse ficar agradecido por termos pensado nele.

Continuamos a comer, e o único som era o tilintar de metal na porcelana.

— Tem uma coisa — começou papai — que eu preciso dizer...

Ele pôs as mãos na mesa, de palmas para cima, como se estivesse prestes a dizer as graças. Segurei uma das mãos e mamãe pegou a outra.

— O casamento — disse ele. — Estamos preocupados, Lex.

Então era uma petição. Soltei a mão dele e continuei a comer.

— Vê-los não faz bem a você — disse mamãe. — Não é o que diz a dra. K? Nós só... queríamos que você voltasse a Nova York. Que voltasse ao trabalho... segura e feliz. Você não deve nada a Ethan.

— É um casamento na família. Férias.

Mamãe olhou para papai e ele olhou para mim.

— O que a dra. K disse? — perguntou ele.

A velha confiança entre eles, forjada em corredores de hospital e salas sem janelas.

— Ela não está preocupada — falei.

— Nesse caso...

Meus pais olharam para os pratos vazios, como se ainda quisessem uma porção de tranquilização.

— Se precisam saber — falei —, eu tenho um encontro.

*

Olivia e eu pegamos um avião no meio da semana, e cedo. No aeroporto, andamos desatentamente da WHSmith à Boots, de olhos esbugalhados e entediadas, vendo coisas que nunca compraríamos. Experimentamos óculos escuros, e nenhum deles escondia como eu parecia velha a essa hora da manhã.
— Champanhe?
— Claro.
Tinha um daqueles bares brancos irritantes, largado no meio do saguão de embarque. Algumas lagostas mortas havia muito tempo definhando em gelo.
— Você viu que o filho do JP nasceu? — perguntei.
Aparecera uma foto de JP na internet, com um fardo branco nos braços. A mãe e o bebê passavam bem. Eles deram à criança o nome de Atticus, e mesmo sozinha tive de revirar os olhos.
— Que bom — disse Olivia. — Acho.
— Espero que seja uma criança difícil — falei. — Nada de errado com o menino, obviamente. Só difícil.
— Furioso — completou Olivia.
— Incandescente pra caralho, para ser sincera — falei, ela bufou na flüte de champanhe e procurou minha mão.

Olivia tinha me instruído a começar a gastar mais dinheiro, então aluguei um conversível para o aeroporto da ilha. Era exatamente como eu esperava quando criança, com um botão para rolar o teto para trás. Assim que viu, Olivia começou a rir e riu por toda a viagem, segurando os óculos escuros, a bolsa e o cabelo.
Degraus de seixos levavam à casa de veraneio cor-de-rosa, com sua varanda e os postigos, lagartixas chispando nas paredes. A colina da ilha pairava ao longe. O jardim era sombreado por uma figueira gorda e cônica em um matagal de flores silvestres e pinheiros; abaixo dali havia uma enseada e o mar. Deixamos nossas malas na varanda e descemos à praia, nenhuma de nós preparada para falar; o silêncio era tão absoluto que se imaginava que alguém devia estar ouvindo. Um píer improvisado balançava na maré, sua madeira escorregadia e lascada, e na sombra da enseada havia um barco a remo rudimentar, virado e sem os remos. Havia algo de improvável nos objetos banais em isolamento, como se devessem ser mágicos ou amaldiçoados.

Olivia se sentou no cascalho e tirou sapatos e meias, depois o jeans.

— Vamos — disse ela. — Está bom demais para esperar.

Cambaleamos no mar, de mãos dadas, entrando na parte rasa. Pés de alabastro embaixo da água. Cardumes de peixes transparentes nadavam entre nós, bonitos como estorninhos.

Naquela primeira noite, em uma cama estranha com o tipo errado de travesseiro, recebi um e-mail de Bill. *Eles vão financiar*, dizia a mensagem.

Fiquei deitada ali por longos minutos, relendo a mensagem. O batimento feliz de meu coração era alto demais para o quarto. Olivia já estava dormindo e eu não podia falar com mais ninguém o que gostaria de contar. Fui à cozinha, me servi de uma taça de vinho e levei para a varanda. A noite era cálida e prateada, e levantei minha taça a ninguém em particular.

Em breve haveria uma cortina de andaimes em volta do número 11 da Moor Woods Road e, atrás dela, a casa se transformaria.

Os cômodos estão cheios de gente, com ferramentas elétricas e recipientes. Eles drenam os pisos e o jardim. Removem o peso do andar de cima das velhas paredes e as derrubam. Fazem piada do conteúdo do jardim, mas só à luz do dia. Christopher faz uma visita, vestindo cashmere berrante. Ninguém quer o entulho do lugar, nem para aterro. Eles rebocam no Ano-Novo, depois deixam a casa secar. Encaixam janelas, luzes, tomadas, interruptores. Instalam as portas e mobíliam os quartos. Por fim, decoram. Na biblioteca, um artista local pinta uma menina e um menino, de mãos dadas e em tamanho natural. Eles correm, em movimento, prestes a cair da parede. O menino tem sete ou oito anos e a menina já é uma adolescente. São mais velhos do que teriam sido e partilham um sorriso irônico.

Vivemos três dias de comemoração prolongada. Lentos e sem planos, e em geral embriagados. Corri de manhã, quando a luz ainda era fria e nova. Nadamos antes do almoço. Olivia foi para longe, depois da enseada e em mar aberto, até que seu corpo ficou indistinguível entre o mar e o sol. Parei quando a linha da água chegou ao pescoço e boiei ali, deselegante, ouvindo minha respiração e o bater da água. Olhei para a praia e as pedras acima dela. Toda a ilha pontilhada de angras secretas e moitas de oliveiras. Era possível acreditar nos mitos quando se estava lá. Era possível acreditar em qualquer coisa. Voltei andando para a margem e atravessei os seixos, arrastando água salgada.

Era o tipo de felicidade que tentamos preservar para os dias mais difíceis. Eu estava loira de novo: *Ethan vai aprovar*, pensei. Bebemos a tarde toda e preparamos jantares extravagantes: um prato de peixe, um prato de carne. Queijo. Sentamos na varanda tarde da noite, conversando ou lendo. Olivia não perguntou sobre os acontecimentos do verão e eu não falei neles.

— Quando ficarmos velhas — disse Olivia —, podemos comprar uma taberna.

— Mas sem cliente nenhum — falei.

— Meu Deus, não.

— Vamos rejeitar as pessoas — acrescentei —, mesmo quando não houver uma vivalma no lugar.

— "Tem reserva?"

Na véspera do casamento, acordei com vozes vindas da enseada. Uma invasão; talvez algo deixado por um sonho. Saí da cama e fui até o fim do jardim, o café na mão. Um iate tinha ancorado na baía, a cinquenta metros no mar, e o bote já estava na praia. Um homem correu do píer, rolou no ar e bateu na água. Quando veio à tona, gritou para um grupo no convés, no café da manhã. Inglês. Senti uma decepção amarga. A magia estava rompida. Os convidados do casamento começavam a chegar.

Naquela noite, mantive Olivia na varanda pelo maior tempo que pude. Depois da meia-noite, e depois que a música do iate fora desligada; na segunda garrafa, depois na terceira.

— Vou me recolher — anunciou ela perto das duas horas, as palmas viradas para cima, na defensiva. — E aconselho enfaticamente que você faça o mesmo.

Ela voltou mais uma vez, com a escova de dentes pendurada na boca.

— Sabe de uma coisa? — disse ela. — Você nem precisa ir a esse casamento idiota.

— Boa noite, Olivia.

— Vá para a cama, Lex.

Dormir era inviável. Limpei a mesa. Tomei banho. Abri a janela do meu quarto e me deitei por cima das cobertas, olhando para a noite. Estava bêbada demais para ler. O silêncio da casa se estendia para todo lado, para o mar e a estrada; até Delilah e Ethan, sozinhos em quartos alugados; até a cidade e os lugares à espera. Parecia que todo mundo na ilha dormia. Procurando o que fazer, pendurei a roupa do casamento na porta do quarto e olhei para as peças ocas, como se elas pudessem me divertir. Blazer enviesado e calça social larga. Pink-flamingo.

Eles que olhem.

Quando não havia mais nada a fazer, pensei nas coisas às três da manhã. Minha última reunião com a dra. K, quando eu disse que estava ansiosa para pousar em Nova York. A petição dos meus pais à mesa da cozinha, e a discussão na cama que teria levado a isso. O que eu disse a Delilah. Não no Romilly, mas em uma época anterior.

Foi o último de nossos encontros de família. Cada sessão acontecia em algum tipo de centro, com objetos óbvios e coloridos que pretendiam nos distrair. Tinha havido uma conversa mediada e um exercício em grupo; agora estávamos no Tempo Livre. Ethan estava revisando, com a mão na testa e uma caneta metida atrás da orelha. Gabriel se concentrava em seu PlayStation: um rato bípede voava de um rochedo e era esmagado a cada rodada, sem exceção. Eu derrotava Delilah no jogo de palavras cruzadas.

— Como é a sua casa? — perguntou ela.

— O quê?

— Sua casa. Onde você *mora*.

— É legal — falei. — Muito bonita. — Pensei nisso. — Tenho meu próprio quarto — falei.

Delilah bufou. Ela olhava para as letras, enojada.

— Todo mundo tem seu próprio quarto — disse ela. — E os seus pais? São rigorosos?

— Como assim?

— Quer dizer, eu posso fazer o que quero. Você pode?

— Às vezes.

— Às vezes?

Ela me olhou, todo o corpo imóvel. Enrolado. Voltei a minhas letras.

— Eu os vi quando eles trouxeram você — disse Delilah. — As pessoas que te adotaram.

Levantei a cabeça.

— Eles são meio velhos — comentou ela.

Pensei em mamãe e papai: como eles me acompanharam no trem a Londres naquela manhã, com sanduíches caseiros e dois exemplares do mesmo jornal. Eu usava um vestido novo que mamãe e eu escolhemos demoradamente para esse encontro e que começara a me pinicar assim que saímos de casa.

Delilah vestia jeans rasgado e um moletom de capuz.

— Acho que é o que acontece — disse ela — quando só você fica sobrando.

Peguei a beira do tabuleiro do jogo e o atirei nela. O tabuleiro não a pegou e se dobrou no chão. Letras se espalharam pela sala. Algumas bateram em seu rosto e caíram, num anticlímax, em seu colo.

— Como você conseguiu sobreviver? — falei. Minha voz constrangedoramente alta na salinha de plástico. — Quando...

Portas se abriram; mãos se estenderam para nós. Naquele momento, Delilah estava magoada. Limpou a boca com a mão, como se procurasse sangue. Como se eu tivesse batido nela.

— Você devia ter morrido lá — falei.

E então comecei a chamar por Evie. Foi o choque de sua ausência na sala. Em toda família temos nossos aliados, e a minha estava perdida. Depois de todo o esforço que fiz, eu estava sozinha e envergonhada, com pais desconhecidos e um vestido barato. Chamei por ela como fizera nos primeiros dias do hospital, como se ela estivesse esperando logo depois das janelas. Delilah se abraçou a uma inspetora e Ethan se segurou em sua mesa. Chegaria a eles devagar, nas noites que se seguiriam. Chamei por ela como só se chama por alguém que esperamos que apareça.

Por todo o caminho até a igreja, havia uma fila de carros. Tinha uma série de placas impressas pelo caminho — *Três quilômetros até o casamento! Um quilômetro até o casamento!* —, e assim Olivia me olhou, inexpressiva, e perguntou se eu tinha certeza de que estava no caminho certo. Agora nos juntamos à procissão, presas entre um Bugatti e um táxi sujo, nos arrastando para a praça.

Da rua até a igreja havia um dossel de flores. Abaixo dele, um tapete roxo por cima das pedras do calçamento. Olhei para os convidados, esperando ver grupos animados e bonitos, tirando fotografias uns dos outros. Não havia ninguém que eu conhecesse; não era para menos.

— Vou esperar por você — disse Olivia, e eu saí do carro antes que pudesse mudar de ideia.

Eu tinha pensado em como ia cumprimentar Ethan. Nas portas da igreja, a luz diminuiu e ele foi a primeira coisa que vi na sombra, de smoking e sincero, com uma fila em busca de sua atenção. Ele não parecia nervoso. O homem com quem falava assentiu; riu; assentiu de novo. Passei por eles, deslizei para um banco desocupado e arrumei um sorriso benevolente. Na frente da igreja, Jesus me olhava de mãos abertas, sem me convencer. Tipo: Ah, *francamente*.

A dra. K e eu conversamos de religião, às vezes.

— Como você se sente com relação a isso? — perguntou ela. Era a mesma pergunta que ela fazia a respeito de tudo.

— Com relação a quê?

— A Deus — disse ela. — Por exemplo.

Eu ri.

— Cética — respondi.

— Não tem raiva?

— E que sentido tem?

Esperamos.

— Não foi exatamente culpa dele — falei. — Foi?

— Pode depender de quem vai responder a essa pergunta.

— Não. Não poderia.

As portas da igreja foram fechadas. Ethan tomou seu lugar no fundo da nave central, sozinho. O padre estava presente.

Uni minhas mãos. *Está tudo bem*, pensei. Minha oração habitual: não culpo você. No silêncio antes que o padre começasse a falar, ergui os olhos. Por cima das cabeças e chapéus baixos, Ethan me olhava.

Depois que jogaram o confete, apinhamos as ruas da cidade, a caminho do hotel. Um emaranhado de cabos e trepadeiras acima de nós. Estranhos acenando de sacadas instáveis. O sol faiscava entre as construções e as sombras começavam a se alongar.

Encontrei Delilah nos jardins do hotel. O terreno era escalonado: primeiro um terraço, onde as mesas foram arrumadas para o jantar; depois uma orla gramada, com uma piscina e uma série de tendas, até os muros da cidade. Ela estava em uma mesa, sentada à margem da terra com um copo de água, um vestido preto que expunha as covinhas de suas costas.

— Não foi *lindo*? — disse ela.

— Fiquei muito comovida — respondi e me sentei a seu lado.
— Sabe — disse ela —, acho que eles talvez tenham realmente se casado por amor.
— Ao contrário do quê?
— Ah, todo tipo de coisa. Você acha que vai durar?
— Pelo tempo que for útil a Ethan, suponho. Viu as bebidas?
— Estão escondendo na sala ao lado dos banheiros. Pode pegar uma para mim?

No caminho, passei por Peggy e Tony Granger. Estavam sentados a uma mesa na sombra, com filtro solar e seus filhos anônimos. Peggy se abanava com o programa da noite. Suspeitei de que Ethan os convidara não pela companhia deles — eles não eram tão importantes para isso —, mas para exibir o esplendor de sua vida. Quando passei, Peggy me olhou, e, quando sorri, educadamente, ela virou o rosto. Peguei quatro taças de champanhe e voltei a Delilah.

— Viu a tia Peggy aqui? — perguntei, e Delilah revirou os olhos.
— Você leu o livro dela? — perguntei.
— Ah, Lex. Sabe que não sou uma leitora. Mas vamos colocar assim. Não seria o primeiro livro que eu experimentaria.
— Ela fez tudo que pôde para nos salvar.
Delilah riu.
— Bom — disse ela. — Foda-se.
— Como está Gabriel?
— Ele ainda não se matou.
— Que bom.
— Sim — disse ela. — Acho que é bom.
Ela colocou a bebida no parapeito, o álcool escorrendo da taça, e olhou por cima do muro.
— Você deve ter pensado nisso — disse ela.
— O tempo todo.
— Sabe de uma coisa? Passei muito tempo procurando na Bíblia algo que proibisse isso. Algo a que ele pudesse se agarrar, acho. E o que está lá? Foda-se tudo.
Bebemos por um tempo em silêncio.
— Delilah?
— Sim?

— Vendo o que você fez por Gabe... peço desculpas pelo que eu falei. No fim de nossas reuniões. Foi uma coisa horrível de se dizer.

— Foi muito dramático — ponderou Delilah —, admito. Mas você jamais gostou muito de mim, Lex. Não precisa começar agora.

Esperei, sem mais nada para beber.

— Está tudo bem — disse ela. — Na verdade... olhando para isso cinicamente... é do meu interesse acreditar no perdão.

— O quê?

Ela começou outra taça e outro cigarro, toda mãos e vícios.

— Você já me perguntou — disse ela — se nós tentamos fugir. Eu e Gabe.

— Eu ouvi vocês. Uma noite... perto do fim...

— Nós não tentamos fugir, Lex. Entendo por que você prefere pensar assim. Que nós não suportávamos... como você não suportou. Mas não foi isso que aconteceu. O Gabe e eu... estávamos mortos de tédio. Eu inventei umas missões só para nos divertir. Você conhece o Gabriel. Ele sempre fazia exatamente o que a gente mandava. Só idiotices. Saia das amarras. Quem consegue tocar o degrau mais baixo? Esse tipo de coisa. E naquele dia... eu decidi que era meu aniversário. Sem comemorações, é claro. E também sem registro no diário. Eu vinha tentando contar os dias a partir do Natal, então posso ter chegado perto. Você sabe como era naquele tempo. Não sou comilona e não era na época... mas aqueles dias podiam ser longos. Então eu propus uma ideia, de que talvez o Gabe devesse me dar um presente. Não *a sério*, claro. Eu esperava que ele se virasse e me mandasse para aquele lugar.

— Ele nunca teria dito isso a você — falei.

— Lá estava eu, falando de presentes e velas e que aquele era o pior aniversário do mundo. E naquele dia... as amarras estavam frouxas. Ele estava fora da cama e passava pela porta, com aquele sorriso... sabe qual... como se fosse o paladino do mundo. Acho que pensei que não tinha problema para ele. O pai estava dormindo. A mãe estava com os bebês, no quarto deles. Então deitei no chão e o vi descer a escada. Mais baixo do que já tínhamos ido. Ele me olhou do último degrau e ainda estava sorrindo, e... eu falo sério aqui, Lex... lembro de ter pensado: Ele conseguiu. E então ele estava na cozinha, e eu tinha ficado deitada ali no chão, de vigia, esperando por ele. Quando ele voltou, estava trazendo duas das maiores fatias de torta de limão que já vi na vida. Quer dizer... eram umas pranchas. E eu já estava pensando: Gabe, você não está escondendo isso. Mas é claro que não tinha jeito de voltar atrás. Eu só torcia para ele conseguir subir a escada e depois, quando ele estivesse no quarto, podermos pensar em alguma coisa. Bolar um plano. E no penúltimo degrau... porque ele não consegue enxergar porra nenhuma, claro... ele tropeçou. Torta de limão para todo lado. O Gabe esparramado no chão. E qual porta de quarto se abre?

Ela olhou para Ethan, que examinava Ana com uma devoção estudada, como o fotógrafo instruía.

— Pensei que ele fosse nos ajudar — contou ela. — Naqueles primeiros segundos... eu sinceramente pensei isso.

— E ele não ajudou?

— Ah, Lex. Você sabe a resposta a essa pergunta. Foi um dos motivos para eu concordar em vir hoje. Pensei que talvez estivesse pronta para perdoá-lo.

Aqui ela parou, invocando o restante. Essa era a parte da história que ela não conseguia achar engraçada.

— O Gabe nunca falou do meu aniversário — disse ela. — Durou a noite toda e ele nunca falou disso. O pai me mandou virar... para me proteger, acho... e eu obedeci. Mas ainda dava para ouvir. Ele ficou diferente depois daquilo. As crises começaram. Ele era o melhor garotinho do mundo, e aquele foi o fim dele.

Pensei nos barulhos que tinha ouvido, pelo corredor, e em como eles podiam ter soado no quarto pequeno e escuro, com você de cara para a parede. À luz do sol, Ethan reunia a família de Ana para uma foto. As daminhas procuravam seus braços; ele pegou uma delas do chão e a lançou, aos gritinhos, no alto.

— Então ele estava lá? — perguntei. — À noite?

— Por favor, Lex — disse Delilah, e por um bom tempo não olhei para ela, sabendo que a resposta já estaria ali, em seu rosto. — Quem você acha que o segurou?

Ana insistiu em termos uma foto de família só nossa. Ela nos convocou com gestos exagerados que não podiam ser ignorados, e Delilah e eu nos entreolhamos.

— Acho que não é opcional — falei.

Levamos nossas taças para a piscina, onde uma arcada de flores dividia o terraço da grama. Recoloquei os óculos escuros. Esperamos que a família de Ana terminasse: eles tinham se dividido em duas filas, metade deles ajoelhada na frente. As daminhas estavam sentadas e felizes na terra. "Agora uma boba", disse o fotógrafo, e Ethan jogou Ana sobre seu joelho e a beijou, enquanto a família aplaudia.

E então chegou a nossa vez. Delilah ficou ao lado de Ana e eu me coloquei do outro lado, junto de Ethan. O peso do braço dele em meu ombro era esmagador, parecia um pequeno mundo. "Está todo mundo aqui?", perguntou o fotógrafo, e Ethan assentiu: "Sim, estes somos todos nós".

No jantar, fui colocada entre Delilah e o marido de uma das damas de honra. Ele estava de casaca e, assim que viu seu nome no cartão, pegou um guardanapo de outra pessoa e enxugou o suor do rosto.

— E então — começou ele. — Quem vocês conhecem, meninas?

— Ana — disse Delilah.

Ela apertou meu joelho.

— Somos velhas amigas — disse ela. — Eu a conheci na galeria.

— *Artistas*, então — refletiu ele, e serviu três grandes taças de vinho. Eu me perguntei como Ethan jantava com gente assim. Será que os suportava com um escárnio sutil ou realmente começara a gostar de sua companhia? Ele e Ana andavam entre as mesas, de mãos dadas, cada um fixado no outro, e nosso companheiro se curvou para a frente, com jeito de conspiração.

— O quanto vocês sabem dele? — perguntou, depois dos aplausos. — Além do óbvio.

— O óbvio? — repeti.

Ele engoliu em seco.

— Não sabe? A história dos maus-tratos na infância.

Ele se interrompeu, esperando que nós apreendêssemos.

— Foi uma notícia grande — confidenciou ele. — Imensa. Anos trás. Tinha uns pais que mantinham os filhos feito animais. Gaiolas, inanição. Continuou por anos. Em algum lugar do norte, é claro. E... não estou inventando isso... ele era uma das crianças.

— Isso é meio sombrio — disse Delilah. — Para um casamento.

— Me sinto mal — falei — só de pensar nisso.

— O que isso faz com uma pessoa? — admirou Delilah.

— É exatamente o que eu quero dizer — disse ele. — Como se pode confiar em alguém assim?

— Pode me passar o pão? — perguntei.
— O que aconteceu com os outros? — perguntou Delilah.
— Só Deus sabe. Uma vida inteira de terapia. Olha, acho que alguns podem ter morrido.
— Só alguns — disse Delilah para mim, e eu dei de ombros.
— O que você faz? — perguntei.
— Trabalho com dinheiro — respondeu, como se, o que quer que fosse, eu não pudesse entender.
Falei:
— Sou advogada.
— Das boas?
Eu estava comendo. Delilah se inclinou para mim.
— A melhor — disse ela, e isso encerrou tudo.

A pista de dança tinha sido montada nos fundos do jardim, onde Delilah e eu estivemos bebendo antes do jantar. Gerações de familiares de Ana, mexendo-se no ritmo. As daminhas disparavam entre eles, ou rolavam na grama, segurando o vestido umas das outras. Alguém tinha jogado Ethan na piscina, e agora ele estava no centro da animação, o cabelo lustroso e a gravata-borboleta aberta, pingando água na pista. Eu afundava em mim mesma, sabia disso. Ficava mais triste e mais mole. Algo relacionado com a dança.

Delilah desabou na cadeira a meu lado.
— Qual é o problema? — perguntou.
— Nenhum.
— Tive a impressão de que você procurava alguém.
— Não. Só olhando.
Ela fechou os olhos.
— Sempre olhando — disse. — E dançar?
Ela descansou a cabeça no meu ombro.
— Aquele homem — comentou ela —, no jantar. Quem ele te lembra?
Ele estava próximo da pista, falando com uma garota com um vestido que parecia mais barato que o das outras. Ela estava com a cabeça inclinada, como se tentasse decidir se ficaria impressionada ou desdenhosa.
— O pai — falei.
— Essa é a questão, entendeu? — disse ela. — O mundo está cheio deles.

Ela se levantou e oscilou, e eu estendi a mão para equilibrá-la. Ela acendeu um cigarro, pegou a bebida e se afastou de mim, começando a se mover e ao mesmo tempo a rir, se estendendo para mim. Por um tempo eu a vi dançando, sorrindo do absurdo dela — do jeito como todos se afastavam. No fim da música, ela se virou para mim e fez um coração com os indicadores e os polegares. Amor. Esta era Delilah: uma convertida fácil para o que exigia a comemoração.

Às duas horas, peguei meu blazer e a bolsa. A pista estava em silêncio; os últimos convidados se sentavam em grupos no jardim, ou bebiam de garrafas de vinho no terraço. Encontrei Ana deitada em uma tenda, dividindo um champanhe Magnum com uma dama de honra.

— Onde está o Ethan? — perguntei, e ela deu de ombros.

— Vem cá — chamou e abriu os braços, como uma criança esperando ser levantada. Abracei-a de cima, com a cara em seu cabelo, e desse jeito, perto o bastante para os segredos, ela disse: — Hoje foi um dia bom.

— Foi. De verdade.

— Desculpe. Pela última vez...

— Não precisa.

— Ei — disse ela, como se a lembrança tivesse acabado de vir à tona. — O jantar... você e Delilah fingiram ser outras pessoas?

Quando ela terminou de rir, me deu dois beijos no rosto.

— Mande Ethan para mim — pediu, e eu fiz que sim. No ápice da despedida, eu me virei para ela.

— Da próxima vez que nos encontrarmos — falei —, não esta noite, é claro... vamos ter de conversar.

Andei para longe dela, com as mãos já nos bolsos.

— Temos de conversar sobre o Gabriel — eu disse. — Ele está melhor. Acho que você vai gostar dele.

Ethan não estava no jardim, nem na recepção do hotel. Pedi que um táxi me pegasse na praça e voltei a pé pelas ruas silenciosas e escuras. Alguns convidados desgarrados se expremiam na soleira de uma porta, e uma garota passou esbarrando em mim, a caminho do hotel. Os postigos da cidade estavam fechados, mas entre alguns vi luzes de televisores e o rosto das pessoas que assistiam. Abotoei o blazer, andando no vento. Em uma semana, os aviões parariam de voar. O fim da temporada.

Encontrei Ethan na praça, de pé às portas da igreja. Olhava para a nave central, com uma bebida âmbar na mão. Subi alguns degraus para me encontrar com ele. Na soleira, eu via o brilho de ícones depois de nós, esperando no escuro.

— Ana está procurando por você — falei.
— Lex. Nós mal nos falamos. Falamos?
— Dizem que é o que acontece em seu próprio casamento.
— Na maior parte dele — disse Ethan —, eu preferia ter falado com você.

O vento açoitou entre as portas e algo caiu na igreja.

— Estou indo embora. Só queria me despedir.

Ele colocou as mãos em meus ombros. Parecia pensar no que dizer — algo que fosse exatamente o certo, que ficava lhe escapando.

— E parabéns — falei. — De novo. Vou voltar para Nova York. Acho que vai levar um tempo antes de nos encontrarmos.

Cobri as mãos dele com as minhas e as retirei de mim.

— Vê se não fode com tudo — falei.

Olivia esperava por mim, como tinha prometido. Estava lendo na varanda em uma cadeira branca de plástico, com os pés na mesa. Mariposas voejavam em volta da luz, acima de seu cabelo. Havia um copo ferrugem na mesa e uma garrafa vazia de vinho tinto.

— Eu pretendia guardar um pouco — disse ela —, mas você chegou mais tarde do que eu esperava.

Arrastei uma cadeira e desabei nela, descansando os pés ao lado dos de Olivia.

— Como foi? — perguntou Olivia. Ela procurou minha mão e eu deixei que a segurasse.
— Foi tudo bem.
— Comida boa? Bom vinho?
— É.
— Podemos conversar sobre isso em outra hora, se preferir.
— É, prefiro assim.

Ela pegou o livro na mesa e recomeçou a ler. Depois de um momento, baixou o livro e me olhou por cima da taça.

— De tudo? — disse ela.
— Tudo bem. De tudo.

*

De manhã, acordei com frio e confusa, encolhida no colchão que tínhamos levado para a varanda. Algo em querer acordar de frente para o mar. Pareceu uma boa ideia na hora.

Eu ouvia um motor. A mala de Olivia estava na porta. Ela desceu a escada com os braços cheios de pertences soltos, com olheiras e andando com cautela.

— Isto não é o ideal — disse ela quando me viu. — Devíamos ficar mais um dia.

— Talvez mais um ano.

Estávamos sussurrando, como se faz de manhã cedo. Ela espremeu os últimos objetos na mala, forçou o zíper e sorriu.

— Porcaria — disse ela. Me pegou nos braços e me deu um beijo no cabelo, depois a mala estava em sua mão e ela saiu para a manhã.

Meu voo seria no meio da tarde, e restava pouco a fazer. Tirei o terninho cor-de-rosa e andei entre os cômodos, pegando os lindos objetos. Um velho peso para papéis de pedra em uma mesa de cabeceira. Um modelo de barco a remo, pintado à mão nas mesmas cores daquele da enseada. Tínhamos aberto cada janela, e o barulho do mar banhava a casa. Era a primeira vez que eu ficava sozinha em muitas semanas.

No banho, pensei em Nova York. Pensei no jantar da ChromoClick e em como eu me vestiria para ele, com Jake do outro lado da mesa. Pensei no psicólogo novo e em todo o trabalho que tínhamos a fazer. Eu sabia que a dra. K pretendia me ajudar e que ela esperava que eu me ajudasse; o plano era que nos falaríamos de novo assim que eu voltasse para Nova York. Eu tinha perdido a alta. Foi como a dra. K colocou. Estávamos de pé na frente de nossa cafeteria, alguns dias antes de eu partir, e ela procurava um de seus cartões na bolsa. Embora eu já tivesse todas as informações. E as tivesse havia anos.

— E se durar para sempre? — perguntei.

— Então, que dure — disse ela e, quando endireitou o corpo, me olhou com uma coisa que sempre estivera ali. Agora intenso, como na primeira vez. Orgulho.

Eu me vesti de branco, levei a mala para o carro, e me afastei da casa pelo jardim. Os galhos das árvores se moviam na brisa, como uma pessoa que se mexe dormindo. O iate tinha saído da enseada e o mar embalava intocado sob o sol, transparente nos seixos e de um azul escuro e brilhante depois deles. Cigarras cantavam na tarde.

Alguns últimos momentos. Era ali que eu iria, pensei, para me retirar da tristeza da cidade.

Levei a mão aos olhos.

Tinha alguém vindo pela praia.

Ela andava decidida para a água. Os movimentos de seus tendões, músculos e ossos. A pele aquecida pelo sol. Ela era como eu sempre imaginei que seria.

Peguei o caminho entre as árvores e desci até a enseada, as agulhas de pinheiros grudando na sola dos pés. Eu entendia que não havia por que ter pressa. Ela esperaria por mim. Eu sabia exatamente como ia sorrir. Chegamos aqui, ela diria. Depois de todo esse tempo.

Saí para o sol e chamei seu nome. Ela agora estava à beira da água, de frente para o mar, virou-se para mim e levantou o braço, me chamando ou acenando uma despedida.

AGRADECIMENTOS

Agradeço a minha gloriosa agente e amiga, Juliet Mushens. Nem imagino esta jornada louca sem você. Obrigada também à fabulosa Liza DeBlock, por toda a sua magia prática.

Sou grata a todos os coagentes e editores que defenderam este livro.

Um agradecimento especial a Phoebe Morgan e Laura Tisdel, pelo discernimento, brilhantismo e senso de humor. Este livro não seria o que é sem vocês. Agradeço também às equipes da HarperFiction no Reino Unido e da Viking nos Estados Unidos, pelo apoio e criatividade extraordinários.

Sou imensamente grata a meus colegas, antigos e novos, por tanto estímulo e compreensão.

Agradeço aos muitos professores que me incentivaram a continuar escrevendo. Em particular, sou grata ao sr. Howson e a seu departamento de língua inglesa, que me mostraram uma gentileza infinita quando eu mais precisava.

Obrigada a meus maravilhosos amigos e familiares. Obrigada a Lesley Gleave e Kate Gleave. Obrigada a Anna Bond, Marina Wood e Jen Lear, por todo o tempo passado falando de livros. Obrigada a Will Parker, Anna Pickard, Elizabeth e Paul Edwards, James Kemp, Tom Pascoe, Sarah Rodin, Naomi Deakin, Sophie e Jim Roberts e Rachel Edmunds, por partilharem da empolgação inicial.

Agradeço a Gigi Woolstencroft, que acreditou neste livro muito antes de mim.

Agradeço especialmente a Paul Smith, Rachel Kerr, Matthew Williamson e Ruth Steer, por tantos anos de risos e de amor.

Obrigada a meus pais, Ruth e Richard Dean, que encheram a casa de histórias e que sempre, sempre estiveram presentes para mim.

Por fim, meus agradecimentos e meu amor a Richard Trinick, meu maior aliado e o adversário mais difícil, que nunca deixou de acreditar.

Impresso no Brasil pelo Sistema Cameron da Divisão Gráfica da
DISTRIBUIDORA RECORD DE SERVIÇOS DE IMPRENSA S.A.